U0113123

闽籍学者文丛

福建文艺发展基金资助项目

第二辑

南华文存

——俞兆平学术论文精选

俞兆平 著

海峡出版发行集团

福建人民出版社

图书在版编目（CIP）数据

南华文存：俞兆平学术论文精选/俞兆平著. —福州：
福建人民出版社，2017.3
（闽籍学者文丛/张炯，吴子林主编. 第二辑）
ISBN 978-7-211-07529-4

Ⅰ.①南… Ⅱ.①俞… Ⅲ.①文学—文集 Ⅳ.①I—53

中国版本图书馆 CIP 数据核字（2016）第 312999 号

南华文存

NANHUA WENCUN

——俞兆平学术论文精选

作　者：俞兆平	
责任编辑：张　宁	
出版发行：海峡出版发行集团	
福建人民出版社	**电　话**：0591-87533169（发行部）
网　址：http://www.fjpph.com	**电子邮箱**：fjpph7211@126.com
地　址：福州市东水路 76 号	**邮政编码**：350001
经　销：福建新华发行（集团）有限责任公司	
印　刷：福建省金盾彩色印刷有限公司	
地　址：福州市晋安区福光路 23 号	**邮政编码**：350014
开　本：700 毫米×1000 毫米　　1/16	
印　张：22.5	
字　数：296 千字	
版　次：2017 年 3 月第 1 版	2017 年 3 月第 1 次印刷
书　号：ISBN 978-7-211-07529-4	
定　价：45.00 元	

本书如有印装质量问题，影响阅读，请直接向承印厂调换

版权所有，翻印必究

总　序

本丛书为闽籍知名学者的学术论著精选集。

福建地处我国东南海隅。南临大海，有一条美丽绵长的海岸线，让人联想起一种开放性；北为武夷山脉等群山所隔，又略显局促、逼仄。地理位置的这种矛盾性特点，一方面，使闽地学者不安于空间狭小的故园，历经磨难而游学四方，冲出"边缘"进入"中心"；另一方面，又有一种与"中心"相疏离的"外省"特色，在"中心"与"边缘"之间保持着必要的张力。这有力地塑造了闽地文化独特的"精神气候"：有比较开阔的世界性视野，善于借助异域文化经验、文化优势来实现自己、完成自己，建构属于自己的原创性理论话语，占据着学术思想的高地。

自魏晋南北朝以来，中原文化渐次南移，尤以唐宋为甚，故闽地学人辈出不已。在 19 世纪末、20 世纪初中国社会文化的转型期，福州、厦门被列入"五口"开放，西学进入沿海城市，闽地涌现许多文化先驱，一度成为中国的文化中心之一。如，"开眼看世界第一人"的林则徐，引进西方社会科学理论的严复，译介域外小说的林纾，等等。此后，闽地文化人如鲍照诗所云"泻水置平地，各自东西南北流"，以其才智和气魄在激烈竞争中居于重要地位。

在 20 世纪 80 年代的中国文化又一转型期，闽地文化人再次异军突起、风云际会，主动发起、参与了当代中国文坛数次意义重大的论战，发出时代的最强音，大大深化了 80 年代以降的文学变革和思想启蒙，成为学界思想潮流的"尖兵"。为此，当代著名作家王蒙提出了文学理论、批评界的"京派""海派""闽派"三足鼎立之说。这对于一个文化边缘省份而言，既是悠久历史传统的复苏，也是未来文化前景的预期；既是一项殊荣，也是一种鼓舞。

当代学术中"闽派"的提法，不仅仅是一个地域概念，更是一种文化概念。这个以地域命名的学术群落，散布全国各地学术重镇，每个人的文化素养、价值观念、审美向度和言述方式大相径庭，但都在全国产生了辐射性的影响力，充分展现了八闽大地包容万象的气势。职是之故，我们不拘于一"派"之囿，以"闽籍学者"定位这一丰富的文化现象。

受福建人民出版社的委托，我们欣然编选、推出这套"闽籍学者文丛"，其志在薪梓承传，泽被后学，为学术发展尽一绵薄之力。古人云："文章千古事，得失寸心知。"闽籍学者阵容强大，我们拟分期分批分人结集出版，以检阅闽地学人的学术实绩。

这是"闽籍学者文丛"的第二辑。本辑推出的是我国当代文学界著名的文艺理论家、文学史家、文学评论家，既有年逾九旬的老学者，也有中青年学术新锐；每人一集，收录有分量的代表性论文，凸显"一家之言"的戛戛独造。

如果时机成熟，本文丛还将进一步扩大规模，我们真诚地希望读者诸君一如既往地提出宝贵的建议。

张　炯　吴子林

2016 年 12 月 9 日

目　　录

强化史实为证　回归历史语境（代序）

——俞兆平先生谈为学之道

张艾弓（以下简称为"张"）：俞老师，前些天我听到您对学生说，您成了"70后"。

俞兆平（以下简称为"俞"）：对啊，今年摇身一变，变成了"70后"队伍中的一员。但并非假冒伪劣，我的心理年龄并不比真正的"70后"来得苍老多少，玩微信跟你们一样活溜，老顽童罢。

张：所以师门弟子们都说您是"逆生长"。

俞：过奖，过奖。返老还童，讲究的是一颗赤子之心，真诚，温热。还是言归正传吧。

张：那就从老师的学术生涯谈起。您是如何走上学术研究的道路的？

俞：我的导师郑朝宗先生说过一句话："创作靠天分，学术靠勤奋。"我创作天分不够，学术研究又不够勤奋，未能成一番气候，看来也是天意。

20世纪70年代，我是写诗的，跟着孙绍振写"八万里雷霆，九万里风暴"的政治抒情诗，政治是不少，诗情却寡淡。不过，在当年福建诗坛上也还是混了个小有名气的吧。记得80年代后期的一个晚上，舒婷到厦门大学鲁迅纪念馆与鼓浪文学社同学座谈，突然言及我在 1974 年写的配画诗《申请入党》。一个谈不上套路的花架子，居然会在武林高手的大脑皮层中留下痕迹达 10 余年，可见当时她还是在意的，也说明我那花拳绣腿还是对得起福建父老乡亲的。但到了 70 年代末，"新的美学原则崛起"，舒婷等一批高手上马，我们这些"伪诗人"便自然知趣而退了。醒悟最早的还是孙老师，他对我说："我们这批人的诗性思维已被毒化，没救了。"拿舒婷们的诗一比对，我也深深地感触到自己在诗情运思、语词组构中程式化的僵滞。于是，就跟着孙老师改弦更张，去爬理论那座山了。

张：从话语中可以听出，您对孙绍振老师有种特殊的感情。

俞：的确如此。我有时甚至感到孙老师是上天给福建送来的"怪物"，就像那只把鱼缸搅得难以安宁的鲶鱼，那头把牧场闹得羊蹿马蹦的野狼，当然这是指年轻时候的他。如果没有他，福建文学理论界肯定摆脱不了老气横秋的沉闷。我很幸运，在寻路的途中能遇上他。我一直尊他为学制外的导师，我们亦师亦友的情分已 40 余年了。70 年代初，他带工农兵学员到霞浦县开门办学，淤积了一肚子的小道新闻、沉思多时的理论追索，没处发泄，大概看到我的相貌属于那种不会当叛徒的类型，就放胆地在我那间"进门脚都没地方放的小屋"里大放厥词，连江青也没放过，害得我不时伸头探脑，望望门外，心惊胆战了好一阵子。也就是他的狷介狂放，让我领略了真正的文人气质；而从他口中不时蹦出的理论名词，成了引诱我走向理论研究道路闪跳着的火花。

张：所以您后来就报考了文艺理论专业研究生。

俞：这就谈到我生命中遇到的第二位贵人——许怀中老师。或许是巧遇，或许也是天意，1976 年 8 月，也就是毛泽东主席去世前一个月，我从霞浦一中借调到省里写剧本，准备参加全国曲艺会演，住在西湖宾馆。正好许老师也因撰写文稿住宿于此。他和孙老师恰好相反，细语慢言，老成持重，慈眉善目，一副菩萨形神，属于那种大智若愚的文人类型。晚饭后在西湖边散步，大概我搬弄了一些从孙老师那里拾来的"牙慧"，引起了许老师的注意。他通常不动声色的目光竟流露出赞许的意味：孺子像是可教也。由此，铸就了我和他的因缘，1979 年成了他和郑朝宗先生联合带的研究生，开门弟子也。

张：听说这是厦门大学中文系自 1921 年创立以来第一届研究生。

俞：是。当年厦大中文系有郑朝宗先生坐镇，上承鲁迅、陈衍，下启刘再复、南帆，加上在国内外开先河的"钱学研究"（钱锺书研究），颇有南天一帜的气势。郑先生毕业于清华，后留学英伦，负笈剑桥，兼之家学渊源（先生之父曾任林纾文书，为其抄写、校正、誊清译稿），国学根底深厚，若论学贯中西者，在厦大非他莫属。那时，郑先生年近七十，身体依然硬朗，日常如"老树临风"，一派长者风范，但在讲堂上若渐入境界，则神采飞扬，激情四射，诗人气质闪现。隔年夏季，衣着渐少，我突然发现先生后背上有一大肉瘤，私下问及许老师，方知是打成右派及"文革"下放劳动时挑担所致，一股悲凉之气顿时袭来，在劫后余生的老一辈跟前，你能不珍惜难得的今日时光吗？

张：特定的历史语境，锻造了你们这一代人的精神气质和学术个性。

俞：从学术角度着眼，郑先生确是给厦大中文系留下了一笔重要的遗产，这就是文学研究中的实证原则，若要以学派论，或许这就是厦大学派的传统。1960 年，厦大列入重点大学，学制改为 5 年，系里制定新的教学方案，郑先生献策，内有一条："要培养同学收集和处理第一手资料的能力和习惯。这也是给独立进行研究工作打好了基础。只知运用第二手资料，不仅会以讹传讹，而且研究的成果质量必然不会太高。"学术研究中，归纳胜于演绎，这也是闽人严复所强调的，他称之为"内籀"。郑先生一生崇拜"严林"（严复与林纾），由此亦可呈示。而且郑先生重视的是"第一手资料"，即原始资料，强化史实为证，这就逼着他的弟子们爬梳史料，披沙拣金，走的是笨拙却扎实的路径。记得一次我上交学期论文，只因文中引英国批评家阿诺德的一段话，底下注释用"转引自"，被先生狠狠地批了一番："怎么能转引？为什么不去查原著？"后来记起我是念俄文的，不是念英文的，才放我一马。

立足于原著或原始资料，方可进入研究，此治学之道让我受益终身；同时，也深深体味到先生"以讹传讹"一语内蕴的分量。在20世纪五六十年代，先生就已看出中国学术研究中存在的弊端——当某种意识形态以君临之势掌控了一切可能的思维走向时，势必在一定程度上遮蔽了历史与存在的真实。多年后，我在《中国现代三大文学思潮新论》一书"后记"中写道："我常震慑于由预先的理论命题设定所形成的'传统'那牢不可破的威力，在确凿史实的质疑跟前，'预设'仍安然如山，不改分毫。从预设的命题出发，进行演绎式的推导，这种黑格尔主义的先验论，这种被顾准称之为'逻辑神学'的思维形式，何时才能得到纠正？"这一带有怀疑论色彩的感悟，其源点正来自于先生当年的教诲。

例如，国内现代文学界长期以来形成了一种极为稳定的思维定式：写实主义的文学研究会和浪漫主义的创造社，二者是文学史上最为突出、相对峙的文学社团，国内最权威的几部现代文学史著作也是如此定论。我曾就创造社与浪漫主义关系查阅过有关的资料，并做了统计：1922年8月，郭沫若的《创造》季刊《编辑余谈》；1923年，郁达夫的《文学上的阶级斗争》；1923年，成仿吾的《写实主义与庸俗主义》；1926年，郭沫若的《革命与文学》；1927年，郁达夫的《文学概说》；1928年，冯乃超的《冷静的头脑》……这些文章均对浪漫主义文学思潮持摒弃、批判，以至否定的态度。也就是说，在1930年之前的中国现代文学史资料中，查不到创造社主要成员肯定、推崇浪漫主义文学思潮的任何史实。但迄今为止的各部现代文学史均把创造社列为最具典范性的浪漫主义文学社团。这一思维定式、观点预设，强大到连"史实"都无法纠正其偏误。究竟我们是相信史实呢，还是相信预设的判断？这些"预设者"在解读时有没有可能产生错位、误读，乃至故意误导呢？这不能不是个严峻的问题。如果连"史实"都可以漠视的话，那么我们的研究有何价值与意义呢？

张：所以你在给我们讲课过程中，一再强调原态史实的实证与历史语境的纳入，这是进入学术研究的两大原则。

俞：这正是你们这一代学人所欠缺的。这些年来，我参加、主持过多场硕士、博士毕业论文的答辩，深感严复、郑朝宗、许怀中等老一辈学者所执守原则的重要性。现今学界，浮躁之风日盛，"外面的世界很精彩"，太多的诱惑侵蚀着为学所必备的淡然、笃定的心境，因而在学术研究上多寻捷径，演绎式的逻辑思维盛行其道。此类论文一般多是从新近流行的西方文论中拾得一二概念，然后以其为预设的命题，由此出发，才去搜集相关资料（其中多有郑先生所贬斥的"第二手资料"），继而罗列演绎成章，以此来印证预先提出的假设。此法虽可一时快速奏效，但经不住学术自身发展的检验，往往随着时光的流逝而湮灭。

张：老师一下击中当前不良学风的要害。关于学术研究中演绎与归纳两种方法的选择与操作，值得我们深入探讨。

俞：由于强调史实实证，在老一辈学者心目中，人文社会科学的研究每推进那么一小步，都极为艰难，这才有"不积跬步，无以至千里"之典，才有"板凳甘坐十年冷，文章不做半句空"之说。所以我对一年能出几本专著的聪明人始终将信将疑。学海茫茫，笨人碌碌，每当我从书堆中淘出新的史实，就像发现新的星体般，喜悦之情非言语所能道出。但史料的寻找，用的是披沙拣金的笨功夫，劳而无获是常有的事，许多人便因此而放弃。现在，学风严谨、以身作则的老一辈学者多已作古，我们这些弟子们也渐渐退出舞台，但承接薪火，传递下代，仍是我们职责所在。

当然，以史实为证、以归纳为主的研究方法也不能绝对化。资料、史实的开掘与新的理论视角的建立并非矛盾对立，而是相辅相成的。在学术研究中，宏观性、战略性的视角的建立仍然十分必要，它多来自新的历史语境与新的社会思潮，有着形而上的意味，它和那种战术性的预设的具体命题完全是两码事。当这种战略性的、全局性的新的理论视角建立起来，就如同一盏聚光灯亮起，一条期盼已久、新的研究路径展现在跟前，那些尘封多时被人遗忘的史料，或被人们熟视无睹的，乃至边缘性的史料，都将被照得熠熠生辉，焕发出新意。像 20 世纪末"现代性"理论视角的建立，对我的研究的启示与引导的作用是十分巨大的，但它在我的论著中绝非作为名词概念的外观点缀，而是成为精神内质深深地渗透在章节文句内里，成为有机的组成成分。

张：老师上面向我们讲述的为学之道，很有启示，作为厦大的弟子，更应铭记在心。由此，我也慢慢品味到老师著作中"史实为证"的分量，也明白了老师在国内学界几次论战中能立于不败之地的原因。

俞：回望来程，我在学术之路上已蹒跚了 35 个年头。我曾自嘲，在文学评论界，我属于"三栖类"人物，教的课程是《文学概论》，干的事情是负责学报编务，学术研究着力点却是现代文学。同时，还出过诗歌理论专著（《诗美解悟》），写过马克思主义美学论文（曾转载于人大复印报刊资料《美学》该期头条），一度研究过港台文学（曾刊发于《文学评论》该期头条），甚至纵马到艺术领域（《论艺术的抽象》一文在"中国美术家网"的"文艺理论"栏目作为重点文章推出多年，长期保留至今）……可谓随心所欲、自由散漫到了极点。但这种"打一枪换一道壕沟"的"流寇式"的作风，带来的结果是没有牢靠的"根据地"，这一弊端到后期方才有所悟觉。当年，徐志摩曾反省道："凡性气高傲人，往往旁骛不肯专一，此所谓聪明误也。志固不可不大，而亦不可过大，必笃必颛，乃实乃张，读书所以致用，若摇惑眩乱，如入深雾，不知西东矣。"此处绝非欲攀比徐公，而是他点到吾之痛处，故多年不忘其训。

在现代文学，准确地说，应是现代文学理论方面，我的研究成果可用"一二三四"来概括之。一是《闻一多美学思想论稿》，二是《中国现代作家论科学与人文》（科学与人文对峙），三是《中国现代三大文学思潮新论》，四是《浪漫主义在中国的四种范式》，似乎有点学术操练的味道吧。这四本专著由上海文艺出版社、人民文学出版社、广西师大出版社（两本）出版、发行，其规格、档次还算可以吧。

张：《闻一多美学思想论稿》出版较早，像是在 20 世纪 80 年代吧。那时出书听说不太容易，比现今严谨许多，出版社精挑细选，对学术品位的要求重于经济效益。

俞：是 1988 年，但构思的时间更早，是在念研究生时期。1981年刘再复出版了《鲁迅美学思想论稿》，轰动一时。刘再复对母校情意深切，寄了一大摞新书到系里，连我这在读的研究生也分得一本。我如获至宝，置之案头，捧读再三，受启良多，故仿效之来写闻一多，研究生毕业论文即是《闻一多美学思想论稿》一书的第一、第二章。该书在上海出版后，我即呈送刘再复，当时他曾高兴地对人说："厦大我的一个师弟也跟着我写出一本《闻一多美学思想论稿》。"此书是我出道后第一本专著，虽留有意识形态转型初期青涩、粗糙的痕迹，但在当时仍受到海内外同行的重视与好评，《中国社会科学》《中国现代文学研究丛刊》等都发表评论文章，评介它的首创性与拓展性。它之所以能获得学界肯定，郑朝宗、许怀中两位先生奠立并身体力行的"厦大学派"文风，即立足于对"第一手资料"的发掘、梳理、论定的原则，起了至关重要的作用。

张：但《中国现代作家论科学与人文》却是在 2013 年出版，与《闻一多美学思想论稿》时隔近 30 年，时间跨度挺大。

俞：此书是慢工细活，从构想到成书，拖了多年。它的特点亦是立足于原始资料之上，先发掘、累积、梳理，再作出论析、判断。其写作动机，受启于 20 世纪末国内兴起的关于"现代性"及现代性构成要素——"科学主义"的研究热潮。当时，哲学界对 1923 年"科玄论战"与中国文化思想发展关系的再度审视，史学界对晚清以来的科学思潮对国学与史学影响的探索，相当红火、热腾。受此影响，我在阅读文献、爬梳资料时也不时闪现出这一视点，发现在这一特定的历史语境中，不少现代文学作家对科学与人文问题也作出相应的论析与独到的判断。这样带有随意性的资料累积约有一年多时间，有一天，我忽然悟觉，若从"科学主义"这一视角切入，对中国现代文学及现代作家，特别是对现代文学思潮重新加以考察与论析的话，能否开拓出一条新的研究路径呢？

这就涉及我在学术研究中所强调的第二条原则——历史语境纳入的问题。我们知道，科学与民主是飘扬在五四上空的两面大旗，但多年来，国内外学界对"民主"思潮和中国五四新文学之间的相互关系研究得比较深入，如人的觉醒、个性的解放、人性的自由，以及重铸国民灵魂等；而对于自19世纪末产生的"科学与人文对峙"这一宏大的世界性的历史语境却忽略、遗漏了。特别对"科学主义"思潮和五四新文学及现代作家之间的关系研究甚少，像鲁迅在《文化偏至论》中何以抨击"唯物质主义"这一"偏至"，至今未能真正破解。这就为后人留下进一步拓展的空间，也就是说，若能回归客观的历史语境，从科学主义的视角进入，不但可以打破现代文学界对这一课题研究的冷清的局面，还可促使学界对五四新文学及文学思潮的研究，能突破原有的框限，向文化、历史、哲学、美学的层面深入与拓展，从而更为客观、真实地接近与再现中国现代文学的历史原貌。

因此，我就带了一位博士生，从科学主义这一全新的视角切入，在国内学界第一次全面梳理了中国现代作家对科学与人文关系的学理论述与价值判断，填补了这一研究领域的空白。所论及的现代作家计有：王国维、梁启超；鲁迅、徐志摩、林语堂、梁宗岱；胡适、郭沫若、茅盾；以吴宓为首的学衡派，以及梁实秋、闻一多、丰子恺等。其间爬梳的"第一手资料"之多，耗费的心力之大，自不必多言了。

张：但老师在学界影响更大的应该还是在《中国现代三大文学思潮新论》和《浪漫主义在中国的四种范式》这两部专著。

俞：没错。这两部著作确实是我竭尽心力之所得。

在中国现代文学研究上，我比较重视文学思潮。在国内学术会议上曾多次提出一个观点：重写文学史，首先必须重写文学思潮史。因为由作家群体的"社会心理"和美学倾向在一定的历史时期内融合而成的文学思潮，是文学史的基本构成单位。只有正确地描述文学思潮，才能正确地叙述和建构文学的历史。

但国内现已流行的诸种版本的"中国现代文学史"在文学思潮的论述方面都还不够完善，有所欠缺。主要表现在以下三点：第一，在浪漫主义方面，把卢梭的美学的浪漫主义和高尔基的政治学的浪漫主义混为一谈；第二，在现实主义方面，忽略了形成文学写实主义内在的"科学主义"这一学理动因；第三，在古典主义方面，一笔勾销了古典主义思潮在中国现代文坛的存在。《中国现代三大文学思潮新论》一书就是在发现以上三个方面的疏漏之后，才逐步展开探索的，并提出具有一定原创性质的观点。

其一，20世纪中国文艺理论体系中的浪漫主义思潮主要有两大类别：以卢梭为代表的"美学的浪漫主义"和以高尔基为代表的"政治学的浪漫主义"。前者的内涵侧重于对历史现代性的批判，即对人类文明及科技理性发展所带来的负值效应的忧虑、质疑与抗衡；后者则把浪漫主义当成隶属于"社会主义的现实主义"中的一种成分，是政治意识形态的工具。20世纪30年代后的中国，政治学的浪漫主义排斥、取代了美学的浪漫主义，在具体文艺实践中带来一系列令人困惑的现象。实质上，郭沫若与沈从文就分别代表了这两种浪漫主义思潮在中国文学界的不同的命运。

其二，现实主义理论包含着科学认知与人文理解这一对矛盾。"写实"意味着遵循自然科学的认知原则，对客体对象精确、逼真地反映与复制；而"文学"却是一个虚构、想象性的人文世界，渗透着作家主体的精神意愿与价值取向，即作家对人生、世界的"理解"，而且还负载着对读者道德的教喻与训诫的功能。这一悖论式的两极趋向，在中国文学对西方写实主义的接受进程中始终交错、纠合在一起。中国文学界对西方"写实主义"的接受，有着从早期的向科学认知原则倾斜的写实主义（真即是美）；到中期的科学认知与人文理解交错的写实主义（不脱离现实的真善合体）；再到后期的向以意识形态为核心的人文理解倾斜的写实主义（善即是真，善中之真方为美）的进程。在这一过程中，写实主义的概念始终处在动态的、不断的调整之中。

其三，学界诸种版本的中国现代文学史论著，论及20世纪20—30年代文坛时，有浪漫主义思潮与写实主义思潮的"双峰对峙"，有以象征主义为代表的现代主义思潮，唯独见不到古典主义思潮的踪影。如卸却政治判断的预设，纳入现代性历史语境，从历史真实出发，学衡派与新月派于内在学理上是一脉相承的，他们在白璧德的"新人文主义"的理论基础上构成了中国现代古典主义文学思潮。这一思潮有着发端、演进、高潮的历史进程，有着自身理论体系和创作业绩，它对于因历史现代性的偏执而导致人文精神失落及学术衰微的中国学界的现状提出了质疑与抗衡，构成推进中国现代文学发展的历史合力。

这三大观点，说是对现有中国现代文学史的增补亦可，说是质疑也未尝不可。有另一种声音的发出总不是坏事，单调才意味着学术研究中生命活力的寂灭。值得一提的是，陈思和教授曾在《学术月刊》上对上述"现实主义与科学主义关系"问题作出评价："俞兆平教授的论文，旗帜鲜明地提出了中国20世纪20年代的写实主义文学思潮中有一个'科学主义的内在启动力'，并且在'科学认知与人文理解的对峙与交错中'论析写实主义文学思潮如何在接受中的变化与演进。作者引用了丰富的资料来论述科学主义与人文理解之间的消长过程和真善美因素的排列变化，这就超越了从思潮看思潮的就事论事，提升到文艺本体的意义上来讨论这一文学现象。"肯定了这一新的视角对开拓文学现实主义研究的作用。

张：老师思维有钻探式特性，但在一定深度的层面上往往又能推导出另一广度，拓出新地。对此，我们同学都深有所感，像《浪漫主义在中国的四种范式》就是在前述"三大思潮"研究深化之后而展开的。

俞：一项有价值的选题发现之后，就不要轻易放弃，若继续推进、深化，往往能拓展出一块新的天地。对浪漫主义相关资料作认真、全面的考察之后，我发现在西方文化史上，浪漫主义是一个意义庞杂、内涵宽泛的跨学科的概念，它涉及了伦理学、政治学、哲学、美学等，学科界域远远超出了文学艺术的范围。其定位也是最为繁复多样的。从空间上看，由于当时各国历史状况并不相同，法国侧重政治革命，德国侧重思想革命，英国侧重产业革命，因此，各国的浪漫主义思潮也就各呈异态。法国就有以卢梭为代表的抗衡人类文明异化的美学浪漫主义，以雨果为代表的反抗古典主义清规戒律的文学的浪漫主义；德国有康德、谢林、施莱格尔、诺瓦利斯，以及而后尼采等为代表的"浪漫哲学"或曰"诗化哲学"的浪漫主义；英国有华兹华斯、柯勒律治为代表的感伤的浪漫主义，有拜伦、雪莱为代表的激情的浪漫主义等。从时间上看，浪漫主义思潮纵贯三个世纪，它的许多美学要素渗入到当代哲学、美学、文学艺术的思潮中去，构成血脉相连的关系，如存在主义哲学思潮、现代主义文学思潮（五四时期称之为"新浪漫主义"）在对人类文明的建构与解构，在对科技与人文分裂的批判等问题上，都显示出它和早期浪漫主义的亲缘属性。

在表现形态上，它更是千姿百态。撰写《世界文明史》的威尔·杜兰曾做过全面精要的概括："浪漫运动是何意？乃感觉对理性之反叛；本能对理智之反叛；情感对判断之反叛；主体对客体之反叛；主观主义对客观性之反叛；个人对社会之反叛；想象对真实之反叛；传奇对历史之反叛；宗教对科学之反叛；神秘主义对仪式之反叛；诗与诗的散文对散文与散文的诗之反叛；新歌德对新古典艺术之反叛；女性对男性之反叛；浪漫的爱情对实利的婚姻之反叛；'自然'与'自然物'对文明与技巧之反叛；情绪表达对习俗限制之反叛；个人自由对社会秩序之反叛；青年对权威之反叛；民主政治对贵族政治之反叛；个人对抗国家——简言之，19世纪对18世纪之反叛"。几乎涉及了人类社会生活、精神生活、政治生活的所有方面，展现出多重多样的表现形态。

内涵如此复杂多义、形态如此变动不居的浪漫主义，当它作为一种异质文化进入中国，势必会和本土文化产生冲撞，并为本土文化所同化而产生变异，呈现出多样的状貌，凝定为多种范式。但中国学界关于浪漫主义的研究，却局限于现象性的、静态的、单一学科的描述，多把它缩减到仅隶属于文艺的一种创作方法，并把思潮的整体性切割成若干特征的横断面。例如，今日高校文艺理论教科书一般是这样界定的："它以强烈的主观态度、热情奔放的情感力量、无拘无束的幻想精神、奇特神秘的艺术色彩，将理想型文学发展到极致。"理想、情感、幻想成了浪漫主义的三大要质。这种概念界定仅是高尔基式政治学浪漫主义在中国文学理论中的延续，20世纪30年代以来，以郭沫若为代表的高尔基式的政治学浪漫主义在中国的美学、文艺学体系中占有了绝对的主导地位，而像以早期鲁迅为代表的尼采式的哲学浪漫主义、以沈从文为代表的卢梭式的美学浪漫主义、以林语堂为代表的克罗齐式的心理学浪漫主义等，几乎全被否定、被遗忘了。从而导致中国的具体文艺实践，产生了一系列混乱的、令人困惑的现象。对于如此严重的美学偏误，国内学界多年来却无所觉察，这不能不令人警醒。

因此，在中国现代文学与文学理论的研究中，我提出一个全新的命题：20世纪上半叶，西方浪漫主义文学思潮在中国的传播与接受，分化为四种主要范式。一是以早期鲁迅为代表的尼采式的哲学浪漫主义，它偏于从强力意志的角度激发悲剧性的抗争精神；二是以沈从文为代表的卢梭式的美学浪漫主义，它偏于从美的哲学角度对人类在现代化进程所产生的异化状态的抗衡；三是以1930年之后郭沫若为代表的高尔基式的政治学浪漫主义，它偏于从政治角度对无产阶级功利价值的追求；四是以林语堂为代表的克罗齐式的心理学浪漫主义，它偏于从心理角度对表现性的创作本质的推崇。这样的学术判断，是否能比较贴近纷繁复杂的中国现代浪漫主义文学的真实的图景呢？尚有待于学术史的鉴定。

张： 老师关于浪漫主义的这些分析带有原创成分，确实别开生面，让我们眼界大开，懂得了如何从一些司空见惯、耳熟能详的命题中再开掘、深发。我觉得老师这几部著作侧重于从理论体系方面为中国现代文学研究开拓出新的疆域，但在具体作品批评方面也有不少闪光点，像《〈阿Q正传〉新论》在学界影响也不小。

俞：《〈阿Q正传〉新论》，在2009年8月以副题《越界的庸众与阿Q的悲剧》发于《文艺研究》，而后《新华文摘》等国内几家最重要的文摘刊物均全文加以转载，这说明它在学术探索上还是有些价值。

我对国内外90余年来关于《阿Q正传》的种种阐述之所以产生怀疑，是因为读到周作人多篇论及《阿Q正传》的文章，而这些论文却多年不被学界所注意，但作为学术研究资料来说，它可能是最接近鲁迅当年思想真实的原始材料。特别是写于1922年的《关于阿Q正传》的"本文"，距《阿Q正传》发表不到一年，尚未沾上之后在阐释过程中产生的各式各样的附加物，而且当时周作人与鲁迅关系尚未破裂，其可信度应该比较高，也最贴近当时的历史语境。发现了前人研究中的盲点，由此生发开来，许多前人所未注意到的史料便发出特殊的光亮了。

随手摘录一例，多年来我们总把写《呐喊》时期的鲁迅设定为革命民主主义者，是一位民主斗士，他担负着唤醒民众，特别是唤醒农民阶级起来革命的历史任务。而阿Q则是农村中贫雇农的典型人物，是中国农村革命的代表与革命希望之所在，鲁迅当然只能是充满同情悲悯地"哀其不幸"，继而恨铁不成钢地"怒其不争"。

但1920年前后的鲁迅是处于相对消沉的心境中。他信奉"任个人而排众数"的社会学、政治学原则，认为推崇"众数"是中国思想文化界的"偏至"，对由"众数"所发起的群体性的运动一直持有一种疑虑的态度。即使是我们今天视之为中国现代历史转折界点的轰轰烈烈的五四运动，他也不是予以积极的肯定。五四当晚，孙伏园来到他的住处，大讲一通他们火烧赵家楼的情景，鲁迅听后却一点也激动不起来，因为他怕青年的幼稚、无知和热情被政客所利用，而成了政治的牺牲品。在他的日记中，对当天发生的学生运动只字未提。直到1920年5月4日，在五四运动一周年之际，他才在致宋崇义的信中写道："比年以来，国内不靖，影响及于学界，纷扰已经一年。世之守旧者，以为此事实为乱源，而维新者则又赞扬甚至。全国学生，或被称为祸萌，或被誉为志士，然由仆观之，则于中国实无何种影响，仅是一时之现象而已，谓之志士固过誉，谓之乱萌，亦甚冤也。"显然，鲁迅对五四运动是持一种可有可无、不必褒贬的中立式的判断，认为五四运动仅是历史进程中的"一时之现象"而已，很快就会随着时间的流逝而烟消云散，不会产生任何一种影响。处在这样消极、悲观精神状态中的鲁迅，你能做出他对阿Q是"怒其不争"，企盼阿Q起来革命、造反的推断吗？

张：这一史料的发掘与重新审视是带有某种颠覆性意味的，但它所引发的新的判断却是奠立在确凿的史料基础上，有难于推翻的可信度。由此，我们也深切地领会到郑朝宗先生所说的，重视"第一手资料"可避免"以讹传讹"的意思。

俞：我提出的新的观点是，鲁迅对于阿Q不是"怒其不争"，而是"惧怕其争"，惧怕以权力、金钱、女人和"荫福后代"为革命目的的"阿Q似的革命党"起来争夺权力与地盘，因为他们不可能成为推进中国发展的健康的力量，带给中国人民的反而是一场又一场的灾难。由《文化偏至论》到《热风·随感录三十八》，再到《阿Q正传》；即从哲学理论到杂文形象，再到艺术典型，共同构成了鲁迅对20世纪初中国的精英式的"个人"与愚庸式的"众数"这一社会性对立矛盾问题的观察、追索与思考。鲁迅对"阿Q似的革命党"，对于革命中的民粹主义倾向，对中国的"游民文化"，在根本上是持批判态度的，鲁迅著作内含有强大的历史穿透力。

这一全新的论点在国内学界激起反响，夏中义教授在《"有思想的小说"与"被小说的思想"——回应俞兆平教授》一文中作了这样的评述:"俞文为了验证阿Q的'思想家言'的来龙去脉,不惧掘地三尺,把掩埋在《鲁迅全集》中,百年来的诸多材料都曝光了。都说做学术先要让材料说话。然当材料静静地躺在《鲁迅全集》,无人用心勘探,它依然默而无声。在有涉阿Q的'思想家言'一案,试比较俞文在钩沉考证鲁迅方面,比王瑶史著及唐弢教材要敏锐、深邃、周正、缜密得多。这儿有两种境况:一是先贤读鲁迅不如俞教授下功夫(似不可能);二是先贤在其语境更想让阿Q与权威政论接轨,遂在漠视鲁迅'思想家言'的同时,将凝结'思想'的文献材料也有意无意地搁置了。骨子里仍是读不出阿Q的'思想家言',不愿或不宜正视《阿Q》是'有思想的小说'。"也指出了从原始资料出发,还是从预设命题出发,所得出结论的差异。对我的这一新论点,国内鲁迅研究界表面上虽然持静默的状态,却在暗中慢慢认同,因我发现近年来有一两位"大佬"以不标示出处的形式袭用之,袭意而不照抄,高明了点。

张:老师这里把鲁迅的《阿Q正传》与民粹主义、"游民文化"等问题联系起来,令人感到十分新鲜。

俞:我前一段时间在看美国政治哲学家阿伦特的《极权主义的起源》一书,其中论及与极权主义共生的"群氓"(有的也译为"群众""暴民",鲁迅用"庸众"一词倒最贴切),很有启示意义。阿伦特认为,19世纪阶级结构的打破,使人们没了共同的利益,没了以此利益而聚焦到一起的社会结构,于是"群氓心理"与群氓就产生了。群氓是指缺乏共同目标和社会纽带的那些孤立的个体,他们在政治上盲从,反社会情绪强烈,并奉行"多数裁定规则",往往被极权主义者利用来废除民主,促成了极权主义的胜利。

阿伦特"群氓"的概念,实质上相近于民粹主义,相近于鲁迅所批判的压制"个人""精英"的,"以众凌寡"的"众数"的内涵,相近于在中国有着深厚土壤的"游民文化"。1919年,《东方杂志》主编杜亚泉就发表过《中国政治革命不成就及社会革命不发生之原因》一文,论及中国多是改朝换代式的"帝王革命",却很难发生政经体制质变的"政治革命"和"社会革命",缘由之一,就是因为介入革命及革命后掌权之人,受到中国游民文化的濡染与腐蚀。周作人亦曾明确指出:阿 Q "是在城里乡下两面混出来的游民之类",把阿 Q 的所作所为与中国历史上的"游民文化"传统挂上了钩。若由此再往深度探寻,鲁迅在《阿 Q 正传》中所忧虑、所批判的问题,仍将显示出尖锐的现实批判性,对于今天的国人来说,仍然有着巨大的价值与意义。

张:所以经典的解读是无尽的,经典的力量是无穷的,我们为学之道也是无际的。

(原载《学术评论》2015 年第 4 期)

第一辑 美学文学理论研究

象征论析

　　象征，在诗艺传达系统中，在诗性呈示途径上，是最重要的一种方式。由此表现方式的扩展，甚至还衍生出世界文学史上具有重大影响的象征主义诗歌流派。不但如此，在当代的艺术创造中，象征，这一人类最古老的艺术把握世界的方式，再度勃发出旺盛的生机，它从诗的抒情领域跨越至小说、戏剧的叙事地带，甚至渗透进写实意味最浓的造型艺术，如绘画、雕塑的疆界。对这一艺术发展的总体趋势，我国的文艺理论界给予了相应的重视与一定的评述。但在象征本体的理论研究，即象征的起源、特征、概念定性与邻近术语的界定等方面，似乎略嫌不足。本文即就这些问题进行探讨。

　　《辞海·文学分册》给象征概念的定性为："文艺创作的一种表现手法。指通过某一特定的具体形象以表现与之相似或相近的概念、思想和感情。"① 概念的内涵似欠周密，未能准确地表述出其特定的本质属性，因为把它延及比喻，同样可以适用。

　　诗人艾青从他的创作实践出发，给予象征这样的说明："象征是

---

① 《辞海·文学分册》，上海辞书出版社 1981 年版，第 10 页。

事物的影射，是事物互相间的借喻，是真理的暗示和譬比。"① 着重点出了象征的特征之一——该统一体两造之间的暗示关系，但若以严格的科学定性衡量，仍偏于直观的经验感受。因此，界定象征概念的工作已显出它的现实需求性。

一、象征的源始

黑格尔认为："'象征'无论就它的概念来说，还是就它在历史上出现的次第来说，都是艺术的开始"②。象征是人类在产生自我意识之后，艺术地观照世界、再现自我的萌始。像人类的其他一切思维类型一样，象征这一艺术思维的发端，也渊源于人类的主体意识的觉醒。最初的人和生于斯、息于斯的大自然合于浑茫一体，主体意识尚处于蒙昧的状态；而后，人在生活实践的过程中，逐步地把外界事物当成自身的观察、改造的对象，便促使主客体开始分化，他的主体意识就随之萌生了。人想摆脱原始自然存在的欲念日益强烈，他渴望着在客观事物中寻求普遍、永恒的规律，并在其中发现自己、肯定自己；但是，这时的人还不能如愿地把握自然规律，他震慑于雷电的声威，痴迷于日月的回环，威仪赫然的宇宙万物仍是他依附、崇拜的对象。

在这种矛盾状态中，即原始蒙昧与主体意识觉醒之间，便产生了宗教上的万物有灵论与艺术上的象征思维的雏形。初始的人们给周围的一切自然现象加上无所不在的人格化的神灵作用，混沌的宇宙，苍茫的大地，乃至飞禽走兽、绿树异草，都具有神秘的内蕴，

---

① 艾青：《诗论》，人民文学出版社 1980 年版，第 201 页。
② ［德］黑格尔：《美学》第 2 卷，朱光潜译，商务印书馆 1979 年版，第 9 页。

都和人的自身有着一种交流感应的魔力。当人为着满足自己的要求，把主体意识所感受到带有普遍性的意念，外化至可以互感、可以观照到的对象上之际，艺术上的象征型思维也就产生了。因此，黑格尔断言道："只有艺术才是最早的宗教观念的形象翻译。"①

譬如，我国山顶洞人在安葬尸体时多撒上红粉，据人类学家的推测，他们可能认为人的死亡与缺乏红色（血）有关，当他们把这一普遍性的观念外化于红粉这一物象上时，红粉对于原始人来说，不再仅仅是引起鲜明夺目的动物性生理反应了，而是包含着特定的社会性观念，红粉已成为呼唤生命的象征物。

又如，法国出土的人类最古老的雕刻作品"洛塞尔维纳斯"，她突乳、鼓腹、丰臀，显然含有赞颂生育之意，但我们若从"天人交流"的巫术观念来考察，便不止于此。闻一多曾论及古代人多在春季婚娶，因为他们认为春天时作物的萌生成长与男女间的婚配有着一种神秘的交感呼应关系。因此，"洛塞尔维纳斯"实质上是祈祝万物繁衍增殖的象征物，她是原始人最早通过艺术的幻想，以变形的手法，创造出的象征性艺术作品。

因而，黑格尔指出，人的象征型思维源自"完全沉没在自然中的无心灵性（不自觉性）和完全从自然中解放出来的心灵性这二者之间"②。这种"无心灵性"指的是人的主体意识尚混同于原始自然，还不能独立地、自为地把握外界自然物象，如认为生命力蕴于红粉，二者是直接的统一；这种"解放出来的心灵性"则是指人的主体意识逐步摆脱了原始的直接自然状态，开始觉醒并寻求着普遍性的观念，如对生命永恒的思索。心灵的这种矛盾的、游移的中间状态，便是象征型艺术思维萌生的温床，从而也决定了象征艺术表现方式的三种个性特征，这就是：形象的隐秘性、意义的超越性、联系的婉曲性。

---

① ［德］黑格尔：《美学》第 2 卷，朱光潜译，商务印书馆 1979 年版，第 24 页。
② ［德］黑格尔：《美学》第 2 卷，朱光潜译，商务印书馆 1979 年版，第 24 页。

应该提出，对于象征的个性特征，我国古代文论早有论及。闻一多说："西洋人所谓意象，象征，都是同类的东西，而用中国术语说来，实在都是隐"，"隐在《六经》中，相当于《易》的'象'和《诗》的'兴'（喻不用讲，是诗的'比'）"。[①] 象征，这一由西方引进的文论术语，实际上在我国最古老的两部文化典籍中早有其踪迹，世界各民族思维发展的同步性于此也可见一斑。

《易经》中的拟象，目的在于形容"天下之赜"，传示抽象的义理概念，虽带有美学意义上的萌芽，但主要属于哲学范畴，暂且不论。《诗经》中的"兴"，则属"风雅颂赋比兴"的《诗》之"六义说"。但中国诸论家多在与"比"之相较中，揭示"兴"的特性，如阐述得较为清晰的唐代孔颖达在《毛诗正义》中辨析道："比者，比方于物。诸言'如'者，皆比辞也。兴者，托事于物。则兴者，起也；取譬引类，起发己心。诗文借举草、木、鸟、兽以见意者，皆兴辞也。……比之与兴，虽同是附托外物，比显而兴隐。"从"起"（发端）、"譬"（比喻）二义论述之，偏重于修辞学的意义，而未能从思维本体上阐发。因此，他们论断的直观性意味往往超过了科学性的判定，这也就是我国对"兴"——象征的定性至今仍诸说纷存的原因之所在。

相比较之下，黑格尔的有关论述似乎更严密些，他把象征型艺术方式纳入了艺术美的整个生成、发展的历史性过程之中。黑格尔美学的根本点是从绝对理念自身的运动、发展、外化的进程出发，按"美是理念的感性显现"的核心要义，把理念和由它所派生的感性形象分立为一对矛盾，并在这一矛盾的对立运动中演化出一系列的艺术类型。如象征型艺术则属于理念"无法从具体现象中找到定性的形式，来完全恰当地表现出这种抽象的普遍的东西"的阶段。[②]

---

① 闻一多：《说鱼》，《闻一多全集·一》，生活·读书·新知三联书店 1982 年版，第 118—119 页。

② ［德］黑格尔：《美学》第 2 卷，朱光潜译，商务印书馆 1979 年版，第 9 页。

这样，一切混茫的文艺现象便显出了明晰的有序性。笔者认为，只有把西方的严密的科学思辨与东方的感悟的诗性直觉融为一体，方能有助于对象征本体的理论探索的深入。

二、象征的特质与定性

黑格尔的思辨理论受启于诗人歌德，他在给歌德的一封信中说："在我纵观自己精神发展的整个进程的时候，无处不看到您的踪迹"①。那么，歌德是怎样论述象征呢？他写道："如果特殊表现了一般，不是把它表现为梦或影子，而是把它表现为奥秘不可测的东西在一瞬间的生动的显现，那里就有了真正的象征。"② 这里，歌德提出了象征的个性特征的第一种——"外显形象的隐秘性"。

一般艺术客体的形象是固定的，意义是明确的，否则，我们便无法从万象纷纭中分辨出某一特殊的感性事物，并艺术地把握它。但作为象征艺术形象就不同了，它一方面要表现出自身的感性特征，另一方面还要生动地显示出由它所代表的一般性普遍意义。如前所述，象征导源于原始宗教的世上万物的交流感应性，因此，这种普遍意义往往带有一定的神秘意蕴，即如歌德所说的"奥秘不可测的东西"。这样，当我们接触艺术象征体之际，常常产生两种意象：一是其自身的确定性的表层意象，一是仿佛可把握住，却又显得依稀隐约的非确定性的深层意象。如闻一多《红烛》一诗中，红烛的表层意象和为人间创造光明的心火之光焰这一深层意象并存。故孔颖

---

① ［德］黑格尔：《黑格尔通信百封》，苗力田译编，上海人民出版社 1981 年版，第 130 页。

② 朱光潜：《西方美学史》下册，人民文学出版社 1979 年版，第 417 页。

达云："兴者，托事于物。……取譬引类，起发已心。"物象为事理、心意之依托与显现，这就使象征形象较之通常的艺术形象有着更为复杂的、多层次的隐意。

造成象征外显形象隐秘性的还有以下三种原因。其一，朱熹《诗集传》曰："兴者，先言他物以引起所咏之词也。"那么，此"他物"仍具有自身相对的独立性。当它作为某种意义的象征符号时，当然应有某一特点与意义相吻合，但事物的特点是多侧向的，它必然还有其他一些与所象征的意义不相关联的性质，而且该事物的自身内容也不可能与欲象征的意义完全叠合。例如，红色在山顶洞人的葬礼上，可以象征鲜血，呼唤生命；但红色以它热烈的色调也可以象征喜庆，甚至还可象征屠杀与恐怖。不同的社会性观念的渗入，可使同一象征体具有多种含义。至于同一象征体的不同状态而产生的多种象征义更不必赘言，如橄榄枝可以象征和平，但它青翠的枝叶还具有生机蓬勃与春意盎然的意蕴。这就造成我们在面对象征体时的困惑，究竟哪一种才是它的象征寓意呢？

其二，象征一般还可分为"传统的象征"和"个人的象征"两种。传统的象征是由文化的历史性发展积淀而成的，它与瑞士心理学家荣格所揭示的"集体无意识原型"有相似之处，是民族、集体意识积淀于个体文化心理结构中的外化对应物。如十字架在西方象征着基督教，"日暮"与"路远"在中国诗词中往往象征着时光的消逝与理想的追寻，像屈原《离骚》中"日忽忽其将暮""路曼曼其修远兮"。这种象征是某种普遍的意象不断地、反复地出现在历史、文学、宗教或民俗习惯中，而逐步成为约定俗成的带有普遍性的传统象征意象，它的意义是比较明确、固定与清晰的。

而个人的象征则往往离开约定俗成的传统象征意象，把个人感受到的、由自身独特心理因素所制约的，乃至下意识的幻觉意象当成象征体的形象。这种象征由于形象的新奇独特，联想的主观随意性，意义的超越常规性，即包容了过多的"个人信息"，常常使人感到离奇与困惑，跟不上作者的思路，难于形成相应的联想，造成审美鉴赏力的"短路"。它必须依靠一定的阐析与解释才能使人领悟。特别是现代象征主义诗派经常摆脱传统象征，而着意使用包含有过多"个人信息"的个人象征，更造成象征体的暧昧性。如美国诗人弗罗斯特《雪夜林边逗留》一诗的最后一节：

> 这树林多么可爱，幽深，
> 但我必须履行我的诺言，
> 睡觉前还有许多路要走呵，
> 睡觉前还有许多路要赶。

若从语言表层来看，"睡觉前还有许多路要赶"，是写旅客的行踪与心态，但在该诗中，"睡觉"却象征"死亡"，这若不经西方文艺批评家的分析，是难于捕捉到与理解的。因此，刘勰《文心雕龙·比兴》篇曰："明而未融，故发注而后见也"，象征需加注释方可洞悉。郑樵也说：兴者，"不可以事类推"。直接由诗的外在语象进行逻辑推理，是难于把握诗中象征的底蕴。象征体的暧昧性与多义性由此可见。

其三，我们论述的象征是诗的象征，是艺术的象征，艺术是主体意识得到最自由、最充分发挥的创造性活动。在艺术活动中，创造主体对于意义所欲显现的感性事物，绝不可能一板一眼按照其原已存在的自然形态而引进，主体的心灵性往往通过想象力与知解力的共同作用，把异质的客体同化为与诗情、与意义融为一体的新质，这时外物的客体形象已变形为由艺术幻觉所造成的"第二种形象"。如象征主义诗派鼻祖波特莱尔诗作《烦闷（二）》中的一段：

> 当雨水铺排着它无尽的丝条，
> 把一个大牢狱的铁栅来模仿。
> 当一大群沉默的丑蜘蛛来到，
> 我们的脑子里布它们的网……

雨水的丝条、蜘蛛的罗网把内外世界都密密匝匝交织着，阴阴沉沉地笼罩住，雨丝与蛛网象征着那无边无际、无始无终、不可摆脱的人生烦闷。这时的象征形象显然已摆脱了其原有的纯然外在的客观性，渗入了创造主体特定的心意、情感，处于一种艺术变形的状态，感知这类象征体的阻抗力也就同时增加了。

在象征型艺术的表现方式中，其外显感性形象内蕴着多层次的意念内容，而形象的各侧向特征之间、形象与意义之间的交错穿织，形象所包含的个人信息，以及形象的艺术变形等，产生出多种暗示力、多样的指向性，就像劳·坡林所作的生动表述："象征好像蛋白石，它的光能在慢慢转动的不同角度下放射不同的光彩。"① 虽然它能较完美地显示出创造主体复杂、深邃的内心精神，但也由此造成其外显形象的隐秘性。所以，黑格尔说："象征在本质上是双关或模棱两可的。"②

象征的第二种特征——"内蕴意义的超越性"，这是象征艺术表现方式的特殊功能之所在。

在我国古典文论中，最为深刻地揭示象征特性的，当数刘勰。其《文心雕龙·比兴》篇曰："兴之托喻，婉而成章，称名也小，取类也大。"即"兴"（象征）所举出的名物较小，但它所指向、获取的类的普遍性意义却较大。这和前文歌德关于象征的论述是一致的："名"即特殊，"类"即一般，通过特殊的名物的感性形象，生动地显现出类的一般性意义，由此便产生了象征。在歌德论说的基础上，黑格尔发挥道："作为象征的形象而表现出来的都是一种由艺术创造出来的作品，一方面见出它自己的特性，另一方面显出个别事物的更深广的普遍意义而不只是展示这些个别事物本身。因此，这个阶段的象征的形象仿佛是一种课题，要求我们去探索它背后的内在意义。"③

这就是说，在象征的艺术表现方式中，个别、具体形象的创造

---

① ［美］劳·坡林：《谈诗的象征》，殷宝书译，《世界文学》1981 年第 5 期。
② ［德］黑格尔：《美学》第 2 卷，朱光潜译，商务印书馆 1979 年版，第 12 页。
③ ［德］黑格尔：《美学》第 2 卷，朱光潜译，商务印书馆 1979 年版，第 28 页。

不是艺术的主要目的，它仅像是一块光学的三棱镜，让阳光穿透而过，闪射出七彩的原色；或像隐于水下的桥墩，让人们铺设跳板跨越而去寻求彼岸深远的意义。象征体形象自身所具有的意义相对地丧失了（但它作为艺术形象的美学价值仍然存在），它的作用在于指向，甚至逼迫人们穿透过形象的表层，去探索、去触摸深层的精神意义。所以，柯勒律治说：象征的"特征是在个性中半透明式地反映着特殊种类的特性，或者在特殊种类的特性中反映着一般种类的特性……最后，通过短暂，并在短暂中半透明式地反映着永恒"①。这也与刘勰的说法遥相契合。

穿过半透明的形象，领悟到趋向于永恒的意义，这就是象征的要质，我们也可扩展至叙事类作品来分析。像海明威的《老人与海》中的老人，其姓氏、身世均可忽略，他竭尽全力、以生死拼搏所捕获的大鱼最终只剩下一副骨架，那残酷异常、令人心悸的搏斗场面，虽然给人留下难以忘却的印象，但小说的目的并不仅在于对这事件过程的描述，海明威只是把这事件作为"形象化的弹跳点"，让人们穿透这形象的表层，去领悟深层的寓意：现实世界是残酷无情的，但人们应勇敢地面对它，应全力地与它拼搏，在失败、胜利、失败一连串无休止的搏斗中，显示出人类坚毅不屈的性格与伟力。人们甚至还可以从另一侧面理解它：世界是险象丛生的，人生是孤寂、绝望的，任何拼搏都是一种无意义的行动，因为老人终于还是被鲨鱼打败了，他最终所得只是白森森的鱼骨架……生活的局部现象升华为对世界、对人生整体的纵深思考与综合把握，这就是象征意义超越性之所在。

这种意义的超越性显示出象征的特殊功能，使它在诸艺术表现方式中具有不可替代的、独立自存的价值。艺术并不仅在于对艺术所反映的客体的描摹，艺术是人们从现实中萌生的主体意识的外化，

---

① 转引自［美］韦勒克、沃伦：《文学理论》，刘象愚等译，生活·读书·新知三联书店1984年版，第204页。

它充分展示出人的精神界的高度自由。当人们突破时空的限制，挣脱个体的拘囿，纵目历史的遥远与浑茫，放眼宇宙的无限与永恒，沉思人生的短暂与追求，他无不感受到生活的局部、现实的一隅对"观古今于须臾，抚四海于一瞬"的精神自由度的牵累。突破具体个别的事物的框限，在其形象化基点上自由地显现出精神界的辽阔与深邃，这个任务绝非写实、幻想或者比喻、夸张等所能担负得了。这时，象征这一人类最古老的观照世界的方式便应运再生，在特殊的精神性需求下，发挥出其特有的美学价值。

正如美国诗人兼评论家奥尔森对当代新诗潮流所作的评述："形式是内容的延伸，在这种新的诗的革新运动下就产生了一种具有高层结构的新的诗的形式。高层结构使得诗能够在现实的一层之上还有象征的一层，这样就在葡萄酒中掺入了天露，使诗能够既有丰富的现实，而又不囿于现实的硬性轮廓，使读者能在接触丰富的现实同时还听到天外的歌声，历史的长河里过去、未来的波涛声。这象征的一层又像舞台上变幻的灯光，用它的颜色渲染了现实，给现实以更多的含义，使一间简陋的小屋，几张普通的桌椅也会突然获得异彩。诗不但可以有一层天，还可以有几层天。"[①] 象征就是这样地丰富了艺术体的层次，它既增添个别感性形象的隐秘性，又拓宽、升华其内蕴意义，使它产生了对具体现象的超越性。

歌德说："象征把现象转化为一个观念，把观念转化为一个形象，结果是这样：观念在形象里总是永无止境地发挥作用而又不可捉摸，纵然用一切语言来表现它，它仍然是不可表现的。"[②] 象征在有限的形象中展现出无限的观念，而这蕴于形象的观念却是"不可捉摸"和"不可表现"的，它类似于康德在《判断力批判》中所推崇的审美理念："是指能唤起许多思想而又没有确定的思想，即无任何概念能适合于它的那种想象力所形成的表象，从而它非语言所能

① 转引自郑敏：《诗的高层建筑》，《诗探索》1982 年第 3 期。
② 朱光潜：《西方美学史》下册，人民文学出版社 1979 年版，第 416 页。

达到和使之可理解"。① 这种蕴于形象的"非确定性概念"亦即中国古典诗论所常道及的"言有尽而意无穷",或曰弦外之音、韵外之致等,它的美学价值就在于使艺术本体产生超越自身形象的深邃的不可穷尽的意蕴,故钟嵘《诗品序》曰:"文已尽而意有余,兴也。"

从接受美学的角度来观察,这种"不确定性概念"则是为读者留下审美的空间,激发读者审美鉴赏时的再创造。伍尔夫岗·伊瑟指出:"作品的意义不确定性和意义空域促使读者去寻找作品的意义,从而赋予他参与作品意义构成的权利。"象征便是造成作品"意义不确定性"和"意义空域",调动鉴赏者再创造能力的最佳表现方式。它使艺术体摆脱现象题材的重压,并且不陷于某一明确的特定的内容框架,从而在最大程度上启示、发挥了审美主体意识的自由,使他展开想象的羽翼,调动以往的审美经验,参与作品意义的构成。

如,颇有争议的诗作:《生活》

网。

全诗仅有一字。但读者可以根据诗题所示,填入各自的人生经历,并在"网"的形象支点上,完成作品意义的超越。沉溺于爱情的,爱情之网笼罩着他;追求私欲的,私欲之网时刻束缚着他。也就是说,象征的宽泛性与多义性,将给予读者以无尽的韵意、深邃的情思,产生隽永的、含蕴着哲理意念的审美感受。所以闻一多说:"隐语的作用,不仅是消极的解决困难,而且是积极的增加兴趣,困难愈大,活动愈秘密,兴趣愈浓厚,这里便是隐语的,也便是《易》与《诗》的魔力的泉源。"②

象征外显形象具有奥秘性,内蕴意义带着超越性,这就势必形成该统一体中矛盾双方之间"联系的婉曲性"——此为象征的第三

---

① 〔德〕康德:《判断力批判》上卷,宗白华译,商务印书馆1987年版,第160页。

② 闻一多:《说鱼》,《闻一多全集·一》,生活·读书·新知三联书店1982年版,第118页。

种特征。

刘勰不愧为文论大师，其辩证思维值得称道。《文心雕龙·比兴》曰："兴者，起也。……起情者，依微以拟义。""兴之托喻，婉而成章，称名也小，取类也大"。一"微"一"婉"字，道尽"名""类"这矛盾双方的关系。美学家梁宗岱阐析得好："所谓'微'，便是两物之间微妙的关系。表面看来，两物似乎不相联属，实则是一而二，二而一。象征底微妙，'依微拟义'这几个字颇能道出。"① 而"婉"字，则更明确地点明"名物"和"类意"之间那种婉转曲折的联系。"微妙""婉曲"二词为象征体两造间关系的最生动、准确的表述。

黑格尔认为，真正象征中的意义与形象的关系，既不同于原始象征期直接的统一，也不同于古典型艺术期和谐的统一，而是一种差异的统一。列维-布留尔曾从原始思维方式中归纳出"互渗律"："原始人思维中的综合，如我们在研究他们的知觉时见到的那样，表现出几乎永远是不分析和不可分析的。由于同样的原因，原始人的思维在很多场合中都显示了经验行不通和对矛盾不关心。"② 所以，在他们对世界的观照中，意义和形象、内在与外在这两方面的区别尚显示不出来，现象界事物就被看作意义的直接实际的存在或体现，这种观照甚至在现代仍留有遗迹，如西藏的活佛，现实界个别的人却与神一体，成了神的化身；基督教圣餐礼时，面包是上帝的身体，平凡的食物与神圣的意念直接融合为一。这些，虽是象征的萌端，却不能算是真正的、纯粹的象征。而至古典型艺术时期，艺术体的意义和这种意义自身所应有的形象，则是和谐的两相渗透与契合，达到独立完整的统一，形成自由的整体。像米洛的维纳斯，圆润的肌体，流畅的线条，坦荡、自尊的神态，把古希腊人对完美人性和自由生命的向往的意念，恰到好处地显示出来，形象的躯体与意义

---

① 梁宗岱：《诗与真》，外国文学出版社 1984 年版，第 66 页。
② ［法］列维-布留尔：《原始思维》，丁由译，商务印书馆 1981 年版，第 101 页。

的灵魂契合无间。

　　真正的象征与上述两种都不相同，其意义与形象的关系是差异的统一。这时，其意义已摆脱原始象征期那种与自然现象完全叠合的直接状态，开始有了独立的自觉性，但它还未达到绝对独立的地位，而且出于艺术的要求，它不能不依靠对它来说仍为异质的现象显现自己；另一方面，由于"互渗律"的影响，万物间的"交感呼应"，使形象只是在一种普泛性的或抽象协调的程度上显示意义，而不是以最恰当完满的外在形式显示意义，达到古典艺术那样自由和谐的契合。意义与形象之间这种既互相依存，又存有离异的矛盾性，便使象征的两造处于差异中统一的状态。

　　郑樵《六经奥论》说："《诗》三百篇第一句曰'关关雎鸠'，后妃之德也，是作诗者一时之兴，所见在是，不谋而感于心也。凡兴者，所见在此，所得在彼，不可以事类推，不可以理义求也。"诗人由一时之感兴，凭"不谋"的审美直觉，触及随目可见之物，而感于心，形成了象征表现方式，这就说明创作者在把握象征形象与意义的联系上具有一定的随意性。既然万物之间是交感呼应的，那么每一特殊的感性事物便都有可能与人的某一意念沟通，所以象征是对象征体外在形貌的要求不必像古典型艺术那样丝丝搭扣，处处照应，使意义与形象浑然一体。如同样是象征奴隶制度社会的政权稳固、统治者权力的至上威严，中国应用了青铜铸鼎及其狰狞的饕餮纹饰，而古埃及则采用宏大的金字塔来展示。由此可见，象征中的形象与意义缺乏明显的、外在的逻辑联系，而只要能达到遥相呼应或是一种抽象的协调则可。

　　朱熹在《诗传纲领》中也说："兴是借彼一物以引起此事，而其事常在下句。"即，兴（象征）的起点，是在外物的触动、引发下，再借此物像推导出较广泛的情感意念。因此，用作象征"出发点的是自然界和精神界的现成的具体的客观存在，然后把这种客观存在推广到一些普遍的意义，而这样一种实际存在虽然也包含这些意义的内容，却只是其中比较窄狭的一部分而且也只是仿佛近似的"①。例如，人由岩石的坚硬而引起人性刚强的意念，但岩石的坚硬仅是在物的质地这一侧面，近似地呈现人性的刚强，而不能完全地涵盖它，二者间仍存在异质的差别性。像艾青诗作《礁石》：

> 一个浪，一个浪
>
> 无休止地扑过来
>
> 每一个浪都在它的脚下
>
> 被打成碎沫，散开……
>
> 它的脸上和身上
>
> 像刀砍过的一样
>
> 含着微笑，望着海洋……

礁石的峭硬刚劲仅是触发诗人意念的起点，仅是诗人意念所显现的形象，而由诗中礁石形象引导的意念却远超于此，它可以是诗人在逆境中坚毅不屈精神的展露，也可以是更为抽象的人性中的斗争精神的写照。因此，象征中形象之所以被选用，目的并不在于表现形象本体，而是把它作为指引内在意义的标志，要通过它间接地暗示一些与它有某种联系的更深刻更广泛的意义。

当然，这并不是说象征与意义间可由绝对的随意性联系起来，形象本体必须具有与超越意义在某种程度上相一致的内在因缘和本质因素，如石的坚硬与人的刚毅，铸鼎、金字塔的稳定与政权的稳固，非此，便不能构成象征。如果象征体的两端仅是立足于差异，而不是各自在一端中包含另一端的某种基本定性，那么，象征体必然在晦涩、怪诞中破裂，如西方某些超现实主义的诗作往往以梦境中飘忽的错乱的潜意识流贯穿起象征的两造，由此产生的"象征体"便常是不可捉摸的，令人百思不得其解，其美学效应也就削弱了。

象征体的具体感性形象和普遍的精神意义，既不是纯自然性的

---

① ［德］黑格尔：《美学》第 2 卷，朱光潜译，商务印书馆 1979 年版，第 66 页。

叠合，也不是和谐中的契合，而是在一种差异中的相对随意的联合。形象凭借其某一侧面的特征，间接地暗示、导引向与其相关联的某种相对广泛的超越性的意义，这样形象与意义的双方便在依稀隐约、微妙婉曲的状态中统一起来。

纵观上述象征的三种特征，我们可以给艺术范畴中的象征概念做如下的界定：象征是运用某一含意较为隐秘的感性形象，通过它与题旨相关联的特征，微妙、婉曲地暗示或指向某种不脱离形象本体的、宽广的、具有超越性的意念与情绪的艺术表现方式，是艺术诗性的最重要的呈示途径。

三、象征与临近术语的界分

"界定即否定"，一件事物得到了定性，这个定性也就使它和周围的其他事物显出差异。但若逆向为之，在比较中，把象征和它相临近术语的差异揭示出来，也将有助于我们对象征定性的把握。

其一，象征与抽象。

象征是通过形象暗示意义，那么在审美终点上，我们所得的是否只是抽象的义理概念呢？人们对此似乎有所误解。有的同志认为："象征是以牺牲形象独立价值为前提的"，"象征往往只成为思想的符号"。如果这是不成功的象征作品的评价，那是妥当的，但若扩展、覆盖了整个象征领域，则是以偏概全。的确，象征的美学目的不在于艺术形象的本身，形象常因成为意念思绪的支撑点、弹跳点而较多地丧失其认识价值，但是，形象作为象征体有机组成的美学价值却并未消亡，感性形象往往把所欲象征的内容意义濡浸和溶解于自身，有时甚至还因超越性意义的提携，升腾至更为绚丽、精妙的境界。

　　如李商隐《锦瑟》诗之解，历来聚讼纷纭，有人以时事附会，认为影射诗人身世；有人以为是悼亡作笺者；钱锺书先生则力主"义山自题其诗以开集首"之说。但不管诗在象征着怎样的蕴意，其艺术形象绝没有丧失其自身的美的魅力。"沧海月明珠有泪，蓝田日暖玉生烟"，给人以多少瑰丽与葱茏的诗意，正如钱先生所评："虽凝珠圆，仍含泪热，已成珍饰，尚带酸辛，具宝质而不失人气。"①而且正因为其象征蕴意的微妙隐秘，它才成为传诵至今的名句。黑格尔指出：精神"通过自然现象显出自己的本质，而同时又通过精神现象显出自然现象，使它成为观照而不是思考的对象"②。艺术是观照的对象，而不仅是思考的对象，作为象征体中观照的艺术形象如果连美学价值也丧失的话，象征这一艺术表现形式在美的领域中便无立足之地了。

　　既然象征不是以科学认识的抽象意义获取为终极，那么我们所得的又是什么呢？按德国古典美学的解释，它是一种"审美解悟"。科学抽象，是运用知解力对现象进行逻辑判断、推演，得出确定的概念意义。单用知解力分析象征是有害的，"因为它把意义和形象割裂开来，因而也就把象征方式的解释所不过问的艺术形式消灭掉，只顾把抽象的普遍意义指点出来"③，它不是美学意义上的判断力。审美中的抽象却离不开对美的形象的感性体验，审美是感性体验的想象力与理性的知解力交融一体、和谐协调的运动进程。康德说："这种判断正因为这原故被叫做审美的判断，因为它的规定根据不是一个概念，而是那在心意诸能力活动中的协调一致情感（内在感官的）"④，也就是说，是想象力与知性（概念）处在一种协调的目的的运动中，超越感性而又不离开感性，趋向概念而又无确定的概念。

---

①　钱锺书：《谈艺录（补订本）》，中华书局1984年版，第437页。

②　［德］黑格尔：《美学》第2卷，朱光潜译，商务印书馆1979年版，第69页。

③　［德］黑格尔：《美学》第2卷，朱光潜译，商务印书馆1979年版，第19页。

④　［德］康德：《判断力批判》上卷，宗白华译，商务印书馆1987年版，第66页。

在对艺术象征体的审美中，尽管知解力较之鉴赏其他艺术方式处在相对活跃的地位，但它绝不可能是单纯的逻辑推理，而是在对形象的感性体验中升腾起理性的领悟，是一种形象、情感、理性熔铸一体的哲理情思。这就是我们所说的"审美解悟"，它与一般的科学的概念抽象有着本质差异。

其二，象征与比喻。

这是一个古今争讼却仍令人困扰的论题。中国古文论关于比兴之分的论述，不胜枚举，但终多归结为"比显而兴隐"。对此，闻一多先生有一畅达明了的解释："喻训晓，是借另一事物来把本来说不明白的说得明白点；隐训藏，是借另一事物来把本来可以说得明白的说得不明白点。"① 如他的诗作《红豆·二一》：

> 深夜若是一口池塘，
> 这飘在他的黛漪上的
> 淡白的小菱花儿，
> 便是相思底花儿了，
> 哦！他结成青的，血青的，
> 有角的果子了！

诗境中的"深夜""相思"原不易说明白，但诗人以"池塘""淡白小菱花"暗喻之，使读者有形象的生动感受；相思之"果"，若以概念的语言终归可以说明白的，但那血青的、略带苦涩的未成熟、又接近成熟的尖角菱果所象征之义，却给人以多少悠长、难以言尽的韵味啊！但闻一多此说仍带有浓烈的经验性意味，正如钱锺书所批评的："'隐'乎'显'乎，如五十步之于百步，似未堪别出并立。"② 两者界分的定性仍嫌不足。因为这种区别主要着眼于成为审美对象的艺术客体的方面，而忽略了创作主体方面。

---

① 闻一多：《说鱼》，《闻一多全集·一》，生活·读书·新知三联书店 1982年版，第 117 页。

② 钱锺书：《管锥编》第 1 卷，中华书局 1979 年版，第 63 页。

类似的论析，在我国文论史上是不可胜计的，特别是在 1978 年关于《毛主席给陈毅同志谈诗的一封信》所激起的那场讨论中。于此，再作无有新意的复述是多余的。笔者想从尚未被人们注意到的新的角度予以辨析，以期深化这个论题的研究。黑格尔把象征型艺术分为三大类：不自觉的象征、崇高的象征方式、自觉的象征（比喻），其间区分的要点在于创作主体把握艺术体中意义与形象关系的自觉性程度。

象征是在保持感性形象的确定状态上，以形象某些相关联的性质去暗示意义，但创作主体的意识对于形象与意义之间的关系尚不是清晰与自觉的，形象还是以自在（不是由人意识到的）方式出现的，所以它仍属于不自觉的象征。比喻则不同了，它的"意义不只是就它本身而被意识到，而是明确地看作是要和用来表达它的那个外在形式区别开来"。所以，比喻与象征的区别的根本点在于：比喻时，"主体（艺术家）对于他选作内容的那个意义的内在本质，以及他用来以比喻方式去表达这内容的那个外在显现形式的性质，都认识得很清楚，而且自觉地把所发见的二者之间的类似点摆在一起来比较"①，而象征则恰恰相反。

例如，"他顽强的意志像礁石一样"，在这个比喻中，创作主体对意义（顽强的意志）和形象（礁石）之间的关系，分辨得十分清晰，他可先从意义出发，再把意义外化于具体形象，或从感性现象出发，再替形象想出在性质上与其有某种相关联的意义，创作主体明确地区分了比喻体中的两造，并把握住了二者的类似点。象征则不同了，如艾青诗作《礁石》，诗人由礁石的某一特征触发而产生某种意念，但这种意念究竟是什么呢？似乎难于以明确的言语表述，其意念穿透的深度，即形象内涵、外延的不确定性，不但是读者，甚至诗人自己也不易明晰道出，形象的"自在"因素仍十分浓厚，

---

① ［德］黑格尔：《美学》第 2 卷，朱光潜译，商务印书馆 1979 年版，第98—99 页。

创作主体对象征体两造尚未能精确地分开，无法自觉地把握住。

宋代王应麟《困学纪闻》卷三引李仲蒙语曰："叙物以言情，谓之赋，情尽物也；索物以托情，谓之比，情附物也；触物以起情，谓之兴，物动情也。"指出比喻与象征（兴）的区别在于前者是"索物托情"，后者是"触物起情"。这与黑格尔以创作主体自觉性程度来区分比喻和象征的看法是相当一致的。钱锺书赞李仲蒙语"颇具胜义"，他阐发曰："'触物'似无心凑合，信手拈起，复随手放下，与后文附丽而不衔接，非同'索物'之着意经营，理路顺而词脉贯。"①"索物"，诗人主体自觉性十分强烈，他"着意经营"，从情感意念出发主动去寻索可托附的物象；"触物"，诗人主体处于相对被动的地位，他"似无心凑合"，只是在外物的触动下，才引发自身不可言喻、难以穷尽的情绪意念。

由此可见，对于创作主体来说，比喻体的形象和意义两造原是各自独立、相互割裂的，只是由于主体创作时的需要，才以主体寻索到的类似点，于外在地联系起来；喻体对于喻本来说，只是偶然相联的装饰而已。而象征体两造较之比喻，在创作主体心目中则叠映和应，如照影随形，情思由物象而感发，物象因情思而深化，二者相辅相成，合为一体，其间的联系不是由主体选择、寻觅而外加上去的，而是两相包含对方的某种基本定性较自然地融汇在一起，形象对于意义来说，虽然存在着差异，但仍有着某种必然的内在统一。

例如，同是写思愁，李煜词《虞美人》"问君能有几多愁？恰是一江春水向东流"，诗人由愁感发，寻觅到东流而去的一江春水的物象为附托、为载体、为感情的装饰，主体把握两造的自觉性程度高，故为比喻。但是，李商隐的《夜雨寄北》："君问归期未有期，巴山夜雨涨秋池。"巴山重重，秋雨漫漫，乡思与夜雨绵绵无尽，愁情共池水遥相而涨，形象与意念浑茫难辨，交相渗透，很难分析出主体

---

① 钱锺书：《管锥编》第 1 卷，中华书局 1979 年版，第 63 页。

的自觉性层次，故为象征。

当然，象征与比喻之别是文论史上悬而未决的议题之一，钱锺书说："'兴'之义最难定"，本文也不敢企望由此便豁然而解，但从创作主体把握意义与形象自觉性的角度来辨析之，是否可以开拓一新的研究途径呢？

其三，象征与象征主义。

黑格尔对于艺术的分类，带有相当大的主观随意性，但他从理念与形象的对立矛盾及其运动发展出发，逻辑推导出艺术的历史性演进的过程，却具有一定的合理性。按黑格尔的观点，理念找不到合适的感性形象为象征型艺术，理念与形象的和谐统一为古典型艺术，理念超越形象为浪漫艺术。这就是说，当艺术发展至古典、浪漫型之后，象征型艺术便丧失了它的主导地位。在重理性节制、形神和谐的古典式艺术跟前，在重感性迸发、神溢于形的浪漫式的情感直抒跟前，象征型思维逐渐萎缩，以至于只成为后两种艺术的辅助成分。正如美国文学理论家韦勒克所言，在对待象征、隐喻等问题上，"较老的理论仅是从外部的、表面的角度来研究它们，把它们的绝大部分作为文饰和装饰性的装饰，把它们从它们所在的作品中分离出来"[①]。即象征仅成了艺术品表层的装饰性因素，或者是一种艺术形式上的表现方法。在我国，长期以来也是持这种看法的，象征往往属于修辞学的方法中的一种。

但是近现代的西方艺术界却起了突变，象征型艺术再度萌生，象征型思维复被重视，象征主义拉开了现代文学的序幕，成了世界现代文学史上最重要的流派。自 1857 年法国象征派诗人波特莱尔发表《恶之花》诗集始，到"1925 年左右，象征的概念开始成为人们注意的中心。对艺术是直觉表现或艺术是想象这种定义的讨论，或对美是客观化的快感这种定义的讨论，让位于人们以独特和奇异的

---

① [美] 韦勒克、沃伦：《文学理论》，刘象愚等译，生活·读书·新知三联书店 1984 年版，第 209 页。

力量来确立象征和符号的艺术意义的讨论"①。象征主义形成蔚为大观的艺术思潮。韦勒克指出,这时人们不再把象征、隐喻变成外在的修辞手法,而认为"文学的意义与功能主要呈现在隐喻和神话中。人类头脑中存在着隐喻式的思维和神话式的思维这样的活动,这种思维是借助隐喻的手段,借助诗歌叙述与描写的手段来进行的"②。古老的象征思维再度成为人们艺术把握世界的重要方式,本文开篇言及的现象便是由这股思潮所孕化的。因此象征与象征主义这两个名词概念的区别在于:前者是作为艺术创造中形式表现的一种修辞方法,而后者是把象征当为艺术把握世界方式的一种文学流派。

现在的问题在于人类艺术初始期的思维方式为什么会在现代艺术中复现?它究竟是简单的重复,还是螺旋式发展的文艺史上不同级位的对应?笔者认为应是后者。19世纪末以来,西方社会弊病日益暴露,特别是第一次世界大战所造成的各种危机,加深了人们的社会性恐慌,而爱因斯坦相对论和弗洛伊德精神分析学的创立,使人们对杳远的外宇宙与奥妙的内宇宙有了新的审视角度,由此也引起人们对绝对理性的信仰的动摇,尤其是自叔本华、尼采始,西方的哲学一反康德、黑格尔崇尚人类理性万能的乐观主义精神,陷入了怀疑人类能否征服世界与自身的悲观主义与虚无主义的惶惑之中。这一切便造成了人与社会、人与人、人与自然、人与自我之间关系全面异化的状态。人们在看到现实美的层面时,进而透视到丑恶的另一面,在把握现象的同时,还发现深不可测的神秘的另一端;不但如此,人们对自身的理解,也从充满乐观信念状态转而发觉它的另一极地:人生是一出永无止境的悲剧。这种对内、对外观念上的分裂,便导致了象征型思维的重新复活。

如前所述,象征型思维是差异中的统一,较之浪漫型艺术思维,

---

① 〔美〕吉尔伯特、〔德〕库恩:《二十世纪的美学方向》,蒋孔阳编:《美学与艺术评论》第1集,复旦大学出版社1984年版,第361页。

② 〔美〕韦勒克、沃伦:《文学理论》,刘象愚等译,生活·读书·新知三联书店1984年版,第209页。

它是统一的，而较之古典型艺术思维，又是对立的。从大的艺术范畴来看，它的理念尚未找到合适的形象，仍属于分裂的状态。"在这种分裂中，即在既对感性依附又对感性超脱的分裂中，它……表现了穿越我们意识世界的那种张力（tension），……以及存在本身所拥有的那种基本的两极性。"① 一端附着感性具体的现实，一端趋向形而上的哲理概括，象征型思维的双向张力使它与现代人的艺术思维及复杂、矛盾的精神世界相适应，以至于英国文学评论家卡莱尔居然指出："正是在象征之中并通过象征，人们才能自觉或不自觉地生活、工作并成其为人。"使人成其为人的不再是古典主义时期至今所崇尚的理性，而是象征能力了。外在的现实世界与内在的精神世界的变化，使原有艺术表现方式，如当时盛行的左拉自然主义的写实展现，以及艾略特所否定的毫无节制的浪漫主义激情倾泻，都产生了令人厌弃的倾向。当艺术发展到自我否定的极限时，它必然要去寻求时空中最遥远的东西来刺激自身，就像文艺复兴时期，人们从维纳斯女神的出土，惊喜地寻觅到艺术发展新的途径一样，古老的象征思维方式在现代也被拭去了历史的尘埃，重新恢复主导性艺术思维的地位。

当然，它不是几千年历史的轮回，不是古老思维的简单回复，新的历史时期为它注入了与原始象征思维不同的内质。它不再像人类历史初始期那样崇拜于万物交流互感的魔力，而是强调人的超自然能力。当理性的无所不能的光环幻灭，理性思维的无所不及的穿透力钝滞之时，人们重视的是艺术的幻觉力。它力求以虚构的各种艺术形象来暗示、泛指隐匿在感性世界之后的理念的世界、神秘的世界，去表现"精神系统的不明了的瞬间的感觉和心情"；力求通过抽象的普泛的概括能力来达到对形而上的哲理意念的把握。而这种暗示与启示所传递的不是能以科学的精确概念来表述，而是一种非

---

① E. 卡西雷：《象征问题及其在哲学体系中的地位》，转引自蒋孔阳编：《美学与艺术评论》第 1 集，复旦大学出版社 1984 年版，第 362 页。

确定性概念的审美理念，一种近于神秘的难以言尽的艺术的诗性。像艾略特的《荒原》一诗，在高贵与低贱、雅致与庸俗、繁盛与荒芜的形象对照中，暗示了当代文明的衰落、人类精神的颓丧，但这一观念的呈示仍是以诗的具体感性的形象为载体，并不脱离它。现代派的诗作，多是在追求一种形而上的普遍性意蕴的启示，而这只有倚重于象征型艺术思维及其传示方式才能奏效。

黑格尔说：象征"要解决精神怎样自译精神密码这样一个精神性的课题，但实际上并没有把它译出来"①。这一精神密码的破译，这一精神性课题的解决，尚有待于我们共同的、持久的努力。

（原载《上海文学》1987 年第 7 期）

---

① ［德］黑格尔：《美学》第 2 卷，朱光潜译，商务印书馆 1979 年版，第 69 页。

论艺术的抽象

文学艺术的抽象问题，有着深刻的哲学、美学内涵，但学界迄今未有深入的探寻。艺术的抽象是艺术家、作家凭借着一种具有"知性直观"的审美判断力，直接由外物的幻觉表象、形式要素，或由自身的内在的情感生活、生命经验，提纯出的一种不脱离感性存在的"情感涵括"或"经验的一般"。它的美学特质是：其审美对象是一种"虚幻性"的、间接的存在；它包含着强烈的生命体验及其转化而来的运动着的情感形态；它遵循"简化原则"，所创造的是一种既具体又抽象的意象、一种动态的生命形式。

一、历史性的困惑与追寻

当古希腊先哲赫拉克利特说出"太阳每天都是新的"这句话之时，可能尚未意识到他的话中蕴含着一种使现今人们仍感到困惑的思维形式——艺术的抽象。

多年来，当人们问及："文学艺术的抽象是什么？"一般这样作答：通过作品中具体形象的内容或情感意蕴的概括，达到对它所展现的艺术对象本质的概念把握。正如韦勒克所指出的那样："通常人们把文学看作是一种哲学的形式，一种包裹在形式中的'思想'；通过对文学的分析，目的是要获得'中心思想'。研究者用这类概括性的术语加以总结和抽象往往受到鼓励。"① 像德国莎士比亚研究专家乌尔里希，居然从《威尼斯商人》一剧中概括出"强制执法是不公正的"这一中心思想。在中国，不也有人把《红楼梦》作如此抽象解读：通乎经义，《易》《书》《诗》《礼》《春秋》，包举无遗；或为"吊明亡，揭清之失"；乃至"封建社会的没落史"等概念式的论断吗？

上述的概念性抽象是否就等同于作品的艺术本质内涵呢？诚然，诗人、批评家都生活在一定的历史环境中，其一切意识活动必然受到历史背景、社会环境的制约，在此历史性基点上来阐释作品是无可非议的。但仅从把握社会性意义或科学性判断的认识论角度进行概括，是否缩减了作品完满的审美价值呢？像哲人赫拉克利特所说的那句话，一方面是包含着科学的逻辑推论：太阳的亘古运行，时光的不息轮回；但另一方面也含蕴着先哲对给予生命以光和热、给予宇宙空间以无穷生机的太阳所产生的欣喜、激奋的情感，以及一种崇高的美感。这种包含着具体意象、凝缩着情绪感应的"概念性"话语，才是文学艺术抽象的展现。

从文艺理论发展史的角度着眼，艺术的抽象问题是长期悬而未决的课题之一。偏于理性的文学批评流派一般多是认为艺术表现的对象内容和科学认识的对象内容是同一的，因此，对艺术作品的内容像科学认识那样进行概念抽象，变得十分正常。这可以溯源至2000多年前的亚里士多德，他认为历史与诗的区别在于"一叙述已

---

① ［美］韦勒克、沃伦：《文学理论》，刘象愚等译，生活·读书·新知三联书店 1984 年版，第 113 页。

发生的事，一描述可能发生的事"，两者的表现对象都是客观外界"发生的事"。他还认为："写诗这种活动比写历史更富于哲学意味，更受到严肃的对待；因为诗所描述的事带有普遍性，历史则叙述个别的事。"① 显然，诗、艺术，在他的心目中，是对现实的事进行普遍性概括的一种手段，亦即概念性抽象的一种方式。由此，至 17 世纪欧洲古典主义文学思潮，其代表人物布瓦洛在《诗的艺术》中更为明确地宣布："首先，必须爱理性：愿你的一切文章永远只凭着理性获得价值和光芒。"② 诗、艺术中的理性与概念被抬到主宰一切文学艺术活动的地位。

新中国成立以来，我国的文艺理论体系主要来自苏俄。多年来，我们把别林斯基这段话当成经典："人们看到艺术和科学不是同一件东西，却没有看到，它们之间的差别根本不在内容，而在处理特定内容时所用的方法。哲学家以三段论说话，诗人则以形象和图画说话，然而他们说的都是同一件事。"③ 很明显，他认为艺术与科学具有相同的认识内容，仅是在处理方式上不同而已。在另一篇文章中，他的这一观点被表述得更为清楚："诗歌是直观形式中的真实；它的创造物是肉身化了的概念，看得见的，可通过直观来体会的观念。"④ 由此，自然得出艺术、诗传达的只能是概念这样的结论，那么，艺术抽象概括的更只能是概念了。别林斯基的美学观念渊源于黑格尔的哲学体系，黑格尔从他唯心主义先验框架出发，把包括自然界、人类及其精神在内的整个客观世界，都表述成由作为万物本源的精神实体——绝对理念，在不断的矛盾运动过程中异化、派生出来的。

① ［古希腊］亚里士多德：《诗学》，罗念生译，人民文学出版社 1962 年版，第 29 页。

② 伍蠡甫：《西方文论选》上卷，上海译文出版社 1979 年版，第 290 页。

③ ［俄］《别林斯基选集》第 2 卷，满涛译，上海译文出版社 1980 年版，第 429 页。

④ ［俄］《别林斯基选集》第 2 卷，满涛译，上海译文出版社 1980 年版，第 96 页。

艺术，包括诗，只不过是绝对理念经过逻辑阶段、自然阶段，到绝对精神阶段的产物。因此，绝对精神阶段的三种精神产物：艺术、宗教、哲学，在黑格尔看来没有内质上的差别，仅在于表现形式上的不同。艺术是"感性观照的形式"，它以形象使绝对理念成为"观照与感觉的对象"；而宗教则是以"想象（或表象）"的形式，哲学则是以概念运作的"绝对心灵的自由思考"的形式来显现绝对理念。① 它们在展现对象上，内容相同，仅形式不同，这就是黑格尔到别林斯基的结论。

苏俄的文学理论体系影响中国之深广，迄今为止仍是其他文学理论体系所难以匹敌的。就是现今高校所使用的文艺概论教材，它的构架及不少具体概念也仍未脱出其框限，艺术的抽象问题也是如此。其实，在马克思主义的美学体系中最早对这个结论质疑的是普列汉诺夫，但我们却往往忘记了他。普列汉诺夫说："并不是任何思想都可以通过生动的形象表现出来（例如，勾方加股方等于弦方的思想就不能这样表现出来），所以当黑格尔（我们的别林斯基也同他一样）谈到'艺术的对象就是哲学的对象'的时候，看来并不完全正确。"② 普列汉诺夫指出，这种错误主要表现在两个方面。第一，艺术作品中的内容及人物都是"个性化"的，"既然我们与之打交道是个人，所以我们面前出现的是某些心理过程，而且在这里心理分析不仅是完全适当的而且是十分必要的，甚至是非常有教益的"③。他以博马舍的剧本《费加罗的婚礼》为例，指出若把该剧本的内容仅仅看成是第三等级同旧秩序斗争的这样一般的、抽象的观念，那么，"凡是这个观念以自己'抽象'的形式这样表现出来的地方，那里就连艺术创作的痕迹也没有"。因为体现剧本的内容首先是人物，

---

① ［德］黑格尔：《美学》第 1 卷，朱光潜译，商务印书馆 1979 年版，第 129 页。

② ［俄］普列汉诺夫：《普列汉诺夫美学论文集》（一），曹葆华译，人民出版社 1983 年版，第 42 页。

③ ［俄］普列汉诺夫：《普列汉诺夫美学论文集》（一），曹葆华译，人民出版社 1983 年版，第 187 页。

是人物的心理过程，而心理难道能以抽象的概念进行概括吗？概念的抽象实质上取消了艺术创作。第二，艺术家、作家、诗人在以作品展现社会事件时，他仍然是"个人"，他的个人性格和生活内容不一定都和他的历史活动构成确定的因果性联系，虽然"它们一点也不改变这个活动的一般历史性质，可是赋予它以个人的色调"①。

比起别林斯基，普列汉诺夫不但看到了艺术是现实生活事件的反映，而且更是艺术家、诗人个体审美心理的表现。从前者的艺术是社会生活认识的意义出发，艺术品内容可以概括为哲学的抽象；从后者的艺术具有自身的审美目的出发，艺术品便能升华为另一种美学意义上的抽象。所以，普列汉诺夫下述的这段话便显得十分重要：由认识论角度引发的"抽象观点只能看到真理与谬误之间、善与恶之间、现有的事物与应该有的事物之间的抽象对立。在反对已经腐败的制度的斗争中，这种抽象的因而也是片面的对事物看法有时甚至是非常有益处的。但是它妨碍着对事物的全面研究。由于它的缘故，文学批评变成了政论。批评家研究的不是他分析作品中所讲的东西，而是这个作品中可能讲的东西，假如它的作者掌握了批评家的社会观点的话"②。这就是说，概念式的抽象在分析艺术对现实的认识方面有它的价值，但它也往往带来了对艺术的"图解"，使文学批评成了"政论式"的解释，成为一般政治、道德，乃至哲学的演绎。应该承认，普列汉诺夫在揭示这种非审美式的文学批评的弊病方面确是一语中的的。

---

① ［俄］普列汉诺夫：《普列汉诺夫美学论文集》（一），曹葆华译，人民出版社 1983 年版，第 250 页。

② ［俄］普列汉诺夫：《普列汉诺夫美学论文集》（一），曹葆华译，人民出版社 1983 年版，第 238 页。

二、艺术抽象的存在价值

抽象是人类智力发展至一定阶段的思维形式。马克思说："哲学最初在意识的宗教形式中形成"[①]，也就是说原初的思维形式与宗教的思维形式相伴相生。这就引发了其思维方式的特点：具象性和含有神秘情感的"互渗性"。当最初的人从生于斯、息于斯的浑茫一体的自然中萌醒，意识到族类或自我的主体性存在之时，他便开始有了自我意识，有了思维。但这种思维是以具象的、含蕴情感的"表象思维"为形式的，在表象与表象之间则以原始宗教神秘的"互渗律"为联系，因而在"联系"中所必然上升的概括与抽象，就带有虚幻而神秘的色彩，强烈的、渗透内里的情感，以及含有综合意蕴的具象形态。这种被称为"表象思维中的抽象"，也由此而有别于现代的强调逻辑形式同一律的抽象思维，成为一种独立的思维形式。例如，在原始狩猎部落的宗教仪式上多以羽毛为装饰物，因为在他们看来，羽毛有着神秘奇特的魔力。鸟，特别是鹰、雕之类，翱翔高天，俯视山野，根据互渗律，其羽毛也必定具有视、听一切的功能，进而也是勇猛、健康与生命的象征。扩展至兽类，其鬣毛等也渗有类似的功能与蕴义，于是羽毛便渐渐被概括成一切吉利、吉祥的象征物。但这种概括与抽象，显然没有离开具体的物象，其遵循的不是逻辑同一律，而是神秘的、带有情感的互渗律。

以研究现代艺术而著称的德国美学家沃林格认为，抽象的成因还和原始人们的心理倾向及心理冲动有关，它源自原始人们对空间的恐惧。浩瀚无际的宇宙空间，杂乱无章的世间万物，变幻无常的

[①] 《马克思恩格斯全集》第 26 卷第 1 册，人民出版社 1972 年版，第 26 页。

命运悲欢，混沌迷茫的物象事理，这充满偶然性的神秘的生存空间，引起人们内心巨大的不安，使"人在整个世界中丧失立身之地而产生的本能的恐惧"，于是他们"将外在世界的单个事物从其变化无常的虚假的偶然性中抽取出来，并用近乎抽象的形式使之永恒，通过这种方式，他们便在现象的流逝中寻得了安息之所"①。这样，外物从其自然关联中，个别从其无限的存在中，偶然从其无常的变幻中，均抽离出来，以其纯净、超验、"简化"的抽象形态获得永恒，并在对世界的整体性把握中合乎于必然。沃林格认为这样的抽象形式便可以接近"绝对的价值"，使人们感受到"幸福和有机形式的美而得到满足"②。

但真正的抽象是在人类思维发展至较高层次才取得的，是在摆脱了原始宗教的神秘性，是在对现代艺术与科学的反思中产生的。19世纪的德国古典哲学便留下这一思维的轨迹。与黑格尔以绝对理念淹没感性个体人的存在相异，康德哲学强调自然与人、感性与理性在人的感性个体上的统一；他主张"思维无内容则空，直观无概念则盲"，强调理性概念与直观经验的统一。因此，在艺术的抽象、审美的抽象上，康德不像黑格尔那样把它上升为理念所规定的概念抽象，而是认为它达到的只是"经验的一般"，即"经验的抽象"，亦即一种"知性直观"，属于审美判断力的范畴。康德分析道："鉴赏判断必需具有一个主观性的原理，这原理只通过情感而不是通过概念，但仍然普遍有效地规定着何物令人愉快、何物令人不愉快。一个这样的原理却只能被视为一共通感，这种共通感是和人们至今也称做共通感的一般理解本质上有区别，后者（一般理解）是不按

①　［民主德国］W. 沃林格《抽象与移情——对艺术风格的心理学研究》，王才勇译，辽宁人民出版社1987年版，第17页。

②　［民主德国］W. 沃林格《抽象与移情——对艺术风格的心理学研究》，王才勇译，辽宁人民出版社1987年版，第18页。

照情感，而时时按照概念。"① 这里，康德划分了两种"共通感"，一种是人们一般理解的通过概念而形成的"共通感"，如科学的抽象认识；一种是人们通过情感性概括而形成的"共通感"，如艺术的抽象把握。例如，在绘画术语中，红、橙、黄等一类颜色，因其色调明亮，给人以温暖、热烈、扩张的感觉，故称之为"暖色"；而青、蓝、黑等，因其色调灰暗，给人以寒冷、沉静、收缩的感觉，故称之为"冷色"。这样的分类、概括完全是从审美主体对对象形式的主观感受着眼，而不是从对象既定的概念，即按科学认识的实际光谱出发。因此，这样由红或黑等具体的色彩中，概括出渗透着极为浓烈的人的主观情感性的"暖色""冷色"，就是艺术的抽象，亦即康德所说的美学意义上的"经验的一般"。

康德划分出的另一种通过概念而形成的"共通感"，则相当于今天的科技理性思维，它以具体、个别、感性的材料为基础，从中抽取出一般模式，然后把感性材料抛弃，如钱锺书先生在《管锥编》中所揭示的那样，"见月忽指""到岸舍筏"，寻求的是纯粹的概念抽象。它在带来严密的系统化和精细化的同时，也构成机械化与规范化，对当代人感性生存日渐产生威胁，其抛离人的本真状态的思维形式的缺陷也就日趋明显。从而导致许多哲学家、美学家对涵容有审美因素的抽象思维形式的重视，格式塔心理学家阿恩海姆甚至提出"我们需要而且应该在知觉与思维之间重建一座桥梁"这一引人注目的课题。他指出："知觉包括了对物体的某些普遍性特征的捕捉；反过来，思维要想解决具体问题，又必须基于我们所生活的世界的种种具体意象。在知觉活动中包含的思维成分和思维活动中包含的感性成分之间是互补的。正因为此，才使人的认识活动成为一个统一或一致的过程——这是一个从最基本的感性信息的'捕捉'到获得最普遍的理性概念的连续统一的过程。这一统一过程的最本

---

① ［德］康德：《判断力批判》上卷，宗白华译，商务印书馆 1987 年版，第76 页。

质的特征，是在它的每一阶段（或水平）上，都要涉及着'抽象'。"① 显然，这段话几乎使我们立即想起马克思在《政治经济学批判·导言》中关于理论思维方式的第二条道路："抽象的规定在思维行程中导致具体的再现"的论述。马克思认为这种"思维具体"是由"思维""抽象的规定"再度"把直观和表象加工成概念这一过程的产物"。也就是说，众多哲学家和心理学家都发现，存在着一种和从感觉印象归纳、抽象出来纯粹的概念判断不同的思维形式。正如马克思所分析的那样：它是抽象的，但"决不是处于直观和表象之外"；它是思想的、概念的，但又是"一个具有许多规定和关系的丰富的总体"②。记得地质学家李四光在论及地球大陆演化过程时说过，"欧洲在崩溃，美洲破碎了，亚洲站住了"，他便是以一种"理性具体"的思维方式来论述科学性的"地球板块说"。

马克思所说的"思维具体"，或康德所说的"经验的一般""知性直观"等，在理论思维与艺术思维中都存在着。在艺术范畴论及它时，便引生了艺术的抽象。符号学美学理论家苏珊·朗格便明确地把它列为与"一般性的抽象"相对立的"直接的抽象"。她描述了其演化的进程："它们是在某种合宜的想象性状态中从个别事物中直接获取的。这样一些视觉形式一旦被抽象出来，便被强加到其他的事实上面。这就是说，从此之后，在任何合适的场合，它们都会被作为一种'解释性'的形象使用着，渐渐地，由于会受到其他一些解释性形象的影响，它们便相互融合，由之而变形、变态。或突然被抛弃，继而由一个更加可信或更加诱人的新的完形所代替。"③ 这是一种艺术所特有的抽象，因为它的对象是想象性的、虚幻的事物形态，它的形式是直接从个别事物中获取的，它的存在是一种不脱

---

① ［美］鲁道夫·阿恩海姆：《视觉思维——审美直觉心理学》，滕守尧译，光明日报出版社 1987 年版，第 238 页。

② 《马克思恩格斯选集》第 2 卷，人民出版社 1972 年版，第 103 页。

③ 转引自［美］鲁道夫·阿恩海姆：《视觉思维——审美直觉心理学》，滕守尧译，光明日报出版社 1987 年版，第 249 页。

离具体、个别事物的"解释性"的形象，而且处在一个动态的进程中。因此，它完全有别于认知性的概念抽象，是一审美性的形象抽象。例如，"哈姆雷特虽然是一个有血有肉的具体的人，他不是成了一个时代的概括了吗？"①

至此，我们拟可对艺术的抽象作以下的界说：它是艺术家、作家、诗人凭借着一种具有"知性直观"的审美判断力，直接由外物的幻觉表象、形式要素或内在的情感生活、生命经验，提纯出的一种不脱离感性存在的"情感涵括"或"经验的一般"。

三、艺术抽象的形态特质

上述的界说也属于概念的抽象形态，但艺术的抽象却自始至终并不脱离个别的感性形式。而且理论的描述势必导入具体的现象分析，这是理论的实践性品格的需求。因此，对艺术抽象的形态、特质亦需做出相应的论析。

第一，艺术抽象的对象是一种"虚幻性"的、间接的存在。

正如普列汉诺夫所觉察到的那样，艺术思维与逻辑思维在对象的内容上是不同的，所以它们的抽象形式也是不同的。逻辑思维的对象是真实客观存在，它追求的目标是对其精确的把握，因此它以判断、推理、概括的形式给予对象以概念的抽象。而艺术思维的对象却往往是一种"虚幻"的存在，这里的"虚幻"并非否定对象存在的客观性，而是指对象不能直接地，而只能间接地构成艺术的内容。这种间接性是由艺术所特有的审美心理学内质决定的。当外界

---

① 转引自〔美〕鲁道夫·阿恩海姆：《视觉思维——审美直觉心理学》，滕守尧译，光明日报出版社 1987 年版，第 33 页。

客观物尚未和艺术创造主体构成审美关系时，它的内容对于创造主体仍属于异质的东西；只有当它与创造主体发生了相互统一的联系，它的内容为主体的精神世界所包容、"同化"，从异质变为与主体精神同质的东西之后，它才能成为艺术展现的对象。当精神性的氛围，如创造主体的审美性情感溶化了对象之后，一切都变形了、异态了，对象已完全改变了它原有的形态，这时的真实存在已成为"虚幻"的存在。也就是说，艺术创造的是生活的幻象、经验的幻象或主观情感的幻觉，这样，科学认识的推理性抽象在其跟前，便丧失了效能。

艾青献给智利诗人聂鲁达的《在智利的海岬上》中有这么两句诗："房子在地球上/而地球在房子里"。若按科学认识论的逻辑推理，第二句便十分费解了，负载着五大洲、四大洋、几十亿生灵的偌大的地球居然被塞进了智利海岬上的一座小房里？真是不可思议。当然，很快就会有人指出，这里所指的是诗中第二节写到的地球仪，倘若如此，艾青这两行诗便等于"大白话"，等于什么也没写。但是，这两行诗句在整首诗中却有着概括性的意义。是艾青，还是聂鲁达，诗人的情怀像大海般环抱着我们居住的星球。他们在艺术的海洋中航行，在情感的浪潮中聚合。诗，敲开了人们的心扉；艺术，融汇了人们的心灵。人类共同美好的愿望使世界各族人民走到一起，空间的距离似乎消失了，地球仿佛变得很小、很小。这样的感受、情怀、愿望、理想被汇拢起来，概括在"房子在地球上/ 而地球在房子里"这两句诗中。它既是写实的，又是虚幻的；既是具象的，又是抽象的。这种写实中的虚化，具象中的概括，便是艺术的抽象。

第二，艺术的抽象往往包含强烈的生命体验及其转化而来的运动着的情感形态。

艺术思维和逻辑思维在对象内容上的区别的另一方面是，逻辑思维所欲认识的是明晰的、可以由科学实证的外在物理现象；而艺术思维所表现的是创作主体自身的生命经验或内在的情感生活。人的情感生活、人的生命体验是模糊的、动荡的，无法以概念固定下来的内在心理现象："那些真实的生命感受，那些互相交织和不时地改变其强弱程度的张力，那些一会儿流动、一会儿又凝固的东西，那些时而爆发、时而消失的欲望，那些有节奏的自我连续，都是推论性的符号所无法表达的。主观世界呈现出来的无数形式以及那无限多变的感性生活，都是无法用语言符号加以描写或论述的。"① 因此，它也是概念性抽象所无法传示的，然而它却可以在艺术的抽象中呈示出来。

美国心理学家阿恩海姆曾举过这样一个例子来说明非概念式抽象的情感内质。他说：一只丢失的手表，绝不可能成为其失主的"抽象体"。但是，在日本长崎的博物馆中展出的那些被损坏的老式钟表，却可以成为比同一展室中那些恐怖的照片更强有力地震慑人心的"抽象物"。由于美国投掷的原子弹的爆炸，长崎所有被损坏的钟表的指针都停止在十一点零二分，这样一种突如其来的在同一时间一致停顿的钟表，标志着该地区人们的日常生活的突然结束，死亡的瞬间到来。② 这种具象的"时间忽然、整一的停止"，给人带来的恐怖感、震撼感，以及对战争的控诉、对和平的渴望等等复杂的情感状态，绝非语言的概念抽象所能达到的。如果说，把它们也当成"艺术品"来对待的话，那么这些"忽然、整一停止"的钟表便是艺术的抽象。因为它们已经完全不是用来指示时间的认知工具了，它们固有的本质在人的情感与理智的覆盖下已产生变异，成为代表着另一种本质意义的抽象体。

第三，艺术抽象遵循"简化原则"所产生的是一种既具体又抽象的意象。

抽象，在科学的范畴中，是一种归纳、概括的过程；而在艺术美学的范畴，则多称之为"简化"进程。被推崇为 20 世纪现代艺术

---

① ［美］苏珊·朗格：《艺术问题》，滕守尧、朱疆源译，中国社会科学出版社 1983 年版，第 128 页。

② ［美］鲁道夫·阿恩海姆：《视觉思维——审美直觉心理学》，滕守尧译，光明日报出版社 1987 年版，第 261 页。

理论基石的沃林格的《抽象与移情》、康定斯基的《论艺术的精神》这两本专著，都强调了抽象的简化原则。这种"简化"的极限，沃林格称之为"几何—结晶质"，康定斯基称之为"最低限度的艺术"，他们都认为对自然、具象事物的抽象，达到几何型的线、面、体时，才是最纯粹、最有效的抽象。但几何型的线、面、体仍是包含着某种意蕴的感性具体，像阿恩海姆所描述的那样："在抽象思维中，一个毕恭毕敬的侍从被抽象为一个弯曲的弓形。……虽然事物的表面质地和轮廓等已变得很模糊，但却能准确地把他们想要唤起的'力'的式样体现出来。"① 也就是说，侍从那卑躬屈膝的内蕴融入了简化的形式中，构成形象的抽象。

而以文字语言为传达媒体的文学作品，例如诗，其艺术抽象多是把诗中形象分解成某些纯视觉元素组合而成的简化的结构关系。像李白的《望天门山》："天门中断楚江开，碧水东流至此回。两岸青山相对出，孤帆一片日边来。"其内层具有类似西方立体派绘画那种几何图形的抽象结构美：天门山垂直切开，长江拐成直角向北流去，陡峭的石壁如两条浓重的平行线相对而立，而被风鼓胀成弧形的船帆，远远地从圆球般的旭日边上驶来。当整首诗的画面形象被提纯为垂直线、直角线与弧形、圆形的交织、对比之后，诗人那种对大自然整体几何型的抽象能力顿时毕现，而我们对这首诗的审美也从表层的语言形象进入了深层结构关系的抽象性把握。

康定斯基是一位画家，他执着地追求抽象画面的内在音响，由此他也论及："人们往往会忘记一个特定事物的象征指称，却记住了这个指称的声音。当我们听到这个纯粹的声音，就可以无意识地联想到与之有关的具体的或抽象的事物。"② 语词的重复使其固有的指称意义与实质内容逐渐淡化，但其音响却会上升为特殊形式上的抽

---

① ［美］鲁道夫·阿恩海姆：《视觉思维——审美直觉心理学》，滕守尧译，光明日报出版社 1987 年版，第 31 页。

② ［俄］瓦·康定斯基：《论艺术的精神》，查立译，中国社会科学出版社 1987 年版，第 26 页。

象。这的确揭示了诗的另一种抽象形态。像戴望舒的《雨巷》，那个"丁香一样地/结着愁怨的姑娘"，究竟是真实的存在，还是诗人想象的幻影？她的愁怨究竟是什么？或许这姑娘只是诗人某种意绪的象征……这些设疑、猜测都有道理，却又都没有必要，因为一切都像梦一般地飘过，都像雨雾一样地消散。诗留给人们更多的，只是由"彷徨、悠长、消散、迷茫"所组成的音响在不断地回环震颤，只是由"寂寥、愁怨、惆怅、凄婉"所汇成的情调一再地涌动旋绕，二者化合成一种飘忽不定、怅然若失的"声响中的意绪"，亦即音乐性的抽象与意绪的抽象交相汇融，弥散于诗的意象、意境之间，令人处于迷离恍惚、朦胧哀婉的诗美濡染之中。

第四，艺术抽象所创造的应是一种动态的生命形式。

本节的第二点论及，艺术抽象包含着强烈的生命体验，因此其抽象的创造物不可能只是寡情乏味、枯燥僵硬的概念的叠加构成，而应是一种充满生命感的动态的艺术形式。符号学美学理论家卡西尔十分赞赏歌德关于艺术创造最终走向是"现象的最强烈的瞬间定形化"①，就是说不管是具象创造或抽象创造，它们都要走向形式。该学派另一理论家苏珊·朗格进而要求，这类作品在抽象运动演进中，必须获得"有机体的结构和生命的节奏，……艺术品必然给人造成一种'生命的形式'的印象。这时候，艺术品的物质躯壳就销声匿迹了，一切生命机能特有的有机活动形式也就被抽象出来了。"②这是一种运动中的"定格构形"，是艺术抽象通过传达媒介外化的物态化的定形。在这点上，余秋雨的《艺术创造工程》有过精彩的论述，例如，他指出朱自清的《背影》之所以感人至深，不仅是文中所灌注的情感强度，也不仅是文字的魅力，更重要的是文中创造了一个"情感的直觉造型"——父亲那"蹒跚、肥胖、吃力的背影"，

---

① ［德］恩斯特·卡西尔：《人论》，甘阳译，上海译文出版社1985年版，第186页。

② ［美］苏珊·朗格：《艺术问题》，滕守尧、朱疆源译，中国社会科学出版社1983年版，第170页。

使父子间情感的联结有了一个形式的凝定，亦即"定格构型"。"这个背影，颇像苏珊·朗格所说的生命关系间的'投影'了"①，是一种动态的生命形式的抽象演进与确立。

如果叙事类文学作品抽象追寻的是人物形象的定格构形的话，那么抒情类作品的抽象，则是寻求情感对应物具有生命性的动感的定格构形。人们称赞："子在川上曰：逝者如斯夫，不舍昼夜"，是一首博大精深的诗篇。散文化的句式为何能给人以如此之深的感应呢？原因在于孔子的哲思与诗情，在其对应物——大川流水的形象上得到抽象式的构形。作为一个伟大的哲人，他感悟到宇宙间普遍的原理——万物永恒之动。一切"逝者"，如时光的流逝，人类生命的无穷演进，空间周而复始的运转，皆如眼前的流水，在永无止息地运动着，任何力量都无法中止之。这是一种对人生、时空、宇宙的大彻大悟，是一种形而上的解悟。但它却不是通过逻辑推演、概念判断得来的，而是紧紧地依附于视觉中具体的动态感性的长流之水，并伴随由此体验到的雄浑、苍凉的情绪感受，在瞬间悟觉到的。因此，它既是生命感应，又是哲理思考；既是动态的，又是构形的；既是具象的，又是抽象的。按德国古典哲学的概念，是一种"审美解悟"。

钱锺书先生曾在《谈艺录》中论及哲理诗问题，诗中的哲理即涉及诗的概念抽象，钱先生认为其有"理趣"与"理语"之别。如杜甫诗"水流心不竞，云在意俱迟"为理趣，即为艺术的抽象，因为它能使人悟及心与道的契合："吾心不竞，故随云水以流迟；而云水流迟，亦得吾心之不竞。此所谓凝合也。"② 而邵雍的"一阳初动处，万物未生时"，则以道教的思想假以外象呈示，实为理语，是概念的抽象，而非艺术的抽象。在哲理诗问题上，钱锺书先生赞同黑格尔的"美是理念的感性显现"的命题。他引禅语为例，"禅如春

---

① 余秋雨：《艺术创造工程》，上海文艺出版社 1987 年版，第 196 页。
② 钱锺书：《谈艺录》，中华书局 1984 年版，第 223 页。

也，文字则花也。春在于花，全花是春。花在于春，全春是花。而曰禅与文字有二乎哉"。黑格尔的理念若似禅意，亦似"全春"，"全春是花"，它必须在具体、感性的"花"中显现。钱先生写道："黑格尔以为事托理成，理因事著，虚实相生，共殊交发，道理融贯迹象，色相流露义理。取此谛以说诗中理趣，大似天造地设。"由此，他写下了为当代文论家们一再引述的名句："理之在诗，如水中盐，蜜中花，体匿性存，无痕有味，现相无相，立说无说，所谓冥合圆显者也。"① 此即哲理诗中的理，亦即艺术中的抽象和抽象之美的最佳表现形态。

（原载《海南师范学院学报》2003 年第 4 期）

---

① 钱锺书：《谈艺录》，中华书局 1984 年版，第 230 页。

美学的浪漫主义和政治学的浪漫主义

我国的文艺理论体系自 20 世纪初引进西方浪漫主义概念以来，对其内涵及功能等虽然屡有争议，但多局限在文学艺术的范围内，而未能从跨学科的角度予以鉴别，也缺乏从更宽阔的历史语境中作一番寻根溯源的考察。因而，有关的论争往往是争而不决，论而无果，最终仍然是各执一词，各立其说。以至于在今天的一些教科书及论著中，仍然不时出现"作为创作方法的浪漫主义""积极浪漫主义与消极浪漫主义"等提法。惯例习俗所形成的思维定式是强大的，往往以一种无形的、不容置疑的力量左右着人们的思考与判断。因此，从新的角度切入，着重对中国文艺界产生较大影响的两种浪漫主义体系——以卢梭为代表的美学的浪漫主义和以高尔基为代表的政治学的浪漫主义进行一番深层的考察与对比，将有可能推进我们对浪漫主义问题的理解。

一、卢梭与美学的浪漫主义

浪漫主义是一个意义庞杂、内涵宽泛的概念。它的身上累积着前人从不同立场、不同视野赋予它的东西，叠加着历史上不同时期、不同思潮的要求与使命，以至于一些学者发出慨叹："什么是浪漫主义？这是一个无法解释的谜。"正像对美的本质的追寻一样，在浪漫主义论题上，要想获得一个世上公众一致认可的、绝对精确的概念也是不可能的。但不能由此而拒绝了相对性的界定，至少在学科域限上可以作出界分。后者对于中国文学理论界来说显得尤其重要，因为，我们从未明确地在这一向度上做过辨析的工作，我们文学理论体系中的浪漫主义交织着政治学、社会学等多重内容，是政治学等和美学的混合体。由此，导致了文学理论进入实践课题研究时的困境，例如，沈从文曾自封为 20 世纪中国的"最后一个浪漫派"，对于他的这一自白，一些研究者便显得茫茫然而无法应对。

浪漫主义不像现实主义一样，仅仅局限于文学艺术的范畴，它具有跨学科的意义。勃兰兑斯曾对 19 世纪的浪漫主义作过这样的概述："浪漫主义曾经几乎在每个文学部门使风格赋有新的活力，曾经在艺术范围内带来了从未梦想过的题材，曾经让自己受到当代各种社会观念和宗教观念的滋润，曾经创造了抒情诗、戏剧、小说和批评，曾经作为一种滋润万物的力量渗入了历史科学，作为一种鼓舞一切的力量渗入了政治。"① 从这段话中，可以看出浪漫主义概念运用的范围是十分宽泛的，它不仅涉及文学艺术，而且还渗入历史科

---

① ［丹麦］勃兰兑斯：《十九世纪文学主流——法国的浪漫派》第 5 分册，李宗杰译，人民文学出版社 1982 年版，第 440 页。

学、政治等。罗素在《西方哲学史》中论及"浪漫主义运动"一章时也写道："浪漫主义运动在初期跟哲学并不相干，不过很快就和哲学有了关系。通过卢梭，这运动自始便和政治是连在一起的。但是，我们必须先按它的最根本的形式来考察它，即作为对一般公认的伦理标准和审美标准的反抗来考察，然后才能了解它在政治上和哲学上的影响。"① 这里，浪漫主义涉及了伦理学、政治学、哲学、美学，学科界域远远超出了文学艺术的范围。

卢梭，罗素称之为"浪漫主义运动之父"，并予以这样的评判："是从人的情感来推断人类范围以外的事实这派思想体系的创始者，还是那种与传统君主专制相反的伪民主独裁的政治哲学的发明人。"② 卢梭为绝对化的情感主体和伪民主独裁政治哲学的创始者，这就涉及以情感为本体的浪漫美学方面和鲁迅在《文化偏至论》中所排斥的"托言众治，压制乃尤烈于暴君"的政治方面。卢梭的《新爱洛绮丝》以感伤的笔调、奔放的情感，开浪漫主义文学之先河，是启蒙运动中歌德《少年维特之烦恼》的范导；同时，他的《社会契约论》宣布了人民主权原则与自由意志，但又为极权主义提供了理论根据，是法国大革命时罗伯斯庇尔施政的"圣经"。由此可以看出，浪漫主义思潮是一个极其复杂的综合体，在学术研究中既不能把它所涉及的各个学科向度绝对地割裂开来，也不能把它们笼统地混为一谈。

以卢梭为创始者的浪漫主义美学，其情感主体的强化与政治革命、伦理判断等是纠合在一起的。如若从现代性的视角审视卢梭，我们将发现对于人类文明的建构与文明的解构这一巨大的对立集结于他一身。虽然从《论人类不平等的起源和基础》到《社会契约论》，如研究者所揭示的那样，有着从个人主义走向专制集权主义的

---

① ［英］罗素：《西方哲学史》下册，何兆武、李约瑟译，商务印书馆 1986 年版，第 213 页。

② ［英］罗素：《西方哲学史》下册，何兆武、李约瑟译，商务印书馆 1986 年版，第 225 页。

偏误,但他所奠立的个人权力、自由意志等毕竟凝聚在法国大革命的《人权宣言》之中,成为至今未能动摇的人类遵循的共同准则,从这一向度来看,卢梭思想有其现代的价值立场,具有"历史现代性"的意义。但卢梭思想中更重要的是他对文明的解构,是其深层的仅为康德所读懂的"异化"内质:"卢梭之出现,使人们意识到,历史进步是由文明的正值增长与文明的负值效应两条对抗线交织而成。前一条线导向人类乐观的建设性行为,后一条线导向人类悲观的批判性行为甚或是破坏性行为。"① 这一解构与批判,即对现代性的反思,即"审美现代性",它集中展现在卢梭的成名作——《论科学与艺术》之中。

人类文明建构的乐观性、进取性的信念,在卢梭的《论科学与艺术》中遭遇到第一次强有力的阻击:"有一个古老的传说从埃及流传到希腊,说是科学的创造神是一个与人类安宁为敌的神。……天文学诞生于迷信;辩论术诞生于野心、仇恨、谄媚和谎言;几何学诞生于贪婪;物理学诞生于虚荣的好奇心;一切,甚至道德本身,都诞生于人类的骄傲。因此科学与艺术的诞生乃是出于我们的罪恶。"② 以科学、艺术为代表的人类文明一向是人类的骄傲、人类理性的标志,在卢梭这里成为新的"原罪",成为被否定的异化现象,遭到了激烈的指控。文明的正值增长中所内含的负值效应被卢梭以一种矫枉过正的语言公开地暴露出来,人类第一次看清了自身两难的境地。正是在这样的意义上,浪漫主义思想史家马丁·亨克尔作出了这样的论定:"浪漫派那一代人实在无法忍受不断加剧的整个世界对神的亵渎,无法忍受越来越多的机械式的说明,无法忍受生活的诗的丧失。……所以,我们可以把浪漫主义概括为'现代性(mo-

---

① 朱学勤:《道德理想国的覆灭——从卢梭到罗伯斯庇尔》,上海三联书店1994年版,第275页。

② [法]卢梭:《论科学与艺术》,何兆武译,商务印书馆1959年版,第16页。

dernity)的第一次自我批判'。"①

因此，以卢梭为代表的美学浪漫主义的发生，有其特定的社会历史背景和精神内质，绝非"情感至上"一言所能概括。18世纪后半叶以来，为历史现代性所推崇的工业文明在经济领域创造了奇迹，科技革命和管理革命带来了物质的丰裕、社会的进步，人类的生活条件和物质享受得到极大的提高。但是，人类文明的正值增长所内含的自否定因素也日益呈现出来："物欲"无限度地急剧膨胀，技术思维的单向、片面的隘化，人与自然的日渐疏离，商品交换逻辑渗透至生活及人的意识的深层，意识形态所涵盖的话语权力严密的控制，人类精神的"神性"和生存的"诗性"沦落、丧失……这些异化的现象引发了卢梭的忧虑及抗衡。他的美学的浪漫主义正是作为反思现代性的批判力量而出现，从这一前提来看，也可以说卢梭是对充满乐观主义信念的人类文明的解构。正如赫尔岑所揭示的："当伏尔泰还为了文明跟愚昧无知战斗时，卢梭却已经痛斥这种人为的文明了。"② 对人类文明负值效应的忧虑、质疑与抗衡，才是卢梭"情感"的特定内涵，才是卢梭为代表的美学的浪漫主义的特定内质。

新人文主义宗师欧文·白璧德在抨击卢梭的浪漫主义时，曾涉及浪漫主义概念的界定问题，他指出："错误的定义大多是由于在多少近似的事实中，把实际上是次要的东西当成了主要的东西。例如，把向中世纪回归认定是浪漫主义运动的中心事件，然而这一种回归只不过是表征，绝非是原本的现象。浪漫主义的混乱与片面的确是起源于此——他们企图把并非处于浪漫主义中心的而是处于边缘的

---

① 转引自刘小枫：《诗化哲学——德国浪漫美学传统》，山东文艺出版社1986年版，第6页。

② 转引自朱学勤：《道德理想国的覆灭——从卢梭到罗伯斯庇尔》，上海三联书店1994年版，第34页。

东西说成是主要的东西，于是整个论题就不正确了。"① 我国文艺界
历来忽略了浪漫主义运动的中心事件——对人类文明负值效应的忧
虑与质疑，因为类似于"回到中世纪""回到自然"，或抗衡科技理
性的"情感主体性"等，这些特质仅是由这一中心派生出来的次要
的、边缘的东西而已。

以卢梭为源端的这一浪漫主义美学思潮，历经康德、谢林、施
勒格尔、诺瓦利斯、叔本华、尼采、里尔克，直至海德格尔、马尔
库塞，"他们始终追思人生的诗意，人的本真情感的纯化，力图给沉
沦于科技文明造成的非人化境遇中的人们带来震颤，启明在西方异
化现象日趋严重的惨境中吟痛的人灵"②。只有在科技理性与人文精
神的对峙中，在人类文明的建构与解构纠合中，在历史现代性与审
美现代性的抗衡中，也就是说，只有在宏大的历史性的语境中来审
视，我们才能真切地理解西方浪漫主义思潮的根本内质。

二、高尔基与政治学的浪漫主义

中国文艺理论界在接受西方浪漫主义概念上可分为两个时期，
界分点约在 1930 年。在此之前，所接受的主要是以卢梭为代表的美
学的浪漫主义；在此之后，所接受的主要是以高尔基为代表的政治
学的浪漫主义了。

1920 年，茅盾在介绍西方文艺流派时写道："讲到浪漫文学出发
的地方，也就在法国。顶顶（鼎鼎）大名的哲学家卢骚（卢梭）

---

① 转引自罗成琰：《现代中国的浪漫文学思潮》，湖南教育出版社 1992 年版，
第 2 页。

② 刘小枫：《诗化哲学——德国浪漫美学传统》，山东文艺出版社 1986 年版，
第 11 页。

（Rousseau）便是浪漫文学的第一人。"① 直到 1927 年，郑伯奇在评郁达夫小说集《寒灰集》时还写道："十九世纪浪漫主义的底流，依然是抒情主义，不过因为他们有卢梭的思想，中世文化的憧憬，资本主义初期的气势，因而形成了浪漫主义而已。"② 郑伯奇的原意是主张用"抒情主义"，而不是用"浪漫主义"的概念来概括郁达夫小说的创作特质，但在论析过程中透露出他对浪漫主义原初内涵的理解，即以卢梭思想作为核心。

西方浪漫主义的内涵在中国文论接受史上的转换约在 20 世纪 30 年代初。20 年代末，资本主义世界爆发了严重的经济危机，面对着金融崩溃、工厂倒闭、民众失业的衰败现象，人们则把希望的目光投向了因实施"新经济政策"而"空前繁荣"的苏联，敏感而激进的知识分子更是如此。苏联的各项（包括文学艺术在内）纲领、政策，都以一种神圣的、毋庸置疑的意味被无条件地接受下来。阳翰笙曾经回忆过他们那一批左翼知识分子在接受时的心态："我们有革命的理想和热情，只要是革命的东西我们就搞，只要是列宁、斯大林的国家所做的事，我们就学过来。"③ 1932 年 4 月，斯大林为着加强对文学艺术等意识形态领域的控制，解散了成立于 1925 年的最大的文学派别"拉普"，并于 1932 年 10 月底召开了苏联作家协会筹备委员会。在会上正式提出了"社会主义的现实主义"的理论，其中对浪漫主义的概念内涵作了新的界定。其内容经周扬发于 1933 年 11 月《现代》杂志上《关于"社会主义的现实主义与革命的浪漫主义"》一文，很快就在中国文艺界传播开来。

周扬根据会上吉尔波丁和古浪斯基（即格隆斯基）的报告，对"革命的浪漫主义"概念作了这样的介绍："'革命的浪漫主义'不是和'社会主义的现实主义'对立的，也不是和'社会主义的现实主

---

① 雁冰：《文学上的古典主义、浪漫主义和写实主义》，载《学生杂志》第 7 卷第 9 期，1920 年 9 月。

② 郑伯奇著：《郑伯奇文集》，陕西人民出版社 1988 年版，第 96 页。

③ 张大明：《不灭的火种——左翼文学论·序言》，四川文艺出版社 1992 年版。

义'并立的,而是一个可以包括在'社会主义的现实主义'里面的,使'社会主义的现实主义'更加丰富和发展的正当的必要的要素"。①这一"革命浪漫主义"和以卢梭为代表的浪漫主义在概念内涵上相去甚远。首先,它已经没有独立的哲学、美学意义了,因为它不能和社会主义的现实主义"对立"或"并立",而只是"包括在",即隶属于后者的一个要素。也就是说,浪漫主义作为一个与现实主义比肩并立的思潮流派的独立资格被取消了,它缩小至仅为一种"元素"而已。其次,它的内涵和美学的浪漫主义完全不同了,卢梭那种对人类文明异化、科技理性与人文精神分裂的忧虑、质疑的内质定性完全被抛弃了。后者的内涵是由"英雄主义""献身精神""梦想的实现"等构成的,它的设立是为着阶段性的政治斗争服务的,更多地体现为一种"政治学的浪漫主义"。

这一政治学的浪漫主义虽然到 1932 年才正式以"革命浪漫主义"的概念而确立,但它形成的源端却可追溯到高尔基的《俄国文学史》。1907 年底,高尔基多次谈到他准备和卢那察尔斯基写一部给人民用的文学史;1909 年秋,高尔基用这部著作对喀普里学校的听众讲授,其思想与观点开始在俄国、苏联以及而后的社会主义国度中产生了广泛的影响。在这部文学史中,高尔基从哲学基点、政治倾向、创作方法等方面论述了他的文学观念,以及对 18 世纪以来俄国作家、作品的评价与判断。其中,他对浪漫主义的理解和新的界说均由政治基点出发,成为苏俄政治学浪漫主义的源端。

首先,在《俄国文学史》开篇,高尔基便确立了他的,也是而后苏俄文学理论体系的文学本质观:"文学是社会诸阶级和集团底意识形态——感情、意见、企图和希望——之形象化的表现。它是阶级关系底最敏感的最忠实的反映;它利用民族、阶级、集团底全部经验来达到它的目的。"而对文学功能则定位为:"文学是阶级倾向

---

① 周起应(即周扬):《关于"社会主义的现实主义与革命的浪漫主义"》,《现代》第 4 卷第 1 期,1933 年 11 月 1 日。

底最普及、方便、简单而常胜的宣传手段。"① 文学本质的意识形态化、政治工具化，是苏俄文艺政策的主导倾向。在这一问题上，我们必须以历史的观点客观地看待它。因为马克思主义美学区别于他种美学体系的质的规定性是：隶属上层建筑的意识形态受制约于与之相适应的经济基础，同时它也反向地起着巩固或者瓦解经济基础的功能，强调了艺术的政治功能。但是，马克思、恩格斯并非把艺术的政治功能单一化、绝对化，在审美向度上也强调了艺术的"自由的精神生产"品格和"高贵的天性"。马克思甚至谈道："作家绝不把自己的作品看作手段。作品就是目的本身"②。由此可以看出，从 1908 年的高尔基，到 1932 年"社会主义的现实主义"及"革命浪漫主义"概念的确立，苏俄文艺方针基本上是沿着片面的道路走向全面的政治功能化，它和马克思、恩格斯的美学思想有一定的偏离。

其次，在文学的哲学基点上，高尔基认为文学艺术和科学、哲学的对象客体是同一的。文艺与科学之间的区别仅在于："文学使思想充满肉和血，它比哲学或科学更能给予思想以巨大的明确性和巨大的说服力。"即它们所反映的对象都是思想，所不同的，文学是以"肉和血"的形式来表现，哲学则是以抽象的形式来表现。这样，一般的哲学认识论便取代了艺术的审美认识论。

再次，在创作精神或创作原则上，高尔基把现实主义、浪漫主义降格为创作方法，更把浪漫主义缩减为隶属于现实主义的一种元素。由于马克思主义的哲学认识论是坚持物质现实第一性的："在无产阶级建立自己的思想体系之际，他们应该是严格的现实主义者，把自己的结论建立在现实的资料之上，而绝不是从心灵、从个人的

---

① ［苏联］高尔基：《俄国文学史》，缪灵珠译，新文艺出版社 1956 年版，第 1 页。
② 《马克思恩格斯全集》第 1 卷，人民出版社 1956 年版，第 87 页。

经验来摄取思想体系的素材，像个人主义的浪漫主义主义者所做的那样。"① 因此，高尔基断言："浪漫主义不是一种关于人对世界的态度的严整理论，它也不是一种文学创作理论；凡是要把浪漫主义阐释为理论的尝试，总不免或多或少搞不清楚而且徒劳无功。浪漫主义乃是一种情绪，它其实复杂地而且始终多少模糊地反映出笼罩着过渡时代社会的一切感觉和情绪的色彩。"② 浪漫主义仅是一种令人捉摸不定的"情绪"，仅是一种"感觉的色彩"而已。

最后，从政治学的价值判断出发，高尔基把浪漫主义分为两种对立的概念：一是"个人主义的浪漫主义"（消极浪漫主义）："对现实的极端不满，而显然是宁肯弃现实而取幻想与梦想，它企图把个人提到高于社会之上，企图证明个人乃是神秘力量的渊源，赋予个人以神奇的能力"；③ 二是"社会性的浪漫主义"（积极浪漫主义）："力图加强人的生活意志，在他心中唤起他对现实和现实的一切压迫的反抗。"④ 消极浪漫主义不满现实、放弃现实，以个人的内心世界和病态的幻想来躲避现实，所以是"反动"的；而积极浪漫主义充满社会主义理想，充满革命激情和反抗意志，所以是"进步"的。很明显，这两种分类完全出自政治性的动机。

---

① 〔苏联〕高尔基：《俄国文学史》，缪灵珠译，新文艺出版社 1956 年版，第115 页。

② 〔苏联〕高尔基：《俄国文学史》，缪灵珠译，新文艺出版社 1956 年版，第70 页。

③ 〔苏联〕高尔基：《俄国文学史》，缪灵珠译，新文艺出版社 1956 年版，第71 页。

④ 〔苏联〕高尔基：《论文学》，人民文学出版社 1983 年版，第 163 页。

三、两种浪漫主义的界分与中国文艺实践

在美学史上，浪漫主义是最复杂的课题之一。从空间上看，仅就初期来说，当时各国历史状况并不相同，法国侧重政治革命，德国侧重思想革命，英国侧重产业革命。因此，各国的浪漫主义思潮也就各呈异态。法国就有以卢梭为代表的抗衡人类文明异化的浪漫主义，以雨果为代表的反抗古典主义清规戒律的浪漫主义；德国有康德、谢林、施勒格尔、诺瓦利斯等为代表的"浪漫哲学"或曰"诗化哲学"的浪漫主义；英国有华兹华斯、柯勒律治为代表的感伤的浪漫主义，有拜伦、雪莱为代表的激情的浪漫主义。从时间上看，浪漫主义思潮纵贯三个世纪，它的许多美学要素渗入到当代哲学、美学、文学艺术的思潮中去，构成血脉相连的关系，如存在主义哲学思潮、现代主义文学思潮（五四时期称之为"新浪漫主义"）在对人类文明的建构与解构、在对科技与人文分裂的批判等问题上，都显示出它和早期浪漫主义的亲缘属性。在如此庞大的课题面前，本文为何只选择了其中两种的浪漫主义进行论析呢？因为自20世纪30年代以来，以高尔基为代表的政治学浪漫主义在中国的美学、文艺学体系中占有绝对的主导地位，而像卢梭、谢林等所代表的美学浪漫主义几乎全被否定、被遗忘了。问题的严重性还在于我们对此无所觉察，因此，在中国的具体文艺实践中，就产生了一系列混乱的或令人困惑的现象，而这些现象只有在两种浪漫主义的对照和论析中才能得到相应的合理的解答。

其一，关于浪漫主义、现实主义为何会被降格、减缩成创作方法问题。

这要从哲学的基点上展开论析。如前所述，高尔基认为文学和

科学的对象客体是同一的，即思想，其不同之处，文学是以"肉和血"的形式来表现，哲学则是以抽象的形式来表现。这一立论，显然只是延续了别林斯基那一人所共知的观点："哲学家用三段论法，诗人则以形象和图画说话，然而他们说的都是同一件事。"① 而别林斯基这一理论则来自黑格尔的哲学体系，黑格尔把科学、哲学、艺术等都断定为唯一的"绝对理念"在不同运动阶段外化的产物，它们只有形式变异，而无内容差异。黑格尔——别林斯基——高尔基——1932 年苏联作家协会筹备委员会，在这一哲学基点上是趋于一致的。而我国文学理论界主流从 1930 年到 1980 年，整整半个世纪所遵循的也是这一哲学观念。

既然对象的内容是一样的，区别在于形式，那么，文学在本质上就没有自身的独立性，即文学的审美自律性。马克思主义是坚持物质现实第一性的，当唯物主义以绝对的权威君临一切，在文学艺术领域中以一般的哲学认识论吞并、取代审美认识论也就理所当然。循此，现实主义、浪漫主义思潮就失去独立存在的价值与资格，其作为形而上层面的创作精神或创作原则的地位也就被取消了，它被贬低、下降成为隶属于唯物主义认识论的一种"方法"而已。

朱光潜先生曾经说过："德国古典哲学本身就是哲学领域里的浪漫运动，它成为文艺领域里的浪漫运动的理论基础。"② 以卢梭为起始后波及德国的浪漫主义原本就是一种人对世界与现实的把握、认识与判断，是一种哲学、美学思潮。高尔基为什么不顾客观存在的事实，断然否定了这一点呢？答案只能是一个，出自政治斗争的需要。因为如若承认浪漫主义是建基于某一哲学、美学体系上独立自存的创作精神或原则的话，那必然会出现与现实主义分庭抗礼的现象。但是客观现实斗争的尖锐与激烈，不能容许无产阶级意识形态

---

① ［苏联］别林斯基：《别林斯基选集》第 2 卷，满涛译，上海时代出版社 1953 年版，第 429 页。

② 朱光潜：《西方美学史》下卷，人民文学出版社 1979 年版，第 723 页。

有包容多元哲学体系的可能性。所以，首先要否定浪漫主义作为一种精神或思潮的独立资格，把它降格、减缩，定位为"创作方法"，正是出于这种考虑。

"方法"一词，其词典意义是指关于解决思想、说话、行动等问题的门路、程序等，偏重于具体操作的层面。把建基于哲学、美学体系之上的浪漫主义的思潮、精神，硬性纳入"方法"的范畴，在学理上无论如何是说不通的。"现实主义创作方法"或"浪漫主义创作方法"这种不伦不类概念的设立，是苏俄文艺理论的一大发明，它贬低乃至取消了作家、艺术家的精神主体性及其自由意志，把文艺创作变成隶属于唯物主义哲学体系的子系统，使文艺创作变成没有美学内质的、仅从属于哲学认识的一种"方法"。若按这一界定，马克思提出的艺术活动有着"高贵天性"、"作品就是目的本身"，以及在《1844年经济学—哲学手稿》中论及的"美的规律"等注重艺术创造的审美侧向，就被割裂、舍弃了，文艺完完全全成为政治斗争的"思想底最普遍而有效的宣传手段"。

对这一问题的复杂性，国内学界最早有所警觉并力图作出辨析的，是朱光潜先生。他在《西方美学史》中写道："浪漫主义和现实主义作为一定历史时期的文艺流派运动，应该与浪漫主义和现实主义作为精神实质上有区别的两种文艺创作方法分别开来。前者是文艺史的问题，后者才是美学的问题。"① 朱先生煞费苦心地对浪漫主义作出"文艺流派运动"和"文艺创作方法"的区分，说明他已注意到美学的浪漫主义不能与政治学的浪漫主义混同。由于受到60—70年代历史语境的限制，朱先生仍沿用"创作方法"的概念，仍被笼罩在当时意识形态的框限中。但忠于历史与真理的朱先生采用了迂回策略，巧妙地对浪漫主义作出两种形态的划分，既埋下了伏笔，也为今天研究的辨析预留了拓展的空间。

其二，关于"情感""想象"等因素在浪漫主义范畴中的地位。

---

① 朱光潜：《西方美学史》下卷，人民文学出版社1979年版，第720页。

现有的一般教科书都把情感作为浪漫主义的第一要义，但对情感、想象等为什么会成为浪漫主义的构成因素，美学浪漫主义的"本体论情感"和政治学浪漫主义的"感觉论情感"有何区别，以往文学理论界似乎尚未深入考察过。

如前所述，在法国，卢梭首先发现了人类历史的异化现状，发现了文明建构的正值增长中的负值效应，喊出了叛乱性的文明解构的呼声。那么，工业文明与生存神性之间的对立将如何消解？卢梭认为最重要的应拯救"人的自然情感"。在德国，以康德为代表的哲人，悟解了卢梭的"异化"，又发现科学判断与道德判断的对立，发现现象与本体、经验与超验、有限与无限等一系列的对立。面对人类这种生存悖论，陷于困境之中的哲学家们把解决的任务交给了美学，也就是人类在以"知""意"把握世界之外，重新设立一个以"情"把握世界的范畴。以"情"（美学）作为沟通对立双方的桥梁，作为消解分裂的中介。"主体的感性诸功能被摆到一个异常重要的地位。单纯的思辨理性已经失去了权威，让位于信仰、情感、愉悦、想象一类的实践感觉。在以后的德国浪漫主义美学中，都无不强调超理性的想象、情感（爱）、灵性等个体的感性因素。"[①]

德国浪漫诗哲们的情感之中包含着追求纯粹的神性及类似宗教感的终极关怀。以神性为内核的情感，把世界纯化了，经验的现象界与超验的彼岸以情感为中介趋近了，人的有限性生存与无限性的企盼在情感的流溢中沟通了。情感在美学的浪漫主义中，不仅是感受主体对外在客体是否符合自己需求而作出的肯定或否定的心理性反应及价值评判，它还具有把世界美化的功能，让人以诗的情趣栖居于大地上。

当世界的异化现状严峻地逼近人们的跟前，客观的异己力量以一种潜在的方式使"人的自然情感"慢慢丧失，人的诗意的生存状

---

① 刘小枫：《诗化哲学——德国浪漫美学传统》，山东文艺出版社 1986 年版，第 15 页。

态也渐渐地被消解了。现代工业技术权威的树立使人文精神转向低迷，商品交换逻辑的渗透让人的尊严与价值沦落，庸俗的"散文化"的现实摧毁人们诗意浪漫的梦幻式向往。要从这一困境中解脱，拯救的希望只能回到人的自我本身，具有神性的、超验精神的人的自我及其情感性、主观性、想象力等，被美学的浪漫主义者提高到前所未有的地位。现实中的个体自我虽然是感性、经验的存在，但他可以通过主观情感上的信仰、意志、爱、想象、灵性等途径，取得诗意的生存，上升到超验的层面，从而趋近神性的完美，使有限的生命纳入无限之中，获得了生存的价值与意义。正如诺瓦利斯所说："这个世界必须浪漫化。这样，人们才能找到世界的本意。浪漫化不是别的，就是质的生成。低级的自我通过浪漫化与更高更完美的自我同一起来。所以，我们自己就如像这样一个质的生成飞跃的系列。然而，浪漫化过程还是很不明显的，在我看来，把普遍的东西赋予更高的意义，使落俗套的东西披上神秘的外衣，使熟知的东西恢复未知的尊严，使有限的东西重归无限。这就是浪漫化。"① 只有在这样的历史语境中，这样的高度上，我们才能真正理解美学浪漫主义思潮强调情感、自我、主观及想象等的原因所在。

与此相对照，以高尔基为代表的政治学浪漫主义在情感内涵上和美学浪漫主义之间就显示出巨大的反差。后者把情感提升到"神性"的层面，具有宗教信仰的意味；前者则贬抑情感，或是把情感和浪漫主义减缩到可有可无的地步，或是在内涵上以"理想"取代了情感。浪漫主义在高尔基眼中处于极度卑微的地位，它既不是"人对世界的态度"，也不是"创作理论"，卢梭那种俯视人类文明异化的宏大的历史观更谈不上了，它仅是一种令人捉摸不定的"情绪"，仅是一种"感觉的色彩"而已。高尔基甚至谈到，他是在迫不得已的情况下才勉强使用这一概念："各位不要因我把浪漫主义这名

---

① 刘小枫：《诗化哲学——德国浪漫美学传统》，山东文艺出版社 1986 年版，第 33 页。

词应用到无产阶级的心理上面而感到困惑；我使用这个名词——因为没有别的名词好使用——仅仅限于指无产者底崇高的战斗情绪而已"①。由于没有别的名词好用，才将就用之。所以，在政治学浪漫主义的范畴中，连浪漫主义概念本身都是无足轻重的，就更谈不上情感、情绪或想象的地位了。

但直到今天，国内文学理论界仍把这两种浪漫主义的情感——"本体论情感"和"感觉论情感"混为一体，以至于在对具体作品的实践性理论分析时产生误导与误读的现象。把浪漫主义分为"积极"与"消极"两大类，就是实证。

其三，关于积极浪漫主义与消极浪漫主义的界分问题。

在国内文学理论界，把浪漫主义思潮界分为积极与消极两大类别，由来已久，它仿佛成为约定俗成的"惯例"，成为一种"集体无意识"。时至今日，一些文学研究者仍然沿此惯例使用这一概念。

在西方美学史上，高尔基第一次把浪漫主义割裂、界分为两大类别。其中一派"充满着病态地提高的敏感和过分地发展的幻想：这一派是消极的，它除了想倾吐莫名的忧虑，或者有时表现对那到处包围着人、窒息着人的不可知力量的恐怖心情以外，便再没有别的使命了"②。正因为如此，它具有"反社会的、因而亦是反动的意义"。第二派具有积极的战斗性质，"这种浪漫主义刚好在生长，刚好在形成；我们看到它的温床就是下述这流人物：他们或者是主张从资本主义魔爪中解放全人类这种社会主义思想的导师，或者是提倡世界大同和自由劳动这种社会主义制度的思想的宣扬者，他们就是以这样的姿态参与生活"③。高尔基把"积极浪漫主义"的标准原

---

① ［苏联］高尔基：《俄国文学史》，缪灵珠译，新文艺出版社 1956 年版，第114 页。

② ［苏联］高尔基：《俄国文学史》，缪灵珠译，新文艺出版社 1956 年版，第71 页。

③ ［苏联］高尔基：《俄国文学史》，缪灵珠译，新文艺出版社 1956 年版，第114 页。

本定得很高，只有无产阶级的导师或是社会主义思想的宣传家才够得上，后来才逐步扩展为凡是"加强生活意志，唤起反抗激情"的都可列入。

积极与消极两种浪漫主义的界分不仅来自政治态度，而且仍然和对现实的哲学把握有关。1934年，日丹诺夫在《苏维埃文学》一书中指出：远离现实生活、表现乌托邦的幻想世界，则是旧的、消极的浪漫主义。苏维埃文学以"社会主义的现实主义"为文学创作的基本方法，积极的，亦即革命的浪漫主义作为其中的一个部分而进入，这样，"彻底务实的实践精神与远见卓识、永远向前的动力"便结合起来，这就是积极浪漫主义的功用。① 对于这种"务实"与"远见"的结合，斯大林有一形象的说法："一位真正的作家看到一幢正在建设的大楼的时候，应该善于透过脚手架将大楼看得一清二楚，即使大楼还没有竣工，他决不会到'后院'去东翻西找。"② 社会主义的现实主义是"务实"的，但这种务实不允许像批判现实主义作家一样专注于社会的缺陷、不足，乃至阴暗的一面，即"到后院去东翻西找"。它纳入积极浪漫主义的用意，就是要求作家在反映现实的同时，还必须有"远见卓识"，即"善于透过脚手架将大楼看得一清二楚"，在发展、建构的过程中就已经看到前景、目标的光辉灿烂。而后，"远见卓识"就以"理想"一词替代。这就是"理想"成为中国文论中浪漫主义概念的重要内涵之一的原因。这种理想性的色彩，在1958年的中国则发挥到了极致。在这样的积极（革命）浪漫主义的导引下，也才有了"人有多大胆，地有多大产""十五年赶超英美"的声势浩大的1958年"新民歌运动"。

"积极"与"消极"两种浪漫主义概念的命名，其深层是"进步"与"反动"对立的政治性的价值判断。但若以这种"非此即彼"

---

① ［英］拉曼·塞尔登编：《文学批评理论——从柏拉图到现在》，刘象愚、陈永国等译，北京大学出版社2000年版，第528页。

② 倪蕊琴主编：《论中苏文学发展进程（1917—1986）》，华东师范大学出版社1991年版，第341页。

的政治判断，来取舍文学史上的作家、作品时，对文学遗产、文学传统扫荡式的否定就开始了，而后社会主义国度在文学艺术上的极左思维也由此发端。例如，高尔基在《俄国文学史》中不仅把爱伦·坡当作消极浪漫主义者加以否定，甚至对果戈理这样的大师也予以批判。对于列夫·托尔斯泰，高尔基虽然认为他非自主地、客观地反映了社会的现实，但"他的使命，是替贵族寻找在生活中应有的地位。……他，消极的人生态度的宣传者，也不得不在《复活》中承认，而且几乎是证明了积极斗争的正确性"①。"消极"的托尔斯泰仅是从反向的角度证明了介入"积极"政治斗争的正确。这对于托尔斯泰著作所具有的巨大意义来说，显然是不公正的。

在中国文学界，由于沿用苏俄的"积极"与"消极"的两种浪漫主义概念，半个多世纪以来，对于传统文化，对于作家、作品的判断、取舍也陷入了巨大的误区。文学作品如若涉及这些区域：对生命有限性的思考、对死亡之谜的追问、对人类生存意义的解索、对个体情爱的披露自恋、对异化现象的揭示抗衡、对精神家园的向往追寻……凡是属于非现实性的哲学、美学思考，非历史唯物主义所能涵容的精神性的困惑，皆被冠以"消极""颓废""悲观"，乃至"反动"的前缀，予以否定、扫荡。最典型的例子莫过于沈从文了。1980年之前，国内的现代文学史是没有沈从文的席位的，原因正来自于这种不容分说的"积极"和"消极"的褒贬取舍，来自意识形态权力的制控。沈从文的美学观念从内质上和卢梭的美学浪漫主义有着惊人的契合之处，它主要呈现在《水云》《〈从文小说习作选〉代序》《烛虚》《潜渊》《长庚》《生命》等文章中。不妨略加归类引证：

首先，对文明、工业化的负值效应及其促使社会、人生异化的揭示。知识的积累应是文明的建构，具有正向的意义，但在沈从文眼中却受到质疑："不过知识积累，产生各样书本，包含各种观念，

---

① ［苏联］高尔基：《俄国文学史》，缪灵珠译，新文艺出版社1956年版，第6页。

求生存图进步的贪心，因知识越多，问题也就越多。"① "政治、哲学、文学、美术，背面都给一个'市侩'人生观在推行。""由于工具（指政治、文学等——笔者注）误用，在受过高等教育的公务员中，就不知不觉培养成一种阉宦似的阴性人格，以阿谀作政术，相互竞争。这种相互竞争的结果，在个人功名事业为上升，在整个民族向上发展即受妨碍。同时在专家或教育界知识分子中，则造成一种麻木风气。"② 在中国现代作家中，他较早关注到工业化的恶果，其《〈长河〉题记》即敏锐地揭示："'现代'二字已到了湘西"，"试注意注意，便见出在变化中堕落趋势。最明显的事，即农村社会所保有那点正直朴素人情美，几乎快要消失无余，代替而来的却是近二十年实际社会培养成功的一种唯实唯利庸俗人生观"。对历史现代性在中国的推进与展开所产生的负值效应提出反思与质问。自称为"乡下人"的他，在此异化的环境中感到格格不入，难以承受："我发现在城市中活下来的我，生命俨然只淘剩一个空壳。正如一个荒凉的原野，一切在社会上具有商业价值的知识种子，或道德意义的观念种子，都不能生根发芽。"③

其次，对自然与生命的赞美，对"神性"的景仰。他像卢梭一样，与自然、生命永久地保留一种亲密无间、血脉交连的关系："天与树与海的形色气味，便静静的溶解到了我绝对单独的灵魂里。我虽寂寞却并不悲伤。因为从默会遐想中，感觉到生命智慧和力量。"④ 自然不仅令他的生命感到充实，而且还以"神性"启示他进入庄严的境界。"墙壁上一方黄色阳光，庭院里一点花草，蓝天中一粒星子，人人都有机会见到的事事物物，多用平常感情去接近它。对于我，却因为和'偶然'某一时的生命同时嵌入我记忆中，印象中，它们的光辉和色泽，就都若有了神性，成为一种神迹了。"正是由于

---

① 沈从文：《沈从文文集》第 11 卷，花城出版社 1984 年版，第 271 页。
② 沈从文：《沈从文文集》第 11 卷，花城出版社 1984 年版，第 291 页。
③ 沈从文：《沈从文文集》第 11 卷，花城出版社 1984 年版，第 276 页。
④ 沈从文：《沈从文散文选》，人民文学出版社 1982 年版，第 297 页。

这种感悟和虔诚，"产生了伟大的宗教，或一切形式精美而情感精致的艺术品"①。

再次，面对社会的异化、现实的丑陋、个体生命的有限性等种种缺陷与不足，企盼以艺术与美来化解之，补偿之。他也像欧洲浪漫诗哲那样，对如何把有限的个体生命纳入到无限的境界而求索着："我过于爱有生一切。爱与死为邻，我因此常常想到死。在有生中我发现了'美'，那本身形与线即代表一种最高的德性，使人乐于受它的统治，受它的处置。"看到生命不可避免之"死"，看到此生之有限，他追寻着"圣境"和"美"，"凡知道用各种感觉捕捉住这种美丽神奇光影的，此光影在生命中即终生不灭。但丁、歌德、曹植、李煜，便是将此光影用文字组成形式，保留的比较完善的几个人"②。从而获得存在的意义与价值，征服有限之死，趋近圣境之美。对于丑陋、异化的社会现实，他虽无力改变，但力图创造出一个"理想的标准""美"的形式来抗衡之："我们活到这个现代社会中，被官僚、政客、银行老板、理发匠和成衣师傅，共同弄得到处是丑陋，可是人应当还有个较理想的标准，也能够达到那个标准，至少容许在文学艺术上创造那标准。因为不管别的如何，美应当是善的一种形式。"③ 正是基于这一为丑陋人生创造美的标准的职责，他的《边城》问世了："我要表现的本是一种'人生的形式'，一种'优美，健康，自然而又不悖乎人性的人生形式'。……为人类'爱'字作一度恰如其分的说明。"④ 这种自然的"爱"的情感，这种理想的"美"的形式，既与庸俗、污浊的现实形成强烈的对照，也标示出另一界域的"神"之圣境。

这就是沈从文，一个自称"对政治无信仰对生命极关心的乡下人"，一个"用一支笔来好好的保留最后一个浪漫派在二十世纪生命

① 沈从文：《沈从文散文选》，人民文学出版社 1982 年版，第 318 页。
② 沈从文：《沈从文文集》11 卷，花城出版社 1984 年版，第 277 页。
③ 沈从文：《沈从文散文选》，人民文学出版社 1982 年版，第 307 页。
④ 沈从文：《沈从文文集》11 卷，花城出版社 1984 年版，第 45 页。

取予的形式"的作家，一个"在'神'之解体的时代，重新给神作一种赞颂，在充满古典庄严与雅致的诗歌失去光辉和意义时，来谨谨慎慎写最后一首抒情诗"的诗人。① 他的美学观念与作品实践完完全全和以卢梭为代表的美学的浪漫主义体系契合交应。我们有什么理由能把他从浪漫主义的领域驱逐出境呢？但我们却是这样地做了。1980 年之前，国内现代文学界对他是"封杀"，以至于他在美国演讲时，戏称自己为"文物"。而后，在论及沈从文时，却多把他归为"乡土文学"一类，对他自封为 20 世纪"最后一个浪漫派"的称谓避而不见。这究竟是为什么呢？

考察起来，主要有这两个原因，一是如李欧梵所指出的，大陆学者不理解"艺术现代性"的内涵。李欧梵在论及鲁迅、郁达夫对现代性的不安或不满，以及对"死"的意义和情绪的表述时，提出这样一种研究状况："这两位作家的颓废面，大陆上一般学者都不敢正视，或故意曲解，其原因除道德因素外，主要是在中国的现代文学理论中并没有把颓废看成'现代性'的另一面。"② 这里的"现代性另一面"，即是指反思、抗衡"偏重科技的发展及对理性进步观念的继续乐观"的"艺术现代性"，前述的美学浪漫主义思潮即是这种现代性观念中的一种。质疑历史进步的所谓绝对性、乐观性，并不等于反动；思索死亡与生存的对立的哲理意念也不能与消极、颓废等同。当现代性理论范畴尚未被中国现代文学界所完全接纳之际，连对鲁迅都产生误读，更何况沈从文。二是本文揭示出的美学的浪漫主义被政治学的浪漫主义所排斥与取代。1933 年，当苏俄的隶属于"社会主义的现实主义"的革命浪漫主义为中国文学界所接纳之后，浪漫主义的内涵已和革命、理想等一体化了。不论是新中国成立之前或以后，这种浪漫主义的桂冠只能赐予以郭沫若为代表的一类作家与诗人，并形成历史上约定俗成的"惯例"性论断。在这样

① 沈从文：《沈从文散文选》，人民文学出版社 1982 年版，第 324 页。
② 李欧梵：《现代性的追求》，生活·读书·新知三联书店 2000 年版，第 149 页。

的历史语境中，像沈从文这样"对政治无信仰"的、毫无"革命"性的、"消极"的作家，理所当然地被排斥在政治学的浪漫主义之外，而他所赖以生存的美学的浪漫主义则在主流意识形态的制控中销声匿迹了。实质上，郭沫若与沈从文就代表了政治学的浪漫主义与美学的浪漫主义在中国文学界的两种不同的命运。

（原载《学术月刊》2004 年第 4 期）

科学认知与人文理解交错中的中国文学写实主义

20 世纪初，西方的文学写实主义概念传入了中国，促使中国文学界在创作精神上逐步走向自觉。但文学写实主义这一概念自身便存在着矛盾，因为"写实"意味着遵循自然科学的认知原则，对客体对象精确、逼真的反映与复制；而"文学"却是一个虚构、想象性的人文世界，渗透着作家主体的精神意愿与价值取向，即作家对人生、世界的"理解"。这一悖论式的两极趋向却在"文学写实主义"这一概念中交错、糅合起来，从而导致中国文学界在 20 世纪前半叶对其接受中产生了错综复杂的形态。考察、研究这一复杂的、动态的进程，有助于深入地探讨对中国文学产生巨大影响的文学现实主义的内质。

第一节　向科学认知原则倾斜的写实主义

对于中国写实主义文学思潮的生成与演化，学界迄今为止，一般仅从两个角度着眼：一是作家感时忧国的精神引导他们深切地关注自身生存的真实环境；二是受到进化论的影响，在浪漫主义文学思潮之后必然选择了写实主义文学思潮。这两个视角的设立是必要的，但不是完整的，因为它缺乏一个思潮所产生的内在学理性的动因。对这一课题的研究若从史实出发，就会发现还有一个科学主义的内在启动力不能忽略，因为正是由它催生了写实主义文学思潮。

一、科学主义视角的"写实主义"

文学写实主义的概念在晚清时期即零星地出现在当时的文论中。最早涉及"写实"这一概念的，应为梁启超写于 1902 年《论小说与群治之关系》一文，但他界分"写实"与"理想"两派，更多的是从读者接受美学的角度来考察的，与上述的三个视角皆无关联。真正开始从科学主义视角论析写实主义文学思潮的，是管达如写于 1912 年的《说小说》一文。他在批评中国小说之所短时，指出其首在"不合实际"，纸上之情景与实际相差甚远。他引西洋小说创作为对比："西洋则不然。彼其国之科学，已极发达，又其国民崇尚实际，凡事皆重实验，故决无容著述家向壁虚造之余地。著小说者，于社会上之一事一物，皆不能不留心观察，其关涉各种科学处，亦不能作外行语焉。"[①] 客观地向中国文学界介绍了西方写实主义小说的要质——在科学的导引下，重观察，重实验，重核实，小说所再现的情景与社会实际之情形两相符合。

随着西方小说作品不断地被译介到中国，有关西方文学思潮流派的研究论文也日见其深度。对文学写实主义介绍、研究最为深入、

---

① 管达如：《说小说》，陈平原编：《20 世纪中国小说理论资料》第 1 卷，北京大学出版社 1997 年版，第 407 页。

详尽的，当数胡愈之1920年1月发表的《近世文学上的写实主义》一文。他明晰地揭示出科学主义与写实主义文学之间的因果关系，"19世纪是科学万能的时代。文化上各方面——政治，哲学，艺术等等——受了科学的影响，多少都带此物质的现实的倾向；在文学上这种影响更大；写实文学的勃兴，就为这缘故"①。在"科学万能"的时代潮流中，人们认为科学不仅能够说明自然界，即"物界"的问题，而且还能解决精神界，即"心界"——人文社会科学领域的种种问题，科学已从技术的层面泛化、上升为形而上的原则导向，乃至价值信念。这，就是20世纪初对中国思想界有着重大影响的科学主义思潮。

胡愈之就从这一科学主义视角出发，论述了文学写实主义最重要的六大要质：其一，客观性的写作态度。科学的态度决定了文学家在创作时的状态："胸中全没一点成见；只用着客观的冷静的态度，细心观察事物的真象。写实文学既然是科学的产物，所以最注重的也是这种客观的态度。"创作主体与所表现的对象客体之间，没有预设的"成见"，更不能渗入感情的成分，他只是纯然客观地面对对象。其二，精细的观察方式。作家"所重的是直接经验，不是理想。所以在落笔之先，必须把所描写的人物和环境，一一的实地考查；若不是自己经历过的，便不算得真切"。没有实地考察，没有亲身经历，没有直接经验，就不得落笔，不得进入创作，否则就无法产生写实主义文学所特有的"真切"的审美感应。其三，解剖式的描写方法。写实主义作家"对于个人或社会的病的现象，都用着分析法解剖法细细的描写，仿佛同矿物学者分析矿石，解剖学者解剖人体，全然是一种科学的方法"。创作变成了病理学家手中的手术刀，其目的不仅是疗救诊治，还为着探索病理。其四，作家的价值

---

① 愈之（即胡愈之）：《近世文学上的写实主义》，贾植芳、陈思和主编：《中外文学关系史资料汇编（1898—1937）》上册，广西师范大学出版社2004年版，第277页。

判断的回避。写实派作家"是把客观的人生真相，老老实实细细腻腻的写出来；让读者自己去批评，自己去感慨；作者却不参加些许的意见，也并不发出些许的赞叹"。胡愈之在文中还用一个比喻来形容这一态度：他"只把真相切切实实的写来，好像作者是一个铁铸的人，全没感觉似的"。作家像"铁铸"一般对于所描写的客观现实、人物事件无动于衷，不进行任何的人文范畴的"理解"性的告白，不做出任何道德性的价值判断。其五，对平凡的丑恶的人事物态描写。由于"写实文学，是受过科学洗礼的一种文学，所以写实作家的人生观完全是机械的唯物的；他把人世一切的事情，都看作必然的结果，所以都是平平淡淡，并没一点奇异的地方"。既然一切的人事物态都由科学的因果律、必然律所决定的，那么古典主义的崇高、浪漫主义的奇异，就显得矫饰、做作，不合常理。而在科学唯物论的视野中，从动物进化而来的人类，其根底仍隐伏着兽性，所以写实派作家"相信这种兽欲，是人类的本性，可以不必忌讳的"。与光亮、神圣对立的人生的另一面——黑暗、丑恶，在写实主义作家的笔下展露无遗。其六，注重人生的描写。写实主义文学最关注的是人生问题，其原因在于："到了近代，物质文明，日盛一日，生存竞争，更加剧烈了，人的背上，驼着很重的生活问题，一天到晚，除了谋衣食住之外，那里还有许多闲工夫，来谈没干系的风花雪月呢？为了这缘故，所以艺术和人生，便自然而然的接近起来。"[①] 写实主义这种"为人生之艺术"自然便关注日常的生活、人生的问题、社会的问题，尤其是男女、伦理、宗教等问题。

胡愈之所述的这六大要质和后来韦勒克总结 19 世纪法国现实主义历史初起阶段的特质在基点上是一致的："这些著述系统阐述了以少数简单概念为基础的一种确定的文学信条。那就是艺术应该对现

---

① 　胡愈之这一部分所论引文，均见《近世文学上的写实主义》，贾植芳、陈思和主编：《中外文学关系史资料汇编（1898—1937）》上册，广西师范大学出版社 2004 年版，第 279—283 页。

实世界做出真实的描绘；所以，艺术应该通过细心观察和认真分析来研究当代生活和风尚。艺术应该冷静地、不带个人感情地和客观地完成这件事。以前人们广泛用来表示忠实描写自然的一个名词现在同个别作家联到一起，成了一个集团或运动的口号。"① 这说明，20 世纪初期，中国的文学理论家所接受和引进的西方文学写实主义在要质基本上没有走样，是忠实于历史原状的。在中国现代文学思潮史的研究中，能像胡愈之这样深入、详尽地介绍、揭示出写实主义文学的六大要质，实不多见。它使写实主义文学思潮的质的规定性在中国文坛上得以确立，使中国作家的创作有了新的规范和理论的自觉。

当时，和胡愈之持同样的视点，从科学主义角度来考察写实主义文学的动因及特质的还有陈独秀、谢六逸、茅盾及 1920 年后考察过欧洲的梁启超等，他们所归纳的和胡愈之大同小异，只是没有胡愈之那么详尽罢了。

陈独秀写于 1915 年的《现代欧洲文艺史谭》一文："十九世纪之末，科学大兴，宇宙人生之真相，日益暴露，所谓赤裸时代，所谓揭开假面时代，喧传欧土，自古相传之旧道德、旧思想、旧制度，一切破坏。文学艺术，亦顺此潮流，由理想主义，再变而为写实主义（Realism），更进而为自然主义（Naturalism）。"② 这里，陈独秀并不是像学界一般所论的那样，是抱着优胜劣汰的自然生物的"进化论"的观念来进行论析，而是具体地说明新的文艺流派得以产生的原因，写实主义乃是顺应"十九世纪之末，科学大兴"这一潮流而生的。他更为尊重的是文学艺术流派演变的自身规律，是按其特定的因果律进行论述的。

茅盾写于 1920 年的《文学上的古典主义、浪漫主义和写实主

---

① ［美］雷内·韦勒克（Rene Wenek）：《批评的概念》，张金言译，中国美术学院出版社 1999 年版，第 219 页。

② 陈独秀：《陈独秀著作选》第 1 卷，上海人民出版社 1993 年版，第 156 页。

义》一文:"科学昌明时代的十九世纪后半,人人有个科学万能的观念;所谓科学方法(Scientific Method)一直应用到哲学方面,不但哲学,社会改造的企图,本是多少带几分空想性质的,也闹起'科学的'、不'科学的'来。文学当这潮流,焉能不望风而靡呢?这是写实主义兴起的一个大原因。"① 这些说明陈独秀、茅盾等都认为,文学的写实主义兴起的原因是受自然科学及"科学万能"观念的影响。

客观地看,文学倾向于科学认知是由 20 世纪初整体的历史语境所决定的。文化思潮上"科学万能"的高涨、哲学上实证主义的强化、美学上"真即是美"原则的推崇、社会学上从神圣到世俗转化的现代性趋向等,这一切都促成了西方的文学写实主义在中国被接受的第一阶段时向科学认知倾斜的特点,并在文学的本质与创作的观念上造成较大的影响。

二、倾向于科学认知的意识形态视角的"写实主义"

若从思想意识形态的视角来看,中国 20 世纪初特定的历史语境,即一场波澜壮阔的文化思想革命运动,更是迫切地在呼唤着这种遵循科学认知原则的文学写实主义。陈独秀在著名的《文学革命论》中痛快淋漓地宣告:他要冒全国学究之敌,高张文学革命军大旗,旗上大书特书革命军的三大主义,其中之一即为"推倒陈腐的、铺张的古典文学,建设新鲜的、立诚的写实文学"②。李大钊《什么

① 雁冰(即茅盾):《文学上的古典主义、浪漫主义和写实主义》,《学生杂志》第 7 卷第 9 期,1920 年 8 月。

② 陈独秀:《文学革命论》,《新青年》第 2 卷第 6 号,1917 年 2 月 1 日。

是新文学》也明确告知："我们所要求的新文学，是为社会写实的文学，不是为个人造名的文学"①。

革命先驱者们之所以这么急切地呼唤文学的写实主义，这是因为五四新文学所负载的并不仅是美学形态上去旧更新的需求，它更重要的任务是对国民的启蒙，意识形态上的革命。正如鲁迅在《我怎么做起小说来》一文所告白的："说到'为什么'做小说罢，我仍抱着十多年前的'启蒙主义'，以为必须是'为人生'，而且要改良这人生。我深恶先前的称小说为'闲书'，而且将'为艺术的艺术'，看作不过是'消闲'的新式的别号。所以我的取材，多采自病态社会的不幸的人们中，意思是在揭出病苦，引起疗救的注意。"② 揭露病态社会的不幸，毁坏黑暗无光的"铁屋"，惊醒昏睡中的民众，疗救他们那愚昧、麻木的精神，亦即"首在立人"，铸造国民的灵魂，这就是五四时期革命先驱者们所急切关注的问题。

要达到启蒙的目的，在当时观念中文艺是首选的工具。鲁迅就认为："善于改变精神的是，我那时以为当然要推文艺，于是想提倡文艺运动了。"③ 这类以启蒙主义为宗旨的文艺作品的诞生，它首先面对的就是"不敢正视"现实的"瞒和骗"的文艺，艺术上的求真是攻破封建主义文艺堡垒的第一个缺口。鲁迅以犀利的笔锋揭开这一状态："中国人向来因为不敢正视人生，只好瞒和骗，由此也生出瞒和骗的文艺来，由这文艺，更令中国人更深地陷入瞒和骗的大泽中，甚而至于已经自己不觉得。世界日日改变，我们的作家取下假面，真诚地，深入地，大胆地看取人生并且写出他的血和肉来的时

---

① 李大钊：《什么是新文学》，《星期日》社会问题号，1919 年 12 月 8 日。

② 鲁迅：《我怎么做起小说来》，《鲁迅小说杂文散文全集》（中），广西民族出版社 1996 年版，第 1165 页。

③ 鲁迅：《呐喊·自序》，《鲁迅小说杂文散文全集》（上），广西民族出版社 1995 年版，第 216 页。

候早到了；早就应该有一片崭新的文场，早就应该有几个凶猛的闯将！"① "瞒和骗"的文艺所展现的就是建立在欺骗基础上虚假的文艺，如中国旧文学中"团圆主义"等，把充满矛盾对立的血泪的人生，编造成一派升平的景象，其根本目的是为着巩固旧有的意识形态和封建政权。因此，作为五四革命运动中的作家，首先就必须"真诚地，深入地，大胆地看取人生"，真实地写出社会和人生的"血和肉来"，鲁迅这一充溢着革命激情的呼吁，客观上就和西方文学写实主义的基本原则相吻合——首先强调的是忠实于客观现实的科学认知。

在这一问题上，胡适写于 1921 年的《易卜生主义》也有着和鲁迅同样的批评："人生的大病根在于不肯睁开眼睛来看世间的真实现状。明明是男盗女娼的社会，我们偏说是圣贤礼义之邦；明明是赃官污官的政治，我们偏要歌功颂德；明明是不可救药的大病，我们偏说一点病都没有！"而易卜生的长处，在于他肯说老实话，能把社会种种腐败龌龊的实在情形，写出来叫大家细看。因为"易卜生的人生观，只是一个写实主义"②。胡适此文与鲁迅上文可称之为异喉同曲，甚至连"睁开眼睛来看"的用词都相同。

因此，在论及文学的创作方法时，胡适就偏于文学写实主义中科学认知这一侧向。写于 1918 年的《建设的文学革命论》就揭示："真正文学家的材料大概都有'实地的观察和个人自己的经验'做个根底。不能作实地的观察，便不能做文学家；全没有个人的经验，也不能做文学家。"③ 在五四时期激进的文人、学者中，胡适是倡导、弘扬科学主义的第一号人物，科学的进化论成了他考察中国文学发

---

① 鲁迅：《论睁了眼看》，《鲁迅小说杂文散文全集》（上），广西民族出版社 1995 年版，第 120 页。

② 胡适：《易卜生主义》，《中国现代文论选》第 1 册，贵州人民出版社 1982 年版，第 246 页。

③ 胡适：《建设的文学革命论》，《胡适学术文集·新文学运动》，中华书局 1993 年版，第 50 页。

展史的主纲。在文学的创造上，他当然就把遵从科学认知的写实主义所要求的"实地的观察"和"个人的经验"作为首要的前提了。

从以上的史实，我们可以清楚地看到，中国文学界在 1920 年前后引进西方的文学写实主义时，即在接受的第一阶段，均认为自然科学及"科学万能"的观念为其产生的根本的原因。因此，这一阶段论及文学的写实主义，多服从于"真即是美"的原则，对科学认知向度的强调远远大于人文理解。正如茅盾所指出："自然主义者最大的目标是'真'；在他们看来，不真的就不会美，不算善。"① 向科学认知原则倾斜，来追求社会与人生的真实，为这一阶段写实主义文学的特色。

第二节　科学认知与人文理解交错中的写实主义

随着西方文学写实主义的作品和理论不断地被译介到中国，其影响日益扩大，对其研究也日渐深入。这时，写实主义文学的内在矛盾性便逐步地暴露出来，拒绝人文理解的纯粹科学认知的写实主义能够存在吗？它符合以文学启蒙为首要任务的中国国情吗？在这一问题面前，中国的作家、文学理论家做出了几种不同的反应：一是吴宓的否定与叶公超的批评；二是成仿吾、郁达夫、穆木天、鲁迅对"写实"内涵的深化；三是茅盾对"写实"，即自然主义的辩护。

（一）吴宓的否定与叶公超的批评

1. 吴宓视写实为"妖魔"

在所有批评文学写实主义的作家与理论家中，吴宓的态度最为激烈，甚至接近于断然否定的地步，这当然与他接受白璧德的新人

① 《茅盾全集》第 18 卷，人民文学出版社 1989 年版，第 235 页。

文主义，把古典主义之外的文学流派均加以批判、扫荡的美学立场有关。在日记中，他声色俱厉地斥写实主义为海淫海盗之妖魔："近顷国中各报，大倡'写实主义'。其实'写实主义'即吾国之《金瓶梅》及《上海……之黑幕》，且其丑恶流毒，较《金瓶梅》等为尤甚。"新文学家们是有眼无珠，取西洋之疮痂狗粪，骗为山珍海味，以进于中国人。"汝若不甘之，是汝无舌。呜呼，安得利剑，斩此妖魔，以拨云雾而见天日耶！"①　愤恨之情，溢于言表。

　　但在公开发表的《论写实小说之流弊》一文中，他的情绪收敛了许多，侧重于从学理的角度进行批评。他把当时中国盛行的写实主义小说分为三类，一是写劳工贫民之苦况，二是上海风行的黑幕小说，三是如《礼拜六》所登的唯叙男女恋爱之事等。这三类小说，或是以推翻社会中一切制度而为快，或是令人觉得一片魍魉鬼蜮世界而逃世求死，或是淫荡猥亵，让人好色而无情，纵欲而忘德，均为下品，皆不可取，但新文学家却以此类写实为小说中之上乘。对这种以劣品为上乘的颠倒的看法，吴宓极为愤慨，揭示出写实小说的两大弊端：一是有悖文学之原理，一是不以健全之人生观示人。

　　在论析文学之原理时，吴宓认为人生应分为三种境界，一是科学之观察而得的"实境"，二是哲学之理解而得的"真境"，三是美学之表达而得的"幻境"。小说中上乘之佳作，乃融此三界而成。"凡作小说者，皆必首先观察人情之实境。或凭经历，或由读书。所得既多，乃悟人生之真理。是即真境也。然此真境虚空渺茫，欲以晓示于人，则必假设一种幻境，以显明之，而予人以己之观察理解之所得。故幻境虽幻而最真，与所有之实境皆不同。以其由凝练陶冶而出者也。凡小说家皆必遍经此三种步骤。"而写实主义小说仅仅依据科学观察所得的"实境"，未经过"悟人生之真理"，即人文理解的"真境"，并且也没有通过真境而升华为美学所构建的"幻境"，

————————

① 吴宓：《吴宓日记》第 2 册，生活·读书·新知三联书店 1998 年版，第 152 页。

所以不能为小说，若成之，也只能是劣等之作。

至于写实主义的冷静客观、不作价值判断的写作原则，吴宓认为是不可能存在的。因为作家进入创作的状态，面对"人生至广漠也，世事至复杂也，作者势必选其一部以入书，而遗其他。即此选择去取之间，已自抱定一种人生观以为标准"①。这就是说，作家在创作时，对人生世事的选择，不管有意无意，已有了某种人生观标准，亦即有作家自身的人文理解作为导引，所以纯粹的遵从科学认知的写实主义小说是不可能存在的。吴宓提出，只有通过实境、真境、幻境的三境熔炼，书中事实灼灼逼真，人物栩栩如生，而其人生观，即人文理解健全的，方可谓之上等写实小说。

2. 叶公超论写实不能逃脱"自己"

1928 年，叶公超在《新月》的创刊号上发表《写实小说的命运》一文。他也论及写实主义文学是由科学主义思潮促生的："在晚近这五十年里最普遍的一种影响，在学术思想方面最剧烈的一场震动是什么？不是自然科学的产生吗？不是科学人生观的出现吗？"由于现代的社会科学的产生，更改了我们的思想原则，开辟了一个新思想的世界，人类有了一种新觉悟、新理智、新眼光，所以英美的写实小说简单地说都是受了科学人生观导引下的社会科学影响而产生的。它的特点有五个：冷淡的客观主义，普及的同情，好奇心，偏重于性的表现，科学式的记载和表现法。

同样，叶公超也是对写实主义所规定的那种纯粹客观的科学认知的创作原则提出质疑："文学是文艺家批评他个人所见觉到的那一部分的生活。既是他个人所见觉到的生活，他的创作当然是不能逃脱他的'自己'；换言之，他的著作无形中就在那里好像自动的给他表示他的人格、思想、主见。因此多数的艺术批评家才领会到艺术

———————

① 吴宓这一部分所论引文，均见《论写实小说之流弊》，《中华文学评论百年精华》，人民文学出版社 2002 年版，第 81 页。

家的目的是在使得别人也要感觉到他自己所经过的一番觉悟或是情绪。"① 这里"作者个人所见觉到的生活","一番觉悟或是情绪",其著作"表示他的人格、思想、主见",都强调了创作主体的人文理解是至关重要的。在创作的初始阶段,它决定了作家对生活事件的选择,"所谓写实并不是仅将眼见耳闻的人事都像照相似的描写出来",那种关于写实主义作家持冷淡客观的科学态度,仅仅是一种"时髦的传信"而已。

但叶公超没有吴宓那么偏激,走极端,而持一种中立、公允的态度。他认为,在小说史上理想主义和写实主义是"你来我往"的,即相互替代、此消彼长的。写实主义的好处,在于它和生活更接近,许多往日不理会的事实、不敢说的情绪,现在都变成小说的好材料。"写实小说的体质,它倒是个健全的,有能力的,而且现在正走着中年的'眼运'",叶公超对写实主义文学的前程与命运倒是持乐观的态度。

(二)成仿吾、郁达夫、穆木天、鲁迅对"写实"内涵的深化
1. 成仿吾的"真实主义"

1923 年,被称为"文坛黑旋风"的成仿吾针对时下流行的、偏重于科学认知的,所谓纯粹的写实主义文学提出了质疑,发表了《写实主义与庸俗主义》一文。他指出,文学上的写实主义也有真假之分,假的、庸俗的写实主义是什么呢?他们的"观察不出乎外面的色彩,表现不出乎部分的形骸。他们作的只是一些原色写真与一些留声机片。所谓庸俗主义虽亦以写实自夸,然而他的'实'仅是皮毛上之'实',一眼看完,便毫无可观的了"。也就是说,无作家主体的价值判断介入,无情感渗透的冷静观察,貌似纯粹客观的描写,所得到的只能是"原色写真"或"留声机片"般的直录,这种写实仅是"皮毛"之实而已。

---

① 叶公超这一部分所论引文,均见《叶公超批评文集》,珠海出版社 1998 年版,第 11—14 页。

那么，真的写实主义，成仿吾称之为"真实主义"的理想的写实主义又是怎样呢？简要的一句话为："真实主义的文艺是以经验为基础的创造"。它在创作中的具体要求是："我们于观察时，要用我们的全部的机能来观察，要捉住内部的生命，而不为外部的色彩所迷；我们于表现时，要显出全部的生命，要使一部分的描写暗示全体，或关连于全体而存在。文艺成于作者之不断的反省，作者的目的亦在由于读者之不断的反省，使读者也捕捉到作者意识中的全部的生命。"成仿吾把西方写实主义关于"写实"的内涵深化、拓展了。

他主张真的写实主义必须建立于创作主体的生活经验基础上，这种经验源自作家对生活事态、生命意义的"反省"，也就是"悟"与"理解"，形成一种融合主客体内在本质的"体验"。由体验及体验中的人文理解出发，才会穿透人事物态的外在表象，直达现实客体内部的生命。在这一基点上创造出的作品，就有可能把创作主体意识中的全部生命表现在读者的面前。因此，"真实主义与庸俗主义的不同，只是一是表现（Expression），而一是再现（Representation）。再现没有创造的地步，惟表现乃如海阔天空，一任天才驰骋"①。成仿吾最终把真实主义与庸俗主义归结到美学的表现与再现这两大创作原则的区分上。表现，偏重于把创作主体内在的体验，把对客观的人事物态的人文理解展示出来，这才是"真实主义"，真的写实主义。

成仿吾对"真的写实主义"这一美学追求与他对康德美学的理解及接受有关。他在《文艺批评杂论》一文中，曾指出康德哲学体系中使用的"客观"，是经主体悟性所统一的直观经验，是一种"对象意识"，既内含着认知对象的普遍必然性，即一种规律性或本质性；又包含着认知主体的知性判断和价值判断，即科学认知与人文

①　成仿吾：《写实主义与庸俗主义》，《成仿吾文集》，山东大学出版社 1985 年版，第 100—101 页。

理解融合的"悟性"的统一。① 因此，写实主义所面对的客观绝非排斥创作主体意识的外在物，而是包括科学认知和人文理解的在"悟性"中所统一的客观。

2. 郁达夫的"真实"与"现实"辨析

和成仿吾共同创建创造社的郁达夫也对写实主义的"真实"问题进行了探索。他和胡愈之、茅盾等一样，看到了近代科学精神的兴起，科学所要求的是实在的事实，而非空想的假定，它注重于客观存在的物质及支配物质的法则。这样，现实的社会生活和使社会成立的环境的状态，就成了研究人生问题的重心。循此，文学上的表现法（自然主义）也就发生了。但郁达夫对自然主义并不赞同，明确地批评："自然主义所主张的纯客观的态度，是绝对不可能的。"因为，纯客观的态度"运用到有灵性有感情的人心上面去，却怎么也办不到"。对人的心灵的开掘，单凭科学认知是无法做到的，它所对应的是人文理解，只有后者才能进入到人的心灵深处。另一点不赞同的是，"自然主义把人生断作宿命的，把人生断定为一种自然现象，完全和其他的现象一样，须受自然律的支配这一断案，是错了的"，因为它忽略了人类内部那种打破环境、创造自我的强有力的要求，忽略了人类进化的原动力。②

郁达夫写于 1926 年的《小说论》，对创作中的真实作了新的论定。他提出："小说的生命，是在小说中事实的逼真。"那么，纪实的新闻，精细的账目，说明科学的记载，按理都是真实的，却为何没有艺术的价值呢？因为他们把"现实 Actuality"与"真实 Reality"弄混了。他辨析道："现实是具体的在物质界起来的事情，真实是抽象的在理想上应有的事情。"即真实是一种人文理解中"理想"性的事情，而现实仅是科学认知的物质性事情。"所以真实是属

---

① 成仿吾：《文艺批评杂论》，《成仿吾文集》，山东大学出版社 1985 年版，第 197—199 页。

② 郁达夫：《文学概说》，《郁达夫文集》第 5 卷，花城出版社 1982 年版，第 90—93 页。

于真理的，现实是属于事实的。小说所要求的，是隐在一宗事实背后的真理，并不是这宗事实的全部。而这真理，又须天才者就各种事实加以选择，以一种妙法把事实整列起来的时候才显得出来。"①

真实何以与真理有关呢？郁达夫从哲学上一般与特殊的关系来论析：真理是一般的法则，而事实是一般的法则当特殊表现时候的实事。一般具有普遍性，特殊只有个别性。所以仅限于个别存在的"现实"，只是一种事实，无法产生普遍的意义，写实主义文学的局限性正由于此；而具有普遍性意义的"真实"，"是隐在一宗事实背后的真理"，是具体事实与普遍真理的统一，其美学力量相对来说是无限的，许多经典作品超越时空的审美效应无不说明了这一点。

3. 穆木天的"写实"与"写真"辨析

与郁达夫关于写实主义"真实"论相呼应的，是另一位创造社同仁穆木天同年发表的《写实文学论》一文。穆木天在文章一开篇就指出，写实不是一种随随便便的东西，写实是一种深刻的哲学，是一种真挚的态度。必须在自我意识最强的时候，哲学思索最深的时候，才会有真正的写实文学的发生。

穆木天设立了两个概念，"写实"与"写真"。写真即类似于现在明星们的"写真集"，如照相馆的照相；写实则是理性的艺术，是对"人间性"的一种内在的要求。"写实是心理的要求，而写真则完全是物理的结果。写实是艺术的，而写真是科学的。写实是主观的，而写真是客观的。写实是具体的，而写真则是概念的。写实是人的，而写真是物的。因为写实是要求即是'人间性'。写实味的深感即是人间性的满足。写实是一种人的要求。人不住地要认识自己。从要认识自己的内意识里发生出的东西就是写实的要求。写实文学就是这种内意识的结晶。"

科学认知与人文理解的对立、区别，在穆木天这段话中显示得尤为明晰。他把文学创作所面对的客观现实如梁启超那样分为"物

---

① 郁达夫：《小说论》，《郁达夫文集》第 5 卷，花城出版社 1982 年版，第 17 页。

界"与"心界"两类,写真面对物界,是客观的,是物的,属于科学认知;而写实面对心界,是主观的,是人的,属于人文理解。人文理解是一种"内意识",它是人要认识自我的内在心理要求。人要认识自我,理解自我,这就是穆木天所说的写实主义文学中的"人间性"。

要达到这种"人间性",要产生真正的人生滋味的审美感应,穆木天也像成仿吾一样强调作家对生活的"体验"。体验虽带有经历、经验的意思,但它更深一层的内涵是侧重于从生命的角度来理解艺术表现的客体,使客体显露生命的意义、存在的价值。他主张:"写实的程度,是比例于他所懂的人生的多少。懂得真的人生的人们,写实地把它写出来,自然能给我们一种写实味,令我们感出真的人生滋味。"[1] 要体验人生疾苦,要深刻品味人生,要读懂、懂透人生,即要真正理解人类生存的意义,只有达到这样深切的体验,才能产生"真的人生滋味",才能真正具有"写实味"。他把作家的人文理解提高到了写实主义文学创作中最重要的地位。

4. 鲁迅的"不合事实"的"真实"和"在高的意义上的写实主义"

瞿秋白在《鲁迅杂感选集序言》曾做出这样的判断:鲁迅"是最清醒的现实主义",因为"鲁迅的现实主义决不是第三种人的超然的旁观的所谓'科学'态度"[2]。不介入主体价值判断的"超然的旁观的"纯粹科学认知的创作,1926 年之后的鲁迅是断然不会赞同的。1927 年,鲁迅由郁达夫《日记文学》一文而感发,发表了《怎么写》,论析了写实文学的真实性问题。

郁达夫当时所发表的《日记文学》,大略谈及凡文学家的作品,总带点自叙传的色彩,若以第三人称来写出,则时常有误成第一人

---

① 穆木天这一部分所论引文,均见《穆木天文学评论选集》,北京师范大学出版社 2000 年版,第 342 页。

② 瞿秋白:《鲁迅杂感选集序言》,《文学运动史料选》第 2 册,上海教育出版社 1979 年版,第 282—283 页。

称的地方。而叙述第三人称主人公的心理状态过于详细时，读者会疑心这别人的心思，作者何以会晓得这样精细？这是一种破绽，于是那一种幻灭之感，就使文学的真实性消失了。鲁迅不太赞同郁达夫这一对文学真性的看法，他认为体裁、人称并不十分重要，关键的是对文学的虚构特质所决定的文学真实性的理解："只要知道作品大抵是作者借别人以叙自己，或以自己推测别人的东西，便不至于感到幻灭，即使有时不合事实，然而还是真实。其真实，正与用第三人称时或误用第一人称时毫无不同。倘有读者只执滞于体裁，只求没有破绽，那就以看新闻记事为宜，对于文艺，活该幻灭。而其幻灭也不足惜，因为这不是真的幻灭，正如查不出大观园的遗迹，而不满于《红楼梦》者相同。倘作者如此牺牲了抒写的自由，即使极小部分，也无异于削足适履的。"① 鲁迅这段话的深层便隐伏着从科学认知与人文理解两种视角考察文学所得出的不同结论。

如若有人执滞于体裁，要求文学描写和生活现实完全一致，一点破绽也没有，那么，他仅仅是从科学认知的角度出发来看待文学，只适宜于"看新闻纪事"之类的东西。正由于这类读者不懂得文学是虚构的，不懂得文学是一种审美的构型，才会闹出因找不到大观园遗迹而怀疑《红楼梦》的真实这样的笑话来。文学是一种虚构的美学形态，作为审美主体的作家在创作中绝不可能像照镜子似的描摹现实，他们有自己的精神意愿与价值取向，即鲁迅所说的"借别人以叙自己，或以自己推测别人"。文学中"别人"虽是一种虚构的艺术形象，但它和作家主体血肉交融，无不渗透着作家对人生、世界的理解，即对人类生存的价值与意义的人文理解。正如鲁迅在《我怎么做起小说来》所说的："所写的事迹，大抵有一点见过或听到过的缘由，但决不全用这事实，只是采取一端，加以改造，或生

---

① 鲁迅：《怎么写》，《鲁迅小说杂文散文全集》（中），广西民族出版社1995年版，第895页。

发开去，到足以几乎完全发表我的意思为止。"① 作家通过这种"抒写的自由"，"完全发表我的意思"，所得到的才是文学的真实，这是一种不合事实的文学"真实"。

值得注意的是，鲁迅在 1926 年为韦丛芜翻译的长篇小说《穷人》所作的《"穷人"小引》一文中提出一个新的写实主义概念——"在高的意义上的写实主义"。这一概念出自陀思妥耶夫斯基的《手记·我》，陀氏认为自己并不只是人们所认为的偏于心理刻画的作家或"心理学家"，而是"以完全的写实主义在人中间发见人"，是"在高的意义上的写实主义者"。鲁迅对陀氏的自述表示认同："在这'在高的意义上的写实主义者'的实验室里，所处理的乃是人的全灵魂。他又从精神底苦刑，送他们到那反省，矫正，忏悔，苏生的路上去；甚至于又是自杀的路。"他抓住陀氏创作最精要之处——穿掘灵魂深处，拷问人的灵魂，认为这一类的创作确可称之为"在高的意义上的写实主义"。因为一般意义的写实主义，或者说低的意义的写实主义，它只摹写人物的外在的音容笑貌、客观的人事物态，而陀氏："写人物，几乎无须描写外貌，只要以语气，声音，就不独将他们的思想和感情，便是面目和身体也表示着。"因为他的文笔穿透了人的灵魂，剖析着人的内心，外在的客观形貌也就在内心的刻画中呈现，相比较之下，纯粹客观地描摹一类的写实主义、自然主义便显得是低一层次；而且，陀氏的创作所面向的仍是残酷的、污秽的现实人生，因此，他的创作确可称之为"在高的意义上的写实主义"。

鲁迅在陀氏的创作中还看到更深一层的意义："凡是人的灵魂的伟大的审问者，同时也一定是伟大的犯人。审问者在堂上举劾着他的恶，犯人在阶下陈述他自己的善；审问者在灵魂中揭发污秽，犯人在所揭发的污秽中阐明那埋藏的光耀。这样，就显示出灵魂的

---

① 鲁迅：《我怎么做起小说来》，《鲁迅小说杂文散文全集》（中），广西民族出版社 1995 年版，第 1165 页。

深。"① 这就是说，作家是人的灵魂审问者，同时也是一位被审问者；因为他在拷问作品中人物的灵魂时，也在拷问自身的灵魂，陀思妥耶夫斯基伟大之处，正在于此。其作品所写的，多为恶与善、污秽与光耀在矛盾之中的冲突、扬弃与升华。在此过程，不只是作品人物，而且作家自身也处在指控与争辩的对立、对话中，这不就是今天被炒得沸沸扬扬的巴赫金的"对话理论"及"复调性"吗？鲁迅思想与理论的超前性，于此又可见一斑。在鲁迅对陀思妥耶夫斯基创作的评述中，作家人文理解的含义被进一步深化了，它不只是作家对外在的客观的人事物态的审美理解与价值判断，而且还前进到作家自我的灵魂深处，是对自我的穿透与解剖，这样的写实主义当然称得上"在高的意义上的写实主义"这一概念。

（三）茅盾对自然主义（写实主义）的辩护

在这场关于文学写实主义的论争中，茅盾的立场、态度十分值得研究。茅盾认为，写实主义和自然主义概念是近似的。1921年下半年之前，他基本站在批评自然主义的立场上，文学主张倾向于"新浪漫主义"文学，即今天我们所界定的现代主义文学。至1921年下半年起，茅盾的态度起了相反的转变，转向了对自然主义的辩护。他指出：首先，自然主义文学的产生是时代精神的必然。当时，茅盾接受了时代精神支配政治、哲学、文学的观念，认为同一时代的作家之所以有共同一致的倾向，这是时代精神的缘故。"近代西洋的文学是写实的，就因为近代的时代精神是科学的。科学的精神重在求真，故文艺亦以求真为唯一目的。科学家的态度重客观的观察，故文学也重客观的描写。因为求真，因为重客观的描写，故眼睛里看见的是怎样一个样子，就怎样写。"② 肯定了建基于科学认知之上的写实主义文学的时代必然性及其合理性。

其次，引进自然主义文学是变革中国文学创作现状的必然。茅

① 鲁迅：《"穷人"小引》，《集外集》，人民文学出版社1995年版，第92页。
② 《茅盾全集》第18卷，人民文学出版社1989年版，第271页。

盾揭示，中国现代的三种旧派小说有三层错误。在技术上有二，一是连小说重在描写都不知道，以"记账式"的叙述法来做小说；二是不知道客观观察，只知主观的向壁虚造。第三层是思想上的错误，就是游戏的消遣的金钱主义的文学观念。因此，引进客观写实的自然主义来克服中国文学这些腐朽的弊端已是当务之急。

再次，采取的是自然派技术上的长处。茅盾也承认自然主义文学存在着种种不足与短处，但他强调侧重于技术层面的接纳。他引周作人的话："周启明先生去年秋给我一信，曾说'专在人间看出兽性来的自然派，中国人看了，容易受病'，但周先生亦赞成以自然主义的技术药中国现代创作界的毛病。"他表示赞同，提出不必处处地仿照自然主义的创作条规和思想观念："我们现在所注意的，并不是人生观的自然主义，而是文学的自然主义。我们要采取的，是自然派技术上的长处。"① 即采取一种去其糟粕、取其精华的引进与接受。

以上，笔者就 20 世纪 20 年代中期中国文学理论界在接受西方写实主义的状况做出了三种归纳。可以看出，不管是吴宓的断然否定，叶公超的善意批评，还是成仿吾、郁达夫、穆木天、鲁迅等对"真实"概念的深化及对"在高的意义上的写实主义"的认同，问题最后都集中于一点，即在不脱离表现现实人生的前提下，如何把握作家的人文理解的尺度。局限于纯粹的客观的科学认知，回避作家主体价值判断的写实主义，在作家创作过程中实际上是很难做到的。因为文学创作实质上是创作主体与创作客体双向逆反、同质同步的建构过程，彻底拒绝作家主体人文理解的渗入是不现实的。

因此，这一阶段对文学"真实"理解的深化和对这一概念新的界定，是对西方的文学写实主义原始内涵的必要的调整，和原初的规范及特质距离不大。这种既肯定科学认知的真，又渗入作家主体人文理解的善，遵循的是一种"不可能脱离现实"的真与善结合一体的美的原则，客观上比较有利于写实主义在中国文学理论界的接受与运用。

---

① 《茅盾全集》第18卷，人民文学出版社1989年版，第206页。

第三节　向以意识形态为核心的人文
理解倾斜的写实主义

1933 年，瞿秋白在发表《马克斯、恩格斯和文学上的现实主义》一文时，为论题加上一个附注："现实主义：Realism，中国向来一般的译做'写实主义'。"① 这说明当时的文学理论家一般把写实主义与现实主义看作同一个命题。瞿秋白这篇文章和同年也发表于《现代》杂志的周扬《关于"社会主义的现实主义与革命的浪漫主义"》一文，在中国现代文学理论史上具有里程碑式的意义，因为它们标志着中国文艺理论在学理内质上与马克思主义美学、文学理论的真正接轨。

在 1933 年接轨的"质变"之前，中国现代文学理论界有着逐步演进的"量变"进程。虽然在 20 年代后期，曾出现过"新写实主义"的概念，但它基本上是来自日本藏原惟人所融合的苏联"拉普"派的"唯物辩证法的创作方法"的理论主张，正如冯雪峰后来所批评的那样："一九二九年和三〇年之间提出的新现实主义，虽然提到了现实主义，……只以为在旧现实主义的写实方法上加上了现在的无产阶级的世界观，就是新现实主义了，这当然没有触到现实主义的真实核心，而是一种机械的结合。"② 也就是说，"新写实主义"与苏联 1932 年提出的"社会主义的现实主义"距离较大，特别是在"真实"的概念上，没有触到核心。所以，对于新写实主义的问题本文暂略去不论。而集中于当时较接近"社会主义的现实主义"的理

---

① 瞿秋白：《马克斯、恩格斯和文学上的现实主义》，《文学运动史料选》第 2 册，上海教育出版社 1979 年版，第 248 页。

② 冯雪峰：《论民主革命的文艺运动》，《冯雪峰论文集》（中），人民文学出版社 1981 年版，第 49 页。

论探索，主要体现在茅盾、蒋光慈、鲁迅这一阶段的有关文论中。他们或是直接从苏联，如瞿秋白、蒋光慈等从苏联归国及其在国内的传播，或是假道日本文艺理论界，而渐渐地汲取到马克思主义美学、文学理论的精华，渐渐地趋向于其后的"社会主义的现实主义"的内质，特别是在艺术的真实和历史发展趋势等问题上的趋近。

（一）茅盾的"社会的选择"与"社会的理想"

1925 年，茅盾在《论无产阶级艺术》中，就无产阶级艺术的产生条件列出一个方程式："艺术的产生有没有条件呢？我想是应该有的。用方程式来表示，便是：新而活的意象＋自己批评（即个人的选择）＋社会的选择＝艺术。"① 这个方程式形成了艺术创造的"三维结构"。对于"意象"，茅盾解析道："意象可说是外物（有质的或抽象的）投射于我们的意识镜上所起的影子"。② 即意象为创作主体对客观外物的科学认知的产物，若按茅盾为自然主义辩护那一时期的倾向，它是创作的根本要素，甚至可独立构成作品。但到了 1925 年，茅盾的文艺观念起了变化，加入"自己的批评（即个人的选择）"这一维度。创作中个人的选择与作家的人文理解是分不开的，它使意象"随时受着自己的合理观念与审美观念的取缔或约束，只把那些美的和谐的高贵的保存下来"，再借文字而表现出来。不仅如此，茅盾还进而增加了"社会的选择"这第三维度，它"把适合于当时社会生活的都保存了或是提倡起来，把不适合的消灭于无形"。即时代的潮流、社会的环境对文学作品有着严峻的取舍功能。茅盾也从深层认识到，"所谓'社会选择'又不过是该社会的统治阶级所认为稳健（或合理）思想之集体"，社会选择中对不同文艺作品的抑制与张扬，实质上是主流意识形态控制下的手段而已。因此，有一些不能与当前的社会生活相适应的作品，如中国的无产阶级的艺术，它的繁盛，"非等到若干年后社会生活变到能和它（文艺思潮）适应

---

① 《茅盾全集》第 18 卷，人民文学出版社 1989 年版，第 505 页。
② 《茅盾全集》第 18 卷，人民文学出版社 1989 年版，第 525 页。

的时候不可"。这里，引起我们注意的是茅盾文艺思想中新的萌芽，他把文学创作中的人文理解的内涵，从作家的主体观念扩展到了社会、阶级的意识形态的范畴。

不仅如此，他在同年所写的《文学者的新使命》中，强调指出："文学于真实地表现人生而外，又附带一个指示人生到未来光明大路的职务。"文学创作者再也不能像写实主义者那样仅仅是冷静、客观、不动声色地描摹对象了，文学在表现现实人生中，负载着指引人生向着美与善的将来的历史使命。因此，"我们心中不可不有一个将来社会的理想，而我们的题材却离不了现实人生"①。文学从写实主义、自然主义的纯粹、客观的科学认知，前进到负载着无产阶级意识形态的历史使命和伟大理想，茅盾跨出的步伐在与他同一辈的作家中是最大的，而且也最接近于而后苏联所设定的"社会主义的现实主义"的内质。

（二）蒋光慈的"革命文学的内容"

1924 年，蒋光慈自苏联回国，把他所接受的苏联的文艺理论带回到中国，例如，他曾向郭沫若和郁达夫介绍过高尔基的"政治学的浪漫主义"。对于文学的写实主义，他也发表了自己的看法。1925 年他在《现代中国社会与革命文学》一文中写道："自从文学革命以来，所谓写实主义一名词，漫溢于谈文学者的口里。"但是，"总不明白作者的人生观如何，作者对于社会的态度是怎样，作者自己的愿望如何"②，他明确地否定了以纯粹科学认知为原则的、排斥创作主体观念意图一类的写实主义。

1928 年，他在《关于革命文学》一文中论析了革命文学的内容：第一，作家处于一定的社会关系中。作家的经济地位、社会地位，决定了他的观念意识及阶级态度。第二，作品要促进新势力的发展。

① 《茅盾全集》第 18 卷，人民文学出版社 1989 年版，第 539—540 页。
② 蒋光慈：《现代中国社会与革命文学》，《文学运动史料选》第 1 册，上海教育出版社 1979 年版，第 410 页。

革命的作家要寻找出新生活的元素，要找到新生活的理想。第三，革命文学是反个人主义的文学，要"表现出群众的力量，暗示人们以集体主义的倾向"。第四，革命文学要指出新路。"革命文学是要认识现代的生活，而指示出一条改造社会的新路径。"① 尽管这几项内容表面看来是谈革命文学，但内里都和其后的"社会主义的现实主义"血脉相连，如"社会的关系""理想""集体主义""新路"等概念的内涵。因为属于同一理论体系中的探索，最终总会殊途同归的。

（三）鲁迅的"新的建设的理想"

鲁迅说过，他曾被创造社"挤"了看几本科学的文艺论著，指的就是他在 1929 年翻译的卢那察尔斯基的《艺术论》和 1930 年翻译的普列汉诺夫的《艺术论》等。鲁迅从中受到两位苏俄马克思主义美学与文学理论大师的影响，不只纠正了"只信进化论的偏颇"，而且也深化了他对现实主义的理解。

对鲁迅影响较大的卢那察尔斯基的美学思想中有一鲜明的特色，就是文学艺术要"描出自己的理想，或描出向那理想的阶段来"。为此，他提出了一个新的概念——"现实底理想主义"。② 卢氏的"现实底理想主义"和高尔基的有关理论构成了 1932 年诞生的"社会主义的现实主义"的基础。鲁迅对卢那察尔斯基的理论基本上是认同的，在译书之《小序》中写道："如所论艺术与产业之合一，理性与感情之合一，真善美之合一，战斗之必要，现实底的理想之必要，执着现实之必要，甚至于以君主为贤于高蹈者，都是极为警辟的。"③从中可以看出，卢氏所主张的"执着现实"之"理想"的"现实底理想主义"，给鲁迅留下了深刻的印象。1930 年，鲁迅在为柔石所译

① 蒋光慈：《关于革命文学》，《文学运动史料选》第 2 册，上海教育出版社1979 年版，第 26—29 页。

② 鲁迅译卢那察尔斯基《艺术论》，见《鲁迅全集》第 15 卷，人民文学出版社 1973 年版，第 310 页。

③ 《鲁迅全集》第 15 卷，人民文学出版社 1973 年版，第 176 页。

的卢那察尔斯基剧本《浮士德与城》写后记时，还对卢氏的"理想"作了这样的评价："新的建设的理想，是一切言动的南针，倘没有这而言破坏，便如未来派，不过是破坏的同路程人，而言保存，则全然是旧社会的维持者。"① 理想，作为人文理解中极其重要的一个部分，越来越引起鲁迅的关注。文艺要表现新的建设的理想，表现社会的发展趋势，成了必要的原则之一，进入了鲁迅的文学现实主义的概念范畴。

1933 年 12 月 20 日，鲁迅致徐懋庸的信中，就韩侍桁"想动摇文学上的写实主义"的提法予以批评，而后就艺术的真实问题发表了自己的看法："艺术的真实非即历史上的真实，我们是听到过的，因为后者须有其事，而创作则可以缀合，抒写，只要逼真，不必实有其事也。然而他所据以缀合，抒写者，何一非社会上的存在，从这些目前的人，的事，加以推断，使之发展下去，这便好像预言，因为后来此人，此事，确也正如所写。"② 如卢那察尔斯基所说的，目前的人事物态"不出于现实世界的范围外"，是现实的社会存在，但这一切又要"引向理想"，即鲁迅文中言及的"推断""发展""预言"，在符合历史发展的趋势中确证其合理性。当然，这里的深层即蕴含着对无产阶级文艺在历史发展中所具有的理想性本质的肯定与认同。这种现实主义实质上是向以意识形态为核心的人文理解倾斜的写实主义。

（四）苏联"社会主义的现实主义"

写实与理想在历史唯物主义的基点上的高度统一，历史发展趋势的时间流程具有了价值意义，文学作为巩固统治阶级意识形态功能的强化，这一切因素聚成了新的写实主义的诞生。

1932 年 10 月，全苏维埃作家同盟组织委员会扩大会议召开，而

① 鲁迅：《"浮士德与城"后记》，《集外集拾遗》，人民文学出版社 1995 年版，第 137 页。
② 《鲁迅全集》第 12 卷，人民文学出版社 1981 年版，第 302 页。

后通过了《苏联作家协会章程》关于"社会主义的现实主义"原则的界定:"社会主义的现实主义,作为苏联文学与苏联文艺批评的基本方法,要求艺术家从现实的革命发展中真实地、历史地和具体地去描写现实。同时,艺术描写的真实性和历史具体性必须与用社会主义精神从思想上改造和教育劳动人民的任务结合起来。"① 一年之后,这一原则由周扬在《关于"社会主义的现实主义与革命的浪漫主义"》一文中加以介绍,再加上瞿秋白在此前所写的《马克斯、恩格斯和文学上的现实主义》,中国文学理论界对现实主义的认识,由此开始进入了新的历史阶段。

"社会主义的现实主义"和一般意义上的现实主义的区别何在呢?简要地说,前者高度地强调文学艺术的政治倾向性,即向以意识形态为核心的人文理解倾斜。其特点具体表现在以下三个方面:

第一,人的社会关系的真实再现。"社会主义的现实主义"仍遵从文艺是现实表现的原则,但它不仅仅是"现实的反映",而是"现实的深化"的反映。它的"现实"指的是建立在实践基点上,处在一定历史背景和社会关系,尤其是经济关系中的人的生活现实。它纠正了左拉自然主义一类的纯自然生理性的摹拟,也和巴尔扎克那种把自然界和人类社会作简单对比有别。人物的社会性和历史性,即人物的社会关系和历史限定,是它着重所要表现的。这一要点,在上述蒋光慈论"革命文学的内容"中,在郁达夫、鲁迅等后期文论中均有所传示。

第二,把文学叙事的时间流程纳入价值判断之中。这是"社会主义的现实主义"的理论核心所在,因为它在"真实地、历史地和具体地去描写现实"之前,设立了"从现实的革命发展中"的前提。这样,现实的真实、历史的真实就不是客观的独立的存在了,而是被纳入了一个预设的时间之流中。只有把握住历史的发展规律,认

---

① 《苏联作家协会章程》,《苏联文学艺术问题》,人民文学出版社 1959 年版,第 25 页。

清历史发展的总趋势，展现无产阶级革命光辉前景的文学才是"真实"的，才是"社会主义的现实主义"的作品。对此，卢那察尔斯基有着更清晰的表述："不了解发展过程的人永远看不到真实，因为真实并不像它的本身，它不是停在原地不动的，真实在飞跃，真实就是发展，真实就是冲突，真实就是斗争，真实就是明天，我们正是要这样看真实，谁不这样看它，他便是资产阶级现实主义者，因而也是悲观主义者、牢骚家"。① 上述鲁迅致徐懋庸的信中提到的"推断""发展""预言"等，就带有卢那察尔斯基这种对时间流程作价值判断的色彩。

第三，价值论的时间观决定典型环境及典型人物。关于"社会主义的现实主义"理论表述，一般都离不开恩格斯《致玛·哈克奈斯》信中论典型环境与典型人物关系的一段话："您的人物，就他们本身而言，是够典型的；但是环绕着这些人物并促使他们行动的环境，也许就不是那样典型了。在《城市姑娘》里，工人阶级是以消极群众的形象出现的，他们不能自助，甚至没有表现出（作出）任何企图自助的努力。想使这样的工人阶级摆脱其贫困而麻木的处境的一切企图都来自外面，来自上面。如果这是对 1800 年或 1810 年，即圣西门和罗伯特·欧文的时代的正确描写，那末，在 1887 年，在一个有幸参加了战斗无产阶级的大部分斗争差不多五十年之久的人看来，这就不可能是正确的了。"② 这里，时间及时间错位的问题成了判断环境是否典型、人物是否典型的关键。

在"社会主义的现实主义"的文学叙事中，历史时间被笼罩在价值意义之中，过去、现在、未来呈现为有规律的上升的运动过程。社会和个体的发展都被纳入这一过程，尽管是特殊的、偶然的存在，也不能摆脱这一时间的框架；或者说，社会与个体都是特定时期的

---

① ［苏联］卢那察尔斯基：《社会主义现实主义》，《论文学》，人民出版社 1978 年版，第 55—56 页。

② 《马克思恩格斯选集》第四卷，人民出版社 1972 年版，第 462 页。

历史性存在。只有文学作品中人物环境、人物性格的变化、发展这种时间性的流变，纳入了历史的规定性，为意识形态加以的价值判断所认可，人物的环境、人物的性格才被肯定为具有普遍的典型性。这就是说，意识形态所赋予的时间的限定，或者时间的错位，对人物性格，尤其对人物典型创造的成败，在这里起着决定性的作用。有价值规定性内涵的时间成了评判作家塑造典型人物和典型环境的标准。

这种关于"上升"的发展趋势，关于"进步"的时间之流，是历史现代性观念所投射的。它源自西方的启蒙主义思潮，也来自黑格尔主义的历史目的论，历史的道路沿着预先设定的阶梯一级一级地上升，从低级走向高级，从残缺走向完美，这是历史与逻辑（先验逻辑）相统一的进程，人们对这一切充满了乐观与自信。这样，就不可避免地产生一个倾向：文学叙事的时间流程为意识形态的价值判断所规范。凡是符合马克思主义所设定的历史趋势的，即"现实革命发展"趋势的叙事，就是真实的、充分的、合理的、典型的、进步的；反之就是非真实的、不充分的、歪曲的、非典型的、反动的。显然，按这一思维逻辑的推论，其美学表述即为：善即是真，善中之真方为美。价值判断、人文理解成了现实主义的决定性的前提与标准。正如韦勒克谈到他在研究中所产生的"困窘"："在一些作家中（但并非所有的），现实主义成了历史主义的东西：它抓住社会现实并把它作为动态发展的力量。"① 历史主义的价值判断的主观性，淹没了现实主义的科学认知的客观性。

韦勒克在《文学研究中现实主义的概念》一文中曾作了这样的结论："现实主义作为一个时代性概念，是一个不断调整的概念，是一种理想的典型，它可能并不能在任何一部作品中得到彻底的实现，而在每一部具体的作品中又肯定会同各种不同的特征，过去时代的

―――――――――

① ［美］雷内·韦勒克：《文学研究中现实主义的概念》，《批评的概念》，张金言译，中国美术出版社 1999 年版，第 241 页。

遗留，对未来的期望，以及各种独具的特点结合起来。在这个意义上，现实主义意味着'当代社会现实的客观再现'。它的主张是题材的无限广阔，目的是在方法上做到客观。即便这种客观几乎从未在实践中取得过。现实主义是教谕性的、道德的、改良主义的。它并不是始终意识到它在描写和规范二者之间的矛盾，但却试图在'典型'概念中寻求二者的弥合。"①

从本文论述的 1902—1933 年间中国写实主义文学理论的演进过程，也都印证了韦勒克所归纳的两点要义。其一，现实主义是一个不断调整的概念。中国对西方写实主义的接受，有着从早期的向科学认知原则倾斜的写实主义（真即是美）；到中期的科学认知与人文理解交错的写实主义（不脱离现实的真善合体）；再到后期的向以意识形态为核心的人文理解倾斜的写实主义（善即是真，善中之真方为美）的进程。在这一过程中，写实主义的概念处在动态的，不断的调整之中。其二，现实主义始终处在描写与规范二者矛盾之中。这也是本文的题旨所在——科学认知与人文理解之间的矛盾。现实主义的"描写"，即"写实"，它意味着遵循自然科学的认知原则，对客体对象精确、逼真的反映与复制；而"文学"却是一个虚构、想象性的人文世界，渗透着作家主体的精神意愿与价值取向，即作家对人生、世界的"理解"；而且，它还所负载着如韦勒克所说的对读者道德的教谕与训诫的功能"规范"。这一悖论式的两极趋向，在中国文学对写实主义的接受进程中始终交错、纠合在一起。研究这一状态，建立起在史实实证基础上的清醒认识，将有助于中国现代文学史的重构，因为写实主义、现实主义毕竟是中国现代文学的主潮。

同行专家点评：二十年前，《学术月刊》发表了我的《中国新文学发展中的现实主义》一文，探讨的是现实主义概念在中

---

① ［美］雷内·韦勒克：《文学研究中现实主义的概念》，《批评的概念》，张金言译，中国美术出版社 1999 年版，第 241 页。

国并非一开始就具有马克思主义的文艺观，而是与自然主义不可分离的一个概念。就当时的资料而言，能够供我观点的论据是相当有限的。有意思的是，今天读到俞兆平教授的论文，旗帜鲜明地提出了中国 20 世纪 20 年代的写实主义文学思潮中有一个"科学主义的内在启动力"，并且在"科学认知与人文理解的对峙与交错中"论析写实主义文学思潮如何在接受中的变化与演进。作者引用了丰富的资料来论述科学主义与人文理解之间的消长过程和真善美因素的排列变化，这就超越了从思潮看思潮的就事论事，提升到文艺本体的意义上来讨论这一文学现象。这篇论文所讨论的对象的时间下限是 1933 年，如果再往后发展，意识形态与人文理解之间又构成怎样的关系呢？这可能是作者下一步要探讨的问题所在。二十年来，关于现实主义文学的研究不能说有很大的进步，但这篇论文所涉及的问题本身就标志了一个新的考察的视角。

点评人陈思和，复旦大学中文系教授、博士生导师

（原载《学术月刊》2006 年第 4 期）

中国现代文学中古典主义思潮的历史定位

　　学界诸种版本的中国现代文学史论著，论及 20 世纪二三十年代文坛时，只有浪漫主义思潮与写实主义思潮的"双峰对峙"，只有以象征主义为代表的现代主义思潮，唯独见不到古典主义思潮的踪影。如若卸却政治判断的预设，纳入现代性历史语境之中，从学术史角度考察，从历史真实出发，学衡派与新月派于内在学理上是一脉相承的，它们在新人文主义的理论基础上构成了古典主义文学思潮。这一思潮有着发端、演进、高潮的历史进程，有着自身理论体系和创作业绩。它对于因历史现代性的偏执而导致人文精神失落及学术衰微的中国现状提出了质疑与抗衡，构成了推进中国现代文学发展的历史合力。

一、论题的缘起

　　1939 年，李何林在编撰《近二十年中国文艺思潮论》一书，论及"学衡派"时,写下这样一段话:"总观'学衡派'无论对于中国文学或西洋文学的主张,大有'古典主义'者的口吻,其站在守旧的立场,反对此次新文化运动和新文学运动,也很有点'古典主义'的气息;可惜因为只是代表旧势力的最后挣扎,未能像西洋似的形成一种'古典主义'的文艺思潮,而且没有什么作品。否则'近二十年中国文艺思潮论'的内容,将是'古典主义'的'学衡派','浪漫主义'的创造社,'自然主义写实主义'的文学研究会……的排列下去"。① 在这里,他确切地看到了学衡派的古典主义文学倾向,也想以古典主义思潮界定之,但囿于两点原因:一是"代表旧势力的最后挣扎",二是"没有什么作品",所以不能以"思潮"而论,仅归类于"反对者"之列。

这一貌似不经意的判断,却成了而后 60 余年中国现代文学史撰写的框限。诸种版本的现代文学史论著,论及 20 世纪 20—30 年代中国文坛时,我们看到的只是浪漫主义思潮与写实主义思潮的"双峰对峙",看到的只是以象征主义为代表的现代主义思潮,或者唯美主义思潮,唯独见不到古典主义思潮的踪影。在 20 世纪 90 年代中期出版、影响颇大的《中国现代文学思潮史》一书"绪论"是这样论述的:"在外国文学影响下开始写作的'五四'时代的作家们,分别选择西方文学中浪漫主义、现实主义、唯美主义、表现主义以及新浪漫主义主义等文学流派为学习对象,结合自己丰富的生活积累和对中国社会的深刻思考,创作出了大量的风格各异的作品,从而形成了中国的人生派、浪漫派、唯美派文学。"② 并把新月派归入唯美派文学思潮之列。直至 90 年代末,观念、体系最为开放,学术气息最为浓郁的《中国现代文学三十年》(修订本),尽管认为 20 年代梅光迪、吴宓的学衡派"代表文化重构过程中的另一种趋向稳健的

---

① 李何林:《近二十年中国文艺思潮论》,陕西人民出版社 1981 年版,第 62 页。

② 马良春、张大明:《中国现代文学思潮史》,北京十月文艺出版社 1995 年版,第 9 页。

文化抉择"，但仍然把他们列入"旧文学势力"范围，而 20—30 年代梁实秋、徐志摩的新月派却归入"自由主义文艺思想"之列。①

就以上的论述来看，显然存在着几点偏误：第一，政治性的判断成为主导因素，作为文学史上的应有的学术地位随之被否定了。当年李何林是把梅光迪、胡先骕和林琴南、章士钊相提并论的，同属于"二千年来封建文学的送丧者"。他没有看到梅、胡等是在"融化新知"的基础上来"昌明国粹"的，与林、章有质上的不同。这点郑振铎倒是瞧得分明："林琴南们对于新文学的攻击，是纯然的出于卫道的热忱，是站在传统的立场上来说话的。但胡梅辈却站在'古典派'的立场来说话了。他们引致了好些西洋的文艺理论来做护身符。"② 因此，若卸却政治判断的预设，纳入现代性历史语境之中，从学术的角度出发，从他们捍卫人文精神，对机械工业文明所带来的负面历史效应的警觉与抗衡来审视，这一时期的古典主义思潮不但不能被忽略，而且在中国现代文学史上应占有重要的席位。第二，迄今为止，学界多把有着统一学术背景的学衡派和新月派割裂开来，分而述之，这也是一种偏误。因为梅光迪、吴宓和梁实秋出于同一师门，同是承接白璧德的新人文主义，而闻一多、徐志摩等在当时的文学理论上亦和梁实秋同调，属于同一学理脉流。如果说学衡派主要偏重于思想意识，即道德方面倡导古典主义的话；那么，新月派则是偏重于文学艺术，即美学方面倡导古典主义。二者一脉相承、衔接汇拢，从 1922 年至 1932 年在中国文坛形成了一股无法忽略的古典主义思潮。第三，如果学衡派、新月派前后承接可以成立的话，那么中国现代文学史上古典主义思潮一再遭人质疑的文学作品创作欠缺的问题，也就可以释解了。因为作为新诗发展史上的重要阶段——现代格律诗派的理论建构与创作的业绩，便成为这一时期古

① 钱理群、温儒敏、吴福辉著：《中国现代文学三十年》（修订本），北京大学出版社 1998 年版，第 10、203 页。
② 郑振铎编选：《中国新文学大系·文学论争集·导言》，良友图书公司 1936 年版。

典主义思潮的实践基础。

因而，本文论析的前提是现代性历史语境的建立，它的纳入将改变原有的思维定式，将引发对中国现代文学中古典主义思潮存在与否的重新考察与定位。

二、从现代性角度判定古典主义思潮的价值

学衡派、新月派最为人诟病的是其"守旧"和"复古"的倾向。《学衡》的"满纸文言"连其同门师弟梁实秋都吓得"望而却步"，新月派的"新格律诗"理论从字义上不就隐含着"复古"的意味？而梁实秋推崇抽象人性，在当时更是显得不合时宜。因此，在20世纪20年代中国寻求体制革新与思想解放的历史大潮中，他们是逆流而动的。激进对于保守的批判是合理的，但保守对于激进的质疑也是必要的。在学术史的建构上，我们不能仅以政治趋向而否认其学术地位，甚至取消其作为一种思潮的客观存在。如若进而从反思、质疑现代性负面效应这一视点来审视的话，我们将会对这一古典主义思潮的价值作出新的判断，得出新的结论。

1919年底，留美的陈寅恪与吴宓有一番深谈："今人误谓中国过重虚理，专谋以功利机械之事输入，而不图精神之救药，势必至人欲横流、道义沦丧"，因此，"救国经世，尤必以精神之学问（谓形而上之学）为根基"①。此说之内理，隐含着当时兴起的新人文主义之根本要义，即"物质之律"与"人事之律"关系问题；而这两大律令的分立，亦是现代性在20世纪初人类文化思想界域内所表现出来的科技理性与人文精神的对峙。也就是说，他们负笈西洋之始，

---

① 吴宓：《吴宓日记》第2册，生活·读书·新知三联书店1998年版，第101页。

首先求索的是人类生存意义这一"形而上"的哲学根本问题，而不是形而下的政治之类的是是非非。陈寅恪一生拒绝政治对学术的干扰，其生存宗旨为："士之读书治学，盖将以脱心志于俗谛之桎梏，真理因得以发扬。思想而不自由，毋宁死耳。"① 对陈寅恪佩服至极的吴宓，其一生中也因追随陈的"独立精神、自由思想"的原则，不识政治这一时务而吃尽了苦头。对于这一点，周作人倒是看得清楚，他在《现代散文选·序》中写道："只有《学衡》的复古运动可以说是没有什么政治意义，真是为文学上的古文殊死战，虽然终于败绩，比起那些人来要更胜一筹了。"② 因此，若以政治作为唯一的评判标准来臧否、取舍学衡派及其后的新月派的话，对于历史真实，是否有失公允？

20 世纪初，整个世界思想界关注的焦点是物质功利和人文精神这一对立矛盾的日益激化问题。由于科学技术的高速发展，给人类带来前所未有的物质文明及享受，这就单向促使了"唯物质主义"的滋长，其后果即如陈寅恪所说的"人欲横流、道义沦丧"。单向的历史现代性追求所带来的人文精神失落的现状，促使吴宓在中国高扬起新人文主义的旗帜："以物质之律施之人事，则理智不讲，道德全失，私欲横流，将成率兽食人之局。盖人世自有其律，今当研究人世之律，以治人事。"③ 他跟随着导师与挚友，首先寻求的是与"物质之律"相对立的"人事之律"，教人"所以为人之道"，来阻遏人文精神的颓败，重建精神的价值体系。同样的，梁实秋也指出："把人当作物，即泯灭了人性，而无限制发展物性，充其极即是过分的自然科学的进步，而没有人去适当的驾驭那些科学的成果，变成

---

① 陈寅恪：《清华大学王观堂先生纪念碑铭》，王国维著，傅杰编校：《王国维论学集》，中国社会科学出版社 1997 年版，第 423 页。

② 周作人：《现代散文选·序》，《大公报·文学副刊》1934 年 12 月 1 日。

③ 孙尚扬、郭兰芳主编：《国故新知论》，中国广播电视出版社 1995 年版，第 39 页。

为纯粹的功利主义。"① 也认为"物性"的恶性膨胀，泯灭了"人性"。因而，梁实秋的"人性论"，其"人性"概念第一层面相对应的另一方是"物性"，其演绎、分化后的第二层面相对应的才是"阶级性"等。若忽略梁实秋理论中的现代性的内质与意义，以后者涵盖、取代前者，势必产生对其理论简单化的误读的现象。

对"物质主义"这一"偏至"，早期的鲁迅也给予了犀利深刻的批判："递夫十九世纪后叶，而其弊果益昭，诸凡事物，无不质化，灵明日以亏蚀，旨趣流于平庸，人惟客观之物质世界是趋，而主观之内面精神，乃舍置不之一省。"② 鲁迅看到 19 世纪物质文明与精神文明之间的"偏至"、失衡，给人类的生存带来了巨大的恶果："物欲"遮蔽了"灵明"，外"质"取代了内"神"，人的旨趣平庸，罪恶滋生，社会憔悴，进步停滞。因此，对于吴宓、陈寅恪，直至新月派的梁实秋、闻一多等所接受、所遵从的新人文主义理论，首先必须纳入科技理性与人文精神矛盾对峙这一世界范围的现代性历史语境中进行考察，注意到他们接受了新式学理，有着全球性的视野这一特点，才能对其做出相对公允而准确的判断。

李泽厚在评述"科玄论战"时的一段话亦涉及这一问题："如果纯从学术角度看，玄学派所提出的问题和所作的某些（只是某些）基本论断，例如认为科学并不能解决人生问题，价值判断与事实判断有根本区别，心理、生物特别是历史、社会领域与无机世界的因果领域有性质的不同，以及对非理性因素的重视和强调等等，比起科学派虽乐观却简单的决定论的论点论证要远为深刻，它更符合于二十世纪的思潮。"③ 也就是说，包括玄学派、新人文主义论者等在内的这一时期世界范围内的文化保守主义思潮，对现代化的进程中日益尖锐的一系列矛盾是持警觉的态度。如科学的机械论定和人生

---

① 《梁实秋批评文集》，珠海出版社 1998 年版，第 215 页。
② 《鲁迅全集》第 1 卷，人民文学出版社 1981 年版，第 53 页。
③ 李泽厚：《中国现代思想史论》，东方出版社 1987 年版，第 59 页。

的自由意志、物界的事实判断和心界的价值判断等，均引起他们的关注与思索。

因此，对学衡派、新月派所接受的新人文主义及由此而派生的古典主义文学思潮，应有一种辩证的认识与整体性的把握，其内质是对人类社会现代化进程中负面成分的批判，属于质疑、反思"现代性"的理论范畴。它具有历史关怀的内容，有着相应的意义取向，是作为对历史发展中激进力量的制衡而合理存在的；它与现代社会的需求形成另一种逻辑关联，一样属于新的时代。这是我们对中国现代文学史上古典主义思潮判断与理解的基本出发点。

三、构成同一古典主义思潮的学衡派与新月派

古典主义概念是动态的，随着历史进程呈现出多义的状况。其原初主要指继承古代希腊、罗马文化艺术传统的思想倾向。而作为文学艺术思潮，它有狭义与广义之分，狭义的是以 17 世纪的法国文学为代表，其特点是：在政治上拥护和歌颂绝对王权；在思想上提倡"自我克制""折衷"的理性，尊重君主专制政治所需要的道德规范；在题材上借用古代的故事，赋予它崇高悲壮的色彩；在体裁上，严格按照人为法则进行创作；在艺术上要求结构严谨完整。[①] 广义的则是指超出这一特定历史阶段而具有相类似的精神倾向和美学风格的文学艺术思潮。我们所论析的 20 世纪中国古典主义文学思潮属于后者，但它与狭义的前者有太多相似之处，如理性的推崇、道德的强化、法则的规范、中庸的选择、结构的严谨等，都可看出其间一脉相承的学理性。

---

① 柳鸣九：《法国文学史》（上册），人民文学出版社 1979 年版，第 159 页。

20 世纪初，无论是中国，还是世界，在思想领域内均展现出一种思潮迭起、新旧冲撞的紧张势态。在美国则出现以白壁德为代表的新人文主义思潮，它无法忍受现代性思潮所带来的世俗化、工具化、物质至上、私欲横流的病态世界，而承接西方古典主义传统，对激进的、具有叛逆性的现代思想动向予以激烈的批判。其理论体系的要质大致可归纳为以下几点：其一，"左右开弓"。即对培根为代表的征服自然的物质功利主义和卢梭为代表的放纵情感的浪漫主义，进行双向抨击。其二，规训与纪律。强调规则、纪律、节制、约束、秩序、界限等，主张人不能顺其天性，而必须加以理性的约束与规范，使其有节制地平均发展。其三，传统与恒定。新人文主义者在现代性思潮的冲击下，痛感道德伦理的解体、社会行为的无序、人文精神的沦落，有着强烈的文化危机意识，向传统文化寻求一种恒定的价值标准。白壁德的新人文主义观念通过他的中国弟子梅光迪、吴宓、汤用彤、梁实秋，以及游学旁听的陈寅恪，受梁实秋影响而间接地奉从的闻一多等，在中国渐渐地传播开来，并介入中国新文学的批评与创作，逐渐形成一股古典主义文学思潮。因此，这一思潮在中国的发端就带有强烈的反思、批判现代性的性质。

世纪转折之际，处于精神困惑、茫然之中的这批留美的中国青年，刚一接触白壁德的新人文主义，无不为之震动，佩服至极，即投身受业于其门下。1915 年秋，梅光迪转入哈佛大学，"白壁德先生以新人文主义倡于哈佛，其说远承古希腊苏格拉底、柏拉图、亚里士多德之精义微言，近接文艺复兴诸贤及英国约翰生、安诺德等之遗绪，撷西方文化之菁英，考镜源流，辨章学术，卓然自成一家言，于东方学说，独近孔子"①。虽为叙述其说，但敬佩之情，深蕴内里。吴宓 1918 年 9 月转学哈佛，亦师从白壁德，"其立说宏大精微，本

---

① 郭斌龢：《梅光迪先生传略》，载《胡适来往书信选》下册，中华书局 1980年版，第 146 页。

为全世界，而不为一时一地"①。从学说体系到精神人格，全盘接纳。1924年，原本信奉浪漫主义的梁实秋，一听课就为之所折服，"我初步的反应是震骇。我开始自觉浅陋，我开始认识学问思想的领域之博大精深。继而我渐渐领悟他的思想体系，我逐渐明白其人文思想在现代的重要性"。随之，"从极端的浪漫主义，我转到了多少近于古典主义的立场"②。至于闻一多，虽未亲聆白璧德的讲授，但他和梁实秋志同道合，亲如手足，也受到新人文主义的影响。如，他的《先拉飞主义》一文论及诗和画的界限抹杀、艺术类型混乱时，便引述道："关于这一点，白璧德教授在他的《新雷阿科恩》（即《新拉奥孔》）里已经发挥得十分尽致了，不用我们再讲。"③ 这说明，他对白璧德的论著是相当熟悉的。因此，作为学衡派与新月派的理论中坚们，是出于同一学术背景的。

但中国学界却多把学衡派与新月派分而论之，其实由它们所构成的古典主义文学思潮有着一道从发端，经演进，到高潮的过程轨迹，只是我们迄今未加梳理而已。

第一，发端——由传统文学观念激发的本能性的抗衡。

胡适《逼上梁山》一文回顾了文学革命的开始。1915年起，胡适在思考中国文学与中国文字问题，提出白话文是活文字，古文是半死的文字的观点，随即遭到梅光迪的反对。胡适说，梅越驳越守旧，他则由此渐渐变得更激烈了。1916年胡适提出"作诗如作文"的改革方案，梅光迪断然否定："诗文截然两途，诗之文字与文之文字，自有诗文以来（无论东西）已分道而驰。"④ 认为文之文字不能入诗，久经古人论定，铁案如山。是年7月，由任鸿隽《泛湖即事》一诗而引发，梅胡之间爆发最为激烈的论争，在通信中，梅光迪继

---

① 《吴宓自编年谱》，生活·读书·新知三联书店1995年版，第175页。
② 《梁实秋批评文集》，珠海出版社1998年版，第212页。
③ 《闻一多全集》第3卷，生活·读书·新知三联书店1982年版，第423页。
④ 胡适编选：《中国新文学大系·建设理论集》，良友图书公司1935年版，第8页。

续否决胡适的白话可以入诗的革命，还嘲笑胡适尝试所作的白话游戏诗"如儿时听莲花落"。虽然胡适在文章中归结，若没有梅光迪等朋友的切磋、诘难、反驳，他的文学主张不会经过那几层的大变化，不会结晶成系统的方案，但梅光迪等作为中国新文学运动进程中第一波的反向力量的历史位置已确定下来，尽管在胡适的心目中它具有相克相生、相辅相成的价值。此时的梅光迪刚开始听白璧德的课，与其说是接受新人文主义理论，不如说更多地表现为由中国传统文学观念所激发起的本能性的抗衡。

第二，演进——承接西学的文化保守主义的悲剧。

1922 年 1 月，陆续回国的梅光迪、吴宓、胡先骕等在南京创办了《学衡》杂志。在思潮迭起、学派纷陈之中，《学衡》亮出与众不同的办刊宗旨："论究学术，阐求真理，昌明国粹，融化新知。以中正之眼光，行批评之职事。无偏无党，不激不随。"这一宗旨有其三项特质：一是有了新式学理体系——西方的新人文主义，他们昌明国粹是在融化这类西方新知的理论基础上展开的；二是坚持学术独立，他们拒绝政治的追随、党派的偏激，以学术为生存真义，以阐求真理为终极目的；三是以中正、中庸之道进行文化、文艺批评，从而维护、继承具有普遍、永恒的人文价值的中西方传统文化。这在新文化运动诸种思潮中确是不同凡响，显出特立独行的一面。

对于学衡派诸君，五四新文化革命之后的中国社会负面状况引起他们的极度焦虑：随着圣化的社会的分崩离析，旧有的价值体系也被质疑、否定，中国几千年来的文明传统、文化命脉面临着断绝的危险；而随着西方各种现代思潮的涌入，特别是漠视人文精神的、以培根为代表的科学主义及放纵人的感性的、以卢梭为代表的浪漫主义的泛滥，更是使中国思想界精神混乱、文化无序。在"学衡"十年中，他们对新文化运动、对新文学动向进行了激烈而持久的批判，内容涉及文言与白话的优劣问题、新旧文学观念问题、传统文化的扬弃与继承问题、历史的进化的文学观问题等。他们始终执着地恪守自身的保守主义立场，与文化激进主义相抗衡，形成了与胡适、陈独秀、鲁迅等为代表的中国新文学潮流相对立的另一向度的文学思潮，形成了中国文化进程中的立体的张力结构。历史是多种力量形成的合力所共同推进的，作为古典主义思潮中坚的学衡派怎么能轻易地抹掉呢？当然，由于学衡派的保守主义性质，对传统文化的捍卫，使它在充满叛逆气息的历史转折时期，成为革命潮流的对立面，只能以悲剧而告终。

第三，高潮——理论体系的确立及实践性的论争与创造。

如果说学衡派因侧重于人文传统、道德理性的宣扬与构建，缺少介入文学理论与创作的实绩而受到质疑的话，那么，中国现代文学史上相对成熟的古典主义文学思潮则有赖于梁实秋、闻一多、邓以蛰、徐志摩等人完成。形成这一高潮的主要有四项文学事件。鉴于学界对新月诸君与古典主义的关系较少涉及，下一节对此具体展开论述。

四、古典主义文学理论体系的确立及其实践

1925 年起，闻一多、梁实秋等先后陆续归国，由于学术背景的相似，观念意识的相近，就逐渐和徐志摩、饶孟侃、朱湘、刘梦苇、于赓虞、邓以蛰、余上沅等聚合到一起，筹办《诗镌》《剧刊》，出版《新月》，介入文坛的理论论争，提出现代格律诗论等。在论争的过程中，逐步地形成了以梁实秋为核心的古典主义文学理论体系；在文学实践的过程中，创立了以闻一多为代表的现代格律诗派，成为古典主义文学思潮在创作上所展示的具体业绩。

第一，对中国浪漫主义思潮的阻击。

1926 年，梁实秋作《现代中国文学之浪漫的趋势》发表于《晨报》副刊，对五四运动以来的中国新文学的弊端进行了全面的批判。

虽然其"浪漫主义"一词内涵比较宽泛，还包括了写实主义及现代主义文学，但其矛头主要仍是指向以卢梭为始祖的浪漫主义思潮：其一，浪漫主义者的特点是"任性"，无视文学传达的工具和文学形式的美的构型，即无视"文学的本身"，文学美的质素被淡化、被忽略了。其二，浪漫主义者对情感过分推崇，把情感直接当成文学本身，沦为滥情主义。其三，浪漫主义者所追寻的理想其实是"假理想主义"。

闻一多紧接着也发表《诗的格律》一文，他否定诗界卢梭信徒们"皈返自然"的呼喊，高扬艺术高于自然的美学原则。他尖锐地批评这批"伪浪漫主义者"："他们没有创造文艺的诚意。因为，照他们的成绩看来，他们压根儿就没有注重到文艺的本身"[1]。闻一多认为这种无节制的情感流泻，绝不可能成为完美的艺术作品，因为从情感到艺术的构型，还须有媒介运用、技艺操作、形式凝定等进程，所以现代诗的创作要倡导格律，要讲究诗的"三美"。可以看出，闻、梁这两篇文章几乎是一喉异曲、共轭互补的。因此，《诗的格律》一文只有放置于古典主义的理论语境中，才能理解其真义。梁、闻等对浪漫主义的有力的批判，再加上郭沫若在同年5月发表《革命与文学》，宣布浪漫主义已成为反革命文学，来自一右一左的双向夹击，几乎宣判了以卢梭为代表的美学的浪漫主义在中国诗坛的终结。

第二，梁实秋与鲁迅关于卢梭、关于人性的论战。

1927—1928年，以梁实秋为一方，鲁迅、郁达夫为另一方，展开了一场论战。论战由于梁实秋在《卢梭论女子教育》一文中对卢梭的抨击而起，他认为"卢梭论教育，无一是处"，郁达夫闻之，即发表了《卢梭传》等文予以反击。对于这股日渐高涨的古典主义思潮，鲁迅十分警觉，他比郁达夫更早地发表了《卢梭和胃口》一文，尖锐地指出："上海一隅，前二年大谈亚诺德（按：阿诺德），今年大谈白璧德，恐怕也就是胃口之故罢。"阿诺德和白璧德代表着保守

---

① 《闻一多全集》第3卷，生活·读书·新知三联书店1982年版，第413页。

主义倾向，这股古典主义思潮的涌起，对于新文学的发展是不利的，所以，鲁迅、郁达夫两人联手，及时地予以反击。

论战中，鲁迅、郁达夫都引用了美国文学家辛克莱（Upton Sinclair）的著作中的话："无论在那一个卢梭的批评家，都有首先应该解决的唯一的问题。为什么你和他吵闹的？要为他的到达点的那自由，平等，调协开路么？还是因为畏惧卢梭所发向世界上的新思想和新感情的激流呢？"① 是随着卢梭"开路"呢？还是"畏惧卢梭"呢？这体现了全球思想界在顺应激进的革命潮流或悖逆革命潮流而动时的两种倾向的选择。可惜以往学界没有从这一高度上，看到这场论争所具有的世界性的激进与守衡两种意识形态抗衡的意义，看到这场论争所蕴含的激进的革命文学思潮对古典主义思潮的阻击的内质，而把全部注意力都集中在鲁迅和梁实秋关于"出汗、阶级性、文学"这一相对狭小的论题上，从而造成学界研究者对中国现代文学史这一段历史真实的忽略及"缺席"。

第三，梁实秋的古典主义文学理论体系建立及《新月的态度》。

1924 年，梁实秋师事白璧德，站到他终生不渝的古典主义立场；1927 年起，梁实秋陆续出版了《浪漫的与古典的》《文学的纪律》《文艺批评论》《偏见集》等四本文艺理论著作，建立起一套古典主义文学理论体系。简述如下：（一）文学的本质：文学是健康的常态的普遍的人性表现。人性是二元的，即兽性与理性、恶与善，构成两极。但人之所以为人，在于他能以理性战胜兽性，以理智节制欲念，"在理性指导下的人生是健康的常态的普遍的；在这种状态下所表现出的人性亦是最标准的；在这标准之下所创作出来的文学才是有永久价值的文学"②。（二）文学的创造："古典主义者所注重的是艺术的健康，健康是由于各个成分之合理的发展，不使任何成分呈畸形的现象，要做到这个地步，必须要有一个制裁的总枢纽，那便

---

① 《鲁迅全集》第 3 卷，人民文学出版社 1981 年版，第 554 页。
② 《梁实秋批评文集》，珠海出版社 1998 年版，第 105 页。

是理性。"① 文学创作中，理性成为"最高的节制的机关"，它不但要驾驭滥情的浪漫的感伤主义的情感，而且还要节制使人性变态的猎奇式的想象。通过"理性的节制"，文学创作抵御了片面的畸形，呈现的是合乎古典主义的"艺术的健康"。（三）文学的价值与效用：在于它的健康与净化。在创作中"艺术家布置各物，使有秩序，使每一部分和其余各部谐和，以便建设一个有规则的有系统的整体"，这样的艺术品，在接受者的身体与心灵便引发了由秩序与谐和所产生的效果，即"健康"，从而使读者产生"和平的宁静的沉思的一种舒适的感觉"②。类似于亚里士多德的"净化"，温克尔曼的"高贵的单纯，静穆的伟大"，梁实秋追求的就是这种古典美学的终极。

在此基点，来分析《新月》月刊的发刊词《新月的态度》，就容易理解其古典主义的立场了。梁实秋后来回忆说："《我们的态度》一文，是志摩的手笔，好像是包括了我们的共同信仰，但是也很笼统，只举出了'健康与尊严'二义。"③ 徐志摩只以健康、尊严来笼括古典主义是不够的，但抓到了核心。而且，他在对当时文坛感伤派、颓废派等十三种流派扫荡式的批判过程中，也确立了自身的原则。如："省念德性的永恒"、给情感"安上理性的鞍索"、"希望看一个真，看一个正"、"标准、纪律、规范，不能没有"、要有"纯正的思想"、要"辨别真伪和虚实"、"这时代是变态，是病态，不是常态"、"一双伟大的原则——尊严与健康"是我们"信仰的象征"等，几乎全是梁实秋理论的再版。因此，新月派的理论基点的主体为古典主义应该可以确定下来。

第四，现代格律诗派的理论建立与创作实绩。

对闻一多为代表的现代格律诗派的理论与创作，纳入古典主义语境去阐释其意义，学界尚未多见。现代格律诗派的古典主义立场

---

① 《梁实秋批评文集》，珠海出版社 1998 年版，第 102 页。
② 《梁实秋批评文集》，珠海出版社 1998 年版，第 109、103 页。
③ 陈子善编：《梁实秋文学回忆录》，岳麓书社 1989 年版，第 109 页。

呈示于以下几点：（一）强调理性的节制。朱自清在《中国新文学大系·诗集》"导言"中评闻一多诗的特点是："靠理智的控制比情感的驱遣多些。"理智超越情感、节制情感，当时只有梁实秋为代表的古典主义思潮强调这点。闻一多的名言，诗是"戴着脚镣跳舞"，即是此说最为形象的解读。徐志摩也谈道："我想这五六年来，我们几个写诗的朋友，多少都受到《死水》的作者的影响，我的笔本来是不受羁勒的一匹野马，看到了一多的谨严的作品，我方才憬悟到我自己的野性"。[①] 可以这么说，在文学理论上，闻一多认同了梁实秋的古典主义，并渗入、融化到创作之中；在创作实践上，闻一多以其独特的由理性节制而派生的"谨严"美学风格极大地影响、感染了新月派的诗人们，由此，促成了现代格律诗派的诞生。（二）追求系统的整体的诗美建构。古典主义注重艺术的"健康"，即作品各个部分呈现出秩序与谐和，形成有机的系统的整体，显然，闻一多关于"诗的三美"（音乐的美、绘画的美、建筑的美）理论乃由此触发而生的。它也标志着强调"艺术自律"的审美现代性在中国现代文学创造中的逐步完善。（三）达到中西合璧的完美境界。闻一多在《女神之地方色彩》中提出："要做中西艺术结婚后产生的宁馨儿"，他激烈地批评了郭沫若等的欧化倾向，文中充满了对本民族文化的危机意识。因此，"当恢复我们对于旧文学底信仰，……东方的文化是绝对的美的，是韵雅的。东方的文化而且又是人类所有的最彻底的文化"[②]。维护东方文明的历史使命感，驱使他转向了"旧文学底信仰"，以寻求一种恒定的价值标准，而这正是从梅光迪、吴宓，到梁实秋等古典主义者所竭力倡导的。学衡派、新月派诸君维护传统，是要在传统中发掘出现代文化含义，达到中西合璧的完美境界。[③]

---

① 徐志摩：《猛虎集·序》，上海新月书店1931年版。
② 《闻一多全集》第3卷，生活·读书·新知三联书店1982年版，第367页。
③ 参见耿云志主编：《胡适遗稿及秘藏书信》第33册，黄山社1994年版，第152页；孙尚扬、郭兰芳主编：《国故新知论——学衡派文化论著辑要》，中国广播电视出版社1995年版，第88页。

至于由上述理论导引的现代格律诗派的具体创作业绩，朱自清在《中国新文学大系·诗集》"导言"的结语已说得很明白："这十年来的诗坛就不妨分为三派：自由诗派、格律诗派、象征诗派。"在中国新诗发展史的头十年，若无丰硕之成果，岂能得此三分天下之盛名？

历史是客观存在的，还历史以真实的面目，是学术研究者不可推卸的职责。历史由不同趋向的力量汇集构成，正是由这一文化合力推动着整体思想文化的发展。在现代性语境中，对工业革命及其所带来的物质丰裕、社会进步等持乐观、肯定态度的历史现代性，却忽略了现代化进程中物欲私利的膨胀、工具理性的隘化、道德伦理的沦丧等关系人类生存的重大问题；正是在这一点上，以学衡派、新月派为代表的中国古典主义文学思潮对其持警觉、反思的态度，批判、抗衡现代性负面效应，坚持人文精神的立场，在一定范围内具有审美现代性的意义，也在一定程度上维系了中国现代文学发展中的均衡。因此，只有正视历史进程的"负向"力量，才能真实地了解"正向"力量。在这一点上，如何摆正我们的心态与价值取向，如何客观地面对历史现实，如何真实地描述中国古典主义文学思潮的历史地位，将是艰难的调整过程。

（原载《文艺研究》2004 年第 4 期）

现代性视野中的马克思主义美学

随着社会历史的进程，在人文社会科学方面，人们不断地创立新的理论体系，以期更深入、更全面地把握现实、理解历史，尤其对于历史所积淀下来的人类精神成果则更为关注，不时从新的理论视角予以新的审视和解读，发掘出以往所未曾有的意义。现代性理论体系与马克思主义美学之间的关系研究则为其命题之一。

现代性有着特定的内质、特定的时间域限，它是人们对近二三百年来现代现象的认识、审视、反思，是对现代化进程的理论概括和价值判断。这一界定源自其特定的现代结构："如此'现代结构'指以启蒙运动为思想标志，以法国大革命和俄国十月革命为政治标志，以工业化及自由市场或计划市场为经济标志的社会生存品质和样式。"① 因此，虽然在马克思主义美学中并未出现"现代性"这一词汇，但其生成过程已客观地纳入上述特定的历史语境之中，这就确立了从现代性视野中审视马克思主义美学的合理性。

国内马克思主义研究界，对从现代性视野审视马克思主义美学

---

① 刘小枫：《现代性社会理论绪论——现代性与现代中国》，上海三联书店1998年版，第64页。

关注不够。现代化进程在文明正值增长的同时，也带来了负值效应。这一双向逆反的趋势，同时在马克思主义美学中表现出来。马克思、恩格斯认同历史现代性，因为它推动物质文明的进步，确立人的实践主体性，促使人的全面自由发展，形成文艺学科的审美独立等；同时他们也对现代性的负面效应，如人文精神失落、人的异化、自然生态失衡、唯科学主义思潮等，提出质疑与批判。对现代性所带来的危机，马克思、恩格斯寻求各种解决途径，在美学方面，他们肯定善恶相生推进历史，重视审美、文化这一特殊的批判、重构的力量，标举人本主义与自然主义的融合统一为终极的美的境界。对此命题的深化研究，将使我们从新的视角考察和接受马克思主义。

一、对历史现代性的认同

自近代启蒙运动以来，资本主义社会随着科学技术的发展，大工业生产的展开，人这一族类的本质力量被充分地激发出来，创造了丰裕的物质财富，解放了受神学禁锢的思想，社会整体呈示出一种向前推进、向上发展的繁荣和进步的景象。在启蒙运动中，现代性主要展现出正向的积极价值，正如卡林内斯库所指出："从启蒙运动开始，现代性同进步（或更近的源于达尔文生物学理论模式的进化）之间的联姻已在双重意义上变得牢固；当这两个概念激发了乐观主义的历史进程观时，这种联姻就是积极的"①。这一进步的"乐观主义的历史进程观"一般被称为"历史现代性"。这种现代性是科学技术进步、工业革命和资本主义带来全面经济社会变化的产物，

---

① ［美］马泰·卡林内斯库：《现代性的五副面孔》，顾爱彬、李瑞华译，商务印书馆 2002 年版，第 342 页。

它有着如下的价值取向："进步的学说，相信科学技术造福人类的可能性，对时间的关切（可测度的时间，一种可以买卖从而像任何其他商品一样具有可计算价格的时间），对理性的崇拜，在抽象人文主义框架中得到界定的自由理想，还有实用主义和崇拜行动与成功的定向"①。这些倾向也在马克思主义美学中展现出来。

其一，对物质文明进步的肯定，对历史感伤主义的批判。

身处剧烈的历史转变时期，马克思、恩格斯对具有进步、乐观价值内涵的"历史现代性"趋势予以高度的评价和积极的认同，对物质社会的进步持肯定的态度。在《共产党宣言》中，他们写道："资产阶级在历史上曾经起过非常革命的作用。""资产阶级在它的不到一百年的阶级统治中所创造的生产力，比过去一切世代创造的全部生产力还要多，还要大。自然力的征服，机器的采用，化学在工业和农业中的应用，轮船的行驶，铁路的通行，电报的使用，整个大陆的开垦，河川的通航，仿佛用法术从地下呼唤出来的大量人口，——过去哪一个世纪能够料想到有这样的生产力潜伏在社会劳动里呢？"② 他们对资本主义社会在现代化进程中所释放出来的生产力，对科学技术所创造出来的物质财富，而为之振奋，予以积极意义上的肯定。

当然，马克思、恩格斯也同时看到人类在创造物质文明、推进社会进步时所付出的残酷的代价，但他们认为，在大工业所促成的现代化革命，在伟大的社会变革面前，这一代价的付出是不可避免的，若为此而陷于忧伤的话，则是一种未必可取的历史的感伤主义。恩格斯在《论住宅问题》提及：自从资本主义开始，工人的物质状况更为恶化了，"但是，难道我们为了这点就应当忧伤地眷恋（也是很贫乏的）埃及的肉锅，眷恋那仅仅培养奴隶精神的农村小工业或

---

① ［美］马泰·卡林内斯库：《现代性的五副面孔》，顾爱彬、李瑞华译，商务印书馆 2002 年版，第 48 页。

② 《马克思恩格斯选集》第 1 卷，人民出版社 1972 年版，第 253、256 页。

者眷恋'野蛮人'吗？恰恰相反，只有现代大工业所造成的、摆脱了一切历来的枷锁——包括把它束缚在土地上的枷锁——并被驱进大城市的无产阶级，才能实行消灭一切阶级剥削和一切阶级统治的伟大社会变革。"① 这里，恩格斯批判矛头所指的是普鲁东主义所谓的"永恒的公平"。他认为，这是一种庸俗的小经济学者的见解。我们不能因为现今工人阶级生存状况的恶化，而去眷恋为奴隶时期那"埃及的肉锅"可怜的满足，而去怀念小手工业生产状况中那微弱的安定。作为现代性重要标志的现代化大工业的发展是血迹斑斑的，但它却以其强大的动力砸碎一切阻碍生产力发展的枷锁，以其巨大的气势为历史的前进扫平道路。

　　同样的，马克思在《剩余价值理论》中也指出：李嘉图"希望为生产而生产，这是正确的。如果像李嘉图的感伤主义的反对者们那样，断言生产本身不是目的本身，那就是忘记了，为生产而生产无非就发展人类的生产力，也就是发展是人类天性的财富这种目的本身。"② 李嘉图虽然提出为生产而生产，把生产作为目的，但在马克思看来它也包含着合理的一面，因为它最终也是为着发展人类的生产力，为着丰富、提升人的族类的本性。在此进程中，工人的生存状态遭到贫困问题等的逆转、异化，但不能由此而形成历史感伤主义，并对历史的前进加以反对与阻挠。马克思举例说，正如我们不能像西斯蒙第所主张的那样，为着个人的幸福而抑制种族的发展；也不能仅为着保障个体的生命，而反对任何性质的战争。人类个体有时是要承担痛苦的，甚至有时是要在尖锐的对抗中做出牺牲，因为只有这样才能肯定族类的整体发展，才能达到建立新文明的理想性的前景。

　　其二，人的实践主体性的确立。

---

　　① 《马克思恩格斯选集》第 2 卷，人民出版社 1972 年版，第 478 页。
　　② 《马克思恩格斯全集》第 26 卷第 2 册，人民出版社 1973 年版，第 124—125 页。

　　"现代性"的学理渊源，一般追溯至康德的哲学与美学。虽然哈贝马斯认为，第一位对"现代"概念做出明晰阐述的哲学家是黑格尔，但从作为西方启蒙哲学整体着眼，康德在他对传统的批判过程中，已提出"现代性"的基本观念与原则，这体现在他由对"人"的理解出发，确立了理性至高的地位与主体性原则基础；而在美学上，则是确立了艺术的自主性与审美自律性。

　　马克思主义美学中的人的主体性的确立与现代性观念的展开密切相关，但其内涵却绝对不能等同于康德、黑格尔或者费尔巴哈。马克思在德国古典哲学、美学的基点上跨出了一大步，他是在实践的前提下建立起主体性的观念。对此，顾准有一精辟的发现，他认为"马克思的哲学是培根和黑格尔的神妙的结合"。"马克思根据培根主义的原则，要把这一套从思辨中拉到实践中来进行，在实践中完成。"① 顾准这一新的判断很值得我们进一步展开探索。

　　人的实践主体性，这是马克思主义美学质的规定性之一。在《关于费尔巴哈的提纲》中，马克思指出："从前的一切唯物主义——包括费尔巴哈的唯物主义——的主要缺点是：对事物、现实、感性，只是从客体的或者直观的形式去理解，而不是把它当作人的感性活动，当作实践去理解，不是从主观方面去理解。所以结果竟是这样，和唯物主义相反。唯心主义却发展了能动的方面，但只是抽象地发展了，因为唯心主义当然是不知道真正现实的、感性的活动本身的。"② 这一段引文大家均耳熟能详，因为在国内 20 世纪 80 年代关于哲学、美学、文学主体性的大讨论中，它奠定了新唯物主义认识论在中国学界的理论基础。新唯物主义之所以"新"，在于它是在人的实践活动的基点上来界定主体的。这样，主体对客体的认识就不像一般唯物主义那样，仅是被动地接受客体的信息，而是要从人的感性活动、人的历史实践的角度去理解对象。这种认识与理

---

① 《顾准文集》，贵州人民出版社 1994 年版，第 412 页。
② 《马克思恩格斯选集》第 1 卷，人民出版社 1972 年版，第 16 页。

解是一种主客体双向逆反、同质同步的运动过程，因此文学艺术的美与创造主体的感性活动、历史实践紧密相关，具有丰富而深刻的社会、历史的内涵。这在哲学、美学发展史上是一种全新的人的主体性理论。

在马克思的理论推导中，这一实践主体的活动甚至可以消解、弥合通常理论中所强化的精神与物质这一根本对立："主观主义和客观主义，唯灵主义和唯物主义，能动和受动，只是在社会状态中才失去它们彼此间的对立，并从而失去它们作为这样的对立物的存在；我们知道，理论的对立本身的解决，只有通过实践的途径，只有借助于人的实践的力量，才是可能的"①。人的实践主体性及其革命性的意义，已远远地超出了以康德为代表的德国古典哲学、美学中的主体性概念内涵，甚至也超出了现代性的概念范畴，其深蕴的内涵尚有待理论界作进一步探索与发展。

随着人的实践主体性理论的确立，马克思对实践主体的意义展开了进一步的论述："人以一种全面的方式，也就是说，作为一个完整的人，把自己的全面的本质据为己有。人同世界的任何一种属人的关系——视觉、听觉、嗅觉、味觉、触觉、思维、直观、感情、愿望、活动、爱——总之，他的个体的一切官能，正像那些在形式上直接作为社会的器官而存在的器官一样，是通过自己的对象性的关系，亦即通过自己同对象的关系，而对对象的占有。对属人的现实的占有，属人的现实同对象的关系，是属人的现实的实际上的实现。"② 人通过实践实现自己的本质力量对对象的占有，同时也就是对自我本质力量的确证，马克思主义美学所特有的关于人的本质力量对象化的命题在此形成了。

人的本质力量的高扬，使实践主体不断地丰富自身、提升自我，

---

① 马克思：《1844 年经济学—哲学手稿》，刘丕坤译，人民出版社 1979 年版，第 80 页。

② 马克思：《1844 年经济学—哲学手稿》，刘丕坤译，人民出版社 1979 年版，第 77 页。

但更为重要的是在对象化的展开过程中，人把"自然人化"了。人们"周围的感性世界决不是某种开天辟地以来就已存在的、始终如一的东西，而是工业和社会状况的产物，是历史的产物，是世世代代活动的结果"①。整体的自然界，或者作为劳动成品的物，均非与生俱来的单纯的直观物，其深层积淀着人的感性活动，是人的实践活动（包括人的理性指导下的有目的意图的实践活动）的结果，即整个自然界均为"人化的自然"了。人在实践的进程中逐渐成了万物的主宰，其地位并不亚于人本主义理论中的人的本体。若从现代性理论视角审视，这是在唯物主义向度上对人的主体性与理性予以推崇的极致。

其三，人的全面发展与自由解放。

实践主体性观念的确立与新唯物主义理论体系的建立是一体化的，在这充溢着改天换地、创造突进的理论氛围中，马克思对人这一族类的生存意义与自由发展，充满了历史现代性所具有的乐观进取、趋于完美的信念。

在《政治经济学批判大纲》中，马克思批判了现代世界"把生产看成人底目的，又把财富看成生产底目的"这本末颠倒的倾向，肯定了古代"把人看成生产底目的"的观念，进而指出："财富不就是充分发展人类支配自然的能力，既要支配普通所说的自然，又要支配人类自身的那种自然么？不就是无限地发掘人类创造的天才，全面地发挥、也就是说发挥人类一切方面的能力，发展到不能拿任何一种旧有尺度去衡量的那种地步么？不就是不在某个特殊方面再生产人，而要生产完整的人么？"② 这里，马克思列出了他心目中作为完美的族类的人所应有的三大标准：一是有既能支配外在客体自然，又能支配内在主体自然的能力；二是人类一切方面的能力，包

① 《马克思恩格斯选集》第1卷，人民出版社1972年版，第48页。

② 马克思：《政治经济学批判大纲》（草稿）第3分册，刘潇然译，人民出版社1963年版，第105页。

括创造的天才潜力，都能得到无限的全面的发掘与发挥；三是在生产实践的进程中，要塑造出各个方面都能均衡、完整地发展的人。马克思紧接着强调说："除去以此种发展本身为目的外不服务于其他任何目的"。显然，这是沿着康德的"自然向人生成""人是目的"这一指向而新创的最完美的版本。

人这一族类在实践中不断地把握规律，取得支配内在与外部自然的主导权，并不断地发掘本质力量的潜能，走向完美，走向自由的境界，这是马克思主义人学、美学所预设的前景与目标。恩格斯在晚年时曾就意大利社会党人卡内帕要求言简意赅地表述未来社会主义新纪元的基本思想，回答说，除了《共产党宣言》以下这句话，他再也找不出合适的了。这就是："代替那存在着阶级和阶级对立的资产阶级旧社会的，将是这样一个联合体，在那里，每个人的自由发展是一切人的自由发展的条件。"[1] 因此，像是高度强调群体与集中的马克思主义，在其根本的出发点上仍是以保证活生生的感性个体的自由作为前提条件。个体的自由而全面的发展与人这一族类彻底解放的伟大目标并不矛盾，而是统一的，这是马克思主义追求的崇高的目标，也是其美学的终极。

其四，文学艺术学科的审美独立。

如前述，康德在美学方面的现代性展现是确立了艺术的自主性与审美自律性。他揭示了科学认知仅作用于自然的有限性，在保证自由意志界域的同时，也确立了审美的自主性，使美学与逻辑学、伦理学三足分立，从而确立了艺术的自主性与审美自律性。混沌一体的人文领域出现了各类学科的分立和有机的结构组合，这正是启蒙运动所推进的历史现代性的成果之一。按金耀基所论，它为现代性内涵的六大方面之一，即"高度的结构分殊性"。这一"分殊"的特质，是由工业化、技术革命、专业化或精密的分工所造成的："在经济发展、技术发展的逼促下，社会的结构自然而然地趋向分殊；

---

[1] 《马克思恩格斯选集》第 1 卷，人民出版社 1972 年版，第 273 页。

教会、政党、工会、学校、学术团体都应运而生，每一种'结构'都扮演其特殊的角色，担负其特殊的功能。"① 同样的，人文精神总体也在此近代历史大趋势下走向专业化、精密化的"结构分殊"，美学及文学艺术各门类和逻辑学、伦理学的分离，并走向学科、门类等自身的独立便是其标志。

马克思高度地肯定了在这一历史发展趋势中文学艺术学科的审美独立，并从理论上力加维护。他在《第六届莱茵省议会的辩论》一文中指出："为了保护（甚至仅仅是为了理解）某种特定范围的自由，我应当从这一范围的主要特征出发，而不应当从它的外部关系出发。难道降低到行业水平的出版物能忠于自己的特征吗？难道它的活动能符合自己的高贵天性吗？难道这样的出版物是自由的吗？"他认为，包括文学艺术在内的各类出版物，都有它在特定范围内的个性特征，都有它自己能够独立自存的特质，即不为"外部关系"所制约的"自由的""高贵的天性"。马克思曾明确地称文学是"自由的精神生产"，指出了它和物质生产的差异与对立，"例如资本主义生产就同某些精神生产部门如艺术和诗歌相敌对"②。像文学出版物，"作家绝不把自己的作品当作手段。作品就是目的本身，无论对作家或其他人来说，作品根本不是手段，所以在必要时作家可以为了作品的生存而牺牲自己个人的生存"③。文学的个性"特征"、文学的"自由"性、文学的"高贵的天性"，即文学的审美独立性，在学科独立、精神自由的前提下几乎提高到绝对化的地步。

其五，现实主义美学的价值论时间观。

对"时间的关切"是历史现代性的最重要特质之一。在资本主义大工业生产中，时间就像卡林内斯库所说的那样，变成"可测度的时间，一种可以买卖从而像任何其他商品一样具有可计算价格的

---

① 金耀基：《从传统到现代》，中国人民大学出版社 1999 年版，第 102 页。
② 《马克思恩格斯全集》第 26 卷 1 册，人民出版社年 1972 年版，第 296 页。
③ 《马克思恩格斯全集》第 1 卷，人民出版社 1956 年版，第 87 页。

时间"。而在现代主义艺术中，如哈贝马斯所分析的："这种时间意识通过前卫以及先锋这类隐喻表达自身。先锋派将其自身理解为侵入未知领域，将突如其来，震人心魄地遭遇到的危险向自身揭示出来，以及征服一种还未占有的未来等等。"①

那么，马克思主义美学的时间观是怎样的呢？这体现在它的现实主义创作原则的论述中。恩格斯《致玛·哈克奈斯》信中论及典型环境与典型人物的关系："您的人物，就他们本身而言，是够典型的；但是环绕着这些人物并促使他们行动的环境，也许就不是那样典型了。在《城市姑娘》里，工人阶级是以消极群众的形象出现的，他们不能自助，甚至没有表现出（作出）任何企图自助的努力。想使这样的工人阶级摆脱其贫困而麻木的处境的一切企图都来自外面，来自上面。如果这是对 1800 年或 1810 年，即圣西门和罗伯特·欧文的时代的正确描写，那末，在 1887 年，在一个有幸参加了战斗无产阶级的大部分斗争差不多五十年之久的人看来，这就不可能是正确的了。"② 这里，时间的"错位"问题成了判定环境不够典型、人物不够典型的前提，因为历史已发展至 1887 年，而非停留在 1800 年，这时的无产阶级必定是上升为有明确理论宗旨，如在《共产党宣言》导引下的自为状态，而不像小说所描写的那样，仍处于圣西门时代"无助"的自在的形态。在此，价值论时间观成为现实主义创作叙事的核心。

在恩格斯的现实主义文学原则中，历史时间被笼罩在价值意义之中，过去、现在、未来呈现为有规律的上升的运动过程。无论是社会或个体的发展都被纳入这一过程，尽管是特殊的、偶然的存在，也不能摆脱这一时间的框架。文学作品中人物环境、人物性格的变化、发展等这种时间性的流变，均纳入了历史的规定性之中，即一种"上升"的发展趋势、一种"进步"的时间之流之中。显然，这

---

① 哈贝马斯：《论现代性》，王岳川、尚水编：《后现代主义文化与美学》，北京大学出版社 1992 年版，第 11 页。

② 《马克思恩格斯选集》第 4 卷，人民出版社 1972 年版，第 462 页。

是历史现代性观念所投射的。它源自西方的启蒙主义思潮，也来自黑格尔主义的历史目的论，历史的道路沿着预先设定的阶梯一级一级地上升，从低级走向高级，从残缺走向完美，这是历史与逻辑（先验逻辑）相统一的进程，人们对这一切充满了乐观与自信。这样，就不可避免地产生一个倾向：文学叙事的时间流程为意识形态的价值判断所规范。只有为意识形态的价值判断所认可，人物的环境、人物的性格才被肯定为具有普遍的典型性。也就是说，意识形态所赋予的时间的限定，或者时间的错位，对人物性格，尤其对人物典型创造的成败，在这里起着决定性的作用。有价值规定性内涵的时间，成了评判作家塑造典型人物和典型环境的标准。

二、对历史现代性的质疑与批判

对于现代性的内涵，卡林内斯库一再强调其内部的分裂与对立："在十九世纪前半期的某个时刻，在作为西方文明史一个阶段的现代性同作为美学概念的现代性之间发生了无法弥合的分裂。"也就是说，在现代性的内部，存在着历史现代性（亦称资产阶级现代性、社会现代性等）与美学概念的现代性（亦称审美现代性、文化现代性等）的对峙。审美现代性的内涵展现为："自其浪漫派的开端即倾向于激进的反资产阶级态度。它厌恶中产阶级的价值标准，并通过极其多样的手段来表达这种厌恶，从反叛、无政府、天启主义直到自我流放。因此，较之它的那积极抱负（它往往各不相同），更能表明文化现代性的是它对资产阶级现代性的公开拒斥，以及它强烈的否定激情。"[①]

---

① ［美］马泰·卡林内斯库：《现代性的五副面孔》，顾爱彬、李瑞华译，商务印书馆2002年版，第47—48页。

把审美、文化作为一种反叛、批判的力量来看待，这是丹尼尔·贝尔在《资本主义的文化矛盾》一书中所揭示的。哈贝马斯敏锐地指出了这一源点："贝尔在其《资本主义的文化矛盾》中论证说：西方发达社会的危机究其原因可追溯到文化与社会的分裂。"① 马克思、恩格斯生活的时期，远远早于丹尼尔·贝尔，但以批判性而著称的马克思主义，在其产生的初期就显露出这一特质。马克思、恩格斯面对着现代化的进程，面对着由这一进程激发出来的种种矛盾及异化现象，侧重于从人文精神的角度，从文化的层面，予以反思、揭示及批判，从而与历史现代性所带来的各种弊端相抗衡。也就是说，马克思开文化与审美批判之先河，而后西方马克思主义流派基本上是沿着这条批判的道路而展开的。

其一，人文精神的失落。

在《共产党宣言》中，康德二律背反的思维逻辑似乎也潜伏于内。几乎在同一章节，马克思、恩格斯一方面肯定了历史现代性的推进，肯定"资产阶级在历史上曾经起过非常革命的作用"；另一方面，随即批判了资产阶级在这一推进的过程中所犯下的罪责："资产阶级在它已经取得了统治的地方把一切封建的、守法的和田园诗般的关系都破坏了。它无情地斩断了把人们束缚于天然首长的形形色色的封建羁绊，它使人和人之间除了赤裸裸的利害关系，除了冷酷无情的'现金交易'，就再也没有任何别的联系了。它把宗教的虔诚、骑士的热忱、小市民的伤感这些情感的神圣激发，淹没在利己主义的打算的冰水之中。它把人的尊严变成了交换价值，用一种没有良心的贸易自由代替了无数特许的和自力挣得的自由。总而言之，它用公开的、无耻的、直接的、露骨的剥削代替了由宗教幻想和政治幻想掩盖着的剥削。"②

---

① 哈贝马斯：《论现代性》，王岳川编：《后现代主义文化与美学》，北京大学出版社 1992 年版，第 13 页。

② 《马克思恩格斯选集》第 1 卷，人民出版社 1972 年版，第 253 页。

这一节大家极为熟悉的论断，甚至可以感受到马克思、恩格斯爱憎的情感波动。历史的前进是不可抗拒的，但历史车轮碾压之处，不可避免地也对一些仍具有正向价值的精神内涵造成毁灭性的后果。诸如上述的"田园诗般的关系"，人与人之间的关爱、友谊、互助的关系，家庭中的血缘亲情，以及人作为族类个体的自尊、自由的本质等，当这些人类宝贵的精神传统为"冷酷无情的'现金交易'"，即商品交换逻辑所遮蔽时，为"利己主义"的冰水所淹没时，为"公开的、无耻的、直接的、露骨的剥削"所取代时，这一切，不能不是人这一族类所遭遇到的巨大悲剧。

但更为令人震惊的是，作为人类珍贵精神传统的承载者、传递者、捍卫者们的神圣职责也逐渐被异变、被剥夺："资产阶级抹去了一切向来受人尊崇和令人敬畏的职业的灵光。它把医生、律师、教士、诗人和学者变成了它出钱招雇来的雇佣劳动者。"人类精神界的危机不仅在于具有正向价值的人文精神传统被逐一消解、抛弃，而且还在于它的延续和创造的可能性也被资产阶级所激发的历史现代性扼杀了。因为当学者、诗人、教士都成了金钱的雇佣者，都为商品交换逻辑所左右的话，那么人类精神的真理性的求索与信仰的追求之路也就被堵塞了。例如，恩格斯这样地批评过歌德："歌德有时非常伟大，有时极为渺小；有时是叛逆的、爱嘲笑的、鄙视世界的天才。有时则是谨小慎微、事事知足、胸襟狭隘的庸人。连歌德也无力战胜德国的鄙俗；相反，倒是鄙俗气战胜了他。"[1] "庸人""鄙俗"的概念内涵，在西方有关的理论著作中又被称为"市侩主义"，而"市侩主义的概念最初是对资产阶级心态进行美学反抗的一种形式，它在德国却变成一种意识形态和政治批评的工具"[2]。这就是说，连被恩格斯称为"最伟大的德国人"——歌德，也无法抗拒资产阶

---

[1] 《马克思恩格斯论文艺和美学》（上），杨柄编，文化艺术出版社1982年版，第234页。

[2] ［美］马泰·卡林内斯库：《现代性的五副面孔》，顾爱彬、李瑞华译，商务印书馆2002年版，第51页。

级的"鄙俗"和"市侩主义",即卡林内斯库所说的"中产阶级的价值标准",并在一定程度上被其裹挟而去。这不能不是人类的悲哀,不能不使我们在人文精神的日渐衰弱的严峻现实前震醒,来进行一种"美学的反抗"。

其二,人自身的异化与异化的人的社会。

在《1844年经济学—哲学手稿》(以下简称《手稿》)"异化劳动"一节中,马克思以愤慨之情,描述出一幅幅劳动阶级在现代化进程中,所遭受的冷酷的异化场景。

第一,劳动者同自己生产的产品及劳动对象相异化。"劳动者生产的财富越多,他的生产能力和规模越大,他就越贫穷。劳动者创造的商品越多,他就越是变成廉价的商品。"劳动者通过辛勤的劳动生产出产品,理应享受这一产品,但是产品却成了商品,成为劳动者异己的存在物。因为,工人生产的越多,资本家便从产品转化为商品中掠夺到更多的剩余价值,资本就越雄厚,工人的处境就越艰难,从根本上来说,工人倒过来反被自己生产的产品所统治。不仅如此,"对象化表现为对象的丧失到这种程度,以致劳动者被剥夺了最必要的——不仅是生活所必要的,而且是劳动所必要的——对象"。也就是说,劳动者连最基本的生产资料都完全丧失,完全为他者所占有,如工厂的机器、耕耘的土地。

第二,人同自己的生产行为相异化。"劳动者在自己的劳动中并不肯定自己,而是否定自己,并不感到幸福,而是感到不幸,并不自由地发挥自己的肉体力量和精神力量,而是使自己的肉体受到损伤、精神遭到摧残。"按马克思的理解,劳动应是人这一族类生存的第一要义,是人的本能需求。但在异化劳动中,却成为"一种被迫的强制"的行为,它损伤了劳动者肌体,摧残了劳动者精神,以至于人们像"逃避鼠疫一样地逃避劳动",作为健康与美的创造行为的劳动,从本质上被异化了。

第三,人同自己的类本质的异化。马克思指出:"自由自觉的活动恰恰就是人的类的特性。"人不同于动物之所在,就在于他的类本质是"有意识的生活活动",是"自由自觉的"。"自由"指的是对客观外界规律的把握,"自觉"指的是把内在主观意图实现于劳动对象。对于人自身来说,"自由自觉"原本是一种目的性的生存意义。但是"异化劳动把自我活动,自由活动贬低为手段,从而把人的类的生活变成维持人的肉体生存的手段"。从目的变为手段,也就是从本质变为外在行为,"对于劳动者说来,劳动是外在的东西,是不属于他的本质的东西"。

第四,人同人关系的异化。劳动产品的异化,人的生产行为的异化,人的类本质的异化,这一切集中到人同人的关系上,"所造成的直接后果就是:人从人那里异化。当人与自己本身相对立的时候,那么其他人也与他相对立"①。如前所述,马克思认为,随着大工业生产这一现代化进程,人理应逐步走向全面发展与自由解放。但恰恰相反,人的生存却由财富、权力等外力所控制,人的生活成为被迫的、机械的活动。这样,人的生命进程被扭曲了,生存的意义沉沦了,人就从"人"那里异化了。财富、权力不仅使穷人异化,而且也使富人异化,这样,人与人的对立也开始了,阶级也就产生了。

马克思在《詹姆斯·穆勒〈政治经济学原理〉一书摘要》中曾总结道:"人自身异化了以及这个异化的人的社会是一幅描绘他的现实的社会联系,描绘他的真正的类生活的讽刺画;他的活动由此而表现为苦难,他个人的创造物表现为异己的力量,他的财富表现为他的贫穷,把他同别人结合起来的本质的联系表现为非本质的联系,相反,他同别人的分离表现为他的真正的存在;他的生命表现为他生命的牺牲,他的本质的现实化表现为他的生命的失去现实性,他的生产表现为他的非存在的生产,他支配物的权力表现为物支配他的权力;而他本身,即他的创造物的主人,则表现为这个创造物的

---

① 本节引文见马克思:《1844年经济学—哲学手稿》,刘丕坤译,人民出版社1979年版,第44—51页。

奴隶。"① 现代化进程所造成的异化现象是触目惊心的,它使整个世界沉入了危机之中。

其三,对外在客体自然生态失衡的焦虑。

马克思在《手稿》中主要论析的是人的异化问题,即人自身这一主体自然生态的异化、失衡问题,对于外在自然生态问题虽然涉及较少,但对工业文明、商品经济所带来负面问题,所造成的病态欲望与自然生态的灾难,也有着深刻的论析与批判。他写道:"工业的宦官投合消费者的卑鄙下流的意念,充当消费者和他的需要之间的皮条客,激起他的病态的欲望,窥伺他的每一个弱点,以便然后为这种亲切的服务要求报酬。"这里,马克思入木三分地揭示出资本主义社会商品经济肮脏的内质,它以激发消费者病态的、畸形的物欲为手段,以达到最大的利润收益。这对今天物欲横流的社会状况也是具有极为强烈的批判力度。

由于追求资本的最大效益,"这种异化还部分地表现在这样一种情况上,即一方面所发生的需要和满足需要的资料的精致化,在另一方面产生着需要的畜类般的野蛮化和最彻底的、粗糙的、抽象的简单化"。例如,"甚至对新鲜空气的需要在劳动者那里也不再成其为需要了。人又退回到洞穴中,不过这洞穴现在已被窒息人的文明的瘴气所污染"。请注意,马克思这里把人的文明、工业的文明,称为"瘴气",他的情感好恶、价值的善恶判断都显露无遗。

"光亮的居室,这曾被埃斯库罗斯笔下的普罗米修斯称为使野蛮人变成人的伟大天赐之一,现在对劳动者说来已不再存在了。光、空气等等,甚至动物所固有的最简单的洁癖,都不再成为人的需要了。污秽,这人的堕落、腐化的标志;这文明的阴沟,成了劳动者的生活要素。违反自然的满目疮痍,日益败坏的自然界,成了他的生活要素。"② 在马克

---

① 《马克思恩格斯全集》第 42 卷,人民出版社 1979 年版,第 25 页。

② 本节引文见马克思:《1844 年经济学—哲学手稿》,刘丕坤译,人民出版社 1979 年版,第 86—87 页。

思的理论体系中，自然是人的"无机的身体"，人靠自然界来生活，人是自然界的一部分。而今，自然界已是满目疮痍、日益败坏，那么，人类生存的极限已到了临界点了。

在环境的问题上，最为严重的是工业所造成的自然生态失衡，马克思具体地指出："一旦这条河归工业支配，一旦它被染料和其他废料污染，河里有轮船行驶，一旦河水被引入只要把水排出去就能使鱼失去生存环境的水渠，这条河就不再是'鱼'的本质。"① 人这一族类为了生存，必然要从自然中获取生存的生活资料。但对于自然的获取有两种方式，一是采取可持续的发展方式，尊重自然，像马克思在《手稿》中把人与自然的关系，比喻成太阳和植物，二者互为对象、互为表现。在获取自然物质时，不是切断生物链，而是像种植作物、豢养猪羊那样取得生存所必需的物质，在获取的时候保持生态的平衡与持续发展；另一种则是采取征服、掠夺自然的方式，杀鸡取卵，竭泽而渔，毁灭了自然，就如马克思以上所描述的那样：满目疮痍、日益败坏，河不是"鱼"的本质，"自然"也不是"人"的本质了。

其四，对科学技术的反思。

上述触目惊心的异化现状，不能不使马克思对促进现代化高速发展的科学技术，进行反思，并予以质疑："技术的胜利，似乎是以道德的败坏为代价换来的。随着人类愈益控制自然，个人却似乎愈益成为别人的奴隶或自身的卑劣行为的奴隶。甚至科学的纯洁光辉仿佛也只能在愚昧无知的黑暗背景上闪耀。我们一切发现和进步，似乎结果是使物质力量具有理智生命，而人的生命则化为愚钝的物质力量。"② 科学技术在发展的过程中陷入了悖论的困境。人通过"发现和进步"，创造了科学，从其源点来看是"纯洁"的，因为它是"自由自觉"的人的类本质的展现，是一种创造性的、人的类本

---

① 《马克思恩格斯全集》第42卷，人民出版社1979年版，第93页。
② 《马克思恩格斯全集》第12卷，人民出版社1962年版，第4页。

质力量的确证。但在"控制自然"的过程中，在异化的社会形态中，科技的发展与人文精神却形成了尖锐的对峙局面。科学，经工业的媒介，在实践上进入人类的生活，创造了物质财富，改善了人的生存状况，促进了社会文明；但它的负面质素也同时暴露出来，它造成人性的工具化、物化、商品化等人文精神失落，乃至"道德败坏"的现象。自然科学愈发展，物质力量就愈强大，人文精神也就愈贫弱，这就是西方工业社会发展的事实。当人的活动遭到否定，成了被迫的、被摧残的活动，成为"愚钝的物质力量"，人的类本质就被否定了。简言之，随着科技的发展，人文精神日益边缘化，人类社会日渐陷入了精神危机之中，这就是科学的负面效应所带来的巨大的恶果。

马克思对科学技术发展的质疑显然来自卢梭的观念。1750 年，卢梭在其成名作《论科学与文化》中，对由科学和文化为主体所构成的人类文明进行反思，揭示出文明正值增长过程所带来的负值效应，在人类思想史上第一次对文明建构的乐观性、进取性的信念提出质疑。若按现代性理论观念来看，实质上是卢梭开启了对历史现代性的批判。而在随后的《论人类不平等的起源和基础》一文中，卢梭进一步指出，文明的发生、演进，和人类社会不平等状况的产生和发展的过程是同步的，"文明每前进一步，不平等也同时前进一步"，反过来说，人类文明的进步是以自然平等的丧失为代价的。卢梭这一观念深深地影响了马克思，恩格斯在《反杜林论》中明确指出："因此，我们在卢梭那里不仅已经可以看到那种和马克思《资本论》中所遵循的完全相同的思想进程，而且还在他的详细叙述中可以看到马克思所使用的整整一系列辩证的说法：按本性说是对抗的、包含着矛盾的过程，每个极端向它反面的转化，最后，作为整个过程的核心的否定的否定。"[1] 由此，可以看出，从卢梭到马克思，再到西方马克思主义，直至今天的后西方马克思主义，对科学、文化

---

[1] 《马克思恩格斯选集》第 3 卷，人民出版社 1972 年版，第 180 页。

等人类文明所产生的负面价值效应，亦即对历史现代性的批判，从未停止过。

三、现代性负值问题解决途径的寻求

现代化进程所产生的双向逆反的趋势，似乎使马克思陷入了两难的困境。一方面，以科学技术发展为主要标志的历史现代性，在创造出丰裕的物质财富的同时，推动着人类的社会历史阔步前进，马克思为此而欢欣鼓舞；但另一方面，在此进程中，人为物欲所遮蔽，人为金钱而堕落，其类本质日渐异化，内在的人文精神不断削弱，而外部的社会与自然的生态也濒临失衡，现代性所带来一系列巨大的危机又让马克思开始了深刻的反思与批判。那么，这一对立的矛盾将要如何调整呢？解决现代性负值问题的途径在哪里呢？顾准曾探索过马克思这一思想动向："马克思在黑格尔哲学中发现了'异化'的秘密，他认为不可能在哲学中解决异化，要在经济学中解决异化。这就是《资本论》的哲学前提。价值，商品拜物教，剩余价值，剥夺者被剥夺，这就是在经济学中解决哲学上提出来的异化的道路。"① 除了经济学及由其所引发的夺取国家政权，废除私有制的无产阶级革命这条道路之外，马克思在哲学、美学的道路上仍进行着不懈的寻求。

其一，异化是历史进程必经的环节。

马克思以辩证逻辑思维来思考这一对立的矛盾双方。他认为尽管异化带来了种种的罪恶，构成历史的悖论，但是异化却是历史进程中不可避免的一个必然环节："人使自身作为现实的类的存在物、

---

① 《顾准文集》，贵州人民出版社 1994 年版，第 412 页。

亦即作为属人的存在物实际表现出来，这只有通过下述途径才是可能的，即人实际上把自己的类的力量全部发挥出来（这仍然只有通过人类的共同活动，只有作为历史的结果，才是可能的），并且把这些力量当作对象来对待，而这首先仍然只有通过异化这种形式才是可能的。"① 在唯物辩证法中，真与假、善与恶、美与丑是相生相克、相辅相成的，异化是一种"恶"，但它却是不可缺少的，在某种前提下，它甚至也成为推动历史前进的动力。

恩格斯曾批评过费尔巴哈，认为他在善恶对立的研究上，同黑格尔比起来是很肤浅的，因为他没有想到要研究道德上的恶所起的历史作用。恩格斯指出："在黑格尔那里，恶是历史发展的动力借以表现出来的形式。""自从阶级对立产生以来，正是人的恶劣的情欲——贪欲和权势欲成了历史发展的杠杆，关于这方面，例如封建制度和资产阶级的历史就是一个独一无二的持续不断的证明。"② 上述的人、社会、自然的异化现象，正是人的恶劣的贪欲和对权势的追求欲所导致的结果，它是一种罪恶，但它客观上推进了历史的发展。马克思更明确地谈道："如果没有国家的犯罪，能不能产生世界市场？如果没有国家的犯罪，能不能产生民族本身？难道从亚当的时候起，罪恶树不同时就是知善恶树吗？"③ 善恶相生，推动历史，这就是马克思、恩格斯对社会历史发展动力的一种看法。

正视恶，也就是正视由"恶劣的情欲"所带来残酷的剥削，乃至战争掠夺的血腥，你才能战胜情感上的不快与拒斥，而冷静地理智地面对这苦难的人世、痛苦的人生。在《剩余价值理论》中，马克思就对那种沉溺于悲悯而不可自拔的历史感伤主义者提出批评："这种议论，就是不理解，作为族类的人的才能的发展，虽然最初要牺牲大量人类个体甚或一定人类阶级为代价，但最终会克服这种对

---

① 马克思：《1844 年经济学—哲学手稿》，刘丕坤译，人民出版社 1979 年版，第 116 页。

② 《马克思恩格斯选集》第 4 卷，人民出版社 1972 年版，第 233 页。

③ 《马克思恩格斯全集》第 26 卷第 1 册，人民出版社 1972 年版，第 416 页。

抗，而与每个个体的发展相一致起来，因此，个性的比较高级的发展，只有经过牺牲个人历史过程来取得——在人类也像在动植物界一样，种族的利益总是要靠牺牲个体的利益来为自己开辟道路的。"①在历史进程中，族类与个体、族类与阶级，往往处在尖锐的对抗性的矛盾冲突中。人这一族类的整体发展，有时甚至要以个体利益、阶级利益的牺牲，乃至其生命的消亡，作为代价而取得的。像资本主义大工业生产，虽然是榨取充满着血泪和痛苦的工人劳动的剩余价值，是非人道的异化行为，是工人阶级在整体意义上的牺牲。但劳动过程中分工的精细，劳动效率的最大限度的提高，却带来了对抗中的进步，人类总体力量的发展，它表现在科技生产力的高速增长，文化成果的日益丰繁。因此，有人说，若把人类的历史发展作为一部辉煌的正剧来看，那么，它却内含着由无数个体牺牲所铸成的悲剧。这，就是历史的辩证法。

其二，审美、文化是一种批判、抗衡、重构的力量。

这是西方马克思主义流派最重要的理论原则之一。前述的丹尼尔·贝尔，在其《资本主义文化批判》提出了著名的现代资本主义社会的"三大领域对立说"：经济领域——科技革命和管理革命创造了物质丰裕、社会进步的奇迹，促进社会享乐倾向，但人的丰满个性却被压榨成单薄无情的分工角色；政治领域——政府向纵深推进平等，逐步控制了阶级冲突和对抗的局面，但公众与官僚机构间的矛盾却扩大了；文化领域——由于艺术和思想的灵魂是追求"自我表达和自我满足"，标榜"个性化""独创性""反制度化"的，因而包括文学艺术在内的文化，便逐渐转向了对现代性负面质素的反思，并成为从审美的角度来制衡科技、政治异化的力量。这些逆向张力的抗衡与相互制约，维系了资本主义社会的"生态平衡"。若追溯这一理论的源点的话，仍应回到马克思。

在美学方面，马克思发现文学艺术有着特殊的功能，它能以形

---

① 《马克思恩格斯全集》第 26 卷第 2 册，人民出版社 1973 年版，第 124 页。

象性的审美方式向人们揭示出异化的秘密，让人们看到自身是如何逐步削弱族类的自由本质，而屈服于商品拜物教，跪倒在金钱的跟前，沦为商品与金钱的奴隶的。在《手稿》"货币"一节中，马克思以赞赏的口吻肯定："莎士比亚把货币的本质描绘得十分出色。"他大段地引用了莎士比亚在《雅典的泰门》一剧中的台词："金子？贵重的、闪光的、黄澄澄的金子？/不，是神哟！/我不是徒然地向它祈祷。/它足以使黑的变成白的，丑的变成美的；/邪恶变成良善，衰老变成年少，/怯懦变成英勇，卑贱变成崇高。"而后归结道："把一切人的和自然的性质加以颠倒和混淆，使各种冰炭难容的人亲密起来——货币的这种神力就包含在它的本质中，即包含在人的异化了的、外化了的和出让了的类的本质中。它是人类的外化了的能力。"① 揭露既是一种抗衡，也是疗救的前提，文学艺术的批判使人们在异化的蒙昧中警醒，从而来克服它。

在异化的社会中，人不但生存的状态遭到极大的扭曲，而且"属人的感觉"，即一种审美的感觉也被封闭了。马克思曾举例说，一个饥肠辘辘的穷人因囿于粗陋的实际需要，不存在对食物属人形式的感觉；同样，一个拥有矿物，如钻石的商人，他对宝物发出的诱人的光芒也无动于衷，因为不管是贫穷或富裕，其属人的感觉都被物化，都被遮蔽了。马克思指出："对象如何对他说来成为他的对象，这取决于对象的性质以及与其相适应的本质力量的性质。"文学艺术作为人的本质力量确证的精神产品，将起着恢复人的审美感觉的作用。"从主体方面来看：只有音乐才能激起人的音乐感"，"只是由于属人的本质的客观地展开的丰富性，主体的、属人的感性的丰富性，即感受音乐的耳朵、感受形式美的眼睛，简言之，那些能感受人的快乐和确证自己的是属人的本质力量的感觉，才或者发展起

---

① 马克思：《1844年经济学—哲学手稿》，刘丕坤译，人民出版社1979年版，第104—107页。

来，或者产生出来。"① 文学艺术在克服人的异化感觉方面所起的独特的审美功能，是他种对象形式所不能取代的。著名的马克思主义研究家柏拉威尔指出："马克思认为异化现象可以得到克服，可以靠一种包罗万象的科学之助来把它克服，这种科学他称之为'人类科学'，其中包括自然科学、经济学和美学：'将只会有一种科学。'"② 他点到了问题的要质。

马克思、恩格斯还进一步强化了文学艺术的批判功能，甚至从政治学的角度来提出任务与要求。恩格斯在《致敏·考茨基》的信中写道："如果一部具有社会主义倾向的小说通过对现实关系的真实描写，来打破关于这些关系的流行的传统幻想，动摇资产阶级世界的乐观主义，不可避免地引起对于现存事物的永世长存的怀疑，那末，即使作者没有直接提出任何解决办法，甚至作者有时并没有明确地表明自己的立场，但我认为这部小说也完成了自己的使命。"③ 在这里，文学艺术不仅是马克思在《第六届莱茵省议会的辩论》一文所确立的——以作品自身为目的，它同时还可以成为人类社会整体发展的链条中的一环，转化为手段的性质。它甚至负载着政治斗争的使命，以审美的形式（不必直接流露政治倾向），以文化的力量，来动摇资本主义社会的稳定。文学艺术的社会批判功能在另一侧向上，隐含着演化成直接性政治斗争工具的趋势。

其三，历史之谜的解答。

从预测的闪射着理想性光芒的美的前景，回溯、反思现实的困境，这是哲人或思想家不同庸常之处。因为他超越了现实的常态，超越了有限的思维模式，让人们心胸豁然、眼界一开。马克思就是这样的，在《手稿》中，他以哲人那深邃的目光透视历史，以博大

---

① 马克思：《1844 年经济学—哲学手稿》，刘丕坤译，人民出版社 1979 年版，第 79 页。

② ［英］柏拉威尔：《马克思和世界文学》，梅绍武等译，生活·读书·新知三联书店 1980 年版，第 109 页。

③ 《马克思恩格斯全集》第 36 卷，人民出版社 1974 年版，第 385 页。

的胸襟拥抱环宇，描绘出理想的终极之美："这种共产主义，作为完成了的自然主义，等于人本主义，而作为完成了的人本主义，等于自然主义；它是人和自然界之间、人和人之间的矛盾的真正解决，是存在和本质、对象化和自我确立、自由和必然、个体和类之间的抗争的真正解决。它是历史之谜的解答，而且它知道它就是这种解答。"① 马克思把现代化进程所引发的众多对立的矛盾，各种紧张的关系，如人和自然、人和人之间，归结并上升至自然主义与人本主义对立统一这一根本性的境界来加以解答。

人本主义的"人类中心论"在现代化过程中被无限制地强化、扩张了，它膨胀到了近乎崩裂的地步，人成为世界万物的主宰，人以概念逻辑分封、割裂了自然，人贪婪地无止境地掠夺自然，而自然的一切演化以人为最终的目的，这就是人本主义在现代化进程中危机性的倾斜；但因此而强调自然无为，屈从自然规律，维护原生态自然之美，一味寻求所谓的纯粹、本真的自然主义也是不可取的，因为它无视、抹杀了人的能动的创造性的族类本质力量，把人在自然中的地位降低到一般生物的层次，混同于鸟兽草木而无以为立。马克思认为这两种倾向均是片面的不可取的。以人为中心的人本主义，必须承认人是自然的一部分，是自然的存在物；以自然为第一性的自然主义，必须看到自然应以人为中心，是人化的自然。共产主义的终极就是要扬弃人这一族类和自然界的对立、异化状态，是"完成了的自然主义"和"完成了的人本主义"的高度发展了的统一，它达到了完善、融和的美的境界。这，就是历史之谜的解答。

（原载《天津社会科学》2008 年第 2 期）

---

① 马克思：《1844 年经济学—哲学手稿》，刘丕坤译，人民出版社 1979 年版，第 73 页。

| 第二辑 | 闽籍文人评鉴

严复对科学的引进与中国文化现代转型

一个国家的文化观念转型是相当艰难与漫长的，托克维尔在《旧制度与大革命》中谈到，甚至在革命之后，与旧制度鲜明地断裂了，但旧的思想感情及观念仍在新的体制内延续下来，革命与革命对象之间仍有着千丝万缕的联系。以此反观清末民初的那场结束中国几千年封建体制的大革命，方能体味出其艰巨与复杂程度，而首先在那森严的壁垒上撕开一道口子的先驱者尤其值得赞颂，严复正是其中重要的一员。

19世纪末，甲午战争之惨败，马关条约之辱国，震醒了国人：区区岛人竟能逼迫拥有四亿之众的泱泱大国割地赔款，屈膝受辱！寻变革图强之法，思谋国救世之道，成了中国先进的知识分子在这一历史时期中活动的中心。中国积弱难治的原因何在，西方世界强大的秘密又是什么？他们在苦苦思索与寻求着。学贯中西，并精通西方的哲学、自然科学、政治经济学的严复对此作出一系列具有启蒙意义式的回答。

此前，1871年5月，李鸿章在复议制造轮船未裁撤折中便已清醒地看到："欧洲诸国，百十年来，由印度而南洋，由南洋而中国，闯入边界腹地，凡前史所未载，亘古所未通，无不款关而求互市。

我皇上如天之度，概与立约通商，以牢笼之，合地球东西南朔九万里之遥，胥聚于中国，此三千余年一大变局也。"中国所面临的经济、外交、军事、政治，不再是以往那样单一的国与国的关系了，而是和众多西方列强们对垒，是一种具有"全球化"性质的冲撞。此"三千余年一大变局"，对老大封建帝国来说，既是生死存亡之危机时刻，又是现代转型的难得机遇。

因此，中国的现代转型，或曰现代性的萌生，并不是内在的自然生长，而是由一种外力的强制植入。这也就决定了严复在文化变革上的性质，主要是以西方的文化思想及学术体系作为参照，以其来质疑中国传统的经学体系的合理性，来取代儒学规范的思维方式的可行性。

一

严复对构成现代性要质的西方科学的引进，在中国文化现代转型方面起到重要的历史作用，可从以下五个方面论析。

（一）从"器"到"道"——科学观念的转型

面临李鸿章所惊叹的"三千余年一大变局"，再顽固保守的脑袋，也不得不睁开眼看世界了。他们首先接触到的是自鸣钟、眼镜、火枪、火轮之类西方科技革命后新产物，囿于中国传统文化对工艺机械的蔑视，一开始则斥之为"奇技淫巧"，以守旧的封闭心态排斥之，拒绝之。但是，自1840年鸦片战争起，西方的"坚船利炮"以残酷的现实，狠狠地教训了"天朝大国"的傲慢与偏见，于是他们不得不承认西方工业革命的成果，被迫走上了"师夷之长技以制夷"的模仿、复制的路径，大张旗鼓地铺展开来的"洋务运动"即是明证。但"洋务"之举，成效甚微，并不能挽救衰败的国运。甲午之战，丧权辱国，再一次把国人推入忧患不安与仓皇失措之中。

在这样的历史背景下，严复出台了。他也像李鸿章般惊呼，"观今日之变，盖自秦以来未有若斯之亟也"，中国之时局，已到了自秦代以来最紧迫、最危急的时刻。若再不阐发己见来唤醒世人，掀起救亡图存的大潮，国家与民族将陷入万劫不复的境地。1895 年起，严复便在天津《直报》等发表系列文章，他首先揭示，中西事理、学理之不同，决定了国家命运的兴衰。

其著名的《论世变之亟》一文明晰地指出了西方国家与中国相异之命脉：

> 今之称西人者，曰彼善会计而已，又曰彼擅机巧而已。不知吾今兹之所见所闻，如汽机兵械之伦，皆其形下之粗迹，即所谓天算格致之最精，亦其能事之见端，而非命脉之所在。其命脉云何？苟扼要而谈，不外于学术则黜伪而崇真，于刑政则屈私以为公而已。斯二者，与中国理道初无异也。①

通晓西洋之学的严复，其识见自然远超世人。他目光锐利，看到更深层的东西。他指出，有的人认为西方国家之优异，在于"善会计"、"擅机巧"、制"汽机兵械"之类，但这些都是表面的现象，是"形而下之粗迹"，即属于中国哲学中所谓"器"的层面。西方国家真正"命脉"之所在，是"于学术则黜伪而崇真，于刑政则屈私以为公"，即学术上求"真"——科学之真，政治上求"公"——公正与民主。此二者方为形而上的"理""道"。

由于学术上求科学之真，西方建立了一整套较为完整的自然科学和社会科学的学科体系。如严复在《西学门径功用》一文所介绍：学问分专门之用与公家之用两大类。专门之用，如算学、化学、植物学等，为指导具体实践操作的学科；公家之用，偏于纯粹的学理、传授知识的学科。公用之学可分四类，第一为玄学，"一名二数"，

---

① 严复：《论世变之亟》，卢云昆编选：《社会剧变与规范重建——严复文选》，上海远东出版社 1996 版，第 4 页。

即逻辑学与数学，它们求真，审必然之理，把握世间万物的根本规律，在学术体系中处于超然之位。第二为玄著学，力学（物理学）、质学（化学）。第三为著学，即"用前者之公理大例而用之，以考专门之物也"，可分天学、地学、人学、动植物学、生理学、心理学。第四为群学，分政治学、刑名学、理财学、史学，以上偏于社会；还有农学、兵学、御舟、机器、医药、矿务等等专门之用的学科。①正是建基于这样的科学体系之上，西方各国方有今日之强盛与优越。

顾准曾说过，中国产生不出科学与民主。因为中国传统文化以经学为尊，以史官文化为脉，技艺类的发明创造均被贬为形而下之"匠"，在政治权威跟前成了"雕虫小技"。《庄子·外篇·天地》中有关子贡与"为圃者"的对话即可明之。子贡路过汉阴，见一种菜长者，"凿隧而入井，抱瓮而出灌"，十分吃力而收效不大，就问他，为何有桔槔这一汲水器械（利用杠杆原理制作的）却弃之不用。答曰："吾闻之吾师，有机械者必有机事，有机事者必有机心。机心存于胸中则纯白不备。纯白不备则神生不定，神生不定者，道之所不载也。吾非不知，羞而不为也。"②庄子借此说明：使用机械者便是投机取巧，因此他就不具备纯洁清白的品质，进而他就会心神不定，如此当然无法容道于心了。"机心"与载道之"纯白"之心胸是对立的，因此机械也就成了邪恶的。这种偏执的传统文化氛围扼杀了科学之苗在中国的正常成长。

在中国思想文化史上，严复的超人之见就体现在，首次把学术（主要指科学）提升到与"刑政"并重的地位，其二者皆为国之命脉所在；同时他还把西方学术首次全面地介绍给国人，为中国奠立完整的学科体系。这样，就把科学的内涵和意义，从"奇技淫巧"上升到"求真"，从"器"推进到"道"，促使国人理解到科学所具有

---

① 参阅严复：《西学门径功用》，刘琅编：《精读严复》，鹭江出版社 2007 年版，第 281—282 页。

② 曹础基：《庄子浅注》，中华书局 1982 版，第 175 页。

的普遍意义和重大作用，从国家强盛的高度上看待科学，从思维方法上尊崇科学，亦即从价值论的"形而上"的高度来重新认识"科学"。

（二）从"心学"到科学实证——哲学思想的转型

西方各国之成功，严复认为其关键点在于"学术黜伪而崇真"。西方文化致力于寻求宇宙万汇、世界万物之"真"，即对对象客体之规律性与本质的认识、把握。相比之下，中国则缺少讲究逻辑规范的认知方式，如"道生万物""天人感应"之类，显得过于模糊与抽象，难于形成严谨的科学体系。

那么西方之"真"要如何获得呢？严复虽对孔教有所保留，但视八股之规却如同仇敌。在《救亡决论》一文中，一开篇就点明："如今日中国不变法则必亡是已。然则变将何先？曰：莫亟于废八股。"[①] 批判的矛头首先戳向八股式的为学观念，因为八股之害在于"使天下无人才"。严复指出：八股，一是禁锢智慧，二是损坏心术，三是滋生无所事事的游手之民。严复在呼吁要废除这种祸害国家、窒息人才的八股之后，进而挖掘其根基，批驳陆九渊、王阳明的"心学"："夫陆王之学，质而言之，则直师心自用而已。自以为不出户可以知天下，而天下事与其所谓知者，果相合否？不径庭否？不复问也。自以为闭门造车，出而合辙，而门外之辙与其所造之车，果相合否？不龃龉否？又不察也。"[②] 陆王"心学"的要害在于其不接触实际，不考察实物，自以为足不出户而知天下，自以为闭门造车而合辙，严复认为这是根本行不通的。

陆王的"心学"既然如此荒诞，新的哲学观念又在何处呢？严复主张以西方的实证论哲学为基石。在《与"外交报"主人书》中，他写道：

① 严复：《救亡决论》，卢云昆编选：《社会剧变与规范重建——严复文选》，上海远东出版社 1996 版，第 44 页。

② 严复：《救亡决论》，卢云昆编选：《社会剧变与规范重建——严复文选》，上海远东出版社 1996 版，第 48 页。

学术之事，必求之初地而后得其真，自奋耳目心思之力，以得之于两间之见象者，上之上者也。①

这里，严复所标举的，是与陆王"心学"完全相悖的另一学术研究路径——"即物实测"。他的态度十分明确，首先要及时地到实地、对实物进行考察，把握其真实事象，而后才对亲身所见所闻，即由亲身体验、观察所得到的信息，予以"心力"上的思考、判断，由此才能获得真象，探得内质。这种认知方法走的是西方科学实证之路。

1830年，法国哲学家孔德出版了《实证哲学教程》，认为经验事实和经验现象是可靠的，通过现象的归纳可得到科学定律，而主观的或理性的抽象，或曰"形而上学"是靠不住的。实证主义对整个世界的哲学、自然科学、社会科学产生了深刻的影响。

严复融会了西方以孔德为代表的实证哲学思想，进而阐明：

西学格致，则其道与是适相反。一理之明，一法之立，必验之物物事事而皆然，而后定之为不易。其所验也贵多，故博大；其收效也必恒，故悠久；其穷极也，必道通为一，左右逢源，故高明。②

即西方之认识论与中国心学之道相反，它是用实证科学的方法来格物致知。其真理之明彻，法则之确立，全来自对客观外物的考察、检验、证实，反复再三，万汇归一，而后立下公理，做出定夺。因它所检验的数量多，收效恒定，最重要的是归纳出一种可适合通用的规律、法则，所以才博大、悠久、高明。

严复此举，为中国文化思想界开拓、奠立了实证论的哲学观念。

（三）从"经学"演绎到"内籀"归纳——思维方法的转型

哲学基点从"心学"转向了实证论，严复以此立足，向传统的

---

① 严复：《与〈外交报〉主人书》，卢云昆编选：《社会剧变与规范重建——严复文选》，上海远东出版社1996版，第538页。

② 严复：《救亡决论》，卢云昆编选：《社会剧变与规范重建——严复文选》，上海远东出版社1996版，第49页。

经学体系发起攻势，进而变革了国人的思维方法。他译介了《穆勒名学》《名学浅说》，此二书为西方逻辑专著，严复以"名学"译称西方"逻辑学"，传播了英国经验主义以归纳为主的逻辑思维。

严复在中国思想史上，可能是最早自觉地运用比较思维方法（包括今天成为显学的比较文学）的学者。他在《〈天演论〉序与按语》中介绍了切身为学之感受："考道之士，以其所得于彼者，反以证诸吾古人之所传，乃澄湛精莹，如寐初觉。其亲切有味，较之觇毕为学者，万万有加焉。此真治异国语言文字者之至乐也。"① 研究异国思想文化有所得者，可以其为参照系反观、反证本国的古籍经典，此时此际，会有涣然冰释、如梦初醒之感。例如，他研习了西方逻辑学后，幡然悟觉：司马迁所谓，《易》"本隐之显者"，是一种演绎法，即"外籀"；而所谓《春秋》"推见至隐者"，是一种归纳法，即"内籀"。不管是"内籀"，还是"外籀"，"二者即物穷理之最要涂术也"，要格物致知，二种思维方法都是重要的。

严复称逻辑学中归纳法为"内籀"，演绎法为"外籀"：

> 内籀云者，察其曲而知其全者也，执其微以会其通者也。外籀云者，据公理以断众事者也，设定数以逆未然者也。②

内籀，严复亦称之"内导"，即归纳法，从个别综合、归纳，得出一般。他举例述之，有一小儿，原不知火，手初触被烫，足再触又烫，于是他得出"火能烫人"之"公例"。"外籀"，即演绎法，亦称之"外导"，从一般演绎、推导，得出个别，如已有"火能烫人"之"公例"，验之，人果伤，印证愈多，理愈坚确。③ 前者以培根为

---

① 严复：《〈天演论〉序与按语》，卢云昆编选：《社会剧变与规范重建——严复文选》，上海远东出版社 1996 版，第 317—318 页。

② 严复：《〈天演论〉序与按语》，卢云昆编选：《社会剧变与规范重建——严复文选》，上海远东出版社 1996 版，第 318 页。

③ 参阅严复：《西学门径功用》，刘琅编：《精读严复》，鹭江出版社 2007 年版，第 281 页。

代表，后者以笛卡尔为代表。西方的学运之昌明，得益于逻辑学甚多，逻辑学"如培根言，是学为一切法之法，一切学之学"。但在两者中，严复更为推崇培根的经验论与归纳法，因西方"二百年学运昌明，则又不得以柏庚氏之摧陷廓清之功为称首"①，认为培根的经验归纳法是更重要的科学方法。

严复以培根、穆勒为代表的西方逻辑思维方法与传统的经学方法对比，揭示了后者的积弊。中国传统经学的思维方法，从根本上来看，属于演绎法，因为它往往以"子曰""诗云"作为大前提，而后进行演绎推导：

> 第其所本者大抵心成之说，持之似有故，言之似成理，媛妹者以古训而严之，初何尝取其公例而一考其所推概者之诚妄乎？此学术之所以多诬，而国计民生之所以病也。……其例之立根于臆造，而非实测之所会通故也。②

中国传统经学的思维方法，虽然也符合严复在《西学门径功用》一文中所申述的"例案断三者"的逻辑关联，也就是说它符合逻辑三段论，但是由于它大前提（公例）多是先验的，"第其所本者大抵心成之说"，"立根于臆造"，即在根本上是由"心学"所臆造的，且未经事实检验、证实，所以"多诬"，引发国计民生之"病患"。

严复进而指出，此类"子曰""诗云"之"公例大法"，多是旧有的"已得之理"，因而不可能从中获得新的知识。他打个比方：

> 夫外籀之术，自是思辨范围。但若纯向思辨中讨生活，便是将古人所已得之理，如一桶水倾向这桶，倾来倾去，总是这水，何外有新智识来？

---

① 严复：《原强修订稿》，卢云昆编选：《社会剧变与规划重建——严复文选》，上海远东出版社 1996 版，第 31 页。
② 严复：《穆勒名学按语》，王栻主编：《严复集》第 4 册，中华书局 1986 版，第 1047 页。

严复以一桶倒来倒去的水来作比喻，颇为形象、浅显。中国传统经学之"外籀"——演绎法，所衍生的知识，仅如一桶倒来倒去的水而已，无创新之义。其弊病与陈腐，呈露无遗。因此，以科学体系代替经学体系，以新的科学思维摧毁旧的经学思维，也就势在必行了。

不妨举一例述之。后人闻一多在研究《诗经》时，也对此类经学式思维发出质疑之声："汉人功利观念太深，把'三百篇'做了政治课本。……明明一部歌谣集，为什么没人认真的把它当文艺看呢？"[①] 此因在于历代解诗时都是以传统经学的方法来演绎，即运用"外籀"之法，如刘勰《文心雕龙·比兴》篇曰："关雎有别，故后妃方德；尸鸠贞一，故夫人象义。""关关雎鸠"，原是写鲜活的男女爱悦之歌谣，但按经学之解："《关雎》，后妃之德也，风之始也，所以风天下而正夫妇也。故用之乡人，用之邦国焉。"[②] 从安邦治国，正天下伦理风气的大前提出发，再进行演绎，竟成了颂后妃之德的拍马之作。经学思维之腐朽由此可见。

（四）从"中体西用"到"自由为体，民主为用"——变革之路的转型

弱国如何走向强盛，这是摆在国人面前的最重要的问题。而改革旧有的国家体制，当然成了首选。但改革之路有多种选择，自1898年张之洞在其《劝学篇》提出"旧学为体，新学为用"的改革原则之后，关于"中体西用"的论争甚至延续至今。但历史是严峻的，1894年甲午之战，在"中体西用"的洋务运动中诞生的号称东亚第一、铁甲之师的北洋舰队，仍然不堪一击，全军覆没，而对手竟是蕞尔小国的日本。国人在震惊之余，自然对此"中体西用"的宗旨予以质疑。

严复对此的批驳尤为激烈，也深刻到位。在1902年《与〈外交

---

① 闻一多：《匡斋尺牍·六·闲话》，《闻一多全集》（一），生活·读书·新知三联书店1982年版，第356页。

② 《毛诗序》，郭绍虞、王文生编：《中国历代文论选》，上海古籍出版社1979年版，第63页。

报〉主人书》中，他这样驳之：

> 体用者，即一物而言之也。有牛之体，则有负重之用；有马之体，则有致远之用。未闻以牛为体，以马为用者也。中西学之为异也，如其种人之面目然，不可强谓似也。故中学有中学之体用，西学有西学之体用，分之则并立，合之则两亡。议者必欲合之而以为一物。且一体一用之，斯其文义违舛，固已名之不可言矣，乌望言之而可行乎？①

他的驳论从常识出发，马有马之用，牛有牛之用，若把两者硬性拼凑在一起，"将无异取骥之四蹄，以附牛之项领，从而责千里焉，固不可得，而田陇之功，又以废也"。把马的四蹄，安于牛身，催它奔驰千里，根本不可能，而再回到犁田耕地，它又成了废物。此说之荒唐，由此可见。所以"晚近世言变法者，大抵不揣其本，而欲支节为之，及其无功，田辄自诧怪"。那些倡言"中体西用"者，不揣摩、研究其政体之本质，而在枝节上修修改改，岂能成功？

那么，政体之本质是什么呢？严复在《原强》《辟韩》等文中抉出其要义："以自由为体，以民主为用"。② 即一切政体的最终目的在于民之"自由"二字。此说，则是建立在"权为民赋"的政治学基点。严复这样论析：

> 民者，出粟米麻丝、作器皿、通货财以相为生养者也，有其相欺相夺而不能自治也，故出什一之赋，而置之君，使之作为刑政、甲兵，以锄其强梗，备其患害，然而君不能独治也，于是为之臣，使之行其令，事其事。③

---

① 严复：《与〈外交报〉主人书》，卢云昆编选：《社会剧变与规范重建——严复文选》，上海远东出版社 1996 版，第 536 页。

② 严复：《原强》，卢云昆编选：《社会剧变与规范重建——严复文选》，上海远东出版社 1996 版，第 14 页。

③ 严复：《辟韩》，卢云昆编选：《社会剧变与规范重建——严复文选》，上海远东出版社 1996 版，第 37 页。

严复认为，国家政体之所以产生，其原因是：民众为生存安定所需，便拿出自身十分之一财物为赋，供给君王，让他以此设立政体、军队，用来铲除强梗、暴力之徒，而君王一人力孤，就需设置臣子，以具体执行君王之命令与事务。由此，严复得出结论："斯民也，固斯天下之真主也"，"国者，斯民之公产也，王侯将相者，通国之公仆隶也"。民众，才是天下的真正主人；国家，只是民众的公产；君臣，仅是民众的公仆！这一惊天动地的宣言，从根底上撼动了旧中国的封建体制，让国民眼界为之一开，让政治自由之风卷入封闭帝国的上空。

"民之自由，天之所畀也"！民众的自由，是上天所给予的，是神圣不可侵犯的。自由才是"体用之说"中"体"，即目的之所在；而民主只是为其所"用"，即手段而已。这是严复"以自由为体，以民主为用"的内涵。显然，严复这里有中国传统"民贵君轻"的民本思想的踪影，因他肯定过孟子的"民为重，社稷次之，君为轻"，为"古今之通义也"，批评韩愈只"知有一人而不知有亿兆也"；[①] 但他所吸收、运用的，更多的是西方以英国古典政体为代表的资本主义的国家观念。而这一观念的正确与否，迄今仍难下最终的判断，因此，严复给出的命题是超前的。

严复进而以世界各国改革成败情状来辅证其所宣扬观念之正确："最近莫若日本，稍远则有普鲁士之弗烈大力，俄罗斯之大彼得。方其发愤自图强，其弃数百千年之旧制国俗，若土苴然。"[②] 日本经由明治维新，改君主制政体进入君主立宪制政体，学习欧美，走上工业化道路，跻身于世界强国之列，其他国家如俄罗斯、普鲁士亦无不如此。以上各国均经体制改革，方能从衰弱走向强盛，所以，张之洞"中体西用"之说必须抛弃，必须坚定地走上"自由为体，民

---

① 严复：《辟韩》，卢云昆编选：《社会剧变与规范重建——严复文选》，上海远东出版社 1996 版，第 37 页。

② 严复：《与〈外交报〉主人书》，卢云昆编选：《社会剧变与规范重建——严复文选》，上海远东出版社 1996 版，第 538 页。

主为用"的改革之路。严复这一主张及其得失，国人论争至 21 世纪的今天，仍未有结论，但从中至少可以看出严复思想中的历史自觉及穿透历史的力度。

（五）从"积弱不振"到"物竞天择"——生存法则之转型

严复在《原强》一文中指出，中国长年处于"积弱不振之势"，以至于"日本以寥寥数舰之舟师，区区数万人之众，一战戮我最亲之藩属，再战而陪京戒严，三战而夺我最坚之海口，四战而覆我海军"[①]。此深耻大辱，岂能容忍！

那么，败绩何以至此呢？严复认为与国人的生存观念与法则有关。他对比了国人与西人在祸灾来临时的心态："其于祸灾也，中国委天数，而西人恃人力。""中之人以一治一乱、一盛一衰为天行人事之自然，西之人以日进无疆，既盛不可复衰，既治不可复乱，为学术政化之极则。"[②] 国人对时局国运的变化，多抱着一种盛衰治乱二极之间的循环往复的定数论，如跷跷板般你上我下，我上你下，其二者转换皆为天意，故处之泰然，应之中庸，不像西人那样，反应迅捷，以人力干预而获取胜绩。

笃信"天数"，即削弱自强奋起之意志，人自怠懒，国必涣散，以致祸灾来临，"君臣势散而相爱相保之情薄也。将不素学，士不素练，器不素储。一旦有急，则蚁附蜂屯，授之以扞格不操之利器，曳兵而走，转以奉敌"。君臣将士在祸灾跟前，毫无聚心之力，几成一盘散沙。国之现状已沦落为："民力已茶，民智已卑，民德已薄"[③]，民已不民，国已不国，亡国灭种之危局即将临近。

如何救国保种呢？严复开出的药方是：施斯宾塞之术，信达尔

---

① 严复：《原强》，卢云昆编选：《社会剧变与规范重建——严复文选》，上海远东出版社 1996 版，第 9 页。

② 严复：《论世变之亟》，卢云昆编选：《社会剧变与规范重建——严复文选》，上海远东出版社 1996 版，第 5、3 页。

③ 严复：《原强修订稿》，卢云昆编选：《社会剧变与规范重建——严复文选》，上海远东出版社 1996 版，第 21、22 页。

文之理。1898 年严复翻译了赫胥黎的《进化论与伦理学》，但严复不同意赫胥黎"善相感通"的人性本善的先验的伦理观念，认为人的"善相感通之德，乃天择以后之事，非其始之即如是也"①，人性之善与德，亦来自"物竞天择"的"天演"之后，而非先验的，与天俱来的。故他只译该书的前半部，即进化部分，并改名为《天演论》出版。那么，既不同意，又何以译之呢？严复在《天演论·自序》有一说明："赫胥黎氏此书之旨，本以救斯宾塞任天为治之末流，其中所论，与吾古人有甚合者，且于自强保种之事，反复三致意焉。"原因在于赫胥黎对斯宾塞的"任天为治"，即放任自然竞争、弱肉强食的"丛林法则"有所批评、调整，与中国传统观念有所吻合，故选择之。由此，可以看出严复的苦心，在肯定"自强保种"这一最重要的原则的前提下，试图使二者观念相互取资、彼此包容。

《天演论》的核心要义，即"物竞天择""适者生存"的进化论法则：

> 物竞者，物争自存也，天择者，存其宜种也。意谓民物于世，樊然并生，同食天地自然之利矣。然与接为遘，民民物物，各争有以自存。其始也，种与种争，群与群争，弱者常为强肉，愚者常为智役。……此所谓以天演之学言生物之道也。②

自然界的生物在生存进程中，为争夺资源，延续自我，种与种争，群与群争，这一"物竞"是常态，是规律，是自然之法则，其结局多是弱者为强者所吞食，即为"天择"所淘汰，强者则适应变动的环境，即由"天择"而存活。

严复清醒地预感到，这种弱肉强食、优胜劣败的自然物种进化原则，一旦进入处于衰败凋亡的中国，必将震撼世人、唤醒国魂。故借他山之石，来撞击已趋僵滞的中国思想界。果然如其所望，《天

---

① 严复：《天演论·导言十三·制私案语》，刘琅编：《精读严复》，鹭江出版社 2007 年版，第 26 页。

② 严复：《原强修订稿》，《严复集》第 1 册，中华书局 1986 版，第 16 页。

演论》的出版，风行全国，"物竞天择""适者生存"如警钟敲响，国人纷纷意识到，中华族群若再不发奋自强，投入国际竞争，势必落到弱肉强食、任人宰割的地步；中国若再不改变现状与政治体制，就离亡国灭种的日子不远了。在中国近代思想史上，《天演论》起到了激起民众的竞争意识、振奋民族精神的巨大功用。

以上，本文从科学观念、哲学思想、思维方法、变革之路、生存法则等五个方面，论析了严复在西方科学引进上，对中国文化的现代转型所起的重要历史作用。在中国走向现代化的进程中，他是一位当之无愧的启蒙大师，他是唤醒中国这只东方睡狮的思想先驱者们中最重要的一员。

二

但世间万物的发展都包含着黑格尔所说的"自否定"因素。当严复把西方一系列属于科学范畴的思想、观念、原则、方法等，原原本本地引进、介绍到国内，原本干涸、荒寂的中国思想界，自然是大潮涌起，轰鸣回响。其中，一度主宰了 20 世纪初中国思想界趋势的科学主义思潮，便是其回流之一。

科学主义，指人们崇奉、信仰科学的观念与方法，在趋于极致之际，多会产生科学万能的信念，认为宇宙间万事万物均在科学的掌控范围。不仅外在自然界能以科学方法来认识，而且内在精神界，如价值判断、情感好恶等，也可以科学法则来衡量。即科学上升为一种价值信念与原则导向，它从"物界"泛化至"心界"，有着从认识论向价值论转化的意义，已具有一种意识形态的性质。

若从史实出发，应该承认，严复在主观上并非持"科学万能"说的，因为他要求国民整体素质应是"民力、民智、民德"，即德智体三者兼备，并非仅求"智"——科学的理论、技能的孤立增长。但由于严复始终不肯放弃对儒学的崇奉，因此对"德"的追寻，即在人文精神塑造方面，在当时的历史阶段，显得贫弱而单薄。严复认为，中国国民精神之涣散，不在于孔教，而是因国人不理解它：

> 孔教之高处，在于不设鬼神，不谈格致，专明人事，平实易行。而大《易》则有费拉索非之学，《春秋》则有大同之学。苟得其绪，并非附会，此孔教之所以不可破坏也。然孔子虽正，而支那民智未开，与此教不合。虽国家奉此以为国教，而庶民实未归此教也。①

在严复的心目中，孔教、儒学之原教旨没错，《易》《春秋》也包含着西方的哲学与伦理学等内容，只是因为中国国民"民智未开"，未能悟解其高深精妙，致使孔教未能充分发挥出功能。由此，可以看出严复思想的复杂性与矛盾性，他虽然反对"中体西用"，主张"自由为体，民主为用"的原则，但孔教的三纲五常怎么可能与西方的自由、民主纠合在一起呢？因此，在汹涌而来的西学大潮跟前，严复关于人文精神方面的呼吁显得十分微弱，很快就被淹没了。相比之下，严复对"智"——西方科学及体系的译介与阐发，就变得十分显著突出，特别是《天演论》出版后，风靡一时，在客观上引发了中国的科学主义思潮。

20世纪初的中国思想界，有两大命题摆在国人面前。一是在西方列强虎视鲸吞的现状下，亡国灭种的危局迫于目前，如何启蒙民众、救亡中国，这是现实层面所面临的外患；二是现代化进程所带来的科技理性（及其引生的物质主义）和人文精神的冲突，这是由宏大的世界性历史语境所规定的精神层面的思索。可惜的是，直到今日，国内学界的思想史、文化史，乃至文学史，多是聚焦于前一

---

① 严复：《保教余义》，卢云昆编选：《社会剧变与规范重建——严复文选》，上海远东出版社 1996 版，第 99 页。

命题，而对后一个命题的重视与论述则显得颇为薄弱，甚至忽略。

19世纪末，严复的《天演论》出版之后，在中国思想界掀起轩然大波，达尔文物种学所揭示的弱肉强食、物竞天择的生物进化原则，居然和中华民族的救亡图强的现状融汇在一起，再加上西方各个具体学科理论的引进，让国人对"科学"这一词汇刮目相看，奉若神明。不妨用胡适的一段话来描述它的强势与盛况："这三十年来，有一个名词在国内几乎做到了无上尊严的地位；无论懂与不懂的人，无论守旧和维新的人，都不敢公然对他表示轻视或戏侮的态度。那个名词就是'科学'。这样几乎全国一致的崇信，究竟有无价值，那是另一问题。我们至少可以说，自从中国讲变法维新以来，没有一个自命为新人物的人敢公然毁谤'科学'的。"① 科学在中国获取了至高无上的威权，仿佛有着无所不能的功效。由此，"科学万能"成了一种新的宗教，科学理性成了新的上帝。当科学僭越了人文的席位，当科学通过"物质主义"，使人的灵魂物化时，科学主义思潮便泛滥开来。

在人类思想史上，对科学负面效果的质疑始自卢梭，他的成名作《论科学与艺术》首先揭示，以科学为代表的人类文明并非人类的进步与骄傲，因为它刺激了人类的贪欲，扼杀了人的诗性生存，带来了人的物化、人的异化，是一种历史前行中的负值效应。"科学主义"这一概念由人类现代化进程而诞生，也因纳入现代性语境而遭质疑。以卢梭为源端这一哲学思潮，历经康德、谢林、施勒格尔、诺瓦利斯、叔本华、尼采、里尔克，直至海德格尔、马尔库塞等，科技理性与人文精神对立的命题仍未解决，未获得理想答案。对"科学主义思潮"的反思与拷问，从18世纪延续至现今21世纪。

在中国思想界，思索此命题的，亦大有人在。鲁迅早在1907年

① 胡适：《〈科学与人生观〉序》，张君劢、丁文江等著：《科学与人生观》，山东人民出版社1997版，第10页。

所写的《文化偏至论》，所揭示的两大"偏至"之一，就是深层为科学主义所引发的"物质主义"弊端：由于 19 世纪"知识""科学"高速发展，单向地助长了"惟物质主义"，"物欲"遮蔽了"灵明"，外"质"取代了内"神"，精神文明的低落，人的旨趣平庸，罪恶滋生，社会憔悴，进步停滞。1918 年底，梁启超作为中国赴欧观察组成员，目睹了第一次世界大战给欧洲人民带来巨大的灾难：生灵涂炭，民生凋敝，思想混乱，精神失落，在他所写的《欧游心影录》中，也像卢梭一样把它归罪于"科学万能"论，因为科学刺激了贪欲，引发了战争，从而宣告了"科学破产"。

对科学价值所持的不同观点的冲撞、累积，终于引发了 1923 年中国思想界的以张君劢和丁文江为代表的著名的"科玄论战"，这场论战范围不断扩大，像胡适、吴稚晖、陈独秀、瞿秋白、梁启超、张东荪、王星拱、范寿康等，许多中国知识界的精英人物都卷入了论争。在论辩中，陈独秀曾指出，丁文江"号称存疑的唯心论，这是沿袭了赫胥黎、斯宾塞诸人的谬误；你既承认宇宙间有不可知的部分而存疑，科学家站开，且让玄学家来解疑。……其实我们对于未发现的物质固然可以存疑，而对于超物质而独立存在并且可以支配物质的什么心（心即是物之一种表现），什么神灵与上帝，我们已经无疑可存了。"[①] 从中亦可明显地看出严复《天演论》一书所留下的踪影。

在中国思想史上，对科学主义批判的深度与力度，无过于林语堂。在 1943 年所写《啼笑皆非》一书中，他精辟地论析道：

> 科学的催命手抓住了西方，科学或客观的研究方法，已染化了人的思想，引进自然主义，定数论和物质主义。所以说，科学已毁灭了人道。自然主义"信仰竞争"已毁灭了行善与合作的信仰。物质主义已毁灭了玄通知远的见识及超物境的认识

---

① 陈独秀：《序一》，张君劢等著：《科学与人生观》，辽宁教育出版社 1998年版，第 6 页。

信仰。定数论已毁灭了一切希望。①

这里所批判的"自然主义",就是"社会达尔文主义",即把《天演论》中所述关于自然界的优胜劣汰、物竞天择的法则,运用于人类社会。林语堂认为,科学技术带来物质的丰裕、社会的进步与人类的生活享受,但也刺激了人的物欲与贪欲的恶性膨胀,从而引发了弱肉强食的掠夺与战争,如第一次世界大战的爆发。这种"丛林法则"如若盛行,最终将毁灭伦理实践上的"行善"和精神向度上的"信仰",导致人文精神的沉沦与消亡,这是人类难以摆脱的悖论性的困境。

如前所述,尽管严复想用赫胥黎的"人性本善"("善相感通")的先验之"德",来冲淡、调和斯宾塞的"丛林法则"("任天为治")之野蛮残酷,但在救亡图存的时代大背景下,为保国强种的斯宾塞的"社会达尔文主义",仍为国人所热捧,并汇入科学主义思潮,在国内不胫而走,盛极一时,这就不是严复在主观上所能预见与控制的了。所以,严复在客观上引发、助长了中国的科学主义思潮,这是学界所不能回避,也不必回避的判断。也只有纳入"科技理性与人文精神对峙"这一宏大的世界性的命题来审视,我们才能对严复作出全面的、客观的、公允的历史性的评价。

(原载《福建论坛》2015 年第 2 期)

---

① 《林语堂名著全集》第 23 卷,徐诚斌译,东北师范大学出版社 1994 年版,第 59、161 页。

论林语堂浪漫美学思想

　　林语堂在《说浪漫》一文中写道，"古典主义及浪漫主义乃人性之正反两面，为自然现象，不限之于任何民族"①，此说虽缘自他所竭力抵制的白壁德的新人文主义理论，但也透露出林语堂对浪漫主义的宏观性的理解，即把我们通常所论的文学浪漫主义扩展至"人性"的范畴，为其正反极限之一端，其概念与内涵远超出文学的范畴，属于一种广义的浪漫主义。尽管如此，林语堂却并未随意使用这一名词概念，而是相对节制，注意到概念范畴限度的准确，如他在该文中提及道家："道家思想遂成为中国之浪漫思想"，明代"屠隆之浪漫思想最明"等，均删去"主义"，而称之为"浪漫思想"。故本文论题循此思维逻辑而设定。

　　关于林语堂浪漫美学思想的研究，学界似乎缺少关注，也不够深入，导致对其定位的紊乱。究其原因，大致有此二点：一是偏于现象，弱于学理。林语堂擅长小品文写作，倡导幽默，推崇性灵，这些外显的事象过于强烈，加上他又常把理论化解在小品式的叙述中，易使人忽略，从而产生学理性研究之不足；二是其美学思想未

---

　　① 林语堂著，沈永宝编：《林语堂批评文集》，珠海出版社 1998 年版，第 114 页。

能溯源深化，特别是对林语堂所接受的克罗齐、斯平加恩等的美学、文学理论的影响，缺乏具体的比较、对照与论析。

笔者近期对中国现代文学理论中浪漫主义思潮的思考，有些新的悟解，认为林语堂的浪漫美学思想拟可列为此一时期的四种形态的浪漫主义之一：一是以鲁迅为代表的尼采的哲学浪漫主义，它偏于从强力意志的角度激发抗争精神；二是以沈从文为代表的卢梭的美学浪漫主义，它偏于从美的哲学角度对人的族类性异化的抗衡；三是 1930 年之后以郭沫若为代表的高尔基的政治学浪漫主义，它偏于从政治角度对阶级功利价值的追求；四是以林语堂为代表的克罗齐的心理学浪漫主义，它偏于从心理角度对表现性创作本质的推崇。若从这一视角出发，林语堂浪漫美学思想在中国现代文论史上有着不可或缺之席位。

林语堂的美学思想隶属于广义的浪漫主义美学体系，接受的是克罗齐和斯平加恩的表现主义的浪漫美学，并以此批评文学理论上白璧德的新人文主义的"标准说"；在 20 世纪 30 年代中国文坛上，他和梁实秋为代表的古典主义思潮两相抗衡，形成浪漫与古典对立的两大阵营；在中国传统文化的研究中，他从美学上沟通浪漫主义、表现主义和中国古典文论中个性、性灵的内在学理关联，理出中国古代浪漫文学思潮的脉络；在对文学性质与功用的定位中，他突破克罗齐直觉美学的局限，选择文学的使命在于"认识人生"这一略带中立色彩的判断；在科技理性与人文精神对立的世界性的语境中，他深刻地批判了唯物机械论，大力弘扬人生的自由意志。

一、论争中确立浪漫美学立场

1919 年，林语堂赴美国留学。由于读的是比较文学专业，所以他到哈佛大学后，即置身于 20 世纪头 20 年美国文学理论界新旧两派剧烈争论的语境中，这在他所写的《新的文评·序言》和《林语堂自传》"哈佛大学"一章中均有述及。

当时，旧派以白璧德（Irving Babbitt）为代表，他坚持古典主义的立场，"以新人文主义倡于哈佛，其说远承古希腊苏格拉底、柏拉图、亚里士多德之精义微言，近接文艺复兴诸贤及英国约翰生、阿诺德等之遗绪"①。他批判了以培根为代表的征服自然的物质功利主义和以卢梭为代表的放纵情感的浪漫主义。在文艺上，他推崇常态的健康的人性，强调理智对情感的节制，规律对自由的制约，并向中西方传统文化寻求恒定的艺术标准。

新派以斯平加恩为代表，他是意大利哲学家、美学家克罗齐的信徒，曾因宣讲新派文艺理论而被哥伦比亚大学辞退。斯平加恩承接克罗齐表现主义美学，主张"艺术只是在某时某地某作家具某种艺术宗旨的一种心境的表现——不但文章如此，图画，雕刻，音乐，甚至于一句谈话，一回接吻，一声'呸！'，一瞬转眼，一弯锁眉，都是一种表现。"② 即艺术是直觉，艺术是表现，艺术产生于内心直觉到一个情感饱和的意象，它不一定非要媒介传达不可，因此生活中的一些直觉性的表现也可以是艺术。由此，表现主义美学强调就文论文，拒绝任何外来的标准、纪律，如体裁、文体、伦理道德、政治功利、种族、时代、环境等价值判断的介入；它重视作家、艺术家的瞬间直觉，刹那心境的流露，即创作是一种独特的有个性的表现。也就是说，克罗齐、斯平加恩的表现主义在美的基本立场上，在心理美学、在艺术创造与传达上，与西方当时盛行的浪漫主义是同调的，属于广义的浪漫主义范畴。

那么，在这一场激烈的论争中，林语堂的美学倾向如何呢？林语

① 郭斌龢：《梅光迪先生传略》，载《胡适来往书信选》下册，中华书局 1980 年版，第 146 页。

② 林语堂著，沈永宝编：《林语堂批评文集》，珠海出版社 1998 年版，第 21 页。

堂在其自传中有明确的表述："我不肯接受白璧德教授的标准说，有一次，我毅然决然为 Spingarn 辩护，最后，对于一切批评都是'表现'的原由方面，我完全与意大利哲学家克罗齐的看法相吻合。所有别的解释都太浅薄。我也反对中国的文体观念。因为这会把好作品都打落在一连串文章句法严格的'法规'之中，不论是'传'，是'颂'，或是'记'，或者甚至于一个长篇小说。殊不知苏东坡写作时，他别无想法，只是随意写来，如行云流水，'行于不得不行，止于不得不止'。他心里并没有什么固定的文体义法。"① 笔者认为，林语堂这段话完全把自己浪漫美学思想浅白却又精到地勾勒出来。循此，林语堂在文艺界域之所言、所行、所写、所论，均可得到相应的理解。

随着林语堂、吴宓、梁实秋等留美学生的回国，这场论争也延伸到中国现代文学理论界。20 世纪 20 年代后期，白璧德在中国的最忠实信徒梁实秋准备把吴宓等所译白璧德的论文辑为《白璧德与人文主义》，在新月书店出版。闻知此事，林语堂就把年前所翻译斯平加恩的《新的批评》整理出来发表。他希望："中国读者，更容易看到双方派别立论的悬殊，及旨趣之迥别了；虽然所译的不一定是互相诘辩的几篇文字，但是两位作家总算工力悉敌，旗鼓相当了。"②

这一场如林语堂所说的"工力悉敌，旗鼓相当"的浪漫与古典的论争，主要是在他与梁实秋之间展开。由于历史的原因，我们的中国现代文学研究界对此基本采取了漠视或回避的态度。其原因在于：一则，我们的现代文学史否定了古典主义文艺思潮在中国的存在，人为地删除了这一历史事实；二则，把浪漫主义思潮单一化，只承认以创造社郭沫若为代表的政治学浪漫主义一脉，而把鲁迅的哲学浪漫主义、沈从文的美学浪漫主义、林语堂的心理学的浪漫主义等统统排除掉；三则，我们仅注目于鲁迅与梁实秋的矛盾，而忽

---

① 《林语堂名著全集》第 10 卷，东北师范大学出版社 1994 年版，第 281—282 页。

② 林语堂著，沈永宝编：《林语堂批评文集》，珠海出版社 1998 年版，第 22 页。

略了梁实秋与林语堂的矛盾，这对于中国现代文学史的构成是一种偏误。鲁迅与梁实秋之间是阶级性与人类共性的偏于政治性之争，而林语堂与梁实秋之间则是浪漫与古典的偏于学术性之争。

林语堂在当时之所以有着比他人更为明确的浪漫美学立场，得益于他对克罗齐和斯平加恩美学思想的深入钻研与心领神会，这表现在他所翻译的克罗齐《美学：表现的科学》的 24 段章节和斯平加恩《新的文评》一文之中。

克罗齐坚执于其表现主义的立场，主张艺术是表现，而"表现是自由的神感"，由此出发，他认为文学艺术的分类，如古典的与浪漫的等等界说，都是无意义的、空洞无物的，"在美学上及美学批评上的学术价值是等于零"①。克罗齐无视于浪漫与古典之别，从中透露出他对古典主义的蔑视，但他对浪漫主义还是从内心深处予以褒扬的，这于当时古典主义的一统话语霸权不啻为一拳重击，极大地扫灭了古典主义的威严。作为翻译者的林语堂不能不受到这一精神气势的感染。

而斯平加恩则比较详细地论析了"浪漫"替代"古典"的文学历史的进程。他写道，规律是原始人的"禁忌"的遗迹。而后希腊、罗马的修辞学家，根据自己的文学经验推出一些结论，化为定则，如戏剧的"三一律"等，至十六七世纪的古典主义理论家把这些编成系统，钳制了文艺创作。但反对这种规律从未停止过，如各个时代的天才诗人触犯了规律却又不失文章之美。直到 18 世纪浪漫主义运动兴起，才把这些规律逐出批评界外。而现代文艺界由科学、历史借用来的技术与惯例，实质上也只是古代规律的变相。"在批评明白承认每个艺术作品是一种精神的创造，只受自身的纪律束缚之时，这些惯例技术也要随着古代纪律而一同消灭。"② 斯平加恩预测了古

---

① 《林语堂名著全集》第 27 卷，东北师范大学出版社 1994 年版，第 226、232 页。
② 《林语堂名著全集》第 27 卷，东北师范大学出版社 1994 年版，第 208—209 页。

典主义的消亡前景。作为一个翻译家，选择什么样的书籍来译，就已经包含了他的审美与价值判断的倾向；而在翻译中，在字斟句酌地做到"信达雅"的过程中，翻译家往往会被所译对象潜移默化，即被"同化"了。林语堂便是这样，他在论争与翻译的选择中逐步确立了自身的浪漫美学立场。

二、浪漫与古典之别

林语堂与梁实秋出于同一个师门，彼此知根知底，在论争中，一出手便点到对方穴道。所以，在中国现代文学思潮史研究中，若不懂得梁实秋，就不易懂得林语堂；同样，若不懂得林语堂，也就不易懂得梁实秋，只有通过二者的对立比较，才能理解他们所各自执守的理论要义。

梁实秋写道："自从浪漫派的学说在近代得势以来，有两大思想横亘在一般人的心里：一个是'天才的独创'，一个是'想象的自由'。在西洋文学里，晚近的潮流差不多都是向着这两个方向走。所谓'天才'是对着'常识'而言；所谓'独创'是对着'模仿'而言；所谓'想象'，是对着'理性'而言；所谓'自由'，是对着'规律'而言。总结起来说，全部的浪漫运动是一个抗议，对新古典派的主张的一个抗议。这一个抗议是感情的，不是理性的，是破坏的，不是建设的。换言之，浪漫运动即是推翻新古典的标准的运动。"① 他这里讲得很清楚了，对于执守着常识、模仿、理性、规律的古典主义而言，浪漫主义所追求的则是天才、独创、想象、自由

---

① 梁实秋著，徐静波编：《梁实秋批评文集》，珠海出版社 1998 年版，第 95—96 页。

的美学原则。由于后者的美学趋势严重地威胁到前者的根基，所以梁实秋予以严厉的反击：浪漫主义"结果是过度的，且是有害的。由过度的严酷的规律，一变而为过度的放纵的混乱。这叫做过犹不及，同是不合于伦理的态度"①。在另一处，梁实秋的批评则更为苛刻："统观西洋文学批评史，实在就是健康的学说与病态的学说互相争雄的纪录。古典主义是健康的学说，新古典主义便是健康衰退的征候，浪漫主义便是病态的勃发。"② 也就是说，只有古典主义的理性节制与平衡才是健康的，而浪漫主义那种偏颇、畸形的情感发泄则是病态的。

那么，林语堂是怎样回应的呢？他也壁垒分明地扎下阵脚："文学解放论者，必与文章纪律论者冲突，中外皆然。后者在中文称之为笔法、句法、段法，在西洋称为文章纪律。这就是现代美国哈佛大学白璧德教授的'人文主义'与其反对者争论之焦点。白璧德教授的遗毒已由哈佛生徒而输入中国。纪律主义，就是反对自我主义，两者冰炭不相容。"③ 这是林语堂写于1933年《论文》中的一段话，而1928年梁实秋已出版《文学的纪律》一书，全面系统地宣扬理性、纪律、规则、健康的古典主义美学原则。显然，林语堂这里批判矛头所向的"纪律论者"，即是指老气横秋的梁实秋；而他自己则是生气勃发的"解放论者"了。

针对梁实秋的古典主义美学条规，林语堂从浪漫美学立场一一加以批驳：

其一，关于文学的纪律与规则。林语堂认为，讲究文学的规律，或追求文学的自由，这二者对立的现象是普遍的，不能强求一格。他写道："主张格律剪裁，典型义法，与主张任情率性，打破桎梏的

---

① 梁实秋著，徐静波编：《梁实秋批评文集》，珠海出版社1998年版，第97—98页。

② 梁实秋著，徐静波编：《梁实秋批评文集》，珠海出版社1998年版，第124页。

③ 林语堂著，沈永宝编：《林语堂批评文集》，珠海出版社1998年版，第44—45页。

理论，不限古今中外都有。"在中国，讲究古典律规的，有如归有光、方苞、姚鼐、曾国藩、林纾等；而讲求废除规则，依性情自由而作的，有如王充、刘勰、袁枚、章学诚等。林语堂认为，后者"我们可以就叫他们做浪漫派或准浪漫派的文评家"①。浪漫派认为，诗文的章节法度是自然天成的，人可不学而能；反之，古典派则认为，人之啼笑歌哭的收纵抑扬，应有定度、定数。如此，人之至性至情必被遏制。林语堂举一西方寓言来说明之，蜈蚣百足行路，遇螳螂问其行路法则，到底何足先走，何足为后。蜈蚣一琢磨，反而连路都走不来了。梁实秋关于文学的纪律即如寻求蜈蚣的行路法则一样呆滞。文学的创作是作家、诗人文思的天然涌现所成，正如林语堂所赞赏的苏东坡写作，只是随意写来，如行云流水，"行于不得不行，止于不得不止"，一派纯任自然、生机流动的美的自由表现。

其二，关于理性对情感的节制。林语堂认为这是一种带有偏执性的苛求。他以古典主义者所崇奉的孔子言行来进行批驳，孔子并非是僵滞的、冬烘的偶像，而且也是一位极富有感情的长者："孔子闻人歌而乐则和之"，"哭而恸，酒无量，与点也，三月不知肉味，皆孔子富于情感之证。至若见一不相知者之丧，泪珠无故滴下（恶其泪之无从），直是浪漫派若卢骚者之行径。"孔子歌哭饮食，皆非定时定量，有所节制，而是随情而发，率性而为，甚至路过见到一不相识的人的葬礼，他也不由自主地落泪恸哭。林语堂感慨地说，此种行为简直和卢梭这类浪漫派者无甚区别。那么，在中国为何会形成强化理性、压抑情感的道学传统呢？林语堂认为，问题出在儒家传人身上："腐儒误解中和，乃专在'节'字、'防'字用工，由是孔子自然的人生观，一变为阴森迫人之礼制，再变而为矫情虚伪之道学，而人生乐趣全失矣。"② 也就是说，儒家的社会伦理的准则在于"中和"，要求人之行为举止"中节"，但儒家传人，尤其是汉

---

① 林语堂著，沈永宝编：《林语堂批评文集》，珠海出版社 1998 年版，第 23 页。

② 林语堂著，沈永宝编：《林语堂批评文集》，珠海出版社 1998 年版，第 114 页。

代及宋、明两代的腐儒、道学家，误读、误解了此中真意，片面地强化了"节"，即以森严的礼制规范人生，以偏执的理性束缚了自然、真诚的感情。古典派的矫情虚伪、墨守成规，战战兢兢地不敢越雷池一步，亦源自于此。

其三，关于"通性"对"个性"的吞没。林语堂认为古典派颂扬人类的"通性""人性"，一味地追求典型、塑造典型，从而吞没个性的理论是不能成立的。他引梁实秋等的话语："中国的白璧德信徒每袭白氏座中语，谓古文之所以足为典型，盖能攫住人类之通性，因攫住通性，故能万古常新；浪漫文学以个人为指归，趋于巧，趋于偏，支流蔓衍，必至一发不可收拾。"① 即"通性"与个性的对立，为古典与浪漫的区别要点之一。是抽象出典型，还是表现出个性？这是作家在创作时所面临的两种美学原则的选择。坚持浪漫文学倾向的林语堂，自然强调文学的个性。"个性"是广义浪漫派中表现主义的核心，强调个性，即立足于美的相对论，否定共性及由共性演化而成的典型。林语堂对此中关联十分清楚："表现派所以能打破一切桎梏，推翻一切典型，因为表现派认为文章（及一切美术作品）不能脱离个性，只是个性自然不可抑制的表现，个性既然不能强同，千古不易的抽象典型，也就无从成立。"② 个性是独特的，个性是不可重复的，它不能抽象为共性的典型。因此，世间能否有通性、共性的存在？通性、共性不存在，建立在此基础上典型论的可靠性就需打个问号了。林语堂此说与克罗齐有关，克罗齐认为："艺术中却没有意象与典型；我们声明每个作品有他自己的典型，只能依其自身评判，这就是声明世上没有客观的美的典型。"③ 他从美的相对论角度否定了绝对论的典型说。林语堂这一对古典主义典型说的质疑，也涉及我们今天所认可的文论体系，叙事类作品人物形象及环境的

---

① 林语堂著，沈永宝编：《林语堂批评文集》，珠海出版社 1998 年版，第 45 页。
② 林语堂著，沈永宝编：《林语堂批评文集》，珠海出版社 1998 年版，第 24 页。
③ 《林语堂名著全集》第 27 卷，东北师范大学出版社 1994 年版，第 245 页。

典型性论述，是否能成为绝对性的理论终结呢？

三、表现主义与个性、性灵

在林语堂美学思想体系中，表现派与广义的浪漫派是相近的，而表现主义、个性、性灵又是脉理相通、融为一体的。1933 年，他买到沈启无编的《近代散文钞》，内心惊喜异常，认为"发现了最丰富、最精彩的文学理论，最能见到文学创作的中心问题。又证之以西方表现派文评，真如异曲同工，不觉惊喜"①。他发现了中国公安、竟陵派与西方表现派在美学精神上的联系，以及相类同的文学创作倾向。他认为，西方近代文学的特点在于反对古典律规，强化个人创造，从因袭相陈、僵化呆滞转到表现作家的个性及个人独特的、自由的感悟，这就和中国公安、竟陵派排斥学古，基于个人性灵之上，"以意役法，不以法役意"的美学立场相应合。中西近代美学思潮不经意地应合、汇通，使林语堂有种豁然开悟之感，其视野与胸襟均为之而扩展，所以浪漫派、表现主义、个性、性灵这些字眼，在林语堂的有关文章中常是糅合在一起，互渗交融。

肯定广义的浪漫美学，林语堂在文学艺术流派的选择上，便推崇、高扬表现派："'表现'二字之所以能超过一切主观见解，而成为纯粹美学的理论，就是因为表现派能攫住文学创造的神秘，认为一种纯属美学上的程序，且就文论文，就作家论作家，以作者的境地命意及表现的成功为唯一美恶的标准"②。他认为，表现派之所以值得标举，在于它的美学理论的纯粹性，即注重作家本性、个性的

---

① 林语堂著，沈永宝编：《林语堂批评文集》，珠海出版社 1998 年版，第 42 页。
② 林语堂著，沈永宝编：《林语堂批评文集》，珠海出版社 1998 年版，第 24 页。

传达，注重创造中的神秘莫测心理因素，而与道德判断、文学传统，乃至社会功利等外部规律有关。

显然，这是属于以创作主体为中心的作者本体论，它来自克罗齐、斯平加恩的表现主义美学体系。克罗齐说："表现是自由的神感。事实上艺术家于一天自觉有某种题材胚胎胸中，知其然而不知其所以然：他只感觉产期将至，却也不能作主。"① 他认为，作家的创作有如神赐之灵感，是无意识的，"不知其所以然"，其作品就像孕妇怀胎、分娩，完全是自然天成。这过程，没有理性、逻辑的干预，也没有道德功利的欲求，只是纯粹的自由的表现。这也就是林语堂所说的"表现派能攫住文学创造的神秘"所在，与他摒弃律规、讲求感情的自由抒发的创作原则相一致。

林语堂所论的表现主义的核心要义为个性，因为克罗齐、斯平加恩都强调艺术是作家个人神秘灵感与独特心境的表现。林语堂进而认为西方现代文论的个性与中国古代文论的性灵是相同的。他读周作人《近代文学之源流》，论及郑板桥、李笠翁、金圣叹、金农、袁枚诸人为中国现代散文之祖宗，大喜。他写道："此数人作品之共通点，在于发挥性灵二字，与现代文学之注重个人之观感相同，其文字皆清新可喜，其思想皆超然独特，且类多主张不摹仿古人，所说是自己的话，所表的是自己的意"② 即性灵、个性皆为表现主义的核心要义。他明确地指出："在文学上主张发挥个性，向来称之为性灵，性灵即个性也。"③

那么，性灵是什么呢？林语堂认为："性灵就是自我"，"性灵之为物，唯我知之，生我之父母不知，同床之吾妻不知。然文学之生命寄托于此。"④ 我之性灵，唯我知之，我之外的任何人均无以得知。因此，性灵属于自我，是绝对个性化的，个性是绝对单一的。中国

① 《林语堂名著全集》第 27 卷，东北师范大学出版社 1994 年版，第 226 页。
② 林语堂著，沈永宝编：《林语堂批评文集》，珠海出版社 1998 年版，第 32 页。
③ 林语堂著，沈永宝编：《林语堂批评文集》，珠海出版社 1998 年版，第 185 页。
④ 林语堂著，沈永宝编：《林语堂批评文集》，珠海出版社 1998 年版，第 44 页。

古代文学中的性灵派，始自明中叶，其时王阳明心学兴起，人的良知成造化之精灵，从而促成袁宏道对文学创作中"独抒性灵"的理论标举。其性灵，指人的胸臆，人的个性，人的独立精神，人的独特的情思，它摆脱传统的束缚，自由自在、无拘无碍地表现于文学。

那么，性灵又是从何而来呢？林语堂把它与西方文论中的灵感联系起来："由精神可进而言神感，由神感可进而言性灵。"灵感是指人们在科学创造与文艺创作中，突然出现的、瞬息即逝的、非意识所能控制的爆发式、顿悟式的思维形式。林语堂对其解释得极为浅白："故托为'神感'之说，实则仍是精神饱满时之精神作用而已，并无两样。"但神感与性灵并非绝对相同："神感乃一时之境地，而性灵赖素时之培养。一人有一人之个性，以此个性 Personality 无拘无束自由自在表之文学，便叫性灵。若谓性灵玄奥，则心理学之所谓个性"。即灵感更多地表现为作家、诗人瞬间的顿悟，而性灵、个性，则来自个人长期的生存形态与文化修养等，"包括一人之体格、神经、理智、情感、学问、见解、经验、阅历、好恶、癖嗜，极其错综复杂"①。可以看出，林语堂是在西方文论的基础上，从创作心理学的角度，对神感与性灵作出了具体的论析，既肯定其共同性，也看到了差异性，但总体上是强调其二者的统一。

对于性灵在文学创作中的地位，林语堂给予极高的评价：

其一，性灵乃文学之命脉。在林语堂心目中，真正的文学应是这样的："自抒胸臆，发挥己见，有真喜，有真恶，有奇嗜，有奇忌，悉数出之，即使瑕瑜互见，亦所不顾，即使为世俗所笑，亦所不顾，即使触犯先哲，亦所不顾。"性灵派文学家"于写景写情写事，取其自己见到之景，自己心头之情，自己领会之事"，"信笔直书，便是文学"。② 而这类文学之成功，全在于它有着勃勃之生气，林语堂指出："文章生气，全看性灵解放至何程度。倘能解放至此，

① 林语堂著，沈永宝编：《林语堂批评文集》，珠海出版社 1998 年版，第 184 页。
② 林语堂著，沈永宝编：《林语堂批评文集》，珠海出版社 1998 年版，第 185 页。

落笔成趣，文章有何难做？佳意之来，拈笔录之纸上，不敲章句，不饰丽藻，自有其动人处。"① 因此，性灵决定了文学之成败，在创作中是至关重要的。他把文人的性灵，即创作的表现，抬至"文学之命脉""文学之生命实寄托于此"的高度，甚至到了"得之则生，不得则死"的程度。

其二，性灵主真，为"文德"之所在。性灵即个性，个性是不可替代的，性灵亦不可替代。林语堂认为个性、性灵是文学之"真"的关键："文无新旧之分，惟有真伪之别。凡出于个人之真知灼见，亲感至诚，皆可传不朽。因为人类情感，有所同然，诚于己者，自能引动他人。"诗人出于至性至情，出于性灵，写出心中独有的感受与情思，才会在创作时"应笔滴泪"，也才会使读者在鉴赏时"应声滴泪"，这才是真正的文学。林语堂进而分析道，强调文学创作中的个性、性灵，即是强调文学的诚与真，亦是对"文德"的确立。林语堂说："文德乃指文人必有的个性，故其第一义是诚，必不愧有我，不愧人之见我真面目，此种文章始有性灵有骨气。"② 作家的文德与否，首先在于他是否真诚。文中有个性，即文中有我，有做出价值判断的我，有瑕瑜并存之真我，而非掩饰粉黛、矫揉造作之假我。这样的文章，才能表现出文人那一独有的个性与性灵。他真诚地面对人生，对世间的善恶是非有着明晰的判断，他不阿谀奉承，不献媚求宠，保存着自我的性灵与骨气，这样的文人方可称之有文德。

从表现主义到个性，从个性到性灵，从性灵到真与诚，再以此呼唤"个人笔调"，直至文德的塑造，林语堂的文学个性论已自成体系。他所揭示的散文创作的新的路径，在一定程度上确是能使中国文学获得新的生命气息。

其三，以性灵为纲，理出中国浪漫文学思潮的脉络。林语堂在读了明清公安、竟陵派的文章后，发现了中国性灵派与西方近代浪

---

① 林语堂著，沈永宝编：《林语堂批评文集》，珠海出版社1998年版，第90页。
② 林语堂著，沈永宝编：《林语堂批评文集》，珠海出版社1998年版，第37页。

漫文学相类同之处："大凡此派主性灵，就是西方歌德以下近代文学普通立场；性灵派之排斥学古，正也如西方浪漫文学之反对新古典主义；性灵派以个人性灵为立场，也如一切近代文学之个人主义。"①他由此受到启示，便以性灵为纲，理出了一条中国浪漫文学思潮的脉络。浪漫思潮的产生与古典思潮的压抑有关。林语堂指出，汉之儒学趋入陈腐，专在节制上花工夫，使儒学变为阴森迫人之礼制，再变为矫情虚伪之道学，由此激发了中国历史上第一次浪漫运动之魏晋思想出现，如阮籍等之猖狂放任，唾弃名教即是；至宋代，有二程、朱熹理学出现，随之有苏东坡、黄庭坚等对理学的戏谑，亦即浪漫思想的表现；到明代中期至末年，以王阳明为代表的心学体系的理学大盛，同样的有袁中郎、屠赤水、王思任，以至清代之李笠翁、袁子才等，崇拜自然真挚、反抗矫揉伪饰之浪漫文人出现。②

在这个问题上，林语堂显然受到他所不喜欢的白璧德的影响。白璧德认为，庄子"追溯人类从自然向非自然的堕落过程，他所采取的方式非常完整地预示了卢梭后来在《论人类不平等的起源》及《论科学和艺术》中所采用的方式"。因此，"道家学者都是富有想象力的，而且都属于浪漫主义一线"③。他的这一美学判断为林语堂所接受，在《说浪漫》一文中，林语堂也明确指出："道家思想遂成为中国之浪漫思想，若放逸，若清高，若遁世，若欣赏自然，皆浪漫主义之特色。"④ 这样，林语堂为中国文学史理出了一条浪漫文学思潮的脉络，使中国新文学在接受西方近代文学影响之外，还确立了自身古代文学、美学传统这一源头。

---

① 林语堂著，沈永宝编：《林语堂批评文集》，珠海出版社 1998 年版，第42—43 页。

② 本段参阅林语堂著，沈永宝编：《林语堂批评文集》，珠海出版社 1998 年版，第 114—115 页。

③ ［美］欧文·白璧德：《卢梭与浪漫主义》，孙宜学译，河北教育出版社2003 年版，第 238 页。

④ 林语堂著，沈永宝编：《林语堂批评文集》，珠海出版社 1998 年版，第 114 页。

四、中立的文学性质与功用的定位

在当时的文坛论争中，林语堂还形成相对独特的文学性质的观念。关于文学艺术的本质，学界通常划分为两种，一是为艺术而艺术，一是为人生而艺术。对此，林语堂颇不以为然："我却以为只有两种，一为为艺术而艺术，一为为饭碗而艺术。不管你存意为人生不为人生，艺术总跳不出人生的。文学凡是真的，都是反映人生，以人生为题材。要紧是成艺术不成艺术，成文学不成文学。"① 这里，他考察文艺的出发点是：凡是文艺都离不开人生，跳不出人生，文艺与人生血肉相连，融为一体。若要对文艺强加分辨，则只有为艺术而艺术的"真艺术"和为饭碗而艺术的"假艺术"了。也就是说，真艺术首先是把艺术本身作为目的，首先考虑的是能使艺术成为真正的艺术审美价值的展现；而假艺术首先是把"饭碗"，即谋生、生存（包括生理生存、社会生存、政治生存）等作为目的，把作家所面临的利害关系、功利选择作为创作的前提，而把文艺创作当作手段。

林语堂关于"真艺术"与"假艺术"之分，若予以溯源的话，还得回到克罗齐。林语堂所选译的克罗齐《美学：表现的科学》，在第一节、第三节、第十六节有三处涉及这一问题。克罗齐写道："一切探讨艺术的目标或是作用都是无意义的，倘是将艺术当艺术论；因为立一目标，就含有选择意义，这又是陷了与那种主张艺术的内容，须经选择的学说相同的错误"② 克罗齐主张，艺术独立于科学认知、现实功用与伦理道德。他认为，作家在创作中，若一开始选

---

① 林语堂著，沈永宝编：《林语堂批评文集》，珠海出版社 1998 年版，第 157 页。
② 《林语堂名著全集》第 27 卷，东北师范大学出版社 1994 年版，第 226 页。

择，其意志就发生作用，即对事象有着肯定性与否定性的取舍，其中就包含了认知、功用或道德的价值判断，即有着预设理论的导引；而艺术创造是来自直觉表现，是"自由的神感"，它与意志选择、理论限定之间，格格不入。因此，真正的艺术只能是"为艺术而艺术"的。从克罗齐到林语堂，其间的脉络应该还是清晰的。

但是，20世纪20—30年代的中国，战乱纷生，国势动荡，这使林语堂不可能绝对地遵从克罗齐的纯粹美学原则。他突破了克罗齐直觉美学的纯粹性、虚幻性，在定位文学的性质时糅合了现实的需求和职责——文学的使命在于"认识人生"。他指出："政治之虚伪，实发源于文学之虚伪，这就是所谓'载道派'之遗赐。原来文学之使命无他，只叫人真切地认识人生而已。"① 林语堂认为，文学革命并不仅在于文字、词章，如白话文之类的形式上变动，更重要的是要突破"文以载道"的流毒，打破那种言不由衷的、虚假的、欺骗的，如鲁迅所说的"中国人向来因为不敢正视人生，只好瞒和骗，由此也生出瞒和骗的文艺"② 的迷障。他批评与现实相脱离的中国文学，强调的是侧重于认知之真的文学。文学只有真实地反映生活事态，真切地表现人生情怀，才能使读者认识人生，正视人生，进而切切实实地改造社会。

林语堂给予文学性质的这一定位，既不同于其宗师意大利美学家克罗齐，但也不同于30年代初的鲁迅，呈示出一种中立的态势。鲁迅承认在五四运动时期，散文小品的成功，几乎在小说戏曲和诗歌之上，但在30年代初的今天，"在风沙扑面，狼虎成群的时候，谁还有这许多闲工夫，来赏玩琥珀扇坠，翡翠戒指呢。他们即使要悦目，所要的也是耸立于风沙中的大建筑，要坚固而伟大，不必怎样精；即使要满意，所要的也是匕首和投枪，要锋利而切实，用不

---

① 林语堂著，沈永宝编：《林语堂批评文集》，珠海出版社1998年版，第175页。
② 鲁迅：《论睁了眼看》，《鲁迅全集》第1卷，人民文学出版社2005年版，第254页。

着什么雅"①。的确，九一八事变后的中国，民族危亡，国家蒙难，在此之际，不以文为匕首和投枪来奋起反抗，而去寻求小物件的赏玩，此路径是有点偏斜。此中区别的原因在于两人对文学的性质与功用的观念持不同态度，30年代的鲁迅偏于文学的功用性，而林语堂不忘却文学的审美维度，从而形成他们之间的距离。

林语堂是这样地予以分辨："文学不必革命，亦不必不革命，只求教我认识人生而已。"对于前者——"革命"，他批评道："吾人不幸，一承理学道统之遗毒，再中文学即宣传之遗毒，说者必欲剥夺文学之闲情逸致，使文学成为政治之附庸而后称快。"② 这里"革命"一词内涵是广义的，继承理学道统，标举文以载道，使文学成为"经国之大业"的一种力量，这是一种"革命"；高举文学即宣传的旗帜，服务于当前的政治斗争，这也是一种"革命"。但其二者都丧失了文学独立于政治的美学特质，使文学沦为政治的附庸、政治的工具，从根本上看是消解了文学。正是对文学工具论的警惕，正是对文学终极的审美意义的追寻，林语堂才会判定如《浮生六记》一类作品是不朽之作。

不过，文学也不是与革命绝对隔离，"不必不革命"。在林语堂心目中，文学的价值是在于"认识人生"，引导人们对社会中道德的善恶、行为的是非，作出必要的判断与选择，而后才间接地导入实践，为社会改造服务，而非直接地投入实践性的战斗，这是林语堂对文学本质及其功用的理解。这种文学观念有点像马尔库塞所说的那样，艺术不能直接变革世界，但它可以为变更那些可能变革这个世界的男人和女人的内驱力作出贡献。若从学科的终极点来观察，林语堂对文学的本质定位与今天文学理论界的标准也相去不远。

---

① 鲁迅：《小品文的危机》，《鲁迅全集》第4卷，人民文学出版社2005版，第591页。

② 林语堂著，沈永宝编：《林语堂批评文集》，珠海出版社1998年版，第263页。

　　林语堂之所以会给予文学的本质功用为"认识人生"这一中立态势的界定，原因之一，在于他在政治上采取了自由主义的立场。林语堂对中国革命持有独立的见解，他在《五四运动以来的中国文学》中写道："文学革命的后果之一，是直接导向中国左倾情势。文学革命代表一种激进主义的情绪，对过去的反叛。一九二〇年代成长的一代，思想极不平衡，旧的根拔去了，历史失去了连续性。年轻人不再读古书，旧的东西被认为封建气息太重。这些青年对西方也没有真的了解，没有深深的扎根，因此陷入了一种宣传的陷阱。"①可以看出，他对五四新文学运动不是一味地赞同，对于其间所隐藏的左的倾向是持一种警惕的、批判的态度，这必然影响到他对文学的本质做出回避革命概念的界定。原因之二，在于客观上为恶劣的政治文化环境所制约。林太乙曾回忆道，林语堂说过："我在文学上的成功和发展我自己的风格完全是国民党之赐。"②那一时期，国民党官方对思想文化领域采取严格控制，对于文章中持不同政见者予以残酷迫害，使文人们人人自危，不寒而栗，自然不想去触及这一高压电网，以免招致牢狱之灾。恶劣的生存环境迫使林语堂在写作时，采取一种曲笔的传达方式，以暗示、含蓄的手法来表达自己的政见，他戏称此像马戏场上走钢绳一般。客观上，这促使林语堂发展了幽默、讽刺这种小品文体，成为中国这类文体的代表作家。而在这样的客观环境中，在这样的生存观念中，他又怎么可能把文学界定为政治革命斗争的工具呢？

　　在美学观念上接受克罗齐艺术是直觉、艺术是表现的原理，但又不能忘怀于艺术与人生的关联，再加上政治上的自由主义立场，以及恶劣的政治文化环境的逼迫，这些主客观的因素都促使林语堂选择了文学的使命在于"认识人生"这种折中的文学本质功用论。

---

　　①　转引自林太乙著：《林语堂传》，《林语堂名著全集》第29卷，东北师范大学出版社1994年版，第103页。

　　②　转引自林太乙著：《林语堂传》，《林语堂名著全集》第29卷，东北师范大学出版社1994年版，第82页。

五、批判唯物机械论　弘扬自由意志

在西方浪漫主义的谱系中，以卢梭为代表的美学浪漫主义坚执于对物质主义与科学主义的批判。至 20 世纪初，已发展为世界范围内关于科技理性与人文精神对峙问题的思考与论争，对物质主义持批判立场的代表人物为罗素与泰戈尔，并随之影响到中国思想文化界。这从鲁迅《文化偏至论》中反物质主义的"偏至"，从陈寅恪与吴宓关于"功利机械之事"与"精神之学问"之间的取舍问题的著名对话，从徐志摩论罗素、泰戈尔反机械主义、科学主义，从 1923 年中国思想界以丁文江和张君劢为代表的"科学与人生观"的大论战，直至林语堂批判唯物机械论，弘扬自由意志等，均可看出这一思想脉络。这个问题直至 20 世纪末仍在延续，美国哲学家史华慈在《卢梭在当代世界的回响》《中国与当今千禧年主义》等文章中对此仍着重论及。①

20 世纪 40 年代，林语堂加入了对这一问题的思考。他在 1943 年出版的《啼笑皆非》至 1959 年出版的《从异教徒到基督徒》两本著作，对此都有着深入的论析，从中显示浪漫主义的人文关怀及审美主义的倾向。在《啼笑皆非》的"中译本序言"中，林语堂介绍了该书的结构："盖本书构法，似抽芭蕉，钱大昕'养新'之余意也。今日战事及国际政治，仅系外层而已；剥其外层，便见强权政治（卷一卷二），再剥强权主义，便见物质主义（卷三），复剥第三层，便见科学定数论，自然主义悲观主义（卷四'当代篇''化物篇'），是为诊断之结论；最后三章（'齐物''穷理''一揆'），乃

---

① 参阅许纪霖、宋宏编：《史华慈论中国》，新星出版社 2006 年版。

言哲学人道之新建设，及世界和平之原理。末附后序，以寄感怀。"①
从这一节序言中，显露出林语堂对科学与人文这一论题辨析的思维
逻辑——"从果到因"：第二次世界大战——强权政治——物质主义
——科学主义、自然主义，最后才是解决方案。这种"似抽芭蕉"、
层层剥笋，即钻探式的逐层深入的逻辑演绎进程，揭示了作为现象、
作为"果"的第二次世界大战，其产生的最深层的"动因"是科学主
义。我们就按林语堂的思维逻辑，逆向地由"因"到"果"展开评述。

首先，造成 20 世纪动乱最根本的"因"是"唯科学主义"。

林语堂指出："在欧洲，改变了对人灵性的历史路线的，是由自
然科学提供的唯物主义者的展望，因为自然科学坚定而光荣的进步，
逐渐侵犯人文科学及对人生的一般看法。结果人文主义的适当发展，
被在后一世纪——十九世纪——唯物主义的进步所截短。"② 作为对
物质世界认知的自然科学的高速发展，使人类取得了征服自然的主
动权，从而奠定了唯物主义基础，这是它的功绩。但由此导致了人
们对自然科学的绝对崇拜，使它的功能从"物界"逐步扩展到对
"心界"，即主张以科技理性、逻辑演绎来掌控心灵与意志。显然，
这是科技理性对人类心灵的侵犯、僭越，也就是唯物机械论对自由
意志、人文精神的压抑与排斥。林语堂还从学理上做进一步分析，
指出在人类哲学史上，由于笛卡尔首先明晰地确立了心物对立的二
元论，但由于过于强调科学理性的认知作用，使人的注意由精神转
到物质上去，而精神和超自然的，以及自由意志、道德价值等，则
被贬斥了。而当人类的自由意志沦落、价值判断迷失之际，物质主
义的欲念便疯狂地增长了。

其次，由唯科学主义引发了物质主义，使人类的生存陷于物化
的困境。

① 《林语堂名著全集》第 23 卷，东北师范大学出版社 1994 年版，中文译本
序言第 2 页。

② 《林语堂名著全集》第 10 卷，东北师范大学出版社 1994 年版，第 210 页。

　　林语堂尖锐地批判道："近代思想整个骨子里就是物质主义。""科学的催命手抓住了西方，科学或客观的研究方法，已染化了人的思想，引进自然主义，定数论和物质主义。所以说，科学已毁灭了人道。自然主义〔信仰竞争〕已毁灭了行善与合作的信仰。物质主义已毁灭了玄通知远的见识及超物境的认识信仰。定数论已毁灭了一切希望。"① 由于科学的纯客观认知的原则，使自然主义、定数论和物质主义盛行其道。自然主义把自然界的优胜劣汰、物竞天择的法则用于人类社会，引起国家与国家之间、民族与民族之间的争斗；而物理世界的公式、定理被移用于人事，人变成事实与公例的现象，变成数学上可计算的物质定数的范型，这一"定数论"，造成宿命的悲观主义；至于物质主义由于披上科学的外衣，有了尊严，使强权政治可托庇于其门下。这种唯物机械论使整个人类社会变成一座争斗不息、弱肉强食，毫无人道、理想、温情的荒林。

　　最后，由物质主义的强盛奠立了强权政治，强权刺激贪欲与掠夺，引爆了世界大战。

　　林语堂设问："试问十九世纪的帝国主义怎样起来，白种人怎样征服全球，怎样会自信是优胜的民族呢？因为白种人有来福枪大炮，而亚洲人没有。简简单单如此而已。"② 他认为这一问题答案十分简单，用来福枪大炮来对付大刀弓箭，其间的优劣胜负早已定局。而来福枪大炮的武器优势从何而来呢？来自科技的发达。由于西方的科学技术在那一时期走在世界的前列，它在创造物质财富的同时，也推进了军事工业的发展。西方帝国主义列强正是依靠这一武器的优势，建立了它的强权政治，开始了向落后国家的掠夺，而他们之间的抢劫与分赃的不均，便引发了一次次世界大战。使全球变成一个屠戮的大战场，使世界化为血染的疆场的原因就在于帝国主义的强权政治。

---

　　① 《林语堂名著全集》第 23 卷，东北师范大学出版社 1994 年版，第 59、161 页。
　　② 《林语堂名著全集》第 23 卷，东北师范大学出版社 1994 年版，第 20 页。

　　林语堂就是这样地揭出了：世界大战——强权政治——物质主义——唯科学主义之间的因果逻辑关系。林语堂这一论析，使世人在迷惘中得以醒悟：人类之所以走向自相残杀的歧途，根本原因就在于"唯物机械论"对"自由意志"的吞并，亦即自然律对道德律的替代，科技理性对人文精神的僭越。西方以卢梭为代表的美学的浪漫主义，其批判性的精神内质亦在于此：科学技术带来物质的丰裕、社会的进步与人类的生活享受，但也刺激了人的物欲与贪欲的恶性膨胀，从而引发了弱肉强食的掠夺与战争，最终将导致人文精神的沉沦与消亡，这是人类难以脱卸的悖论性的困境，也是悲观主义哲学产生的源头。在此批判向度上，也可以看出林语堂美学精神与西方浪漫主义思潮在内质上是融通一体的。

　　那么，如何破解这一困扰人类的难题呢？林语堂似乎又与现代新儒家的观点合流。他力求从中国传统文化中，发掘出具有精神生命力的结构与因素，提取其有价值意义的观念内涵，参与到新的世界文化的创造中去，以期拯救这迷失前程的世界。

　　他指出，在世界美学思想的范围内，最早提出"物质主义"问题的，是中国儒家的《礼记·乐记》："夫物之感人无穷，而人之好恶无节，则是物至而人化物也。人化物也者，灭天理，穷人欲者也。"林语堂在引录这段话后，即加上一注释："按物至而'人化物'，正是人为物欲所克，而成物质主义。'人化物'即已失人道，故可译为'dehumanized'，又是为物所化，故并不可译为'materialistic'。所以'物质主义'之形容词见于古籍者，当以'人化物'一语为最早。"① 也就是说，近现代西方美学所津津乐道的"物化"问题或"物质主义"的概念问题，中国早在 2000 多年前的儒家典籍中就已论及。在物与人这一对立体中，人常被物所惑，为物所化，此一倾向发展到极致，即通常所说的"物欲横流"。人若彻底被"物化"，彻底为物欲所左右，则人类社会的一切弊端全都涌生而出：悖

---

　　① 《林语堂名著全集》第 23 卷，东北师范大学出版社 1994 年版，第 67 页。

逆诈伪、淫泆作乱、强者胁弱、众者暴寡、知者诈愚、勇者苦怯，老弱病残无人奉养。在中国现当代美学研究界，林语堂可能是第一位解读、揭示出《礼记·乐记》中"物化"概念所具有的如此重大的美学意义。由此，你方能了解到，林语堂在幽默诙谐、谈笑风生的表象深层，蕴含着极为深刻的对人生、对世界的哲理悟解。

从上述的"物化"概念，可以看出，中国古代传统思想中仍具有强大的当代性意义。因此，林语堂就从儒学、道学中寻求拯救这混乱世界的途径。他提出"以礼治国""取信于民""相对齐一""平等大同"等方案，这些从人文精神角度设立的政治乌托邦途径，究竟有多大功用，我认为可暂时不必加以评论，因为他是从人类终极性的视野来反观现实的，处于阶段性时空中的我们的判断也只能是相对的。但仅从林语堂以人文精神的强化，来抗衡物质主义的现实世界这一点来看，也凸显出其广义的浪漫主义美学思想倾向。

（原载《天津社会科学》2010 年第 1 期）

论林庚的语言诗化的策略

　　林庚是一位诗人，也是一位文学史家，史家深邃的目力和渊博的学识，化融为其诗与诗论独到的智性；林庚原籍闽地，曾在海岛厦门任教十年，而后居于北地，在京城度过一生，南天海韵与北国风情交汇成其诗与诗论特殊的感性。

　　林庚的诗论最鲜明的特点还在于，它是由内而外的，是诗人个体体验中诗的情思的升华与结晶，是他对自身诗歌创作中自然生长出来的规律性的悟解。林庚诗论主要集中在两大方面，一是新诗格律化的形式探索，二是语言的诗化追求，其诗论结集则题曰：《新诗的格律与语言的诗化》。本文集中于后者，论析林庚对诗的语言的理解与追求。

　　林庚在新诗诗论的探索中形成一套有效的语言策略，归纳为"语言的诗化"。他指出："语言的诗化，具体的表现在诗歌从一般语言的基础上，形成了它自己的特殊语言"。① 那么，诗的语言创造策略是什么呢？这就是：诗的语言必须突破概念；诗的语言组构可以牺牲部分逻辑；汉语及其古典诗歌有着特殊语言内质；获取新的感

---

① 　林庚：《新诗的格律与语言的诗化》，经济日报出版社 2000 年版，第131页。

性的生命语言；追寻前语言存在的本真世界；以拉大语言的跨度、寻求自由天真的语言、灵活弹性地捕捉瞬间性诗感、塑造立体精练的语言形式等为特点的技艺性创造。

一、诗的语言必须突破概念

林庚立足于现代语言学，从语言的一般性谈起："语言是人类非常宝贵的创造，有了语言，才有充分的思维，才有从感性认识到理性认识的飞跃，使人类从本能向无限发展。"他认为，语言是人类思维得以展开的载体，如果没有语言，人类发展的一切可能性都将窒息。但是，"艺术需要鲜明的感性，而语言中的感性却是间接的"。在各艺术门类中，音乐可以使用音响，绘画可以使用色彩、线条，它们都能直接诉诸听觉和视觉，有着充分、鲜明的感性特征。而作为语言艺术之一的诗，其所使用的媒介——语言却是抽象的，是不能直接被感受到。这就是说，诗只能通过语言的概念转化，才形成间接的美的认识与感应。这样，摆在诗歌面前的一个最重要的任务，即"诗歌的艺术性就在于能充分地发挥语言的创造性来突破概念，获得最新鲜、最丰富的感受"①。

语言之于诗歌所形成的两难的、悖逆性的困境，林庚看得非常清楚，他一句话便点出症结所在："诗歌作为最单纯的语言艺术，除了凭借于语言外别无长物；换句话说它所惟一凭借的，乃是它所要求突破的。这就正是艺术上面临的特殊矛盾。"② 这一矛盾的双向展示为：一方面，诗凭借语言，因为只有语言概念的负载，它才能达

---

① 林庚：《新诗的格律与语言的诗化》，经济日报出版社 2000 年版，第 116 页。
② 林庚：《新诗的格律与语言的诗化》，经济日报出版社 2000 年版，第 4 页。

到普遍性的传达；另一方面，诗又要突破语言，因为诗必须以直观的感性形态完成它的美学任务，而语言的抽象对它则是一种遮蔽。因此，诗歌创作的主要任务之一，就是"以语言穿透语言！"以感性的、鲜灵的、原生态的语言，穿透抽象的、静止的、辞典性的语言。林庚对诗歌与生俱来的概念和直观两者之间矛盾的辩证把握及悟解，使他达到现代诗歌美学的较高层面。如，《时间》一诗的首句："时间像流水一样清凉"①。"时间"一词是抽象的概念，是人这一族类所先验设定的，属于辞典式的语言，它把个体对时间的感受泛化了，遮蔽了。但在林庚的笔下，在他所创造的诗境中，"时间"变得具体可感，它是动态的，像清清的流水一样蜿蜒而去，甚至可听到其潺潺的声响；不仅如此，林庚还写出了时间的触感，它是"清凉"的。如果说时间如流水还带有一般化的诗情感受，如"子在川上曰：逝者如斯夫"，那么，"清凉"的时间则完全属于林庚所独有了，它是林庚由自身体验中捕捉到的诗意"言语"。它穿透了概念的"时间"，给人以可视、可触、可感、可思的感性的"语言"，也就是说，它把诗人所感受到的客观对象给予"敞明"了。这类诗语在林庚的诗作中为数颇多，如"十月的阳光如同情样微薄"（《末日》），"北风吹透薄薄的世界"（《苦难的世界》）等。

由于诗的语言必须突破概念性的语言，所以它不等于生活语言。对此，林庚有着极警辟的论述："艺术语言又并不等同于生活语言。如果说艺术乃是一种人生的自我超越，那么诗歌语言也可以说乃是一种语言的自我超越。生活语言作为一种手段是为生活中实用而有的，如写通知、传消息、买东西、定契约、做生意、讲道理、打官司等等，都需要语言愈明确愈逻辑愈好。这是由它的目的所决定的。而艺术语言则正如音乐、雕刻等，是一种生命的呼唤、永恒的默契，

① 林庚：《林庚诗选》，人民文学出版社 1985 年版，第 102 页。（注：文中所引诗句均出于此诗集，不再一一列出。）

是为提高人类生活情操而有的。"① 诗的语言不同于用于生活、科学的自然语言，因为后者是为交际和科学而使用的，它与人的认知思维相关联，是思维与交际的工具，认知要达到普遍性与精确性，因此自然语言必须相应地具有概括性和确定性，要排除歧义，使语言符号的意义固定。诗的语言则不同了，与美学审美判断力（反思判断力）相对应的则是人的情感世界，是生命的呼唤、心灵的默契，具有完全不同于认知思维的自身特殊性。因此，它与自然语言恰恰相反，推崇歧义，要求传达时概念的不确定性，能包含着多种蕴义，甚至是某种悖理性。如上述《末日》一诗中，冬日的阳光何以会同伦理学意义上的"同情"构成比喻性的具象关系呢？这就是一种超越。不确定性、多义性、悖理性，这正是林庚所强调的诗的"语言的自我超越"之所在。

二、诗的语言组构可以牺牲部分逻辑

由于诗的语言的美学任务之一是为着突破概念式辞典意义上的语言的遮蔽，因此，在诗的语言组构上，林庚提出牺牲部分逻辑的法则。他在论及屈原名句"嫋嫋兮秋风，洞庭波兮木叶下"时设问：屈原为什么用"木叶"而不用"树叶"呢？这是否不符合逻辑呢？他随之解答道：用"木"字的好处，在于能暗示将落树叶的枯黄颜色，在于能暗示叶的更坚强的一种情调，而"树叶"所带来的却是柔软暗绿的感觉，这正是诗和散文的区别所在。对此，他提升到逻辑的层面分析道："'木'字径作'叶'字讲本来是不合逻辑，而诗

---

① 林庚：《新诗的格律与语言的诗化·代序》，经济日报出版社 2000 年版，第 17 页。

的语言则正是要牺牲一部分逻辑而换取更多的暗示；其实所谓逻辑正如文法，本来是我们自己为了方便而规定的，原非天经地义。"① 也就是说，在一定的程度上，诗可以超越文法逻辑。

美籍华人诗歌理论家叶维廉曾有一名言，"诗要扭断逻辑的脖子"，这里指的是对常规的语法逻辑的适度背离。钱锺书在《谈艺录》中也论及："捷克形式主义论师谓'诗歌语言'必有突出处，不惜乖违习用'标准语言'之文法词律，刻意破常示异；故科以'标准语言'之惯例，'诗歌语言'每不通不顺……实则瓦勒利反复申说诗歌乃'反常之语言'，于'语言中自成语言'。西班牙一论师自言开径独行，亦晓会诗歌为'常规语言'之变异，诗歌之字妥句适即'常规语言'之中不妥不适……当世谈艺，多奉斯说。"② 即俄国形式主义学派、捷克结构主义学派之理论，为了使诗达到"陌生化"的美学目的，强调诗歌应违背通常的语法规律，使人们在不妥不适的"反常之语言"组构形式中，冲破要求精确的科学语言的稳定框架，以悖逆传统的语言惯性，在反常规的语法规律中，扩张自身的语言潜力和美学张力，由暗示等心理因素产生新鲜独特的原生形态的美学感应。由此可见，林庚在寻求诗的特殊的语词组构形式上，与当时世界上最新的美学思潮是保持同步的。

林庚在自己的新诗创作中也实践了这一法则，如"竹风摇动着一时的萧索"（《林中》），若按正常的语法逻辑分析，"竹风—摇动—萧索"句，明显是动宾结构上错置。"摇动"是动词，"萧索"是形容词，而非名词，在这一句法结构中，"萧索"怎能"摇动"呢？但正是在这一令人愕然的、"陌生化"的句式组构中，才隐含着诗歌语言那种委婉、脱俗的美。而像"春天的锄头是土的声音/春天的脚步是路的声音"（《路》），则给人如同读杜甫"香稻啄余鹦鹉粒，碧梧栖老凤凰枝"诗句般，在错置颠倒的语词组构中，获得奇异独特的

---

① 林庚：《新诗的格律与语言的诗化》，经济日报出版社 2000 年版，第 35 页。
② 钱锺书：《谈艺录》，中华书局 1984 年版，第 532 页。

审美感受。

由于诗可以在一定程度上超越语法逻辑，这就形成诗与散文区别的特征之一。林庚为此"作一个类似的比喻，散文的进行好比是漫长的散步；而诗歌的进行则好比是回旋的舞蹈、是更为集中更富有飞跃性的"①。他的这一比喻可能受启于法国诗论家、诗人瓦雷里论《诗》一文。瓦雷里提出，散文像是走路，它是一种动作，但有一定的目标，目标达到，动作本身便消失，目的吸收了手段；而诗像跳舞，跳舞虽然是一种动作，但它目的是在其本身以内，是指向于自身的完美或它幻觉性的美感，手段超越了目的。② 当目的涵盖了手段，手段便要服务于目的，语言就必须按常规的语法逻辑方式进行，这就是散文；当手段超越目的，手段就与目的合体，这时手段便是自由的，语言便可按自身的美学需求超越语法逻辑进行，这就是诗歌。林庚诗中那种回旋往复、曲折委婉的美，如《异乡》中，"异乡的情调像静夜"一句，不断地重复、流动，形成深情绵邈的诗境之美，应与这一"手段自由"的美学原则的导引有着一定的关系。

三、汉语及其古典诗歌有着特殊语言内质

诗是由语言构成的，但国与国之间存在着语言的差异，这样在诗的形式与技艺等"移植"过程中，就不能不考虑到诗的最基本细胞——语言。林庚对此指出："'移植'某种植物要看气候、土壤，而且，并不是什么植物都可以任意移植。这在诗坛上也是一样。诗

---

① 林庚：《新诗的格律与语言的诗化》，经济日报出版社 2000 年版，第68页。
② 参阅［法］瓦莱里：《诗》，杨匡汉、刘福春编：《西方现代诗论》，花城出版社 1988 年版，第 209 页。

坛的'土壤'乃是历史的累积，是语言、文字、文化信仰等根性的东西。"① 不同的语言、文字，其深层积淀着本民族历史习俗、文化传统、精神信仰等，诗的创造必须关注到这一语言的特殊性。林庚在论及王昌龄《从军行》："秦时明月汉时关，万里长征人未还；但使龙城飞将在，不教胡马度阴山"一诗时，对此有着极其深刻的悟解："这个'月'，这个'关'，这个'山'，从秦汉一直到唐代，其中累积了多少人们的生活史，它们所能唤起的生活感受的深度与广度，有多么普遍的意义！正是这样，这首诗才能如此形象的典型的被歌唱出来。且不说一首完整的诗，就仅仅'关''山''月'三个字连在一起，也就会产生相当形象的联想。"② 这三个由语言形成的汉字意象，即是我们民族世世代代普遍心理经验的长期积累的"集体无意识原型"，它们是我们民族文化的结晶体，我们民族心理结构的物态化。也就是说，汉诗中的语像深层多半都凝结着本民族相应的特定的诗的内涵与情思，在移植或翻译的过程中必须注意到这些"根"性的东西。

在谈到对英国"商籁体"的移植时，林庚认为汉语缺乏轻重音的起伏，所以"商籁体"在中国语言土壤上是难于成功移植的。他随之指出："英语是拼音文字，汉语是象形文字，诗歌作为一种语言艺术原是同属于时间艺术的，而汉语却由于象形性而具有空间的形象性，所谓'诗中有画，画中有诗'，而画正是空间艺术。中国的山水诗远较西方诗歌更为发达而成功，除了由于有关大自然的传统文化外，正是这语言的土壤带来了丰富的生命力。"③ 从象形文字的特殊性揭示出汉语诗在空间性创造方面的优越之处，在中国诗论家中，大概这是林庚的"专利"吧。看来，莱辛《拉奥孔》关于诗是时间艺术的界定，由中国语言、文字的特殊性的介入，其原理的普遍性

---

① 林庚：《新诗的格律与语言的诗化》，经济日报出版社 2000 年版，第 1 页。
② 林庚：《新诗的格律与语言的诗化》，经济日报出版社 2000 年版，第140 页。
③ 林庚：《新诗的格律与语言的诗化》，经济日报出版社 2000 年版，第 2 页。

可能要因此而修正了。

由于汉语具有空间形象性的特质，因此它的语言组构就有其不同于西文的特点。如，关联词、前置词的省略等，就是其中的一种。林庚论析道："比方唐诗中可以完全不用'之'字，而新诗中'的'字就还不能完全不用。例如：'无边落木萧萧下，不尽长江滚滚来'，若用我们今天的话，还不得不说'无边的落木'、'不尽的长江'，省不下这'的'字。古典诗歌的语言越是具有这种特征，也就离开散文越远，这也就是'诗化'的过程。"[①] 由于虚字、关联词等的省略，中国古典诗词的语言就显得更为灵活、更有弹性，这是西方诗歌及中国按西方语法而构建的自由体所缺少的。林庚的老师闻一多也曾论及此点："中国的文字，尤其中国诗的文字，是一种紧凑非常——紧凑到了最高限度的文字。像'鸡声茅店月，人迹板桥霜'。这种句子连个形容词动词都没有了；不用说那'尸位素餐'的前置词，连续词等等的。这种诗意的美，完全是靠'句法'表现出来的。"[②] 师学的传承，于此也可见一斑。

四、获取新的感性的生命语言

林庚对于自由诗为何能取代旧诗，有着独特的、与众不同的看法。对于其间的因果关系，他也归结到语言问题上来分析。他指出，其原因在于旧诗的语言生命停滞了，而新诗的语言生命正蓬勃地生长开来。他论析道："传统的诗的泉源为什么会枯竭了呢？明显的原因是一切可说的话都概念化了，一切的动词形容词副词在诗中也都

---

① 林庚：《新诗的格律与语言的诗化》，经济日报出版社 2000 年版，第117页。
② 闻一多：《闻一多全集》第 3 卷，三联书店 1982 年版，第 162 页。

成了定型的而再掉不出什么花样来了。在这时候诗人乃放弃了一向写诗的工夫，而努力于打开这枯竭之源，寻找那新的语言生命的所在，于是自由诗乃应运而生。这一个新的诗体既基于感觉到文字表现来源的空虚，于是乃利用了所有语言上的可能性，使得到一些新鲜的动词形容词副词得以重新出现，而一切的语法也得到无穷的变化；通过这些，因而追求到了从前所不易亲自抓到的一些感觉和与情调。"① 这是我读到的从内因的角度论析新诗为何能取代旧诗的最到位的一段文字，语言生命的停滞与语言生命的再生，成了新诗取代旧诗最为关键的动因。林庚的国学根底是极为雄厚的，他透彻地了解旧诗的弊端。正如俄国形式主义流派所揭示的那样，即使是文学所创造的语言，也会在文学发展传统惯例的不断重复中，在人的生活经验的一再使用中，磨损掉其鲜灵的生命，丧失了生动活泼的感性形态，即林庚所说的"语言生命停滞了""概念化"了。这时，人们必然会去寻求新的语言和新的语言传达形式，以表现新的时代新的"感觉和情调"，新诗也就是在这样的语言变革的背景下应运而生的。这是林庚的结论，也是汉语诗学发展的规律性总结。

那么，诗的新的语言生命是如何获取的呢？林庚论及一种"实践性的感觉力"："一个艺术家有他自己所擅长的语言，同样一个黄昏或一个感触，画家把它用线条颜色写了出来；音乐家把它用乐谱写了出来；诗人把它用诗句写了出来；他们都觉得用自己所用的语言更容易，只有一般人觉得很难"。② 也就是说，不同门类的艺术家，或同一门类的不同的艺术家，他们所采用的艺术语言正是其个体独特的感受和知觉的方式，而这感受和知觉通过语言媒介的传达，也就是艺术感觉力在其外化的实践进程中，更加敏锐，更为完善，最终形成自身的语言风格及独特的传达形式。正如黑格尔在《美学》

---

① 林庚：《新诗的格律与语言的诗化》，经济日报出版社 2000 年版，第 8—9 页。

② 林庚：《新诗的格律与语言的诗化》，经济日报出版社 2000 年版，第 31 页。

中论及："一位音乐家只能用乐曲来表现在他胸中鼓动的最深刻的东西，凡是他所感到的，他马上就把它变成一个曲调，正如画家把他的情感马上变成形状和颜色，诗人把他的情感马上就变成诗的表象，用和谐的字句把他所创作的意思表达出来。艺术家的这种构造形象的能力不仅是一种认识性的想象力、幻想力和感觉力，而且还是一种实践性的感觉力"。① 艺术家、诗人在创作实践中不断提高敏锐的独特的语言感受力是极其重要的，它是构造艺术形象的前提。显然，林庚所论与黑格尔有一定的关联，其美学理论的渊源及其广收博采的接纳，由此亦可见之。

因此，林庚对于诗的语言"所带给人的新鲜印象与无尽的言说"是尤为推崇的。他认为中国古典诗歌在处于上升时期的一些名篇、名句，之所以能超越时空而千古流传，原因均在于其语言隐含着原生态的、充满审美魅力的生命感受，所以给人以时时新鲜和言有尽而意无穷的美。例如，钱起的"曲终人不见，江上数峰青"，林庚这样分析道："山本来就在那里，本来也是青的。但似乎在曲声完了时，这山峰才宛然在目，让人觉得格外地那么青。这青不是多染几笔颜色所能有的。"② 即一种静态的自然存在被语言转换成动态的时空，并从听觉飞跃到视觉，形成两者共存的奇异的审美境界。古诗如此，新诗亦是如此。林庚《秋日的旋风》中有句："太阳越过千里的青山／与水流来"，境界奇特而幻美。是高空泻下的阳光像流水一样涌来，还是阳光溶入流水一道奔流而至？这阳光，可染着千里山峦的青翠？可传出潺潺的流水声响？或者，这阳光可是从远古的时代穿透而来？诗的语言的多义性、象征性及动态性，传递了 20 世纪所特有的审美感觉与情调。

---

① 〔德〕黑格尔著：《美学》第 1 卷，朱光潜译，商务印书馆 1979 年版，第 363 页。

② 林庚：《新诗的格律与语言的诗化》，经济日报出版社 2000 年版，第118 页。

五、追寻前语言存在的本真世界

从语言生命的追求到艺术本质的悟解，林庚都有着与众不同的提法："生活中的感觉是日常的、习惯性的，艺术则使人又恢复了新鲜的感受。而就艺术来说，它本来就是要唤起新鲜的感受。这种感受是生命的原始力量，而在日常生活中，它往往被习惯所淹没了。因为生活中一切都是照例的，不用去深想，也留不下深刻的印象，所以感觉也就渐渐僵化、迟钝起来。"① 他举例说，在北大，我们常往来于未名湖畔，往往对之视而不见，但假若因病住院一段，病愈出院，这时湖畔的景观则显得特别新鲜，原因就在于迟钝的感觉因一段阻隔而更新了。在他看来，艺术的任务就是要唤起沉溺于常态中趋于僵滞的感觉力，对于诗来说，就是以诗化语言的审美力量来更新这一切。

循此，林庚进一步推导："艺术并不是生活的装饰品，而是生命的醒觉；艺术语言并不是为了更典雅，而是为了更原始，仿佛那语言第一次诞生。这是一种精神上的力量。物质文明越发达，我们也就越需要这种精神上的原始力量，否则，我们就有可能成为自己所创造的物质的俘虏。"② 林庚在此提出的，不仅是俄国形式主义流派追求对人们生活和经验感觉更新的"诗化语言"了；他还提升到人类生存意义的哲学层面上来理解诗与艺术。在人类思想史上，卢梭首先在哲学范畴内揭示出语言异化，直到人的自然本性异化的另一演化趋势，

① 林庚：《新诗的格律与语言的诗化》，经济日报出版社 2000 年版，第 119 页。
② 林庚：《新诗的格律与语言的诗化》，经济日报出版社 2000 年版，第 120 页。

恩格斯指出："卢梭已经把语言看做自然状态的伪造"。① 卢梭认为，科学与文化的发展（包括语言在内），并不都具有正向的价值，随着文明与物质的每一步进展，其引发的负面的价值，即恶的一面，也日渐显露，人类反而逐渐脱离自然感性的状态，为物质所异化了。异化、物化，"人的非人化""自然的非自然化"，这是 20—21 世纪人类所面临的极其严峻的课题。让人惊讶的是，林庚已作为先觉者中的一员，感受到人这一族类的哲学困境，企盼从诗的视角予以解脱。其思想的敏锐性、超前性，在他那一辈学者中是比较少见的。

林庚寻求的艺术语言，特别是诗的语言，强调其"原始"形态，"是未有语言之先的语言"，是"语言的第一次诞生"，有着"精神上的原始力量"，这也就是当代诗学所推崇的原生态的语言，或曰"前语言存在"。它未经语言概念的归纳及逻辑秩序的整理，保存朦胧生动的原初的感性意味及诗人微妙的体验，能使读者的美感在细腻的纯属个人性的感受中被激活，或在某种象征、暗示的氛围中，使人们以生命直觉去领悟存在的真质。例如，林庚的《除夜（二）》一诗后段："更声如风的敲过墙外／墙外彻夜的卖元宵者／点起一盏古色的琉璃灯／等着不定的哪一家门开来"。正如他所追求的，语言并不华丽、典雅，但那浓重的夜色、凛冽的寒风、不绝如缕的更声、暗淡闪烁的琉璃灯光，忽然传来吱哑的门轴声响……京城寒夜那特有的氛围原汁原味地透出纸面。进而悟之，那卖元宵者或许是个符号象征吧，在这充溢着生活原生形态的境界中，林庚也可能在暗示着艺术家的等待，等待着能与他的作品意蕴达到心灵契合的鉴赏者的到来。

林庚所创造的，正是海德格尔所期待的："这所作的尝试并非只是从理性的——逻辑的解释桎梏中解放本源的问题，而也是将语言的逻辑描述的界限置于一边。相对于把语词意义的全部特性解释为

———————

① 恩格斯：《反杜林论》，《马克思恩格斯选集》第 3 卷，人民出版社 1972 年版，第 179 页。

概念，语言的形象和象征的特征推到了突出的地位。"① 语言，使物得以显现与敞明；诗，以语词神思此在。天空和大地由语言的神性的照耀而敞明，这也就是前语言存在的本真的敞明。林庚所论和海德格尔内在美学旨向是一致的。

六、语言诗化的技艺性创造

对于诗，林庚还注意到这样一个问题："诗歌是语言艺术的一种，而且是最典型的一种，因为它既不重视故事情节，除了通过语言就再没有别的表现形式了。"② 就是说，在语言文学的文体中，诗歌缺乏叙事文学的故事情节这一类引人入胜的形式，它唯一所依赖的只有自身的语言形式的美。那么，这种语言形式的美是如何创造出来的呢？对语言的诗化进程，林庚除了上述几点策略之外，还有以下在技艺上的创造追求。

其一，拉大语言的跨度。林庚多次论及自由诗的最重要的诗艺技巧是"拉大语言跨度"："自由诗正是这样地出现在新诗坛上而风靡一时，以拉大语言的跨度为手段凝聚为尖端的突破，从而恢复了传统的古典诗坛由于僵化、老化、脱离生活而久已失去的艺术魅力，为白话诗坛带来全新的创造性，奠定了三十年代新诗坛空前的盛况，其功是不可没的。"③ 他对于拉大语言跨度这一诗艺手段是颇为推崇的，认为它是诗艺的尖端的突破。这种拉大语言的跨度包含着时间和空间的跨度，它正是诗与散文拉开距离的要质之一。例如，他自身最满意的、

① ［德］海德格尔：《诗·语言·思》，彭富春译，文化艺术出版社 1991 年版，第 168 页。
② 林庚：《新诗的格律与语言的诗化》，经济日报出版社 2000 年版，第 65 页。
③ 林庚：《新诗的格律与语言的诗化》，经济日报出版社 2000 年版，第 18 页。

被闻一多赞为"水到渠成"的《破晓》一诗,从破晓时听觉中的"水声""鸟声",幻觉中"虎的眼睛",视觉中"鱼白的窗外",直至梦中北极"冰裂"的声音,语言及其所传示的意象跨度极大。多重的意象的置列,其间闪跳、组接极为快捷,这是林庚诗作鲜明的特点。而读者则往往需要通过理性的思索,才能追寻到这些意象之间的内在逻辑关联,从而把握诗的整体境界,悟解其深层的诗意。

又如,成功的古典诗句"秦时明月汉时关"。林庚论析道:"这里的'秦时明月'如何会落到'汉时关'上来呢?这个跨度在散文中乃是不可能的,而在七言诗中却是很自然的,这也就是诗的阵地。"这句诗由于它所特有的时空跨度,唤起那直贯汉唐两代千百年间的历史边塞之情,从秦汉一跃而过,超越时光,屹立长空。因此,它"有助于语言从散文中解放出来,自由地运用散文所不能有的语言跨度"[1]。

但这种拉大语言跨度的策略,除了隐性的理性逻辑串联之处,还必须注意到内在的感性交织。林庚举例说,沈佺期的"可怜闺里月,常在汉家营","这里是飞跃千里还是连成一片呢?其实正是那飞跃千里才见出那心心的相连,也正是那心心相连才有力量飞跃千里。可见没有感性潜在的交织性,语言上的飞跃就无所凭借,没有飞跃性的语言突破,感性也就无由交织"[2]。感性潜在交织是诗性飞跃的内在前提与基础,它与理性逻辑的串联两者相辅相成。

其二,寻求自由、天真的语言。林庚一再强调诗的语言是有生命的,它应有生命的自由、天真之感。"诗的语言因此如同是语言的源头,它正如音乐,图画,都是未有语言之先的语言;它虽然是不合于平常的逻辑,我们却一样懂得更明白;如果我们无妨说散文的语言是饱经世故的,诗的语言便是最自由天真的"。如前所述,林庚

---

① 林庚:《新诗的格律与语言的诗化·代序》,经济日报出版社 2000 年版,第 20、19 页。

② 林庚:《新诗的格律与语言的诗化》,经济日报出版社 2000 年版,第 122 页。

认为诗的语言是一种前语言的本真存在，它的原生形态就是自由、天真的。以李白"西风吹我心，西挂咸阳树"为例，他谈道："我们对于它不应当解释为一种疯狂与夸张，而正应当视为一种自由与天真，而这种天真只有在诗的语言上才能出现。"①

林庚在自己的诗作中也实践了这一主张。如，《朦胧》："常听见有小孩的脚步声向我跑来/中止于一霎突然的寂寞里/春天如水的幽明/遂有一切之倒影"，似有若无的小孩的脚步声、若离若即的寂寞心境、明暗不定的水的反光、迷离恍惚的春之倒影，以最感性的"本真"语言形态，创造出"朦胧"的诗境。这种语言的创造与产生，是一种"更为原始更为解放更为活跃的力"，也就是诗的审美力量之所在。

其三，灵活、弹性地捕捉瞬间性的诗感。 林庚认为，对自然天成语言的关注，能促使诗人灵活、弹性地捕捉瞬间性的诗感："诗的语言因此才更灵活、更有弹性，一瞬间便能捕捉住新鲜的印象。古人谈画竹，'如兔起鹘落，少纵则逝矣'。作诗也是如此，'作诗火急追亡逋，清景一失后难摹'。感受是瞬息万变的，诗的语言也必须具备这种飞跃性。这是诗歌语言的能力问题，有了这种能力，才有表现的自由。"② 艺术感觉在创作中的地位是神圣的，有的作家、理论家把是否有艺术感觉作为一个人是否具有创作素质的前提。黑格尔则干脆把艺术感觉直接与艺术任务联系起来，他指出："艺术的任务首先就见于凭精微的敏感，从既特殊而又符合显现外貌的普遍规律的那种具体生动的现实世界里，窥探到它的实际存在中的一瞬间的变幻莫测的一些特色，并且很忠实地把这种最流转无常的东西凝定成为持久的东西。"③ 所以，林庚指出，只有具备捕捉瞬间诗之感受能力的，才有艺术表现的自由。

---

① 林庚：《新诗的格律与语言的诗化》，经济日报出版社 2000 年版，第35 页。
② 林庚：《新诗的格律与语言的诗化》，经济日报出版社 2000 年版，第117 页。
③ ［德］黑格尔：《美学》第 2 卷，朱光潜译，商务印书馆 1979 年版，第370 页。

林庚的诗作中，由瞬间诗感凝成的诗的意象为数甚多。《那时》一诗写的是童年的感受："像松一般的常浴着明月，/像水一般的常落着灵雨；/像通彻的天宇，/把心亮在无尘的太空；/像一块水晶石放在蓝色的大海中。"连续的四个比喻，所形容的都是对童年那瞬间感受的追忆：浴着月色的青松、承接灵雨的碧水、放入大海的水晶、亮彻天宇的心灵。诗人把那颗未受尘世污浊沾染的赤子之心，表现得如此透明而圣洁！

其四，塑造立体、精练的语言形式。林庚在诗的意象创造上，还十分注意立体的语言形象的铸造。他写道：诗人"如此丰富的感受，顷刻间凝成，仿佛是透明的结晶，使得单线平铺的语言乃焕发出一种立体感，而我们原是生活在立体世界中，这也正是诗歌语言的鲜明性和艺术上的真实感。诗的语言因此不是徒具形式，而是要在飞跃的交织中创造出仿佛是立体的语言。'秦时明月汉时关'，这统一盛世的边关之情如雕塑般地屹立在汉唐之间，开门见山，流传千古。"[①] 诗的语言必须创造出雕塑般的质感、立体感，这是林庚对诗艺的又一追求。

林庚诗的风格虽然以清丽绵密、回旋往复而见长，但在通过洗练的语言形式创造出奇崛峭拔、立体雄浑的诗美境界仍是他努力的另一极向。如《时间》："时间像流水一样清凉/炽烈的太阳射着光芒/历史不过是一线倒影/从宇宙深处传来回响"。时间无尽地流逝，阳光永恒地照射，面对着人类苍凉浑茫的历史，林庚并未像常人一样顶礼膜拜，他仿佛站在上苍的位置，俯视着人间世态。那延续千万年的历史只不过是亘久运行的宇宙天体的一线倒影而已，只不过是浩瀚无际的宇宙空间的一声回响而已。这是老年林庚对生命、对历史的大彻大悟，这种"悟"具有终极性的意义。

（原载《东南学术》2009 年第 6 期）

---

① 林庚：《新诗的格律与语言的诗化》，经济日报出版社 2000 年版，第123 页。

瞬间的敞明

——论郭风散文诗中的自然审美观

"他面目清癯，眼神里有时闪灼一种因饱经世患而谙于世事的睿智"（《论历史》），这是郭风先生最新的一幅"自画像"。确乎如此，只要你能有机会与他进入一场带有某种超然意味的交谈，只要你能品味、揣摩他近十年来发表的散文诗作或随笔、文论，你就会感触到一种老人所特有的执着的睿智，一种带着诗意温柔的哲理穿透力，一种使"在"之本体于瞬间中敞开与澄明的美的召唤力。

他会忽然念及 20 世纪 70 年代下放于闽北山村的一个清晨：

> 我携着不到六岁的女儿行于山径之间——这是晴朗的山间的清晨。小径两边，草地上净是露水：有如没有凝结的霜，有如才消融的霜，因为看去是一片绿色中出现发亮的茫茫白色；在这白露如霜的草地中间，我忽然看见一株萱草开着三朵浅黄的鲜花……这完全是一种邂逅：我与花朵在秋天的山径中的邂逅。（《萱草的花朵》）

十余年前留存于记忆中的一个意象奇迹般地闪现：在有如秋霜的一片茫茫白露的草地上，一株开着浅黄色花朵的萱草迎着诗人微微地颤动着，这圣洁的小花，这纯情的小花，它全然不顾即将临近的严霜，它全然忘却马上就要降临的枯黄的暗影，它只以生命最粲然的一笑，迎向晨光，迎向山野，迎向诗人。而诗人理解了，感悟了，他的生命仿佛与花朵一起颤动，他的体验仿佛化融于秋天萱草的枝叶。在这不期而至的审美直觉中，诗人不由地紧握女儿的手："她不到六岁，她懂得人生的凄苦和慰安吗？她知道人生的超脱么？"

在此境界，诗人完全拆除了个体自我的拘囿，摆脱了概念性的语言对"在"之本体的遮蔽，而与自然在一种和谐、平行的观照中邂逅、融合。生命只有在抗争中才闪射出最美的光华，迎霜的萱草花与暂遭厄运的诗人相遇了，撞击了，它像闪电一般照亮了那冥暗的"在"的一角：这花，这人，这霜风凛冽的自然，这凄苦惨淡的人生，当然还有那微带笑意的相互慰安，更有主客皆忘、超脱于意志与欲求之上的纯净美的境界。在这"一片生机、天真自具"的刹那之间，你、我、诗人，不将悟得某种真谛？

这就是郭风的自然观，也可以说是郭风后期美学追求的一个侧面。在他的近作中，他较少以审美主体的价值判断或浓烈的情感去涵盖自然客体。他仿佛怕玷污自然物象似的，小心翼翼地与其保持着一种趋近于纯粹的审美观照。他这样地描述自我的创作心境：每当他的"心境逐渐得到某种平和、某种愉适。这样的时刻，和处于这样的心境，我似乎对于四周的自然之某些景象，有一种敏感，并且心中出现一种纯洁的情感以及一些天真的思想；把此等心态记录下来，不见得能够算是一种文学作品（譬如算作小品文），但很真切，自己读来，有时感到是一位亲人对自己谈话"（《反省》）。这是真正的东方民族的审美心态，以平和的而非独断的，以愉适的而非智化的态度去对待自然物象，并由之激发起审美的敏感。

诗人知道，任何一种物象的背后，都将深深隐伏着"在"之本体那渊源之处的神秘，不论是遥远的星体，还是静谧的小花。

> 夏夜。看不见是堤岸的、无始无终和黑暗、空洞的银河系中，有一颗未名的星，有如一粒沙、一滴眼泪向我发光；与此同时，旷野的深处，微茫的光和黑魆魆的野草中间，刚刚开放

的野茉莉有如泡沫，向我发来一缕芬芳；斯二者：未名的星和茉莉的花朵，在我的目中和我的意念中邂逅，使我一时感悟：星的空间和茉莉的花朵空间，以及哲学中有关永恒和刹那的观念，好像一时共同信奉一种宗教，忽然变得如此亲近。这是夏夜。（《夏夜偶得》）

这是"宗教"，而非宗教。因为它不是那种抛舍自我的本质，匍匐于由自我所创造出的偶像跟前的宗教。它只是相信：宇宙间的万物都在相互感应，物与物之间应答呼应，人与自然之间息息相通，整个空间回荡着深邃而神秘的信息，其内中的一切都在冥然中契合感应。这是瑞典哲学家史威登堡的"对应论"，这是中国庄子的"万物与我为一"的哲学观，但它们全都不留痕迹地渗融于郭风的审美观之中。

他平静地解说道："我觉得谈论自然，将是毕生的事，因为在我看来'自然'是一位智者，接近他，尊重他，随时能够得到他的启迪……"（《自然》）尊重自然，顺应自然，而不是把自身的认知概念强加于自然，使诗人与自然客体间达到一种微妙的平衡与和谐，这样，自然成为诗人生命的有机延伸，而诗人也就成为自然血脉相连的有机构成。也只有在这样的时刻，他的审美感知力才特别敏感，他的审美感受才由衷地真切，他才有可能于不期而至的"启迪""顿悟"的敞明中窥得自然本体的奥秘，譬如星体之"永恒"与小花之"刹那"的相对性与统一性。

郭风对大自然有一种特殊的亲和感，他的创作从未与自然疏离过，不管是前期还是近期，但在对自然的审美观上却有了变异。试看前期的散文诗作《叶笛》："啊，故乡的叶笛。/那只是两片绿叶。把它放在嘴唇上，于是像我们的祖先一样，/吹出了对于乡土的深沉眷恋，吹出自由的歌，劳动的歌，火焰似的燃烧着青春的歌……"一曲"叶笛"，以其醇美的韵味，萦绕于 20 世纪 50 年代中国诗坛，他也由此获得"叶笛诗人"的桂冠。但 30 多年的时光过去了，郭风仍是那样地"吹奏"着吗？如果是，作家的创作生命岂不陷于静止、僵滞？

其实，20世纪70年代后期，在郭风的散文诗作中已经孕育着美学观念的骚动。这是写于1978年的《夜霜》的片段："月亮好像一枚冰冷的黄玫瑰。北斗好像几颗冰冷的宝石。我看见月光和星光把乌桕树和梅的树枝，画出树影来，画在溪岸的草地上。"若与《叶笛》相比，可以看出，诗人已经换取了新的审美视角。在《叶笛》时期，诗人按捺不住青年人于建国初期所特有的浪漫主义激情，赞美故乡，讴歌生活、劳动与青春。诗人的感受、激情，溢于言表；而社会性的价值判断也抑制不了，时时显露。"叶笛"这一自然物实际正成为诗人主体情感宣泄、价值评判的器具而已。而在《夜霜》时期，诗人冷静了，平和了，就像月光把树影画于霜地上一样，自然物以其原生态的美质散发出诗意的清辉。纯粹的自然意象代替了人为的雕琢，诗人从主体性的意念、情绪的宣泄中解放出来，让自然在无为、自在的瞬间敞亮它的美质，这是带有庄禅意味的审美态度的展露。当然，我们不想就哪一种审美视角评判其高低优劣，也不能强求诗人隶从于某一美学观念，因为人的精神本体外化需求的任何一种对应体形态都有合理存在的价值。

至此，我不由地记起郭风先生在交谈中提及的"老年散文"的概念了。的确，我在他，以及我的导师郑朝宗先生等的晚年散文中总能感受到一种特殊的韵味。它有着饱经世患的沉思，有着直逼底蕴的睿智，有着纯净融和的神韵，有着功力深厚的语言，但它的形态却如行云流水般洒脱自如，展现出中国传统美学的返璞归真的境界。

这种散文的要质在于它常以一种特殊的艺术体验——"回忆"，作为重要的构成成分。例如，在北京的一家涮羊肉的小店，由于停电，点起蜡烛，"这时，只觉得柔和的烛光能够把小店照出某种我说不清楚的情景，这种情景，似乎有点熟悉，又似乎很辽远、很模糊，而现在却出现于自己的周围"（《涮羊肉》）。在福州家居的阳台，见斑鸠在杧果树上悠然自在地走动，"此刻，一种说不清的愉悦，以及暮年见得儿时所爱的禽鸟的愉悦中融入一种淡淡的怅惘"（《斑鸠》）。

显然，郭风在这里的回忆，不只是把握过去表象的心理能力，而是一种无法言说的、朦胧的诗意的回顾，一种积淀已久的文化氛围的重造，一种对逝去的本真境界的眷恋。它要返回已经消逝的心灵空间，但它也由此取得自由的审美状态，因为它超脱了尘嚣世俗的种种关系的束缚。在这个意义上，回忆成了这类散文诗作的源和根。而老人们雄厚的生活阅历、广博的文化素养、深邃的哲理思绪，更使其回忆性的情境意象达到非其莫属的独有审美层次。

这种回忆是"诗化的思"，它的外化形态则是"思着的诗"。诗是人类最纯真的活动，它在想象的幻境中挣脱世俗的拘囿，升华至自由的、无限的超验世界。诗使被技术理性窒息而"死"的语言复活，使每一个词语都焕发出生命的灵气，都充溢着象征的神秘意蕴。有一次接见少儿读物的编辑之后，郭风忽然醒悟："我想到自己已经与儿童的语言和表达方式疏远了，陌生了。……幼儿文学的语言：纯洁。"（《语言》）儿童语言之所以"纯洁"，就在于它未成为技术理性的工具，未沉沦为意欲性功能符号，而保留着语言产生时充满生命性的原初意义。这实质上也就是诗的语言特质。

对此，郭风心领神会，在他的近作中时时追寻着这一形态的语言。他对月夜霜地上的树影久久不能忘怀，但他不再像50年代那样泼洒激情与价值判断了，而是止于不可言说的神妙之境："溪岸上有许多乌桕树和梅树。树叶大都脱落了。月影照在溪岸上。多少次夜深时刻经过这里，心中都很感动，感到都有一种吸引力，感到这里好像一册书或一幅画，能令我百看不厌；感到每看一遍，都觉得中间含有新意，使我有新的领会，都打动了我的心。"（《夜雁》）至于诗人所感动、所领会的究竟是什么？他隐去了，他不言了。因为诗人面对的是一个尚不能用目前语言去讲述的美的境域，是中国古典美学中"只可意会，不能言传"的界域。说不出来的就不说，说出了反而是对本真的遮蔽，"道可道，非常道；名可名，非常名"，语言的悖论就是这样地使语言的拥有者陷入困境，又在其矛盾的张力中苦苦寻觅着适度的美的传示。

这种美学追求在他 1980 年旅居鼓浪屿时写下的一组《港仔后日记》中尤为鲜明。试看《十二月二十一日》这一则：

> 记得 1979 年春，我曾整理旅居于闽北时暗中创作的一则短文，题作《秋天的晚霞》予以发表。我尽自己力之所及，以最浓的笔墨描绘日落时西天的绚丽和热情，表达自己的内心对于自然美的感知和渴望。此时，我看到月亮心情十分平静地向西边的海上沉落下去。此时，天清朗，海清朗，四宇普披清光，十分柔和……我有一个想法，人性的朴质的美，人的谦虚的德性，在文学作品中不易真切表现出来。自然风景中的朴素，那种柔和中的热情，好像亦难传达。

写晚霞，全力以赴，浓墨重彩，却终难穷及，心有所憾；写沉月，寥寥数语，清微淡远，却出神入化，境界全出。莫非语言在作弄着生活于"语言这一符号世界"中的人类？诗人的语言之所以珍贵，就在于它能穿透概念的假象，逼近本真的事物或"在"之本体。就像凌晨一声鸟的脆鸣带出满山林河谷的一片寂静一样，"不可言说者"在"可说"的诗语呈露的瞬间，涣然敞开与澄明。"凡美，总很单纯，总很简洁，或则，总以平易的方式表达其存在的么？"在《十二月十八日》这一则日记中，老诗人终于悟及大自然之美的玄机，达到了为常人所难达到的美的级次。

当然，郭风的美学观念是一个浑圆的整体，这里论及的仅是他的散文诗中的自然审美观这一侧面。因而，当你读到他那"人有时成为一位精神瘸子，挂着一根宗教的拐杖在人生道路上行走"（《宗教》），或"滑稽的深刻意义在于扮演者并不知道自己在扮演一个喜剧中的什么角色"（《滑稽》）这一类充满警策之语的文句时，不必责难本文，因为老诗人从未否定过理性的智光，他在不久前还提出过创立"哲理性散文诗"的文体呢。

（原载《当代作家评论》1989 年第 6 期）

中国当代意象诗的开拓者

——论蔡其矫的意象诗

　　蔡其矫说过："始终只写一种诗体的人，是骗子；始终只写一种题材的人，是傻子；始终拿一个尺度来衡量一切诗歌的人，是无可救药的棍子。"这句话的内里，蕴含着他的诗歌美学观念，特别是对艺术多样化的追求。在他的多年创作中，其诗体样式纷呈，其题材广泛开阔。若粗略地划分，大约有以下几种：其一，带着叙事成分的赋体，如《乡土》《才溪》；其二，喷发着政治激情，或含蕴着深邃哲理的直抒式短制，如《祈求》《时间的脚步》；其三，寓情于物、情景交融一体，或借物象征、主体幻化于外物，委婉地呈露诗人情思的诗章，如《思念》《玉华洞》《常林钻石》；其四，就是本文所欲论及的隐去诗人价值判断、情绪感触，以准确、纯净的客观形象自身来展现诗意的意象诗体，如《船家女儿》《双虹》等。

　　意象诗，这在中国起自《诗经》（如《苤苢》《蒹葭》），盛极于唐代（如李白《早发白帝城》、张继《枫桥夜泊》），延及元朝（如马致远《天净沙·秋思》、关汉卿《白鹤子·无题》），在绝句、曲令中盛行的诗类；这在西方由庞德发轫，发展成为"美国文学史上开拓出最大前景的文学运动"，以致使中国古典意象诗"淹没了英美诗坛"的东方诗风，居然在中国现当代诗坛上如雨中萤焰，明灭几微，岂不令人扼腕叹息。

但在中国当代诗坛上，却有一位老诗人，在主流意识形态森严掌控之中，冒着离经叛道的危险，默默地培植着意象诗这朵异花。他，就是自喻为"于无人知的地下储存，忍受着长期黑暗的埋没"的"常林钻石"的蔡其矫。其创作的意象诗呈现出以下的审美特质。

其一，纯真的审美态度。"从纷纭万有中单取纯真／自然的色彩和音响凝为一体"（《风景画》），面对着万象纷呈的大千世界，蔡其矫的意象诗采取有异于他的其他创作的审美视角——"纯真"。因为意象诗追求的目标是把诗不但从社会性思想内容的意义附着中，而且也从主体性意念、情绪的宣泄中解放出来；诗人面对的往往不是一个已被理解的世界，而是用他的艺术表现来促使人们对这世界的理解，因而"纯真"的审美态度，成了意象诗创作的前提。

试看蔡其矫笔下的《漓江》：

> 上面是青色的长缕的云，
> 左右是陡立的绿色的山，
> 下面是一条浅蓝色的江透明如水晶。
> ……
> 青烟、苍岩、碧树，
> 全抹上一片晶莹的水光，
> 那使人倾心的明亮清辉，
> 也活在牧童和村女的眼里。

它和同时所作的《桂林》一诗，采取了迥然相异的观照态度。在《桂林》一诗中，诗人的感受、激情时时呈露："在充满动作和生命的天地间，／我的心照满阳光，／我的四肢也好像要飞翔"；主体的审美评价也常常抑制不住："在这光辉的世界／它发出从未有过的深邃的歌声／召唤人向宽广的生活前进"。但《漓江》就不同了，桂林山水仿佛远离了现实社会，取得了纯粹的审美可视性，诗人既不用强迫性的意义来衡量大自然，也不用立体性的情感来渲染对象。桂林山水以它自身透明、晶莹的大势原质，色彩缤纷的幻影，颤动在诗人与读者的视野之中。纯粹的自然意象代替了人为的雕琢，物象以其原生态的状貌在静穆中发散出诗意的光辉，迫使观者忘却自我，与自然融为一体。

其二，从"物我齐一"到象征暗示。 意象诗人一般更多地面对大自然中的物象，他必须清醒地领悟到自己于其间的地位，要真诚纯朴地接触自然，以"齐万物"的观念看待自然，方能探得大自然物象神秘的底蕴。请看他的《荒原》：

> 单调、寂静。
>
> 一线平野，一线岗陵，
>
> 几株小树向天空探询，
>
> 为什么别处阡陌相连，
>
> 这里却无人过问？
>
> 经雨温润的沙壤，
>
> 依然怅望如山的浓云。

枯涩的笔触勾画出横线与竖线交织的空旷、苍茫的空间，僵立的物象实体仿佛被无边的寂寞所吞噬。但在冷静的画面上，在执拗的"探询"与"怅望"中，却令人获致一种被舍弃于荒僻之处的渴求，燃烧于底层的神秘的热情，感受到如庞德所说的，通过审美直觉传示的一种"刹那间表现出来的理性与感性的情绪"。

意象诗的画面并不绝对排斥象征的意蕴，庞德也主张：准确的物质关系可以象征非物质关系。深得中国古典诗歌中绝句、小令审美内蕴的蔡其矫更能洞悉这点。中国的意象诗与西方在内质上略有区别，西方的意象诗人追求的是切近物象的纯粹"形美"，但中国古典美学传统则更侧重于物象的"神品"。因此，中国的古典意象虽然也是"用间接手法来处理主观和客观的事物"，却都不可避免地濡染着某种意念，或是人格的象征，或是某种精神的外化。但是，意象诗中这种象征式的意念、精神，不是人的思想可以直接、明确地把握到的概念，它的象征力量应在于诗中的意象把未被人理解的世界展示出来，让人去探究、去追寻，那种大自然的神秘力量仍在继续吸引着审美主体的逐层解悟。像《荒原》一诗，在孤寂中永恒期待的意向，决非明晰的概念语言所能表述，它具有一种超越物象的暗示力，甚至是一种生命本能的暗示，使每一个读者能以自我的经验、意趣与之契合，产生多义性领悟的动向。

其三，**创造鲜明的审美意象**。创造准确、简洁、纯净、鲜明的审美意象，是意象诗人竭尽全力追求的目标，也是意象诗独立自存的根本要则。在蔡其矫的意象诗作中，首先引发鉴赏者审美意趣的，是他对物象色彩的敏锐而独到的观察力与表现力。请看写于 1962 年的《双虹》：

> 两支七彩的巨柱并立水上；
> 背后尚有昏黄的阵雨，
> 前面正当夕阳含山。
> 于是，绛色的榕树闪照在暗绿的高岸，
> ……
> 直到远山化作朦胧的蓝烟，
> 直到夜的帘幕垂落江面。

诗人对色彩的精致感应令人叹服。色彩是事物最有直观感性的特征之一，是永恒的取之不尽的物象之美的表现因素，诗中鲜明的意象创造，脱离不了色彩的传示。在《双虹》一诗中，诗人展现了一幅惊心动魄的色彩境界：在黄昏的阵雨中，含山的夕阳散射出笼罩碧野晚潮的绛色的迷茫的浓雾，而在此背景的映衬下，水面上耸立起两支七彩斑斓的巨柱般的彩虹，它缓缓地飘散于化作朦胧蓝烟的远山，静静地消融于夜的黑色帘幕……没有概念陈述，没有激情宣泄，一切全在色彩里。诗人只用色彩说话，色彩仿佛与诗的音韵相互化融，柔和地拂拭着人的灵魂，令人真正领悟到未经任何人为污损的大自然纯净的美。它是一曲充满神韵的音乐，是一幅足以

"神品"称之的风景画。

自从当代绘画把色彩的性质从准物质性的艺术传达材料的使用中解放出来之后,色彩在纯粹画意的表现方面获得飞速的发展,意象诗中的色彩质素也得到类似的诗意表现力,它仿佛具有"生物学上的意义",使万物灵气毕现,诗意勃发。这是蔡其矫笔下的《乌桕树》:"在远山苍茫的衬托中,/它迎日照耀,/点点丹红,/有如一树飞扬的火焰,/给即将逝去的生命,/焕发出最后的鲜艳,/正当秋日渐暗淡的时候,/让天地格外光辉灿烂。"光与色在诗中的画面上燃烧起来,大自然像是举起一团火炬在秋日的暮色里意味深长地晃动着,色彩成为对大自然的体会或心灵状态的表达。为诗人所深切感受的自然物象仿佛与人类命运产生了"同构"式的呼应、契合,那种生命在日渐暗淡、日渐逝去的时光中燃烧的鲜明的意象,使怀有同感的欣赏者产生了强烈的共鸣。

其四,追寻灵动的生命意象。意象诗为着追求意象的内在生命活力,多是摆脱静止的、平面式的描绘,不管是色彩、线条乃至形体,往往都是处于流动的、荡漾的、变幻的动力性状态。蔡其矫的《风中玫瑰》即是典范式的诗作:

> 一上,一下,一来一往。
> 飞舞的焰火,
> 跃动的霞光。
> 一道道浪痕,
> 一条条虹影,
> 在狂欢的流泻中闪射。
> 看不真切的轮廓,
> 无法辨认的眼波,
> 从中散发捉摸不到的笑声。
> 一高一低。一起一落。

多像是《聊斋志异》中的精灵在迎风起舞。那焰火,那霞光,色彩的美质，在飞动中被诗人捕捉到；那浪痕，那虹影，线条的韵意，在摇荡中变幻为充满诗情的意象。它就像凡·高的《向日葵》一样，鲜艳的、火辣辣的色彩旋转着、燃烧着，创作者那种难以压抑、无法控制的非溢于言表而不可的内在激情，便在这"狂欢"的色彩闪射中"流泻"。但蔡其矫不仅是个以语言描绘对象的"画家"，他更是个诗人，诗比画更富有精神性的内质，迎风的玫瑰进而幻化为一个充满神韵的舞蹈形体，甚至是一个精灵。但她只有朦胧的轮廓，闪动着无法辨认的眼波，散发着捉摸不到的笑声，诗人所运用的从视觉向听觉挪移的"通感"技巧，使人们进入了迷离恍惚的境界，沉醉在色彩的闪耀与音响的流荡之中。这种动力性的笔触给了诗的意象以生机，自然物获得了与人的生命力同构的式样，或许物象可能就是真实生命本体的象征，鉴赏者便在这"异质同构"的力的契合中产生美感，领略到生命之美的魅力。

没有生命便没有艺术，而没有运动则没有生命。罗丹在《艺术论》中强调指出："在我们艺术中，生命的幻象是由于好的塑造和运动得到的。这两种特点，就像是一切好作品的血液和呼吸。"具有雕塑艺术那种三维空间立体感的《船家女儿》一诗，诗人以波浪、阳光、海风为我们塑造出一位有着"金色的肌肤""健美的形体"的少女。她"那圆润的双肩从布衣下探露，/那赤裸的双脚如海水般晶莹，/强悍的波涛留住在她的眼睛"，海的女儿塑像般站立在我们的面前。但若仅此而已，这首意象诗仍属于缺乏生命力的静态描摹，作为一位高明的意象诗人，蔡其矫添上了这么几笔：

> 最灿烂的
> 是那飞舞着轻发的额头
> 和放在桨上的手；
> 当她在笑，
> 人感到是风在水上跑，
> 浪在海面跳。

像《风中玫瑰》从视觉向听觉挪移一样，这里则是从听觉向视觉、触觉、运动觉的挪移，"笑"产生了风掠水上、浪跳海面的动态感。静态的塑像苏醒了、复活了，它有着血液的流动和生命的呼吸，有着生命体的生机与活力，这是真正艺术家特有的神来之笔。成功的意象诗不可能只是表现物象的凝定的瞬间，它着重显示物象给人的动力感觉。因此，运动中的物象，变幻中的物象，成了意象诗人所着力捕捉的目标。意象诗特殊的魅力和神异的韵味，就含蕴在这力的节奏和运动的进程之中。

其五，哲理的解悟与传统的承接。

> 由于黄昏临近
> 更肯定生命的把握能力
> 精神上的高度更新
> 举止的绝对自由
> 迟开的花最美 （《秋浦歌》）

老诗人暮年的告白，似乎指引我们应从哲理的高度上，去猜测他在中国当代意象诗创造中获得开拓性成就的奥秘。当诗人肯定了自身生命的存在价值，肯定了主体意识对现实世界的把握能力之际，他便进入了一个举止自如、物我一体，类似老庄哲学所追求的无限和自由的境界，他的审美意识也就在另一高度上得到更新。

中国"古代诗人对于自然和人生充满东方理性的审视与呈现"，这引起蔡其矫极大的兴趣，他曾因身陷囹圄而潜心把司空图《诗品》译成白话文体，便不能不受到司空图那种以情与道合、心与道契为核心的道家美学思想的濡染，（当然，司空图还有儒、佛的思想侧面）如"超以象外，得其环中""素处以默，妙机其微"等审美观念，都在蔡其矫的意象诗中投下光影。诗人只有在超然物外、静默自处的境域里，心灵才能领悟自身，才能纯真、微妙地感触事物，把握事物的内质。由此，进而"俱道适往，着手成春"，与自然之道体合为一，写出春花般盛开的诗章；此时方得"流水今日，明月前身"之妙境。那晶莹的明月、清亮的流水便与诗人融为一体，主体精神在精致的、空灵通脱的意象世界中达到绝对的统一与自由的实现。

诗人曾给诗下个定义："个人一段人生经验或一时感触，加上全人类的文化成果，等于诗。"从中可以看出，诗人极为重视文化遗产的继承。他说过："民歌、中国古典诗词、外国优秀诗歌遗产，我一概接收。"如，他的意象诗作《太湖的早晨》：

> 天空罗列着无数鲜红的云的旗帜，
> 湖上却无声燃烧着流动的火；
> 归来的渔船好像从波中跃出，
> 转瞬之间它已从火上走过。

公木便轻而易举地把它翻译成"名副其实"的绝句《太湖晨眺》：

> 长空熠熠树云旗，
> 湖上飘飘流火影，
> 倏见渔舟穿浪归，
> 飞桨拨火霜帆冷。

很明显，二者内中潜隐着的脉流是贯通的，特殊的古典意象诗的样式得以在当代诗坛上放出具有新质的异彩。在流溢着湖光水色的《福州（绝句四首）》，在"古画"般的《宜昌》，甚至在观赏外国画展的《风景画》，在倾听西方乐曲的《圆舞曲》等诗中，我们都可以触摸到诗人那颗与民族传统契合一体的诗心。因此，我们说，诗人虽然对意象诗特质定性尚未有一种严格的理论自觉，但由于他对传统的真正继承与革新，却以成功的实践在中国当代诗坛上发展了它，开拓了中国新诗的形式表现领域。

（原载《福建论坛》1990 年第 2 期）

孙绍振诗学体系的哲学底蕴

孙绍振的新诗研究、散文研究、文学理论研究、文学批评、文学经典解读等，已构成一个独特的诗学体系，在当代中国文坛成为一道特异的风景线，现今也已变为被他者所研究的对象与范式了。

余秋雨在《猜测孙绍振》一文中，曾提出，孙绍振的理性世界有两层结构，表层的显性结构与深层的隐性结构。这一看法，值得借用。作为一个高校长期教授写作课的教师，他面对的是大量的学生习作文本和古今中外作家的创作经验，稍不省觉，必陷于经验性的泥淖，难以提升。但他毕竟来自皇城根儿，受业于朱光潜、何其芳、吴组缃等，甚至"误听"过金岳霖的逻辑课，来自20世纪中国最后一批大师的熏陶，铸就了他那评点文坛时雄视八荒、吞吐古今的自信与自负，也给予他对于那浓缩人类智慧的形上理论的瞻念与自觉。这就形成他以感悟性、洞察力为特征的感性经验层面和以抽象性、逻辑性为特征的理性超越层面二者的融合，即经验主义与理性主义合一的理论特色，前者以显性展现，后者以隐性深潜。

在我们的面前，孙绍振是以才识过人、机敏灵动的演说家形象出现的，他有句名言："我的思绪赶不上我的嘴巴"，"我的舌头有一种舞蹈的感觉"。在他那滔滔不绝、口若悬河的气势前，再加上他那烂熟于心的中外文学经典及其细节的征引、评析，更使得听众如痴如醉，折服再三。这样，以外在语言力量的征服和精辟的文本分析的魅力这一表层性显现，远远遮蔽了他那内在的理念寻求与选择的深层轨迹。当然，这一内在的求索过程并非静态的，他曾言及："我这种苦闷具有哲学性质，但是，我却不长于哲学的思辨。我不习惯于从一个哲学的大前提出发演绎出一套又一套的观念系统来。"[①]

本文的任务就着眼于他的哲学性的"苦闷"，挖掘出引发他"苦闷"的哲学观念，亦即挖掘出他诗学体系的哲学底蕴来。写作的方法亦遵循他的"从具体的微观的细胞形态"出发，以《新的美学原则在崛起》《形象的三维结构与作家的创作自由》《审美价值结构及其升值和贬值运动》三篇论文为核心，分别从哲学之价值论、哲学之实践论和哲学之辩证法三个方面论析之。

一、哲学之价值论

1980 年，孙绍振写下给他带来无穷无尽麻烦，同时也带来延至今日声誉的《新的美学原则在崛起》一文（下称《崛起》）。这篇被视为文学理论界"自由化"案本，正如那时他在福州一处级文艺干部座谈会上对周扬所表示的："与其说我受了叔本华的影响，不如说我是受了周扬的影响。我说，在 1958 年听周扬的《建设马克思主义美学》的报告，我的目的就是以我们的美学标准来衡量诗歌。"[②] 此话可能在当年让不少人费解，被内定为批判靶子的文章居然和马克

---

① 孙绍振：《当代中国文学的艺术探险》，福建教育出版社 1998 年版，第 204 页。

② 孙绍振：《愧对书斋：孙绍振心灵自述》，中国青年出版社 2011 年版，第 140 页。

思主义美学扯在一起？这"孙大炮"也太过于巧言令色了吧。今天回过头来一看，没错，他没说谎，说的是实话。篇幅并不太长的《崛起》一文，其中引述马克思观点之处就达四次之多，其理论基点的确来自马克思主义美学，具体到篇目，则是马克思所著的《1844年经济学—哲学手稿》（下称《手稿》）等。

《手稿》在马克思生前没有发表，直至20世纪30年代才正式公开，它不仅包含着马克思关于经济学的思考，还包含着他关于哲学、美学的探求，如人的价值、异化劳动、个体与社会、美的规律、美感与审美、人的本质对象化等等重要问题的看法。它展开了马克思主义的另外一面，即为西方马克思主义流派所津津乐道的"人道主义马克思"这一侧面。1980年，中国进入了新的历史时期，不但在经济体制方面产生了翻天覆地的变化，在意识形态领域，解放思想、冲破禁区的呼声也日渐高涨。新的思想探索必须有新的理论观点支撑，于是马克思的《手稿》引起了中国思想界、文化界的注意与重视，掀起了一轮《手稿》研究热潮，当年甚至都出现了"异化文艺批评方法"。在这样的思想大潮中，孙绍振对此不可能不予以关注，博闻强识的他甚至有可能把一些新的观念化融在无意识之中，加上50年代他在北大所建立的宏阔的视野，这些均形成了他写作《崛起》的理论基础。

不妨细读文本，从《崛起》出发，寻觅其间的踪迹吧。关于《崛起》一文论争的焦点在于"自我表现"这一核心命题上，它不仅在文学理论上是一创作原则问题，其深层更涉及个人与社会的关系，即社会对个体价值是否肯定与尊重这一哲学问题。《崛起》一文是这样论述的：

> 在传统的诗歌理论中，抒人民之情得到高度的赞扬，而诗人的"自我表现"则被视为离经叛道，革新者要把这二者之间人为的鸿沟填平。即使从社会学的角度来看，社会的价值也不能离开个人的精神的价值，对于许多人的心灵是重要的，对于社会政治就有相当的重要性（举一极端的例子：宗教），而不能

单纯以是否切合一时的政治要求为准。个人与社会分裂的历史
应该结束。①

在 20 世纪 80 年代初，孙绍振就敏锐地发现已有的文学理论的
要害，即人为地在"人民之情"与"自我表现"、社会价值与个人精
神价值之间划出一道不可逾越的鸿沟，甚至把这一对立提升到政治
学的高度加以评判。这一人为制造的矛盾曝光，其理论震撼力并不
限于诗歌创作界，而是涉及社会学，乃至哲学上的个人与社会的关
系问题，这就不能不刺痛一些人的神经。那么，他的这一透视力来
自何处呢？是来自《手稿》。马克思说：

> 应当避免重新把"社会"作为抽象物同个人对立起来。个人
> 是社会的存在物。因此，他的生活表现——即使他不直接采取集
> 体的、同其他人共同完成的生活和类的生活表现这种形式——是
> 社会生活的表现和确证。②

马克思这里对个人与社会的辩证关系论析得十分直接与明晰。
他指出，个人不是独立的，不是与世隔绝的，即使他采取的是非集
体的生活形式，他仍然是类群体中的一员，仍然是社会性的存在物。
因此，马克思着重提出，"社会"一词不是抽象的，不能把它和个人
对立起来，也就是说，不能人为地把社会与个人割裂开来。

何以如此呢？马克思在另一段文字中说得更清楚："甚至当我从
事科学之类的活动，亦即当我从事那种只是在很少情况才能直接同
别人共同进行的活动的时候，我也是在从事社会的活动，因为我是
作为人而活动的。不仅我进行活动所需的材料，——甚至思想家借
以进行活动的语言本身，——是作为社会的产物给与我的，而且自
身的存在也是社会的活动，因此，我用我自身所做出的东西，是我

---

① 孙绍振：《当代中国文学的艺术探险》，福建教育出版社 1998 年版，第
66 页。

② 马克思：《1844 年经济学—哲学手稿》，刘丕坤译，人民出版社 1979 年版，
第 76 页。

用我自身为社会做出的，并且意识到我自身是社会的存在物。"① 这段论述更直接地涉及文学创作了。马克思认为，在人类社会中有一些人物虽然进行的是个体方式的活动，例如科学家、思想家（当然，亦包括作家、诗人），但他所使用的"材料"，他那思维运作的"语言"，却是社会的产物，而且每一个体也都清醒地意识到，他是群体社会中的一员。因此，每一个体都是类存在物、社会存在物，用不着刻意把社会与个体对立起来。

个体活动的人，亦是社会性的人。马克思的这个结论肯定了"个人"的价值与地位。由此，《崛起》一文中颇招争议的"时代精神的单纯传声筒"问题，也就容易理解了。这句话来自马克思 1859 年《致斐·拉萨尔》一信。马克思在批评拉萨尔《济金根》剧本时指出："你最大缺点就是席勒式地把个人变成时代精神的单纯传声筒。"② 因拉萨尔受到席勒部分作品创作倾向的影响，为着反对"恶劣的个性化"，而矫枉过正地从抽象的概念出发，从主流的社会意识形态，即"时代精神"出发，而忘却了"个体的人"，忘却了从生活真实、从作家个体体验出发，以创造活生生的人物个性为宗旨的"莎士比亚化"这一创作原则，带来了剧本中人物公式化、概念化的弊端。孙绍振在引用马克思这一观点时，中国文坛刚刚从"四人帮"极左的文化高压中解脱出来，但"高、大、全""假、大、空"的创作倾向，仍盛行其道，作品中人物形象单调、乏味，缺乏个性，成了观念的化身、政策的图解。当"个体"仍为"集体"所淹没，"自我"仍为"社会"所遮蔽时，若不振臂一呼，能去此雾障吗？

在人的哲学基点上，如果我们能平心静气、实事求是地把孙绍振关于"人民之情"与"自我表现"、社会价值与个人精神价值的论述与马克思的原典加以对照的话，就会明白，决不能武断地对其扣

① 马克思：《1844 年经济学—哲学手稿》，刘丕坤译，人民出版社 1979 年版，第 75 页。

② 《马克思恩格斯选集》第 4 卷，人民文学出版社 1972 年版，第 340 页。

上"离经叛道"的大帽子，他并没有背离马克思主义，而恰恰是在哲学基点与文学创作原则上坚持了马克思主义。

我们应该着重关注马克思的这句话的内质："应当避免重新把'社会'作为抽象物同个人对立起来。"也就是说，马克思认为，社会与个人原本是一体的，并没有什么对立的问题，只是在某一时段由于理论或政治的需要而人为地割裂开来，这种做法不可取，应当"避免"。

不妨回顾历史，"五四"时期的中国文学界也发生过类似的论争，在"社会"与"自我"有无交汇的可能这一问题上，郑伯奇在1924年写的《国民文学论》就有一段在今天读之仍让人震惊的话："艺术只是自我的表现，我们说了，但是'自我'并不是哲学家那抽象的'自我'，也不是心理学家那综合的'自我'，这乃是有血肉、有悲欢、有生灭的现实的'自我'。……这自我乃是现实社会的一个成员，一个社会性的动物。……一个赤裸裸的自我，堕在了变化无端的社会中其所怀的情感，所爱的印象，——都忠实地表现出来，这便是艺术。"当然，不是说郑伯奇也读过马克思的《手稿》，他只是作为一位文学理论家悟觉到这一常规性的道理罢了。郑伯奇的论证是相当严谨的，合乎逻辑的：以生命体验社会的"现实的自我"，是一种客观的存在，他的自我感受是源自社会生活所激发的"有血肉、有悲欢、有生灭"的现实情感，他再把这在"社会中其所怀的情感""表现"出来，这种审美认识论难道会有什么违背唯物主义哲学的基本原则吗？

因此，"社会—自我"这两极性的对立，可以有综合的命题，有沟通的交汇点。但令人遗憾的是，数十年之后的中国文坛，一些人就像马克思所批评的那样，在"社会""自我"这两个概念上予以抽象地思考，而不纳入具体的实践中去探索，无意或有意地人为割裂二者，强行扩大了其间的矛盾，使这原本已经解决的问题，至今依然令人纠结。

把自我纳入社会，使社会融入自我，二者互为一体的命题，不仅化解了文学创作上的原则性对峙，更重要的是恢复了人的价值与尊严的社会学、政治学问题。孙绍振在《崛起》中写道：

> 个人在社会中应该有一种更高的地位，既然是人创造了社会，就不应该以社会的利益否定个人的利益；既然是人创造了社会的精神文明，就不应该把社会的（时代的）精神作为个人的精神的敌对力量，那种人"异化"为自我物质和精神的统治力量的历史应该加以重新审查。①

这里，论及了"异化"这一重要的哲学命题。异化，为古典哲学的术语，指主体在一定的发展阶段，分裂出它的对立面，变成外在的异己力量。卢梭把它用于论析国家与个人的关系、黑格尔用于绝对理念的运动进程、费尔巴哈用于宗教偶像与人的本质的对立，而马克思则主要用于对资本主义社会中的劳动剖析。马克思从人同自己生产的产品及劳动对象的异化、人同自己生产行为的异化、人同自己类本质的异化、人与人关系的异化等四个方面，论析了劳动者在资本主义社会中的异化的形态。马克思在《手稿》中写道：

> 人从自己的劳动产品、自己的生活活动、自己的类本质异化出去这一事实所造成的直接结果就是：人从人那里的异化。当人与自己本身相对立的时候，那么其他人也与他相对立。②

异化的分析方法在马克思的手中是锐利的批判武器，他揭示了资本主义的劳动方式造成了劳动者不但在物的方面的异化，而且也在灵的方面异化，劳动者不但不能享受自己所创造出来的产品，而且还失去了类本质的存在，被排斥在群体（"其他人"）、社会之外。

循此理念的逻辑推演，孙绍振对社会中个体的价值作出肯定性

---

① 孙绍振：《当代中国文学的艺术探险》，福建教育出版社 1998 年版，第 66 页。

② 马克思：《1844 年经济学—哲学手稿》，刘丕坤译，人民出版社 1979 年版，第 51 页。

判断。他阐发道，如果一个社会以社会利益否定个人利益，以时代精神否定个人精神，甚至把个人精神当作敌对力量的时候，这就是一种如马克思所说的社会异化现象，因为社会的物质文明和精神文明是由无数个体创造的，现今反过来，却变成了个体创造者的外在的异己力量、否定力量与统治力量，"人从人（指人的类本质——'自由自觉的活动'）那里异化"了，"其他人（社会）也与他相对立"，因此，这种异化的意识形态倾向应力加纠偏。

可喜的是，20 世纪 80 年代初，中国新的历史时期开始了这一进程，历经十年浩劫的中华民族开始了以个体人的觉醒为前提的思想解放运动。"春江水暖鸭先知"，对马克思哲学思想有一定研究的孙绍振敏锐地悟觉到这一历史趋势，在中国文论界率先发出这一历史性的呼声："当个人在社会、国家中地位提高，权利逐步得以恢复，当社会、阶级、时代，逐渐不再成为个人的统治力量的时候，在诗歌中所谓个人的感情、个人的悲欢、个人的心灵世界便自然地提高其存在的价值。社会战胜野蛮，使人性复归，自然会导致艺术中的人性复归，而这种复归是社会文明程度提高的一种标志。"[①] 因此，《崛起》一文的意义在于，在文艺界呼唤新的文学、美学原则的诞生的同时，也在哲学界、社会学界呼唤着新的价值论的诞生。

二、哲学之实践论

1985 年，孙绍振提出"形象的三维结构"的命题："形象的价值不但取决于它所表现的生活本质，而且取决于它所表现的自我本质

---

① 孙绍振：《当代中国文学的艺术探险》，福建教育出版社 1998 年版，第 66 页。

的深度和广度。""生活和自我的二维结构只能构成形象的胚胎，还停留在现实的层次。……在形式的作用下，自我感情特征和客体特征脱离了现实的层次，在想象中却发生了变异，这就是形象结构的第三维——想象和形式的作用。有了第三维的作用，形象就进入了更高的审美层次。"① 这一命题可值得重视的原因，就在于它明确地提出艺术形象是由"三维结构"——生活、自我、形式三者共同构成的。形象的本质并不只是像以往所说的，等同于生活本质，它同时来源于创作主体的本质，最终的完成还取决于形式的本质。尽管理论的提出者对这一论题纵深推进不够，但命题的基本架构已完成了对国内原有的文学形象创作论的突破与更新。

那么，这一命题的哲学根底在哪里呢？一是马克思主义的实践美学，基点来自《关于费尔巴哈的提纲》第一条；二是瑞士心理学家皮亚杰的"发生认识论"。马克思在《关于费尔巴哈的提纲》中论述"新唯物主义"时，指出了旧唯物主义认识论的弊病：

> 前此一切唯物主义（包括费尔巴哈的在内）的主要缺点都在于对对象、现实界，即感性世界，只以对象的形状或直观得来的形状去理解，而不是把对象作为人的具体的活动或实践去理解，即不是从主体方面去理解。②

我们以往的哲学史解说，往往把马克思主义说成是费尔巴哈的唯物主义加上黑格尔的辩证法，但这只是一种静态的加法，因它没有论及新质的诞生。那么，马克思究竟超越了费尔巴哈什么呢？此为"提纲"第一条，马克思在这里指出，以费尔巴哈为代表的旧唯物主义认识论只是孤立、静止地去研究对象客体，看待客体的形式，而对认知主体及主体的实践活动不予考虑；其审美认识也只是把对

---

① 参见孙绍振：《美的结构》，人民文学出版社 1988 年版，第 26－27、30－31 页。

② 参见朱光潜译的《关于费尔巴哈的提纲》，朱光潜：《美学拾穗集》，百花文艺出版社 1990 年版，第 73 页。

象的美当成超社会、超历史的、与创作主体无关的、可以直观把握的本体属性。

而马克思所标举的"新唯物主义"认识论，强调对客体对象从"实践去理解"，从"主体方面去理解"。对此，普列汉诺夫有一精辟的解说："费尔巴哈说我们的'我'只是因为受客体的影响才认识了客体。马克思反驳道：我们的'我'只是因为自已对客体的影响才认识了客体。"① 普氏仅用一个字的区别（"受"客体与"对"客体），就指出新、旧唯物主义的差别所在。"受"，是被动地、静态地接受客体信息；"对"，则是主体在对客体的实践过程中来认识客体。"新唯物主义"认识论同样适用于艺术的审美认识，也就是说，艺术创造过程中的审美认知，其审美主客体的关系，不应只是客体信息向审美主体的单向的运动过程，即审美主体只是如镜子般地如实地、机械地、被动地反映客体；而且主体同时也以它自身的心理结构（亦称为"心理图式""心理构架"等）乃至情感意向等能动地向客体运动，其二者呈示出一种"双向逆反、同质同步"的运动形态。

在此基点上，考察、观照孙绍振的"形象三维结构论"中生活与自我的双向关系时，就可看出其渊源来自马克思的《关于费尔巴哈的提纲》，特别是第一条。孙绍振尖锐地指出："长期以来我们满足于把反映论作为研究形象的唯一向导，甚至于产生了一种错觉：文艺理论主要就是探寻形象与本源之间统一性的科学。""把思路钉死在对象与本源的统一性上，使许多理论家失去了最珍贵的自由——思想的自由。"② 这种强调形象与生活本源绝对统一的观念，正是马克思批评的以费尔巴哈为代表的旧唯物主义认识论，它认为创作主体只能如实地、机械地、被动地接"受"客体、反映客体。孙绍振批评它是一种错觉，限制了作家、文论家的思想自由。

他主张："任何形象都产生于再现生活和表现自我的统一。只要

---

① 《普列汉诺夫哲学著作选集》第 3 卷，三联书店 1962 年版，第 145—146 页。
② 孙绍振：《美的结构》，人民文学出版社 1988 年版，第 10 页。

生活和自我发生了互相统一的关系，就形成一个二维结构，就有了形象的胚胎。"这里"统一的关系"，即创作主体和生活客体在创作实践的基础上形成的审美的关系。无此关系，主体和客体就是互不相干的二者，只有实践——作家的创作活动，才联系了二者，形成二维结构，孕育形象胚胎。

而这一观点亦来自马克思提出的"美的规律"。孙绍振在《新的美学原则在崛起》一文中曾论及："马克思说，人是按着美的法则创造的。就是说人在客观现成材料（素材）面前不是像动物那样被动。美的法则，是主观的，虽然它可以是客观的某种反映，但又是心灵创造的规律的体现。"[①] 他在这里虽然引的不是马克思的原话，但基本精神是一致的。"美的法则"也翻译成"美的规律"。马克思在《手稿》中写道：

> 动物只是按照它所属的那个物种尺度和需要来进行塑造，而人则懂得按照任何物种的尺度来进行生产，并且随时随地都能用内在固有的尺度来衡量对象，所以，人也按照美的规律来塑造物体。[②]

马克思这里提到美的规律是由"物种尺度"和"内在固有尺度"二者共同构成的。物种尺度，是指生活中客体事物的构成规律，是合规律性的真，是科学理性；内在固有尺度，是指创造主体自觉活动的预定目的，是合目的性的善，是价值理想。人在美的创造这一实践活动中，要做到二者的统一，既合规律性的真，又合目的性的善，使形象这一美的创造结晶，既具有客观生活原型的真，又闪射出作家、诗人主体的价值理想的善。这就是"形象的二维结构"的内质所在。

---

① 孙绍振：《当代中国文学的艺术探险》，福建教育出版社 1998 年版，第 70 页。

② 马克思：《1844 年经济学—哲学手稿》，刘丕坤译，人民出版社 1979 年版，第 50 页。

那么，孙绍振的"形象的三维结构"，从孕育到完成的论述过程，还包含着哪些哲学底蕴呢？

第一，孙绍振在确立创作主体这一概念的理论坚实性时，再度引证了马克思原典："马克思早就说过：'从主体方面来看，只有音乐才能激起音乐感，对于没有音乐感的耳朵来说，最美的音乐也毫无意义，不是对象，因为我的对象只能是我的一种本质力量的确证。'"出自《手稿》的这句话说明，在马克思主义实践美学体系中，审美主体的地位是举足轻重的，如果主体缺乏艺术素养，缺乏美的心理结构，生活客体对他来说只能是孤立自在的、与之毫不相干的东西，根本不可能展开美的鉴赏或美的创造这一实践性活动。

第二，孙绍振引用皮亚杰发生认识论的"同化"和"顺化"的概念，对审美主体的创作实践过程，作了细致的、深入内里的考察与论述。"当生活进入作家头脑时，首先要受到作家审美感知结构的过滤，生活只有被作家的审美感知结构同化了，才能升华为艺术形象的胚胎。"他还从心理学的角度细化了这种审美感知结构，它包括语言运用能力、音乐智力、空间直观智力、身体活动智力、控制感情和体察他人的情绪智力等。因此，"无限的生活受到有限的自我选择，有限的自我也受到无限的生活的选择"，而"选择性同化，是作家摆脱被动的起点，是作家享受自由的起点"①。只有充分地发挥创作主体审美心理结构的"同化"能力，对源自客体对象的美的信息做选择过滤、化融一体的创造性的实践活动，才能真正进入创作自由状态。

第三，在马克思主义实践哲学的基础上，孙绍振还明确界定了"自我"的概念与内涵。他在文中进而指出：其一，"自我本身也是一种生活"。其二，"自我和个性并不是先天的，而是在生活环境和民族生活的积淀中形成的心理机制"。其三，"作家的自我既然是生活所养育的，因而它在本质上就应该与生活有普遍的共同性，反过

---

① 孙绍振：《美的结构》，人民文学出版社1988年版，第25、12、13页。

来说，自我本身也具有反映生活的性能"①。在 20 世纪 80 年代的中国文论界，能对"自我"这一概念内涵作出如此明晰的理论界定，尚未多见，是属于开创性的。俗语说，"名不正，则言不顺"，对"自我"在理论上的正名，具有重要意义。因为它终于摆脱了卑微的、甚至是"瘟神"般的地位，堂堂正正地登上文艺理论的殿堂，与"生活"比肩并立。可以说，"自我"取得了自身的话语权，是中国文艺理论回归真正的马克思主义美学体系，迈出的最为可喜的一步。

第四，孙绍振把"形象的三维结构"的完成，落脚到形式规范的建构。在这一点上，他紧紧地跟上了当时国内引进西方哲学的动向。符号学美学学派的卡西尔在他的名著《人论》中，认为艺术的任务在于发现事物的形式，在于引导人们对事物纯粹形式的直观。他说："我们可能会一千次地遇见一个普通感觉经验的对象而却从未'看见'它的形式。……正是艺术弥补了这个缺陷。"② 在当代西方文论界，形式正从隶属于内容的被动、附庸的地位，走向发挥其独特的能动的功能的独立。孙绍振关注到这一潮流，他指出，由生活和自我的二维结构只能形成形象的胚胎，只是形象的内容，必须取形式才能存在。形式有它的独立性，对内容有反作用性：其一，文学形式若发展至精致，成为一种审美规范，它就具备一种强制性同化生活的伟大力量。如诗歌一类的抒情性的审美规范强化的是内在的情感逻辑，小说一类的叙事性的审美规范强化的则是情节、悬念及越轨等逻辑。其二，形式的审美规范，可以成为形象的"预制范式"，对作家的想象起定向定位作用。其三，作家在取得形式规范的自由之后，更高的层次则是取得突破形式的自由，创造新的规范，开拓新风格、新流派、新的艺术方法。③ 在当年的中国文论界，这应当是关于形式建构问题的最前沿的论述了。

---

① 孙绍振：《美的结构》，人民文学出版社 1988 年版，第 14—15 页。

② ［德］恩斯特·卡西尔：《人论》，甘阳译，上海译文出版社 1985 年版，第 183 页。

③ 孙绍振：《美的结构》，人民文学出版社 1988 年版，第 30—38 页。

三、哲学之辩证法

孙绍振在 2015 年出版《文学的坚守与理论的突围》一书的第二大部分，把标题定为"对康德审美价值论的突破和重构"。公然对康德这一世所仰望的"庞然大物"提出挑战，气势之大，不得不让人刮目而视。仔细读来，"狂"有一点，但"妄"未必有，因他的"突破和重构"仍遵循学理逻辑。那么，"突破和重构"什么呢？笔者认为，正像普列汉诺夫区分新旧唯物主义一样，他也在一个字上下功夫，即"动"与"静"之别。当然也仅限于审美价值这一领域，因为康德的理论体系太庞大与深奥了。

康德在人类思想史上巨大的贡献是以《纯粹理性批判》、《实践理性批判》和《判断力批判》这三大批判专著，把人类与客体世界的互动及对后者的把握，分为知、意、情（真、善、美）三大界域。其中最重要的功绩，是限定了科学认知的权力，为人文精神（包括信仰、审美等）划出独立的界域。他在审美判断力界域中，又划分出"无利害快感""无概念的普遍性""无目的的合目的性""无概念的普遍性"，这质、量、关系、方式四大范畴。这种界域、范畴的规范化、定格化，让人类与世界的关系更为清晰、简明，也使人类思想观念和实践行为按规律定位，成为启蒙主义思潮的前导。但正如尼采所批评的："康德揭示了这些范畴的功用如何仅仅在于把纯粹的现象，即摩耶的作品，提高为唯一和最高的实在，以之取代事物至深的真正本质，而对于这种本质的真正认识是不可能借此达到的"①。

---

① ［德］尼采：《悲剧的诞生》，周国平译，生活·读书·新知三联书店 1986 年版，第 78 页。

也就是说，范畴的静态划分尚未能达到对更深本质的认识。

突破康德的审美价值论的静的形态，转入动的探索，这正是孙绍振所致力的紧要之处。为此，他写出了《审美价值结构及其升值和贬值运动》一文，企图在"运动"过程中，来具体地论析康德的真、善、美三者结构关系及其价值变动形态，"探寻美的价值运动（升降）的规律"，以达到深一层次的本质认识。为着与论析"动"的形态有所对应，他使用了"错位""变异""反差""误差""悖逆""震荡""重组""增值""质变""超越"等词汇来表述，力求传示出审美价值结构在运动变化中的不同样式与形态。"动"是辩证法的灵魂，孙绍振正是在对审美价值的升值与贬值的规律寻求中，展现出他运用哲学辩证法的功力。

立足于矛盾双方的辩证运动这一要则，孙绍振展开了论析。第一，旧唯物主义的"美是生活"，其要害是美就是真，把美和真双方的有限统一性变成静止的绝对，等于取消了美的范畴，以往的美学就这样陷入危机。第二，20 世纪 80 年代初盛行的"美是主观和客观的统一"，标志着美学超越求同、单维（单向）的低级层次，而进入了求异的、二维（反向）辩证运动的高级层次。但主观与客观双方的统一仍未属于美的范畴，因任何真理都是此二者的统一，它仍然属于真的范畴。第三，我们现在探索的要点是，真与善如何向美转化。即要在矛盾双方如何"转化"这一辩证运动的过程中，寻找美的价值"升"与"降"的规律。

第一对矛盾是真如何向美转化。孙绍振指出，真是"存在判断"，是对客体的肯定和描述，科学的价值建立于此。它"是主观对客观的一种认同，一种从属，一种反映，它诉诸理性，它的对象是客体内部矛盾和转化，任何主观情感活动的介入都可能使客观的真转化为主观的假"。而"审美价值不产生于科学价值的等同，而产生于科学价值的'误差'。只有当科学的认识激活了主体的情感世界，主体的情感对科学的理性有所超越之时，才有可能进入审美的层次"。例如，"关关雎鸠，在河之洲"，本只是一种对真的认知的物理信息，但它经与诗人的情感信息发生了特异的重组，被超越，被变异，升华为一对年青人的情感交流，才具有了美的意蕴。而在形象胚胎中的比喻，也变为一种对客观对象的超越与增值。①

第二对矛盾是善如何向美转化。善恶是客体是否符合主体目的需求的一种心理效应与判断，属于价值判断，亦具有实用功利价值。孙绍振揭示："审美的正值往往是在实用的负值中产生。"因为审美价值结构与实用价值结构不是一种同位结构，如果是同位结构，审美情感就被理性和意志所覆盖，审美价值就丧失了。审美价值对于实用价值是一种价值方位的错位，是审美的正值与实用的负值之间的一种复合结构。其二者相邻而显出错位的反差，常常是反差较大，审美价值也较高。例如，《儒林外史》中的严贡生指着两根灯草而迟迟不死，功利目的超越了生理机能，实用功利目的是一种负值，但这种对这一事象的超越中包含着作家运用喜剧逻辑使之荒谬的处理，转化为审美的正值。②

在论析真、善如何向美转化的辩证运动过程中，孙绍振的贡献还在于他细致入微地发现了不少中介变量。其一，创作主体的"心灵空间""心理速度"对科学的物理空间、物体速度的超越，如"秦时明月汉时关"等。其二，主体审美心理活动在对客体的超越与回归中往复回环，如"醉卧沙场君莫笑，古来征战几人回"，把悲苦的别离和悲壮的出征转化为轻松的浪漫的欢乐。其三，形象的特殊性与其普遍本质处于一种互相拒斥的反比关系之中，反比越强烈，形象的美学效果越强。如阿Q愈是在接踵而来的屈辱和打击下不觉悟，愈是自我麻醉，他所表现的雇农的社会科学本质就越少。其四，审美创造中的情感活动可以悖逆、超越形式逻辑的矛盾律、排中律及充足理由律等，如明明相爱甚深，恰恰挑剔过甚；明明是视若生命的独子，偏偏叫他阿猫阿狗的；"异国的太阳是冷的"等。其五，文

---

① 孙绍振：《美的结构》，人民文学出版社 1988 年版，第 46 页。

② 孙绍振：《美的结构》，人民文学出版社 1988 年版，第 58 页。

学艺术形式不仅是储藏和积累审美经验，而且还成为审美认识的一种规范，符合这种规范，就能导致审美价值量的增长。如闻一多所说的，诗是戴着镣铐的舞蹈，愈是加大形式规范，愈显出创造的弹性，愈提高美的价值效应。

在中国学界，孙绍振是运用辩证法的高手，他好像说过，辩证法在他手中就像一只小鸟。说是到了炉火纯青的地步，像是也不为过。冰冻三尺非一日之寒，对辩证法，他下过一番"童子功"，方有今日实力之浑厚。他在给笔者的邮件中写道："后来花工夫钻研的是《资本论》，因为读了黑格尔小逻辑，看了张世英的小逻辑解说。列宁的哲学笔记上说，马克思没有写一本辩证逻辑，但他的逻辑都在资本论中。就去钻研资本论。从中学到一切发展都是内在矛盾发展的结果，取细胞形态（商品）分析内部矛盾，使用价值交换价值，具体劳动创造使用价值，抽象劳动创造交换价值，交换是等价的，只有一个不等价，那就是劳动力。于是产生了新的矛盾，剩余价值越大，越有人投资，可是劳动者购买力越小。造成盲目生产的经济危机。其根源乃是，商品社会化消费，而生产资料却是私人所有。因而经济危机不可避免。是商品本身造成了资本主义的繁荣，又注定资本主义必然灭亡。因而最好的办法乃是生产资料社会化。出路是社会主义。这个理论，当时我是信服的。但是也有怀疑，那就资本论说，交换不产生价值。今天看来是明显错误，信息、管理、物流，都是有价值的。但是，他的方法，他把黑格尔的内因论贯彻到底，却使我心醉神迷。特别是矛盾分析法，正反合，螺旋式上长，具体分析，从抽象上升到具体，达到逻辑和历史的统一，成了我日后的思想方法。"[①] 今天国内的文论家能像他这样深得马克思主义辩证法的精髓，把它化为自身生命的有机构成，化为潜意识的思维方式，怕是不太多见吧。

以上，从哲学的价值论、实践论、辩证法三个方面挖掘出孙绍

---

① 孙绍振给笔者的邮件，2015 年 9 月 22 日。

振诗学体系的哲学底蕴，也让他理论面孔一下子真相大白。这个时不时地搅乱中国文坛的"孙大圣"，并非什么离经叛道、数典忘祖式的异类，而是骨子里浸透了马克思主义美学、文学理论的一位人物。所以，我把他的哲学定位为"马体西用"。为着不引起论述上的混乱（因马克思主义也是西学），故作特定的概念界定："马"指马克思的实践观点的"新唯物主义"，"西"指自德国古典哲学终结之后的西方现代、后现代的哲学、文学理论，前者为"体"，后者为"用"。若从人类哲学史、美学史发展历程着眼，孙绍振所遵循的理论体系仍属于古典美学的范围。因为尽管恩格斯写过《费尔巴哈与德国古典哲学的终结》，认为以德国为代表的古典哲学到费尔巴哈已经终结，但相对叔本华、尼采之后的现代哲学来说，学界大致还是把马克思主义美学划归从古典哲学转向现代哲学的过渡地带，仍属于古典美学范围。因此，以马克思主义哲学、美学为本体的孙绍振诗学体系仍只能定位于古典的范畴。由此，也就容易理解到，晚年的孙绍振何以对那些建立在现代、后现代哲学基础上的西方文论，基本上持批判态度。"道不同不相为谋也"，积淀于灵魂深处的古典哲学、美学观念自然以本能的形态予以抗衡。

　　但现在问题在于，何以"大水冲了龙王庙"，一段时间内却把他列为批判的标靶呢？请看看当年他是何等虔诚地学习马列经典："在六十年代，整整十年被华侨大学打入冷宫，从讲台上拉下来，只能替一个讲师改作文。动辄得咎，乃放弃文学，学习马列。只订一本《哲学研究》。这一段时间，读了许多马克思恩格斯的著作，没有做笔记，也不为做学问。从消极方面说，为了摆脱某种想自杀的念头；从积极方面说，是为了虔诚地改造自己的资产阶级世界观。那时年青理解力和记忆均佳。许多思维方法，进入骨髓。等到开放改革以后，就发散出来了。"[①] 为摆脱自杀念头而学习马克思主义理论，所得的思想资源自然是刻骨铭心的。对此，我不由想起聂绀弩的《忆

---

　　①　孙绍振给笔者的邮件，2015 年 10 月 8 日。

牢狱》，文中写到，只有在狱中，才能静下心来读透《资本论》。如此信徒，却横遭批判。我想，原因应是"道"中有"道"了。以旧唯物主义为基点并取得话语权的左的机械论，不能容忍新唯物主义实践论的介入，尽管后者也是马克思主义的组成部分。

顾准在对马克思主义研究中有一惊人的发现："马克思的哲学是培根和黑格尔的神妙结合。""马克思对黑格尔加上了极重要的培根主义的改造。黑格尔那一套，全是在思辨中进行，在思辨中完成的。马克思根据培根主义的原则，要把这一套从思辨中拉到实践中来进行，在实践中完成。"① 顾准看出了马克思的实践哲学——"新唯物主义"革命性的新质，也发现了它源自培根经验主义的要素。所以顾准主张，应提倡"唯物主义的经验主义"："真正的，首尾一贯的唯物主义，必须是经验主义的。即一方面承认人的头脑（心智）可以通过观察、直观、实验、推理等一切方法来了解事物的过程，作出各种各样的假设"，而"一切判断都得自归纳，归纳所得的结论都是相对的"。② 看来，孙绍振的诗学体系的特色与顾准所述的比较接近。这也是笔者在开篇时，给他下了"以感悟性、洞察力为特征的感性经验层面和以抽象性、逻辑性为特征的理性超越层面的二者融合，即经验主义与理性主义的合一"的判断的缘由。

（原载《诗探索》2016 年第 1 期）

---

① 顾准：《顾准文集》，贵州人民出版社 1994 年版，第 411—412 页。
② 顾准：《顾准文集》，贵州人民出版社 1994 年版，第 422、402 页。

第三辑 中国现当代文学论析

中国文学研究中的唯理主义与经验主义

一、文学理论破，而文本城堡在

20 世纪中叶以来，中国文学，主要是指现当代文学的研究，忽略了一个侧向——对研究者思维逻辑形式的反思。即不仅要在作品、作家、思潮、史论等现象的研究层面上推进，而且还要回过头来，对研究主体的思维方式予以梳理与更新。由于特定的历史时期的要求，在这一界域中，唯理主义的影响深远，它以一种潜移默化的形态渗透到国人的精神深处，成为一种潜意识左右着人们的思维逻辑。即使是 80 年代以来，西方各种理论体系以新潮的面貌进入中国思想界，其中仍有不少包含着旧有的先验论的余脉，它的特点是以预设的命题、先验的原则，来演绎、框就鲜活独特的文学经验，导致判断与结论的僵滞与失效。这是我们对其予以检讨的缘由。

像现代文学界，自 20 世纪 80 年代以来，重写文学史的呼声与实践，一浪高过一浪，但真正获得学界普遍认同、众望所归的著作，却未能诞生。原因何在呢？我认为，重要的不仅是形式、名称的更新，如编年体文学史、民国文学史、汉语新文学通史等，也不仅是作家人头、社团流派的增减褒贬的调整等，关键的是我们至今尚未意识到的书写的思维方式，亦即哲学观念导引的问题。

20 世纪中叶以来，由于特定的历史限定及哲学上一元化的推崇，"黑格尔主义"中的先验辩证法、历史目的论等，几乎涵盖了国人的思维逻辑形式。甚至到了 20 世纪 80 年代中期，以冲破禁区、思想解放为特色的文学批评方法论大讨论中，黑格尔为代表的以理念式先验"预设"为前提，再进行逻辑演绎的思维方式，仍然极为盛行。当时最热门的理论是"系统论""信息论""控制论"，由于这三论是以自然科学上的结论作为文学批评理论的出发点，所以先验命题的理论预设，以及按此命题的演绎，成为广为流行的思维逻辑模式。而后的年代，众多的西方文论及哲学思潮持续涌来，其中不少仍延续了先验演绎的逻辑形式，在本质上与 80 年代的"三论"相差无几。此风直至今天仍然盛行。

如若不信，请读李欧梵先生在其《世纪末的反思》一书中的一段"戏文"：

> 话说后现代某地有一城堡，无以为名，世称"文本"，数年来各路英雄好汉闻风而来，欲将此城堡据为己有，遂调兵遣将把此城堡团团围住，但屡攻不下。
>
> 从城墙开眼望去，但见各派人马旗帜鲜明，符旨符征样样具备，各自列出阵来，计有：武当结构派、少林解构派、黄山现象派、渤海读者反应派，把持四方，更有"新马"师门四宗、拉康弟子八人、新批评六将及其接班人耶鲁四人帮等，真可谓洋洋大观。
>
> 文本形势险恶，关节重重，数年前曾有独行侠罗兰·巴特探其幽径，画出四十八节机关图，巴特在图中饮酒高歌，自得其乐，但不幸酒后不适，突然暴毙。武当结构掌门人观其图后

叹曰："此人原属本门弟子，惜其放浪形骸，武功未炼成就私自出山，未免可惜。依本门师宗真传秘诀，应先探其深层结构，机关再险，其建构原理仍基于二级重组之原则。以此招式深入虎穴，当可一举攻下。"但少林（按：解构派）帮主听后大笑不止，看法恰相反，认为城堡结构实属幻象，深不如浅，前巴特所测浮面之图，自有其道理，但巴特不知前景不如后迹，应以倒置招式寻迹而"解"之，城堡当可不攻自破。但黄山现象大师摇头叹曰："孺子所见差矣！实则攻家与堡主，实一体两面，堡后阴阳二气必先相融，否则谈何攻城阵式？"渤海（按：读者反应派）派各师击掌称善，继曰："攻者即读者，未读而攻乃愚勇也，应以奇招读之，查其机关密码后即可攻破。"新马四宗门人大怒，曰："此等奇招怪式，实不足训，吾门祖师有言，山外有山，城外有城，文本非独立城堡，其后自有境界，……"言尚未止，突见身后一批人马簇拥而来，前锋手执大旗，上写"昆仑柏克莱新历史派"，后有数将，声势壮大。此军刚到，另有三支娘子军杀将过来，各以其身祭其女性符徽，大呼："汝等鲁男子所见差也，待我英雌愿以崭新攻城之法……"话未说完，各路人马早已在城堡前混战起来，各露其招，互相残杀，人仰马翻，如此三天三夜而后止，待尘埃落定后，众英雄（雌）不禁大惊，文本城堡竟然屹立无恙，理论破而城堡在，谢天谢地。[1]

引文虽长，却难删却，因其概括的含量极大。李欧梵以中国古典小说文体写下的这场 20 世纪后半叶西方各批评流派混战的闹剧、喜剧，生动风趣，令人捧腹。此文半是调侃，半是嘲讽，一番惊天动地的厮杀终了，"文本的城堡"仍安然无恙，岿然不动。"理论破而城堡在"！醍醐灌顶般的当头棒喝，难道还不能让一些唯理论的先验主义者们幡然醒悟吗？那么，新时期以来，国内依循西方众多批

---

[1] 李欧梵：《世纪末的反思》，浙江人民出版社 2002 年版，第 274—275 页。

评流派所进行的文本论析及文学史叙写，究竟成效如何呢？当某一理论所指导的实践，最终是无能、失效的，那么，这种理论的价值就很值得怀疑了。

同样的，我的导师郑朝宗早在 1982 年写的《但开风气不为师》一文中，也有类似的评断："钱锺书早在青年时期就已立下志愿，要把文艺批评上升到科学的地位。他深感古今中外这方面的名家都只是凭主观创立学说，在一个时期里可以惊动一世，过了些日子，则又如秋后的蚊蝇，凉风一扫，不见踪迹！其中有站得住脚的，也只剩下片言只语可供参考，整个体系算是垮了。"虽然是一转述，不也是一个预言吗？虽然讲得太早了一些，但随着时光的推移，日渐显出其警辟透彻之处。郑先生在文中还谈及一个现象，很值得我们今天思考。为何这样一位博学深思的学者竟没有写出一部有系统的理论著作，而只发表些类似札记、随笔性质的书和单篇论文呢？惹得一些目光短浅者把它当成"鸡零狗碎的小东西，不成气候"。原因在于他们不知道，不轻易写"有系统的理论书"是钱先生早在几十年前就已决定的一条原则。在钱先生的心目中，那种书"好多是陈言加空话"，即使写得较好的也"经不起历史的推排销蚀"，只有"一些个别见解还为后世所采取而流传"。因此，他不尚空谈，不作高论，而从实际出发，观察和分析具体的文艺现象。他"有兴趣的是具体的文艺鉴赏和评判"，把主要精力用在研读具体作品上，从中概括出攻不破、推不倒的艺术规律。他认为，这种规律像自然科学一样也可跨越国界，因为"东海西海，心理攸同"，文艺也有放之四海而皆准的普遍现象，普天下的诗心、文心是可以一致的。因此，他也注意古今中外一切文艺理论，吸取其中值得吸取的东西，但他严格遵守批判的原则，他不迷信任何人，更不昏着头脑去赶时髦，赶时髦是他所最鄙视的浅薄行径。[①] 郑朝宗先生是钱先生的挚友，他的描述，他的判断，深得钱先生的认同。记得当年他为我们讲授"钱

[①] 参阅郑朝宗：《海夫文存》，厦门大学出版社 1994 年版，第 3—5 页。

学"时，出的学期论文题目即为"论钱锺书以实涵虚的文艺批评方法"，突出、强调的就是对文学经验的实证精神。

当然，谁也不会去否定西方众多批评流派对新时期以来中国文坛的启蒙功用，中国当代文学创作与批评能从极左的、僵滞的文学观念脱颖而出，蔚为大观，其功绩自然不可磨灭。但过后冷静思之，李欧梵的调侃、钱锺书的预言，不是没有道理的。我们在接纳过程中，确有偏误之处，值得今天深刻反思。这种偏误的内里，则来自我们在文学批评和文学史叙述中的思维方式问题。正如人们从启蒙主义思潮中得到理性的启示，冲破了旧神学的蒙蔽，而后却又把理性奉为新的上帝，成了新的"独裁者"。我认为，不管是新时期以来，还是更早的 20 世纪 50 年代以来，在文学批评与文学史叙述中，唯理主义的预设演绎的思维占了主导的地位。然而这种思维逻辑上的偏误，至今尚未得到清晰的梳理，引发应有的重视，以至于在今天高校一些从事中国现当代文学研究的青年教师的科研中，以及硕、博士的毕业论文中，有愈演愈烈的状态。

二、唯理主义的先验预设及演绎推理方法的弊端

在国内当代学界，或曰思想界，能尖锐地洞穿、系统地批判这种唯理主义思维逻辑的，当数顾准先生。尤其可贵的是，他是在极左思潮横行，身家性命难保的"文化大革命"中担负起这一历史使命的。顾准认为，人类认识世界，就是为了改进人类的处境。而认识世界主要有两大途径，一是经验主义，一是唯理主义。顾准从中国当时的实际出发，面对着为先验的唯理论所披覆的思想界，特别是面对以黑格尔为代表的泛逻辑神学的隐性权威，在深切而激烈的思索之后，他勇敢地声明："当我愈来愈走向经验主义的时候，我面对的是，把理想主

义庸俗化了的教条主义。我面对它所需的勇气，说得再少，也不亚于我年轻时候走上革命道路所需的勇气。这样，我曾经有过的，失却信仰的思想危机也就过去了。"① 一位真诚的革命者，当他重新选择思维的路径时，迈出的步伐是何等的艰难与沉重。

当然，当时顾准主要思考的是哲学、政治学界域的思维逻辑问题，那么，在文学理论界域又有何意义呢？中国的现当代文学最显著的特点是，它与生俱来就和民族的解放事业、个体的自由解放追求等现实的政治功利问题紧紧地纠合在一起，纯粹的唯美主义之作则寥若晨星。因此，在文学的理论建构、文本的分析批评，以及文学史的叙述书写等问题上，其内在的思维逻辑方式无法脱离前者。不妨略举案例阐述。

第一个例证，关于"历史与逻辑相统一"的问题。我们在文学批评、文学史写作，甚至课题申请中，经常都会标示，这是应用"历史与逻辑相统一"的原则作为写作的宗旨。但有没有人认真推敲过，在唯理主义的语境中，它呈示出怎样的内涵呢？顾准揭示："历史的与逻辑的一致，按字面解释，也可以释为'历史发展，合乎我的理论；我的理论，说清楚了历史发展的规律。"② 也就是说，这一"逻辑"是"我的理论"预先设定的，而现实的历史必须按这一"逻辑"发展，才具有价值。其实质是一种"神学逻辑"。

由此联想起，在我国文学理论界曾一度奉为金科玉律的苏俄的"社会主义的现实主义"原则："社会主义的现实主义，作为苏联文学与苏联文艺批评的基本方法，要求艺术家从现实的革命发展中真实地、历史地和具体地去描写现实。同时，艺术描写的真实性和历史具体性必须与用社会主义精神从思想上改造和教育劳动人民的任务结合起来。"③ 这一创作原则与一般写实主义的区别所在，即其理

---

① 顾准：《顾准文集》，贵州人民出版社 1994 年版，第 405 页。

② 顾准：《顾准文集》，贵州人民出版社 1994 年版，第 415 页。

③ 《苏联作家协会章程》，曹葆华等译：《苏联文学艺术问题》，人民文学出版社 1959 年版，第 25 页。

论核心，就在于它在"真实地、历史地和具体地去描写现实"之前，设立了"从现实的革命发展中"的前提。按此预设的原则，现实的真实、历史的真实就不是客观的独立的存在，而是被纳入了一个先验的"革命发展"的时间之流中。

这就像顾准所说的，"历史发展，合乎我的理论；我的理论，说清楚了历史发展的规律"。只有"合乎我的理论"——把握住历史的发展规律，认清历史发展的总趋势，展现革命光辉前景的文学才是"真实"的，才是"社会主义的现实主义"的作品，才是有价值意义的，否则，就是将成为历史发展规律所淘汰的反现实主义作品。

对此，卢那察尔斯基曾有过更清晰的表述："不了解发展过程的人永远看不到真实，因为真实并不像它的本身，它不是停在原地不动的，真实在飞跃，真实就是发展，真实就是冲突，真实就是斗争，真实就是明天，我们正是要这样看真实，谁不这样看它，他便是资产阶级现实主义者，因而也是悲观主义者、牢骚家"①。历史的真实不是客观的真实，而是在于这种真实是否合乎"我"的历史发展观。这种把文学叙事的时间流程，纳入既定的、先验的、预设的价值判断之中，以是否"合乎我的理论"来取舍的，就是唯理主义的思维逻辑的典型范例。但是多年来，我们在文学理论的建构中，在现当代文学史叙述中，对这种思维逻辑的偏误，从哲学思维层面上反省过了吗？

对唯理主义的这一武断的思维逻辑，顾准尖锐地批判道："所以，一切第一原因、终极目的的设想，都应该排除掉。而第一原因和终极目的，则恰好是哲学上的一元主义和政治上的权威主义的根据。"② 这段话值得我们思索再三。

第二个例证，鲁迅对国民性的批判是受到西方后殖民主义话语

---

① ［苏联］卢那察尔斯基：《社会主义现实主义》，《论文学》，人民出版社1978年版，第55—56页。

② 顾准：《顾准文集》，贵州人民出版社1994年版，第346页。

霸权的蒙蔽与欺骗。

在一段时间内，鲁迅遭遇到相当不客气的攻击。摩罗在《中国站起来》一书中批评道："当鲁迅按照一位外国传教士对中国人的污蔑性描述来体验中国的时候，当鲁迅按照《中国人气质》的一个个观点来批判中国国民劣根性的时候，这个骨头最硬的中国人，这个没有丝毫奴颜和媚骨的中国人，竟然没清楚意识到西方殖民者对于我们的文化毁灭和精神奴役。""我们痛苦地发现，无力寻找药方、只求引起疗救注意的鲁迅，竟然将这部充满傲慢、偏见与污蔑的《中国人气质》捧为至宝，按图索骥地'创造'独属于中国人的'国民劣根性'，不自觉地给所有中国人戴上了'国民劣根性'的精神枷锁。"可惜，过去的几十年里，没有一个中国人说破这个真相。[①] 当时，还有其他一二个著名作家也持此论加入批判之列。

摩罗说的，是指鲁迅因看了美国传教士史密斯的《中国人气质》一书后，才按书上的观点展开对中国国民性，即对国民劣根性的批判，他是受蒙蔽与欺骗的。此论一出，学界大哗。作为 20 世纪最伟大的中国作家、思想家的鲁迅，作为中华民族的灵魂与脊梁的鲁迅，居然成了一尊任人操纵的傀儡、一个毫无主见的白痴，那么一部中国现代文学史还能剩下什么呢？更重要的是，它还涉及对中国现代思想史上五四启蒙运动功绩的评价问题。所以，此论非同小可，岂能等闲视之。

是谁先"说破"这一"真相"呢？倒不是摩罗，而是远在北美的刘禾。她在《跨语际实践》一书中写道：鲁迅"在留学日本期间，看了亚瑟·史密斯的《中国人气质》日译本文后，才开始认真思考经由文学改造中国国民性的途径。在他的影响下，将近一世纪的中国知识分子都对国民性问题有一种集体情结。他们定义、寻找、批评和改造中国国民性，却往往不考量此话语本身得以存在的历史前

---

① 摩罗：《中国站起来——我们的前途、命运与精神解放》，长江文艺出版社 2010 年版，第 38、46 页。

提。"那么，这一"历史前提"是什么呢？刘禾说得十分明白："19世纪的欧洲种族主义国家理论中，国民性的概念一度极为盛行。这个理论的特点是，它把种族和民族国家的范畴作为理解人类差异的首要准则（其影响一直持续到冷战后的今天），以帮助欧洲建立其种族和文化优势，为西方征服东方提供了进化论的理论依据，这种做法在一定条件下剥夺了那些被征服者的发言权，使其他的与之不同的世界观丧失存在的合法性，或根本得不到阐说的机会。"① 如此道来，鲁迅罪莫大焉！按此逻辑，他成了西方种族主义者的帮凶、同谋者，因为他的国民性批判，在客观上，是为着建立西方殖民主义话语霸权服务的；他在受蒙蔽中，配合西方殖民文化剥夺了被征服者的中国民众的发言权。

这一令中国学人不寒而栗的判断，是何以得出的呢？又是唯理主义的先验逻辑作祟。顾准在批评黑格尔的泛逻辑神学思维时，写道："西方哲学中，譬如以你熟悉的黑格尔来说吧，'类'可以是同类的个别事物的共性，然而可以把'类'规定得比个别事物要'高尚'、'高贵'。从这样一种思想出发，就可以逐步走到，个别事物生灭无常，'类'却是永存的——不是从个别事物中归纳出类概念，而是类概念产生出个别事物，从这里很容易走到绝对精神这个结论上去。而哲学化了的基督教的上帝，无非是这种绝对精神而已。"② 唯理主义的先验论的逻辑推理，就是运用演绎法，从"类"推导出个别事物的。

像李欧梵所调侃的，痴迷于西方当代文论，奉从种种西方批评流派的，或多或少都沾上这种"从类到个别"进行演绎推理的弊端。譬如，国民性理论的设立是西方种族主义者的阴谋，鲁迅沿此对中国国民性进行批判，所以鲁迅亦是西方殖民主义话语霸权扩张的同

① 刘禾：《跨语际实践——文学，民族文化与被译介的现代性（中国，1900—1937）》，生活·读书·新知三联书店 2002 年版，第 80、76 页。

② 顾准：《顾准文集》，贵州人民出版社 1994 年版，第 379 页。

谋者，这就是其逻辑推理的三段论所做出的判断。

对此破解的方法，就是重新高扬反其道而行之的经验主义的归纳法。经验主义强调的，是从个别事物开始进行归纳的思维逻辑方式。如果按此思维方式，我们对鲁迅的判断就不会是像刘禾们那样，因史密斯书中提及"'爱面子'是了解中国人的许多最重要特质的关键"，就依此演绎，把"爱面子"作为打开阿Q形象秘密的钥匙。反之，真正地从鲁迅具体、个别的文本出发，可以发现内中有着数不胜数的真知灼见的思想闪光点，它完全是鲁迅所独有的，与所谓的什么史密斯毫无关系。例如：

（1）鲁迅思想中的历史穿透力

我曾提出，鲁迅和陈独秀、李大钊、胡适等中国知识界的思想先驱一样，都在反对封建主义和封建社会的意识形态，但鲁迅却让人感到尤为深刻警辟，这是为什么呢？也就是说，鲁迅在批判封建传统意识问题上与陈独秀他们区别何在呢？我认为，鲁迅批判力独特之处，就在于他发现了深藏在中国封建传统中的一种令人恐怖的"集体无意识"，这是鲁迅透视中国历史，批判封建意识，能洞幽烛微、只眼独具原因之所在。

在《我之节烈观》中，鲁迅揭示，封建社会及其众多成员——庸众中，有一种构成"无主名无意识的杀人团"的意识，这是鲁迅面对"黑暗与虚无"所作的"绝望的抗战"对象之二，也是最可憎的一种"国民性"："社会上多数古人模模糊糊传下来的道理，实在无理可讲；能用历史和数目的力量，挤死不合意的人。这一类无主名无意识的杀人团里，古来不晓得死了多少人物；节烈的女子，也就死在这里。"[①] 像《祝福》中迫害祥林嫂的鲁镇，像《狂人日记》中迫害狂人的狼子村，像《孤独者》中挤死魏连殳的S城、寒石山村等，都存在着一种由传统意识所累积、所构成的，并深藏于庸众

---

① 鲁迅：《我之节烈观》，《鲁迅全集》第1卷，人民文学出版社2005年版，第129页。

之中的"无主名无意识的杀人团"的集体无意识,这也就是祥林嫂、狂人、魏连殳等的悲剧命运产生的根本原由。

令人恐怖的是,这种"集体无意识"正如鲁迅所界定的,它是"无主名"的,即无名称、无形状,它是"无意识"的,即无理性、非自觉,但它却在"杀人",一种无直接杀人者、无对手的、无痕无迹的杀人。魏连殳生前的一封信说得很清楚:"愿意我活几天的,自己就活不下去。这人已被敌人诱杀了。谁杀的呢?谁也不知道。"①这种无名无形的"无物之阵",可以置你于死地,却又让你找不到杀人者。在《狂人日记》中,到了最后,"我"这样一个被迫害者甚至也是迫害者中的一员:"我未必无意之中,不吃了我妹子的几片肉,现在也轮到我自己……"我也归入了由吃人者组成的"杀人团"之中。在《答有恒先生》一信中,鲁迅有了更深刻的自省:"中国历来是排着吃人的筵宴,有吃的,有被吃的。被吃的也曾吃人,正吃的也会被吃。但我现在发见了,我自己也帮助着排筵宴。"②按鲁迅所独自感悟到的,这是一种深存于庸众之中,由历史、传统和数量所构成的令人惊悚、恐怖的力量,它无名称、无形状,却又像《呐喊·自序》中的"铁屋子"一般,笼罩着你、压抑着你,让你动弹不得,让你窒息至死。鲁迅思想中的这种卓越的历史穿透力,史密斯能有吗?

(2) 鲁迅在《阿 Q 正传》中的反民粹主义、反游民文化意识的倾向

我认为,在《阿 Q 正传》中,鲁迅对"阿 Q 似的革命党"早已持警惕、批判的态度,他对阿 Q,不是"怒其不争",而是惧怕其争!可以看看"阿 Q 似的革命党"在其所谓的未庄革命中,想做或做了什么?其一,满足权欲,滥杀无辜。其二,攫取钱物,发革命

---

① 鲁迅:《我之节烈观》,《鲁迅全集》第 1 卷,人民文学出版社 2005 年版,第 129 页。

② 鲁迅:《答有恒先生》,《鲁迅全集》第 3 卷,人民文学出版社 2005 年版,第 474 页。

财。其三，占有女人，放纵无度。其四，投靠不成，即生悖心。① 这就是"阿Q似的革命党"，即庸众、游民式的"众数"所进行的中国革命。其"革命"的目的，鲁迅有过归纳："简单地说，便只是纯粹兽性方面的欲望的满足——威福，子女，玉帛，——罢了。"② 权力、金钱、女人及荫福后代，这些"纯粹兽性"，即动物性的欲望的满足，则是"阿Q似的革命党"们的革命目的。

鲁迅早在1907年就对这种民粹主义思潮、这种在中国土壤上所淤积的"游民文化意识"持十分警惕之心。他在《文化偏至论》中对法国大革命等并非完全赞同："物反于穷，民意遂动，革命于是见于英，继起于美，复次则大起于法朗西，扫荡门第，平一尊卑，政治之权，主以百姓，社会民主之思，弥漫人心。……同是者是，独是者非，以多数临天下而暴独特者，实十九世纪大潮之一派，且曼衍入今而未有既者也。"以"多数"名义暴虐个体精英（"独特者"），这是鲁迅所反对的，他主张"任个人而排众数"，实质上就是对这种民粹主义、游民文化意识的"众数"的断然否定。

"阿Q似的革命党"，即身处底层的民粹主义思潮的代表，也是中国"游民文化"沉渣之泛起，他们不可能成为推进中国发展的健康的力量，如若掌权，带给中国人民的只能是一场又一场的灾难。所以，1925年2月，鲁迅才会在《忽然想到》中断然地写下如此沉痛的话："我觉得仿佛没有所谓中华民国。我觉得革命以前，我是做奴隶；革命以后不久，就受了奴隶的骗，变成他们的奴隶了。"③ 所以，在30年代初，当鲁迅与斯诺见面时，他仍提到"奴隶之奴隶"问题。斯诺忍不住反问："你们已经进行了第二次革命或者说国民革命了，难道你觉得现在仍然有过去那么多的阿Q吗？"鲁迅大笑道：

---

① 详见俞兆平：《越界的庸众与阿Q的悲剧》，《新华文摘》2010年第3期。

② 鲁迅：《热风·五十九"圣武"》，《鲁迅全集》第1卷，人民文学出版社2005年版，第372页。

③ 鲁迅：《忽然想到》，《鲁迅全集》第3卷，人民文学出版社2005年版，第16—17页。

"更糟了，他们现在还在管理国家哩。"① 也就是说，以北伐战争为代表的国民革命仿佛是一场幻梦、一场虚空。中国人民建立一个新兴的民主共和国的理想破灭了，仍然是封建主义、专制主义横行肆虐，我们反倒成了"奴隶的奴隶"。这是鲁迅在历经了困惑、失望、寂寞之后，所作出的清醒的判断和毅然的抉择。

而且，对这场阿Q式的革命，鲁迅还忧虑地指出："我还恐怕我所看见的并非现代的前身，而是其后，或者竟是二三十年之后。"那些"阿Q似的革命党"还在"管理国家"，那些以权力、金钱、女人及荫福后代为目的的所谓革命者还是绵延不绝。实际上，鲁迅已把《阿Q正传》的内涵与蕴意，从空间向时间延伸、拓展。他所刻画的由庸众、游民们所构成的"阿Q似的革命党"的这场"革命"，并不是已逝去的历史，或许仅是一种萌端、一曲前奏，在中国现代史上还会一幕幕地重演。

鲁迅从切身感受的中国经验中所得出的远见卓识，史密斯之流能同日而语吗？把如此锐利的思想锋芒遮蔽起来，弱化成什么"爱面子"之类的心态，这不是自身的浅薄，就是有意的曲解。刻意的偏见与世俗的无知，在淡化、歪解着鲁迅的精神，从而削弱、遮盖了鲁迅作品所内含的历史批判力度。这是我们民族的悲哀！

那些以搬运萨义德关于"东方主义""后殖民主义话语霸权"概念为荣、为业的学者们，是否应该开始对从预设命题出发的唯理主义先验演绎的研究方法，进行一番反思呢？是否应该回归到中国经验的大地上呢？人们所希望的，是从实存的资料中归纳出理论抽象的悟性；人们推崇的，是从活生生的人物形象中把握到作家对历史独有的判断。而不是可怜巴巴地从他人预设的前提出发，把作品中丰富的人物事象生拉硬扯、掐头去尾塞进预定的逻辑演绎路径中，因为这样所做的一切，仅仅只是为了证明你们所依凭的理论体系的

---

① ［美］埃德加·斯诺：《斯诺文集》第1卷，宋久等译，新华出版社1984年版，第158页。

正确而已。以西方一种新的理论为预设前提，来框就、剪裁中国文学历史与作品的内蕴，来贬低中国现代作家的精神价值与历史地位，这是否又是一种新的殖民文化的再现，新的在洋人面前屈膝膜拜的丑态？21 世纪以来愈演愈烈的中国现当代文学研究中理性主义的思维逻辑，是否到了应该深刻反省的时候了？

三、经验主义的实证精神及归纳判断方法的复兴

顾准在对马克思主义研究中有一惊人的发现：马克思的哲学是培根和黑格尔的神妙结合。"马克思对黑格尔加上了极重要的培根主义的改造。黑格尔那一套，全是在思辨中进行，在思辨中完成的。马克思根据培根主义的原则，要把这一套从思辨中拉到实践中来进行，在实践中完成。"① 但这一警辟的论点，至今仍然未被中国学界重视。但从中可以看出，他极为推崇经验主义创始人培根，认为他是"近代科学的鼻祖"，是"近代实验科学的先知"。顾准主张，应提倡"唯物主义的经验主义"："真正的，首尾一贯的唯物主义，必须是经验主义的。即一方面承认人的头脑（心智）可以通过观察、直观、实验、推理等一切方法来了解事物的过程，作出各种各样的假设"，而"一切判断都得自归纳，归纳所得的结论都是相对的"。② 在西方学界，能延续培根经验主义精神作出巨大成就的当数罗素，有学者赞之曰：他甚至能够以一本《西方哲学史》获得诺贝尔文学奖，因为他以流利的文字，简单、清晰地向你勾画出艰深的哲学原理，淋漓尽致地发挥了经验主义哲学的特点。相反，那些凡让很多

---

① 顾准：《顾准文集》，贵州人民出版社 1994 年版，第 411—412 页。
② 顾准：《顾准文集》，贵州人民出版社 1994 年版，第 422、402 页。

人难以理解的作品，往往不是阅读者水平不够，而是那些哲学家们自己根本就不知道自己在说什么，他们故弄玄虚，说大话、说昏话，真是"以其昏昏，使人昭昭"。现今中国学界的某些形同西方文论"搬运工"的学者，不正是如此吗？

　　经验主义的科学实证精神与中国传统的治学方法有着内在脉理相通之处。胡适说过："有证据的探讨一直就是中国传统的治学方式"①，梁启超在《清代学术概论》"戴震和他的科学精神"一节中论及："戴氏学术之出发点，实可以代表清学派时代精神之全部。盖无论何人之言，决不肯漫然置信，必求其所以然之故；常从众人所不注意处觅得间隙，既得间，则层层逼拶，直到尽头处；苟终无足以起其信者，虽圣哲父师之言不信也。此种研究精神，实近世科学所赖以成立。"②梁启超肯定戴震的科学精神，是看到戴震学术方法隐含着对传统"经学"的"子曰、诗云"一类既定大前提之合法性的质疑，在当时的学术研究的思维逻辑方法上产生颠覆性的革命。而从"疑"至"信"，在于是否有可"信者"，即我们所说的"证据"。因此，学术研究的论述展开，不能仅靠预设的理论前提演绎式地推导。特别是新的观点的提出，若不以史实为证，以经验为基，不是"拿证据来"，必定寸步难行。在今天，重读胡适这段话尤有感慨："我所要传播的，只是一项科学法则与科学精神。科学精神便是尊重事实，寻找证据，证据走向那儿，我们就跟到那儿去。"③人文学科研究中某一种方法或精神重现与复归，在今天看来，完全是正常的现象。

　　"实践是检验真理的标准"，真理是从实践中、事实中得出的判断与结论。经验主义反对先验的真理，或者命题预设，它强调人们所做出的判断是事实与经验在归纳、分析后的实证的产物。特别是随着历史的演进、史实的发掘，随着人文科学理论视野的拓展，随

---

　　①　胡适：《胡适口述自传》，广西师范大学出版社 2005 年版，第 188 页。

　　②　梁启超：《清代学术概论》，朱维铮导读，上海古籍出版社 1998 年版，第34 页。

　　③　胡适：《胡适口述自传》，广西师范大学出版社 2005 年版，第 188 页。

着唯物主义经验论地位的恢复，我们会发现原本所描述的一些历史状貌似乎并不稳定，它要么在历史真实上蒙上了疑念，要么脱离整体世界的宏大历史语境而陷于偏执等。唯理主义思维逻辑的突破与更新，将会给我们中国文学研究带来新的气象。

理论的生命在于它的实践性。那么，中国现今文学研究中以经验主义为宗旨的有否成功的范式呢？若论代表性的话，老一辈学者中，宗白华的《美学散步》、钱锺书的《管锥编》，自不待言。延续其后的，若论特征比较鲜明的，有陈平原、杨义、孙绍振、陈思和、夏中义、罗钢、解志熙、沈卫威等。他们的学术研究方法，强调从文学经验出发，特别是从中国经验出发，接地气、通人气，由具体的、活生生的、有血有肉的文学案例、文学作品与人物形象中，归纳、概括出某种不脱离感性形态的理性原则来。其叙写的内在的思维规律值得我们深加探讨。

经验主义的思维逻辑经多年的学术研究实践，渐渐酝酿出其自身的标号——"学案分析方法"。2015 年 5 月，北京师范大学、上海交通大学、清华大学联合在京召开了"百年学案 2015 南北高级论坛"会议，会议要旨是对近年来文学研究中新出现的"学案分析方法"进行探讨。我在《学案分析方法与文论研究的突破》的发言中对此概念内涵试作了界定："学案分析方法是指从作品文本、作家个体或某一文学事件、某一关键词等出发，在经验的基点上把握原始资料，回归历史语境，并通过缜密的考证，运用归纳式的逻辑思维作出判断的一种文学研究方法。"其代表人物，北有罗钢，南有夏中义。

罗钢以王国维的《人间词话》为个案研究，费十年之功力，写出了《传统的幻象：跨文化语境中的王国维诗学》一书。不妨从中拙出一例，即第五章《一个词的战争——王国维诗学中的"自然"》。为打破现有学界关于王国维理论话语根底上来自中国古代思想传统这一"幻象"，作者抓住一个关键词——"自然"，以近 2 万字的篇幅，作了纵横古今中外、势必穷根究底的详尽考证，得出了令人信服的判断。其"咬劲"与"韧劲"，于当今学界实为罕见。作者以西方浪漫主义时代流行的三种"自然"观——原始主义、有机主义、非理性主义为参照系，对王国维《人间词话》及大量中国古典诗论中相关的"自然"一词，进行了细密的考证、对照、鉴别、论析。像美学范畴中的"原始自然"观，作者竟然辨析了西方思想史上十八种基本意义和用法，然后指出："其中第十六种是'一种以原始人或原始艺术为典范的艺术'。这种自然观被西方学者称为'原始主义'自然观。正是它构成了王国维'野蛮民族有真正之文学'观念的由来。"①

正是在这样广博而牢靠的实证辨析的基点上，作者得出了崭新的判断：王国维在建构自己的"自然"观时，面对的是两种"自然"，既有中国传统意义上的"自然"，又有西方"'nature'意义上的"自然。但这两种"自然"并不具有对等性和同质性，西方的"自然"内涵意义以强势的形态，在王国维诗学中成了理论主体；而"自然"在中国古代诗学中原来负载的种种意义，如"圣人贵名教，老庄明自然"，则受到压抑或放逐到边缘。罗钢通过"一个词的战争"，尽显"学案分析方法"之特色，对那以演绎式逻辑思维寻求学术捷径的浮躁学风起到强有力的纠偏作用。

一个词的学案分析以罗钢为例，一本书的学案分析则以夏中义为例。他在《朱光潜美学十辨》第五章，对朱光潜的《诗论》一书作了深度的透析与锐利的判断，亦展现了学案分析方法的特色。此章名曰《朱光潜诗学中的"中西汇通"——〈诗论〉的方法论细读》，文中，夏中义抓住比较文学的核心要义，以他独创的概念"比对"展开细读性论析。"比对"之内涵就像医学上对诸如换肾、骨髓移植患者，进行被植体与移植体之间各项生理指标的"配型"，以免发生手术后的对异质的排斥反应。那么，朱光潜"比对"成功了吗？夏中义经细密的考证后，得出结论："他擅长诗的'技'层次，偶尔

---

① 罗钢：《传统的幻象：跨文化语境中的王国维诗学》，人民文学出版社 2015 年版，第 164 页。

亦玩诗的'艺'层次。在这'道'层次，他已说不上克罗齐还有否对应性遗产，可拿来与王国维'境界'说作'中西汇通'了。"① 也就是说，在中西汇通问题上，朱仅在"技"与"艺"的一些层面上，"比对"成功，而在"道"的层面上则无效、失败了。

在"技"和"艺"的一些层面上，朱光潜用谷鲁斯"内摹仿"理论所形成的"心理模型"的期待，第一次在学理上系统解析了中国古代诗律为何能"声入心通"的缘故；他具体地"比对"中西方在吟诵古诗时的方法，东西方均主张吟诗不宜"以音损义"，倾向于"戏剧诵"这一"共相"，达到方法的自觉；他还用古汉诗如"长河落日圆"等，揭示了莱辛《拉奥孔》之硬伤——"画只宜于描写静物，诗只宜于叙述动作"，以中国经验针砭了西学。但朱光潜《诗学》的"比对"并未完满，只作到了"半汇通"。像在"艺"的层面上，他用克罗齐"直觉说"来解读像王维"空山不见人，但闻人语响"的情趣之妙，只是机械并置而已，"汇而不通"；而在"道"的层面上，其"境界"说未达王国维、宗白华高度，与克罗齐"直觉—意象"说未能构成对应关系。文本细读，缜密考察，运用案例实证，在归纳基点作出令人信服的判断，也可以说，夏中义为"学案分析方法"建立了一种范式。

历史总有其巧合之处。1985 年在厦门大学召开的"全国文学批评方法论研究"会议已 30 周年了，苏州大学为此还在 2015 年召开了回顾性的会议；但"三十年河东，三十年河西"，以引进、袭用西方 20 世纪后半叶的理性主义的预设、演绎的文学研究方法，在今天却一再遭到质疑与阻击。但这也昭示着另一形态的，即以经验主义的实证为前提、以归纳概括为逻辑原则的文学研究方法的再生与复兴，这是值得重视的动向。

（原载《天津社会科学》2016 年第 2 期）

---

① 夏中义：《朱光潜美学十辨》，商务印书馆 2011 年版，第 165 页。

"现代性"与中国现代文学的研究视野
——兼与袁国兴先生商榷

中国文学研究界自新时期以来，历经数番新潮的洗礼，特别是经受过 20 世纪 80 年代中期以"系统论"为核心的文学批评方法论的新名词的狂轰滥炸、90 年代中期的以文化研究为主调的概念范畴的"跑马圈地"之后，似乎对来自异域的思潮、概念等，有了一种警觉的心理、审视的姿态。按理说，这是一种进步，它标志着浮躁的中国文学研究界开始能以健全、沉稳的心态应对西方的观念了。但与此同时，也产生了一种因噎废食、矫枉过正的倾向，近来对中国现代文学研究中"现代性"概念及功能的质疑和责难，便是这一倾向的表现。发表于《文艺争鸣》2002 年第 4 期袁国兴先生的《中国现代文学研究中的"现代性"话语质疑》（以下简称《质疑》），亦隶属于此动态。

《质疑》一文值得商榷之处有三：一是对"现代性"概念的内涵基础，即特定的"社会和思想的结构性基础"及由此而划定的时间阈限不甚明晰；二是对"现代性"的同体逆向张力、俗称"双刃剑"的特质未能予以深层理解；三是对"现代性"能否扩大中国现代文学研究视野持怀疑态度。

一、"现代性"概念的内涵基础及时间阈限

应该承认，迄今为止的中国学界尚未有人明确地对"现代性"的概念作过界定，因为它的内涵是宽泛的、动态的，它涉及哲学、经济学、社会学、政治学、伦理学、心理学、美学等社会科学的范畴，而且随着人类的现代化进程不断地拓展、反思，衍生出与现实相关的一系列新的命题。那么，是不是由此便可得出"现代性"是一种无定性的、随意性的概念呢？

例如，《质疑》一文在引证他人的观点——"唐朝成熟和风行的格律诗被称为'今体诗'或'近体诗'，在当时是以其现代性与'古体诗'相区分的"之后，便提出了质疑："这样一来，任何时代都有了其当下的现代性，现代性意念便与我们过去常用的时代性意念等同了，为什么还要为一个并不解决什么实质性问题的概念争论不休呢？"在文末，他做出这样的结论："现代文学就是现时代的中国文学，如果说我们要找出它的某些现代特征的话，那么这里所说的现代性，与古代文学中所表现的古代性没有什么两样，都是文学的一种时代特征"。即"现代性"概念和"时代性""古代性"是处于同一层面上，是类同的。这里，《质疑》的误读是把特殊性的概念和普遍性的概念混为一谈了。

我们之所以说现代性概念是一种特殊性的概念，首先在于它具有特定的社会和思想的结构性基础。刘小枫在《现代性社会理论绪论》一书中，似乎早已预料到人们会在时间性上产生怀疑。他写道："现代"之语义总是与"古代"之义相对比，"古代"与"现代"构成了一种生存性的张力，但这种张力不是年代学的时间对比，而是生存样式和品质的对比造成的。虽然每个时代的人都可自称为现代

人，把自身的问题视为现代问题，但这种生存性的"现代现象"的历史时间或年代学定位是没有意义的，追溯"现代"的词源用法也没有意义。因此，他想探究的并不是何谓"现代"，而是何谓"现代结构"，即一个社会和思想的结构性基础。正是这一结构使西欧近二百年的生存性现代冲动尤为旺盛，导致社会和思想形态的根本转变，并波及中国。

那么，这一"现代结构"内涵是什么呢？刘小枫作了这样的界定："如此'现代结构'指以启蒙运动为思想标志，以法国大革命和俄国十月革命为政治标志，以工业化及自由市场或计划市场为经济标志的社会生存品质和样式。"① 因而，在此现代结构之上产生的"现代性"，它必然具有特定历史时期的思想标志、政治标志、经济标志，不能把它和那种具有普遍性意义的"时代性""古代性"，作为一个逻辑体系中同类的或对立的、互为前提的概念来使用。虽然时间性的定位并不是关键的，但为着与那种漫无边际地侈谈"现代性"区分开来，为着有助于商榷、讨论的明晰，还是有必要界定"现代性"概念的时间阈限——它始自欧洲17—18世纪启蒙运动及工业革命，进而延续至今的近几个世纪。

若论及"现代性"的学理渊源，一般追溯至康德的哲学与美学。虽然哈贝马斯认为，第一位对"现代"概念做出明晰阐述的哲学家是黑格尔，但从作为西方启蒙哲学整体着眼，康德在他对传统的批判过程中，已提出"现代性"的基本观念与原则，这体现在他由对"人"的理解出发，确立了理性至高的地位与主体性原则基础；而在美学上，则是确立了艺术的自主性与审美自律性。

因此，"现代性"的内涵是异常宽泛的，其概念极难概括。如若勉强地给"现代性"以一个概念界定的话，也只能是这样相对的、普泛性的表述：现代性是人们对近二三百年来现代现象的认识、审

① 刘小枫：《现代性社会理论绪论——现代性与现代中国》，上海三联书店1998年版，第63—64页。

视、反思，是对现代化进程的理论概括和价值判断。

对于中国现代性的考察，在时间阈限上，学界一般多以晚清为起始。由于中国的现代化进程主要是西方植入的，而非原生萌长的，所以其内涵又有着自我的特殊性质。张辉在《审美现代性批判》一书中对此的描述得到学界较多的认可："从知识学的意义上来说，西学的大量引进正是这个过程的一个重要组成部分，对科学精神的强调又是西学得以进入中国的思想逻辑前提之一；而从社会机制的现代性转化来说，民主的主题是不可忽视的决定因素；随之，从精神发展的层面来说，个体和感性自我的觉醒也是整个现代性进程的题中应有之义。"① 科学、民主、个性这三大方面构成了中国现代性（包括现代文学的现代性）的最重要的内涵。

二、"现代性"的同体逆向张力及文学的批判价值

"现代性"具有同体逆向张力的特质，正是基于这一点，它才有可能作为一种新的理念引入文学、美学领域。丹尼尔·贝尔在《资本主义文化矛盾》一书中提出了著名的现代资本主义社会的"三大领域对立说"：经济领域——科技革命和管理革命创造了物质丰裕、社会进步的奇迹，促进社会享乐倾向，但人的丰满个性却被压榨成单薄无情的分工角色；政治领域——政府向纵深推进平等，逐步控制了阶级冲突和对抗的局面，但公众与官僚机构间的矛盾却扩大了；文化领域——由于艺术和思想的灵魂是追求"自我表达和自我满足"，标榜"个性化""独创性""反制度化"的，因而文学艺术便逐渐转向了对现代性负面质素的反思，并成为从审美的角度来制衡科技、政治异化的力量。

---

① 张辉：《审美现代性批判》，北京大学出版社 1999 年版，第 179 页。

他说："真正富有意义的文化应当超越现实，因为只有在反复遭遇人生基本问题的过程中，文化才能针对这些问题，通过一个象征系统，来提供有关人生意义变化却又统一的解答。"① 这就是文学艺术作为一种对异化了的现代世界批判力量的原因所在。这些逆向张力的抗衡与相互制约，维持了资本主义社会的"生态平衡"。

这些逆向张力在各种理论表述中呈示出多样、繁杂的状况，但一般不超出以下两大对立的类：历史现代性（亦称启蒙现代性、社会现代性、庸俗现代性等）——审美现代性（亦称浪漫现代性、文化现代性、艺术现代性等）。其社会存在所展现的历史现代性和文化批判所具有的审美现代性构成逆向的张力，形成一个既矛盾对立却又相互制衡的结构系统。在这一系统中，历史现代性对理性精神、科学技术、工业革命，及其所创造的物质的丰裕、社会的进步、制度的有序等现代化进程的正向质素持乐观、肯定的态度；但对这一进程所同时引发的物欲私利的膨胀、工具理性的隘化、道德伦理的沦丧、人的神性诗性的失落等负向质素，它却未能有着清醒与警觉，对于这些异化现状的揭示与批判，便落在审美现代性的身上，成了审美现代性的任务。在这一向度上，审美现代性便呈现为对历史现代性的反思，即具有"反现代性"的特质。

《质疑》一文虽然也引证了李欧梵的《漫谈中国现代文学中的"颓废"》有关的论述，却把李欧梵明确论析上述两种对立的现代性之处忽略了。李欧梵指出：19 世纪欧洲产生了两种"现代"潮流，"一种是启蒙主义经过工业革命后所造成的'布尔乔亚的现代性'——它偏重科技的发展及对理性进步观念的继续乐观，当然它也带来了中产阶级的庸俗和市侩气；第二种是经后期浪漫主义而逐渐演变出来的艺术上的现代性，也可称之为现代主义，它是因反对前者的庸俗而故意用艺术先锋的手法来吓倒中产阶级，也是求新厌

---

① ［美］丹尼尔·贝尔：《资本主义文化矛盾》，赵一凡等译，生活·读书·新知三联书店 1989 年版，第 24 页。

旧的，但它更注重艺术本身的现实的距离，并进一步探究艺术世界内在的真谛。"① 这大概也就是 20 世纪 90 年代中国文学研究界引入的"庸俗现代性"和"审美现代性"这一对立概念的起始。当文学作为对"庸俗"——异化现状的批判力量，作为反思现代性的一种倾向，即以审美现代性的这一表征纳入了整体的社会结构系统中时，它便涌生出了以往研究中所未发掘的价值和意义。对中国现代文学研究来说，它给了研究者以新的视角，拓展了一块全新的界域，解决了以往现代文学研究中遗留下的不少难题。这一功用是不能低估的。

正由于上述的原因，《质疑》一文在把握李欧梵的学术旨向上显得比较混乱。文中写道："如果像有人说的那样：'反现代性'也是现代性，那么就是说'现代性'不是一个——并非具有共同素质——我们又为什么要用共同的观念意识去解说它？这除了能满足我们对现代性追求的热情而外，能在学理上和智慧上给我们带来什么呢？"从根本上排除了现代性命题中的二律背反的向度，也断然否定了现代性内涵中同体逆向的张力。也就是说，现代性概念引入文学研究，除了虚幻的"热情"之外，在学理上智慧上均是毫无意义的。这和李欧梵的原意似乎错位得太远。

由于学理上的模糊，《质疑》一文在引证实例、进行分析时，也让人感到有点混乱："在文学史上，创造了'死去了的阿Q时代'的鲁迅我们需要，惟美的、颓废的郭沫若、郁达夫我们也需要；'乡下人'沈从文我们需要，'城里人'穆时英、施蛰存我们也需要；革命的周立波、赵树理我们需要，不革命的张爱玲、张恨水我们也需要"。由于现代性概念的引进，学界在鲁迅和郭沫若、郁达夫，沈从文和穆时英，赵树理和张爱玲之间，居然成了二者只能取其一的选择，所以才会有作者在"需要"之后，再来"也需要"的强调。这

---

① 李欧梵：《现代性的追求：李欧梵文化评论精选集》，生活·读书·新知三联书店 2000 年版，第 148—149 页。

种判断不知建立在已有的什么现象之上？其实李欧梵写得十分清楚：中国五四时期，"布尔乔亚的现代性"，即历史现代性或庸俗现代性，加上了人道主义、改良或革命思想、民族主义，成了主流的意识形态，大多数作家服膺于这种价值观，小说的叙述模式也反映了这一现代性历史观。只有少数作家，如鲁迅、郁达夫等对这种历史现代性感到不安，在作品中表述了"死"的意义和情绪，以貌似"颓废"的表现形态，反思现代性，即在这一向度上以艺术现代性对历史现代性的"时间观念"予以反拨。沈从文和老舍对于历史现代性所造成的工业社会和现代化的生活方式有所不满，不约而同地创造出两种不同的"怀旧式"的小说世界，或把湘西乡土变成一种神话，或把北京城变成另一个乡土文化的再现，以这种审美现代性来对抗、制衡历史现代性。①

自我理解上的模糊不等于对方概念内涵上的混乱。其实，审美现代性的要义经过这些年的研究、讨论，已经比较清楚了。第一，确立了"艺术的自律性"。其始点为康德《判断力批判》中"鉴赏判断的四个契机"中的第一个契机——审美判断不涉及利害关系。这就把传统的文学艺术观念从西方的神学附庸、东方的"文以载道"中解放出来，从功利性的"工具"地位上超然脱身，获得了他者无法取代的自我特质，构成了与逻辑学、伦理学比肩并立的独立的美学学科。

第二，对历史现代性负面质素的反思和批判。浪漫主义思想史家马丁·亨克尔曾这样归结道："我们可以把浪漫主义概括为'现代性'（modernity）第一次自我批判。"② 这里的"自我批判"，就是指作为现代性构成部分的浪漫现代性对"自身"另一向度的启蒙现代性的反思和批判。我们并不一概否定作为现代现象标志的工业文明

---

① 李欧梵：《现代性的追求：李欧梵文化批评论精选集》，生活·读书·新知三联书店 2000 年版，第 149—150 页。

② 刘小枫：《诗化哲学》，山东文艺出版社 1986 年版，第 6 页。

的出现，科学技术的发展使人类从中世纪的宗教愚昧和封建等级制度的压抑下解放出来，对文艺复兴时期人文精神的确立、有着巨大的功绩。但在启蒙主义思潮之后工业文明所创造的现代世界里，和谐与平衡被打破了，"物欲"无限度地急剧膨胀，技术思维的单向、片面的隘化，人与自然的日渐疏离，商品交换逻辑渗透至生活及人的意识的深层，意识形态所涵盖的话语权力严密的控制，这些异化的现状引发了自卢梭开始的思想家、艺术家的忧虑及抗衡。浪漫主义哲学、美学思潮，即浪漫现代性或审美现代性在这一背景下，作为反思现代性的批判力量而出现，它在人的生存价值的确立、人文精神的救赎方面，有着十分重要的意义。

第三，文学艺术以独特美学构型形成了对庸俗现代性的解构力量。在现代性的范畴中，审美现代性多表现为对庸俗、异化世界的刻意的疏离，对俗世的时间进步观念的质疑。如李欧梵所说的，"它是因反对前者的庸俗而故意用艺术先锋手法来吓倒中产阶级"，当然，它更重要的任务是从现实中超然而出，和现实拉开距离。现代主义文学便是刻意以一种反逼真、反写实、虚拟的艺术表现方式，来抗拒以商品交换逻辑为中心的资本主义的意识形态，来瓦解文化工业那种机械复制、否决个性创造的流弊。因此，以文学艺术为代表的审美现代性是对庸俗现代性的解构与重塑，它在想象性的愉悦中，反思、重建着人类的精神文化。它以一种强大的力量运载着人们，超越平庸、凡俗、有限，向着永恒、神圣、无限的美的终极趋近，在人类自己的生命家园里聚合。

三、"现代性"与中国现代文学研究视野的拓展

由于在"现代性"的概念、内涵及特质等理解上的模糊或错位，

所以《质疑》一文对引进"现代性"这一概念体系能否拓展中国现代文学研究，基本上持否定的态度。但文中的多点质疑均是由于作者对"现代性"概念误读而导致的，所谓种种不足也是作者外加给"现代性"理论体系的。如若对照本文上述的"现代性"的三点要义，便可一清二楚。

"现代性"概念的引入，能否拓展中国现代文学研究视野呢？笔者深感到，这是一种战略性视野的调整与展开，对中国现代文学的研究，从以"阶级斗争为基点"到以"现代性为基点"，就像人类从托勒密的"地心说"到哥白尼的"日心说"一样，眼界豁然开朗，一派海阔天空，气象万千。

香港学者金耀基对现代性问题有精辟的见解，他的相关论著曾被刘小枫称为"汉语现代学的先驱性理论建构"。他在《从传统到现代》一书中论析了"现代性"的六点内涵。笔者认为，对此若继续深化与展开的话，可在相对具体的层面上把中国现代文学现代性的研究推进一步。

其六点内涵是：工业化、都市化、"普遍参与"、世俗化、高度的结构分殊性、高度的"普遍的成就取向"。① 尽管金耀基的这些界定有如刘小枫批评的那样，所建构的重点更接近于"现代化"。笔者以为，作为现实生活表现与构型的文学，和纯概念表述的"现代性"的理论定义可能会有大的距离，但上述的六个方面呈具体感性的、实践性形态的"现代性"内涵，更易于和文学现象契合。若从上述六点出发，结合现代文学的具体现象展开论析，我们将会发现并拓展出以往中国现代文学史所忽略的众多新的研究界域。

其一，工业化。它是进入现代社会的动力，是对传统农业结构挑战的工业革命。例如，以往论及沈从文，多是把他归入"乡土文学"的范围，其题材为怀念故乡、描写农村，其基调为对乡土的依恋和情思。难道沈从文的作品，如《边城》等的内涵，仅此而已吗？

---

① 　金耀基：《从传统到现代》，中国人民大学出版社 1999 年版，第 98—104 页。

为什么同是"乡土文学",唯有沈从文能超越民族、国度的局限,走向世界?难道这仅是由西方学者的非文学性倾向而导致的吗?这是困扰以往现代文学界的论题之一。如果能从工业革命对传统农业经济、传统"生活模态"的冲击与摧毁这一历史现代性的负面着眼,我们才会更深刻地领悟到沈从文是以天然纯朴的"乡土"之美为参照谱系,间接地逆向批判了现代工业、现代文明所带来的种种弊端与罪恶。这才是他的作品意义能取得国际性认同的原因,也才能深切地理解他在《〈长河〉题记》中所蕴含的对历史现代性质疑的意义:"'现代'二字已到了湘西","试仔细注意注意,便见出在变化中堕落的趋势。最明显的事,即农村社会所保有的那点正直素朴人情美,几乎要消失无余,代替而来的却是近二十年实际社会培养成功的一种唯实唯利的庸俗人生观"①。而对废名、周作人、朱光潜等的作品理解是否也能循此路径,得到新的解读?

其二,都市化。它作为现代生活的主要形态。张爱玲、穆时英、刘纳鸥等的作品,以往是排斥于中国现代文学史之外的,至钱理群等所著的《中国现代文学三十年》,总算有了一席之地。但遗憾的是划归于通俗文学之列,张爱玲的作品既通俗又先锋、雅俗共赏,这种矛盾的评价标准可行吗?如若从都市化是"现代"的一个"主要变项",都市模式能导致知识与媒介系统的成长等社会现代性的正向效应出发,对她的作品将会有一个新的视点,正如孟悦在《中国文学"现代性"与张爱玲》中所评说的那样:"以'现代'这样一种尚待实现的、抽象的历史时间价值去创造'中国'的空间形象。"②

其三,普遍参与。报纸、杂志、无线电等知识媒介的普及,使社会民众投入到一个"广大的沟通网"中,产生了一种"普遍参与"的现象。现代知识分子与传播媒介的相互刺激,激活了民众需求,

---

① 沈从文:《〈长河〉题记》,《沈从文批评文集》,珠海出版社 1998 年版,第 248 页。

② 孟悦:《中国文学"现代性"与张爱玲》,王晓明编:《批评空间的开创:二十世纪中国文学研究》,东方出版中心 1998 年版,第 334 页。

激发了文化市场的增长。20世纪由机器印刷、复制的廉价书，取代了手工雕版的昂贵的线装书，使中国出版业、报刊业蓬勃兴起，而这体系所形成的文化市场的需求又刺激了文学创作的发展。像鲁迅、沈从文等在20世纪30年代初形成创作的高潮，不能不与传播媒介、文化市场的需求，即较高稿酬的回报有一定的关联。对这一问题的考察可在这一"现代性"的向度上作出新的论述。

其四，世俗化。即从对传统"圣化社会"的教条、成规、典则及神秘主义的敬畏中解脱出来，接受实证科学的洗礼，采取理性的态度与行为。20世纪初的中国尚未有现代性的概念，其内涵主要表现为对"圣化社会"的质疑及反叛的科学与民主这两大思潮之中。但在以往的中国现代文学研究中，几乎没有人明确地从科学及科学主义的角度出发来探讨问题，至多只在进化论的范围内涉及，但进化论只是一种机械性的演进学说，不能混同于已上升为价值信念、理性态度的科学主义。科学主义是文学的写实主义（包括自然主义）、现实主义的原则规范、理论前提，中国现代文学中的写实主义及其后的社会主义的现实主义等的理论形成，都与其密切相关。而其反向的抗拒功能，则客观地使反科技理性的西方浪漫主义美学思潮在中国文学界接纳时产生变异。

其五，高度的结构分殊性。现代工业技术革命所带来的专业化和精密分工，使社会结构由传统的"高度普化"转变、分化为各个有着特殊功能的角色。传统的"普化"、综合的状态，已被现代的特殊化、分析的趋势所代替。20世纪是分析的时代的说法，正源于此。这样，每一门学科都逐步形成其独立的结构，担负起自身特殊的功能。20世纪中国文学审美自律的设立，正是这一现代性趋势所促成的学科独立。若在此背景上考察，像鲁迅在《摩罗诗力说》中指出的文学艺术仍是"不用之用"；郭沫若所强调的"艺术首先是艺术"、文学艺术"貌似无用，然而有大用存焉"等，这些被当成"为艺术而艺术"的唯美倾向，都应予以重新审视。因为它们标志着中国五四新文学在接纳西方哲学、美学思潮之后的觉醒，占主流意识形态地位的儒家"文以载道"的单向社会功利要求，受到了文学审美自律的观念的质疑与冲击，"现代性"在中国现代文学中开始生成。

其六，高度的"普遍的成就取向"。 现代工业用人制度摆脱了类似血缘亲属关系等的"身份取向"，它所问的仅是是否具有专门的知识和技术，采用的是"契约取向"。同样的，纳入现代商品流通范畴的文学，在市场经济的背景下，作家因稿酬制度的实施而获得了经济上的独立，创作成就越大的作家，在"契约取向"中价值也就越高。像鲁迅，仅与北新书局的版税官司金额便达二三万元，据说相当于今天的数十万元。在经济上取得独立地位的作家，他就不必依附于某种血缘的网系或某种社会政治组织，从而可以在一定的限度内对现存意识形态展开批判。因此，当年能挣脱主流意识形态的控制而写作的作家，或有着自由主义的审美取向的作家，其相对自由的创作姿态不能不说与这种"契约取向"的现代性因素有关。

当然，笔者并不认为仅以上六个方面的展开，便能涵括中国现代文学往后的研究走向，因为"现代性"也只是一个观察视点而已。但对于已有某种停滞征候的中国现代文学研究界来说，若从这六个方面切入，必会获得相应的深化与拓展。

总之，过于匆忙地否决"现代性"在现代文学研究中的功用，是一种轻率的举动，也是另一种浮躁的表现。对中国现代文学的思考，纳入了全球性、跨学科的"现代性"研究的范畴，是学界一种必然的行程，也是中国现代文学研究从困境中突围的途径之一。

（原载《文艺争鸣》2003 年第 3 期）

《阿 Q 正传》新论
——越界的庸众与阿 Q 的悲剧

一、主旨是"憎",精神是负

不知从何时起,"哀其不幸,怒其不争"一语,成了鲁迅对阿 Q 的审美倾向,即创作主体对其作品中主人公的情感好恶、价值取舍的定评。其影响面之广,举世罕见,可以说,只要有初中以上文化程度的国人概莫能外。那么,这一"定评",符合历史真实吗?

该语出自鲁迅的《摩罗诗力说》第五节。鲁迅肯定摩罗诗人拜伦:其性烈如火,酷爱自由,内怀侠义肝胆,日常扶贫济弱,若见到奴隶、"庸愚",定"哀悲"之,"疾视"之。哀悲引发"哀其不幸",疾视顿生"怒其不争"。此处的奴隶、庸愚,即如鲁迅在《呐喊·自序》所描写的,是那些关在绝无窗户的铁屋子里,熟睡、昏睡,行将闷死的人们;或是那些以麻木、冷漠的神情,围观将被日军砍头的中国人的中国"看客";也就是指那些毫无自由精神、毫无反抗意志，愚昧昏庸、浑浑噩噩的人。

　　如若以此状来审视阿 Q，似乎有点不贴切，有点错位。因为阿 Q 的骨子里像是很有点不安分的东西，它驱使阿 Q 不甘于平庸，内心时时在躁动。其一，想与赵太爷比辈分，争高低。赵太爷儿子进了秀才，阿 Q 说他和赵太爷是本家，也姓赵，还比秀才长三辈，结果被打了个耳光，"你怎么会姓赵！——你那里配姓赵！"其二，阿 Q 很自尊，自认"见识高"。所有未庄的居民，全不在他眼睛里。他常常夸耀："我们先前——比你阔多啦！你算是什么东西！"他连城里人也鄙薄，他们居然把"长凳"叫成"条凳"，煎鱼时，不像未庄那样把葱切得半寸长，而是切得细细的，可笑，错的。其三，阿 Q 有精神胜利法，"常处优胜"。被人打了就说："我总算被儿子打了，现在的世界真不像样……"于是他心满意足地得胜地走了。打架输了，被拉去磕了五六个响头，他也心满意足，因为"他觉得他是第一个能够自轻自贱的人，除了'自轻自贱'不算外，余下的就是'第一个'，状元不也是'第一个'么？'你算是个什么东西'呢!?"其四，阿 Q 敢在有着森严的"男女之大防"的未庄，公开表露出性生理的需求。他在扭了小尼姑的面颊，飘飘然之后，公然对吴妈说："我和你困觉！"其五，为生计问题，敢于铤而走险。被迫离开未庄，上城之后，阿 Q 竟然进入偷盗之伍，虽然只是个在墙外接东西的小角色。其六，"神往"革命，想投革命党。他看到举人老爷那批未庄鸟男女听到革命消息时慌张的神情，便得意地喊道："造反了！造反了！"而后向假洋鬼子表示要投革命党，却以"洋先生不准他革命"而告终。其七，潜意识中，仍有一丝豪气留存。在被押解去法场游街示众时，阿 Q 忽然很羞愧自己没志气，居然无师自通地喊出"过了二十年又是一个"的豪言壮语来。

　　显然，如此不肯安分、不甘平庸的阿 Q，与拜伦所面对的那一类驯服、麻木的奴隶，即"愚庸""庸众"有所不同。鲁迅也说过：

阿 Q"有农民式的质朴，愚蠢，但也很沾了些游手之徒的狡猾"①。"很沾"一词，可以看出鲁迅对其笔下这一人物并非纯粹是充满同情的"哀其不幸"，对此"狡猾"之徒还有着一定程度的鄙弃。可见，阿 Q 不同于买蘸了志士热血的馒头给儿子治病的愚昧的华老栓；也不同于鲁迅的小说《示众》中那形形色色的无聊、冷漠的"看客"。（尽管他也曾当过看客，但他在看后毕竟还受到了被处极刑者那"过了二十年又是一个"的豪情的感染。）因此，阿 Q 与那些庸众最大的区别在于，他不是"不争"，而是初步萌发了朦朦胧胧的处于"自发"形态的抗争。

　　若从这一视角着眼，周作人的《关于阿 Q 正传》的"本文"应该引起足够的注意。他明确地指出："《阿 Q 正传》是一篇讽刺小说，讽刺小说是理智的文学里的一支，是古典的写实的作品。他的主旨是'憎'，他的精神是负的。然而这憎并不变成厌世，负的也并不尽是破坏。"② 这就是说，鲁迅在《阿 Q 正传》中，对阿 Q 的审美态度从根本上说是憎恶的、鄙弃的，小说的精神价值取向是"负"的，即批判的、否定的。当然，正如周作人所说的，憎不是厌世，负不是破坏，"因为它仍能使我们为了比私利更大的缘故而憎，而且在嫌恶卑劣的事物里鼓励我们去要求高尚的事物"。讽刺小说与理想小说虽然表面上价值取向不同，但内在精神却是一致的，都指向了美与崇高，只是理想小说是直接的，讽刺小说是间接的。

　　周作人这一判断是符合鲁迅创作意旨的。1920 年 12 月，鲁迅在给日本中国文学研究家青木正儿的信中谈道："我写的小说极为幼稚，只因哀本国如同隆冬，没有歌唱，也没有花朵，为冲破这寂寞才写的，对于日本读书界，恐无一读的生命与价值。今后写还是要

---

① 鲁迅：《寄〈戏〉周刊编者信》，《鲁迅全集》第 6 卷，人民文学出版社 2005 年版，第 154 页。

② 周作人：《鲁迅的青年时代》，止庵校证，河北教育出版社 2001 年版，第 110 页。

写的，但前途暗淡，处此境遇，也许会更陷于讽刺和诅咒罢。"① 他为自己今后一段的创作定下了基调——"讽刺和诅咒"。隔一年之后，《阿Q正传》诞生了，小说应该正是这一基调的集中的、强烈的表现。12年后，鲁迅在《再谈保留》一文中写道："《阿Q正传》，大约是想暴露国民的弱点的"。② 以讽刺的笔法，暴露出中国国民性中的弱点，诅咒、批判中国人品性中的卑劣，这正是《阿Q正传》的创作旨向。

周作人在文中继续深化："阿Q却是一个民族中的类型，他像希腊神话里'众赐'（Pandora）一样，承受了恶梦似的四千年来的经验所造成的一切'谱'上的规则，包括对于生命幸福名誉道德的意见，提炼精粹，凝为固体，所以实在是一幅中国人坏品性的'混合照相'，其中写中国人的缺乏求生意志，不尊重生命，尤为痛切，因为我相信这是中国的最大的病根。总之这篇小说的艺术无论如何幼稚，但著者肯那样不客气的表示他的憎恶，一方面对于中国社会也不失为一服苦药，我想它的存在也并不是无意义的。"③ 所以鲁迅在写《阿Q正传》时，其"主旨是憎"，至少在文本的第一层面上对阿Q的这一人物的行为是鄙弃的。

周作人在该篇文章"引言"中还谈道：他题云《阿Q正传》的文章"当时经过鲁迅自己看过，大抵得到他的承认的"。"文章本来也已收到文集（按：指《呐喊》一书）里，作为晨报社丛书发行了，但为避嫌计也在第二版时抽了出来，不敢再印。"④ 这就是说，周作人这篇评《阿Q正传》的文章鲁迅曾亲自看过，并得到鲁迅的承认，原已收入《呐喊》第一版，后因成仿吾对兄弟任该书编辑的做法冷

---

① 鲁迅：《致青木正儿》，徐文斗、徐苗青选注：《鲁迅选集·书信卷》，山东文艺出版社1991年版，第27页。

② 鲁迅：《再谈保留》，《鲁迅全集》第5卷，人民文学出版社2005年版，第154页。

③ 周作人：《鲁迅的青年时代》，河北教育出版社2001年版，第112—113页。

④ 周作人：《鲁迅的青年时代》，河北教育出版社2001年版，第109页。

嘲热讽，才在出第二版时抽掉。这里，需要着重强调的是，周作人此文写于 1922 年，距《阿 Q 正传》发表不到一年，尚未沾上而后在阐释过程中产生的各式各样的附加物，而且当时周作人与鲁迅关系尚未破裂，尤其是鲁迅尚健康在世，其可信度应该比较高，也最贴近当时的历史语境。

这样，以"哀其不幸"一语用于鲁迅对阿 Q 的审美态度，显然就不太妥帖了。之所以产生这样的错位，是因为我们总把写《呐喊》时期的鲁迅设定为革命民主主义者，是一位民主斗士，他担负着唤醒民众，特别是唤醒农民阶级起来革命的历史任务。而阿 Q 则是农村中贫雇农的典型人物，是中国农村革命的代表与革命希望之所在，鲁迅当然只能是充满同情悲悯地"哀其不幸"，继而恨铁不成钢地"怒其不争"。这与周作人所论，鲁迅的"主旨是'憎'，精神是负"的审美判断不是一个向度。

二、越界的"庸众"与游民文化

阿 Q 与那些驯服、麻木的"愚庸""庸众"有所不同，那么他是属于鲁迅笔下的哪一类型的人物呢？

1907 年，鲁迅发表《文化偏至论》，内有一名言："掊物质而张灵明，任个人而排众数。"学界一般均认可其为鲁迅前期思想的核心。也就是说，对于邦国社会问题，鲁迅认为有两类人物与之关联密切，一是"个人"，一是"众数"，当前的要务是要张扬"个人"，贬抑"众数"。

在 20 世纪初，鲁迅反对"众数"、批判"庸众"的思想相当强烈，《文化偏至论》所批判的两大偏至："物质也，众数也，其道偏至"，即是指此。时值民族危亡之际，国人选择的救亡之路，有"习兵事"，以强兵立国；有"制造商估"，以发展工商业富国；有"立宪国会"，从政治体制上进行改革等。但国人没有注意到这样一个危险的动向，即根据多数不明事理的人的意见，把国家政治权力大事，交付于其中那些奔走求进之小人、愚钝不堪的有钱人、善于操作垄断的市侩，这些人擅于钻营掠夺，攫取私利，是国之大害！

所以，鲁迅慨叹："借众以陵寡，托言众治，压制乃尤烈于暴君。……呜呼，古之临民者，一独夫也；由今之道，且顿变而为千万无赖之尤，民不堪命矣，于兴国究何与焉。"[1] 此段话的深刻意义在于，若由"千万无赖之尤"，即由大量的中国传统意义上的"游民"介入政治，实施"群氓专政"，它对"个人"，即鲁迅在他处所提到的"英哲""明哲""先觉""大士""天才""超人""精神界之战士"的压制，比独裁专制的暴君、独夫还要酷烈，于国于民都是一场灾难。

除了学术论文，鲁迅在随感式的杂文中也论及"庸众"问题。例如，发表于1918年11月的《热风·随感录三十八》指出，中国有两大类人，一类是"个人的自大"，另一类是"合群的爱国的自大"。由于"个人的自大"一类较为罕见，国人大多是"合群的爱国的自大"，这就是中国不能"振拔改进"的原因。显然，这是他对10年之前关于"个人"与"众数"、"英哲"与"愚庸"、"超人"与"凡庸"对立思考的另一种表述。"'个人的自大'，就是独异，是对庸众的宣战。……但一切新思想，多从他们出来，政治上宗教上道德上的改革，也从他们发端。'合群的自大'，'爱国的自大'，是党同伐异，是对少数天才宣战。"

"个人"，即先觉、超人，他渐悟人类之尊严，顿识个性之价值，由此自觉之精神，转为极端的"主我"，归于民主的大潮，所以他们是一切改革、革命的发起者、前驱者，也是中国振兴的希望之所在。

---

[1] 鲁迅：《文化偏至论》，《鲁迅全集》第1卷，人民文学出版社2005年版，第46—47页。

"众数"，鲁迅亦称之为"众庶""愚庸""凡庸""愚民""庸众""无赖""末人"等。鲁迅认为，"以多数临天下而暴独特者，实十九世纪大潮之一派"，这种伪民主的"群氓专政"，即民粹主义思潮，祸害极大，其"人群之内，明哲非多，伧俗横行，浩不可御，风潮剥蚀，全体以沦于凡庸。非超越尘埃，解脱人事，或愚屯罔识，惟众是从"，① 此风如若横行，个人、英哲势必受制，国之振兴无望也。

《热风·随感录三十八》发表于《阿Q正传》写作的前夕，其二者内在的价值取向密切相连，甚至可以互照互证。如，"衰败人家的子弟，看到别家兴旺，多说大话，摆出大家架子；或寻求人家一点破绽，聊给自己解嘲"即是。② 特别是"合群的爱国的自大"者的五种表现，与阿Q精神及言行颇多相似之处：甲云："中国地大物博，开化最早；道德天下第一。"（阿Q："我们先前——比你阔多啦！你算是什么东西！"）乙云："外国物质文明虽高，中国精神文明更好。"（阿Q论未庄与城里人在长凳与条凳的名称、葱的切法、女人的走路扭态等的优劣。）丙云："外国的东西，中国都已有过；某种科学，即某子所说的云云。"（阿Q也姓赵，和赵太爷原来是本家，细细排起来他比秀才还长三辈。）丁云：外国也有叫花子、草舍、娼妓、臭虫。（阿Q被抓进县衙，"他以为人生天地之间，大约本来有时要抓进抓出"，他"似乎觉得人生天地间，大约本来有时也未免要杀头的"，"他不过以为人生天地间，大约本来有时也未免要游街要示众罢了。"）戊云："中国便是野蛮的好。"（阿Q被游街示众。"好!!! 从人丛里，便发出豺狼的嗥叫一般的声音来。"）因此，《热风·随感录三十八》与《阿Q正传》应联系起来考察。而该文的"个人的自大"与"合群的爱国的自大"，和《文化偏至论》的"个人"与"众数"的内涵概念，又具有内在的延续性、共同性。

---

① 鲁迅：《文化偏至论》，《鲁迅全集》第1卷，人民文学出版社2005年版，第51—52页。

② 鲁迅：《随感录三十八》，《鲁迅全集》第1卷，人民文学出版社2005年版，第328—329页。

这样，从《文化偏至论》到《热风·随感录三十八》，再到《阿Q正传》，从哲学理论到杂文，再到艺术典型，共同构成了鲁迅对精英式的"个人"与愚庸式的"众数"这一社会性对立矛盾问题的观察、追索与思考。由此，我们才能真正解读鲁迅曾对冯雪峰说过的"就是我的小说，也是论文；我不过采用了短篇小说的体裁罢了"的内在意义。①

在中外文学批评界中，最早注意到这一对立问题的应该是日本学者伊藤虎丸，他认为鲁迅的思想与作品中"存在着一种'二级结构'，这个'二级结构'，应该是'精神界之战士'（超人）与'朴素之民'之间，在某种意义上说未置'中间权威'而直接对应的结构"。鲁迅"作为一个现实主义小说作家，他的关心还是朝向同一个'两极'"，"把阿Q形象作为一个顶点的是'朴素之民'的具体形象化"②。但他尚未具体展开论析。

美籍学者李欧梵也敏锐地感悟到这一点，他指出："这一哲学思想也见于鲁迅的小说，是他小说原型形态之一。事实上，'独异个人'和'庸众'正是鲁迅小说中经常出现的两种形象。我们完全可以为他们建立一个'谱系'（genealogy），从而寻找出在鲁迅小说叙述的表层下面的'内容'。"③ 但遗憾的是，李欧梵过于专注"谱系"，把阿Q也归入与孔乙己、单四嫂子、祥林嫂、爱姑之列，"作为庸众中之一员"，"处于与其他庸众相对立的孤独者地位"。从而忽略了阿Q的独特的人物个性与特定的生存环境，也就客观上阻遏了这一极有开拓性命题的深入展开。前面分析过，阿Q是不肯安分、不甘平庸的，他能和忍辱负重的祥林嫂、迂腐没落的孔乙己等类同而并列吗？而作为庸众的最重要的代表——华老栓却进不了这一"谱系"，

---

① 冯雪峰：《鲁迅先生计划而未完成的著作》，《雪峰文集》第4卷，人民文学出版社1985年版，第18页。

② ［日］伊藤虎丸：《鲁迅、创造社与日本文学》，孙猛、徐江、李冬木译，北京大学出版社2005年版，第59—60页。

③ 李欧梵：《铁屋中的呐喊》，河北教育出版社2002年版，第66页。

因为他并不"处于与其他庸众相对立的孤独者地位"。所以，抽象出来的"谱系"与独异的个性有时并不兼容。

那么，阿Q是精英式的"个人"吗？很明显，不是。因为阿Q不是夏瑜式的革命者，也不是从激进到绝望的魏连殳，他甚至还是个在杀革命党时的"看客"。阿Q"中兴"回到未庄后，谈他城里最重要的见闻就是这一场面："'你们可看见过杀头么？'阿Q说，'咳，好看。杀革命党。唉，好看好看，……'"所以阿Q绝不可能是鲁迅所寄以希望，能够拯救危难中国的"英哲""明哲""先觉""超人""精神界之战士"，即精英式的"个人"。这样，阿Q既不属于精英式"个人"之列，也与愚庸式的"众数"有别，对于这两类人物来说，阿Q是个"异类"，像是一个两不着边的人物。

在1948年8月，此时的周作人像是预感到什么，如果再不说，以后可能没机会说了。所以一反常态，对阿Q这一人物的认定，不再是抽象地予以概括，也不再是停留在对原型人物阿桂、阿有、桐少爷的具体回忆上，而是直截了当地给予明晰的指认："我以为阿Q的性格不是农民的，在《故乡》中出现的闰土乃是一种农民，别的多是在城里乡下两面混出来的游民之类，其性格多分与士大夫相近，可以说是未蜕化的，地下的土大夫，而阿Q则是这一类人的代表。"[①] 阿Q是城乡接合部"混出"的"游民"，抑或为"未蜕壳的土大夫"，周作人这里指出了阿Q游移于社会两极的生存状态，即隶属于中国传统文化中的游民阶层。因此，从总体状态上来看，阿Q虽有朦胧的自发性的抗争意识，仍应属于"庸众"的范围，我们不妨定位其为"越界的庸众"。

周作人的论定，涉及对中国传统文化与社会结构中的游民阶层及游民文化的认识与判断问题。民国元年，即1911年，黄远生就在《少年中国周刊》上发表《游民政治》一文，他尖锐地指出："吾国

---

① 周作人：《"呐喊"索隐》，孙郁、黄乔生编：《书里人生——兄弟忆鲁迅（二）》，河北教育出版社2000年版，第163页。

数千年之政治，一游民之政治而已。""游民之性，成事则不足，而败人家国则有余，故古者之所谓圣帝明王贤相名吏也者，尽其方法而牢笼之，夺万民之食而豢养之，养之得法则称治世；养之不得法，则作祟者蜂起矣。"① 游民问题涉及国之存亡大事。

1919 年，《东方杂志》16 卷 4 号刊登其主编杜亚泉《中国政治革命不成就及社会革命不发生之原因》一文，论及中国之所以多改朝换代式的"帝王革命"，而很难发生政治经济体制实质性变革的"政治革命"和"社会革命"，其缘由之一，是因为介入历史震荡及其"革命"后掌实权之"官僚或武人，大率为游民首领之贵族化者"，这就主导了国民政治品格的双重劣根性："一种为贵族性质，夸大骄慢，凡事皆出以武断，喜压制，好自矜贵，视当世之人皆贱，若不屑与之齿者；一种为游民性质，轻佻浮躁，凡事皆倾于过激，喜破坏，常怀愤恨，视当世之人皆恶，几无一不可杀者。往往同一人也，拂逆则显游民性质，顺利则显贵族性质；或表面上属游民性质，根柢上属贵族性质。"② 革命后的执政者，其贵族性与游民性混杂，往往造成政局的混乱。

这两篇发于民国初年的文章有着深刻的见地。其一，他们揭示出中国传统文化中存在着一个独特的阶层，这就是游民阶层，他们的存在面相当广，在各个阶级中都有所存在，是中国社会安定与否的重要前提。其二，他们揭示出游民这一阶层除了尚侠仗义、勇敢豪放之外，还有另一负面特征：强烈的反社会性；言行过激浮躁，破坏性巨大；无政治目标，盲动盲从；反智主义，仇富心理等，实际上这也是我们今天所批评的民粹主义的特质。其三，他们更深的忧虑是游民文化将对中国政治历史起到深层腐蚀，造成政局动乱的后果。

---

① 黄远生：《游民政治》，《少年中国周刊》，1911 年 12 月 26 日。

② 杜亚泉：《中国革命不成就及社会革命不发生之原因》，《东方杂志》16 卷第 4 号。

《少年中国周刊》《东方杂志》在当时是首屈一指的具有启蒙性质的杂志，其影响面极大，周氏兄弟似不可能不读到的。最明显的就是鲁迅在《文化偏至论》中，关于辛亥革命之后的社会现状的批判与黄远生在《游民政治》中的描述几乎一致。因此，我们必须把对《阿Q正传》的论析回归到当时的历史语境中去，这样才能较为真切地贴近鲁迅当年创作阿Q这典型人物时的心理。

美国政治哲学家阿伦特在《极权主义的起源》一书中曾论及：19世纪阶级结构的打破，使人们没了共同的利益，没了以此利益而聚焦到一起的社会结构，于是"群氓心理"与群氓（有的也译为"群众""暴民"，鲁迅用"庸众"一词倒最贴切）就产生了。"群氓"是指缺乏共同目标和社会纽带的那些孤立的个体，他们在政治上盲从，反社会情绪强烈，并奉行"多数裁定规则"，往往被极权主义者利用来废除民主，促成了极权主义的胜利。① 阿伦特"群氓"的概念内涵，实质上相近于民粹主义，相近于鲁迅所批判的压制"个人""精英"的，"以众陵寡"的"众数"的内涵，相近于在中国有着深厚土壤的"游民文化"。因此，若把阿伦特所论与鲁迅《阿Q正传》联系起来考察，对阿Q定将会有新的判断视角。

三、惧怕其"争"与反抗"绝望"

这样，我们就必须回到与阿Q相关联的历史语境。在20世纪初的中国思想界，针对传统的游民文化与观念，产生了一股推举精英化"中坚阶级"、反对"庸众政治"（即游民文化对政治的腐蚀）的

---

① 参见［美］帕特里夏·奥坦伯德·约翰逊：《阿伦特》，王永生译，中华书局2014年版，第40—41页。

思潮，亦即今天称之为反民粹主义思潮。许纪霖在《"少数人的责任"——近代中国知识分子的士大夫意识》一文中做了详细的考证与论析，持此思想倾向的有：梁启超、章士钊、李大钊、张东荪、鲁迅、胡适、罗加伦、丁文江等；30年代后，还有孟森、张君劢、陈铨等。也就是说，鲁迅关于"任个人而排众数"的思想、周作人反游民文化的观念并不是孤立的，当时中国思想界最重要的先驱者们对此曾形成了一种共识，汇拢为一股思潮。

这股思潮形成的原因是什么呢？据许纪霖的论析：1911年辛亥革命后，建立了亚洲的第一个共和国——中华民国。中国结束了绝对王权的专制时代，进入了多数人政治的民主时代，中国开始有了现代民主政治的一切形式：投票普选、代议制和两党制，给知识分子带来莫大的希望。但由于民主本身的软弱，立宪基础的缺乏，特别是议员素质的低劣，投票时出现了大量的贿选和舞弊，从而让袁世凯、北洋军阀这些政客肆意把玩着国家的权力。民主并没给中国带来新气象，反而旧制度专权与新制度的蜕变一并出现，互为因果。这使民初的知识分子非常焦虑，就提出要有一个能领导多数人的中坚阶级，要阻止无知的庸众干预国家政治大事。当庸众民智未开之时，只能由新式的士大夫阶级成为社会理性的代表，发挥其中坚分子的作用。[①]

当时，梁启超在《多数政治之实验》一文中揭示，现代民主政治虽然表面上是多数政治，但最理想的还是由真正与国家休戚相关的少数精英分子，即中坚分子来主持政治为宜。张东荪在《国本》一文中则明确批判"庸众政治"这一社会现象，在他看来，政治的大忌，一是世袭的专制，二是无知的庸众干预国事，前者流为少数人专制，后者成为"庸众政治"。在中国，由于游民文化之积弊未

---

① 本段文字，均见于许纪霖：《"少数人的责任"——近代中国知识分子的士大夫意识》，华东师范大学思勉人文高等研究院、厦门大学学报、求是学刊、华东师范大学学报合编：《现代性研究：思潮、观念与现实会议论文集》，2008年11月，第8—12页。引用前已征得作者同意。

除，国民缺乏立宪之道德，将国家托命于"此辈无立宪道德之庸众之手，则政治前途必不能有进步"①。可以看出，梁启超、张东荪这些中国思想界先驱对于当时民智未开的社会现状，是十分清楚的；对于无知愚昧、素质低劣的庸众，是十分警觉的，他们反对这类庸众介入中国政治，因为这将危害到国家的进步与振兴。

鲁迅对于时局看法又是如何呢？1932 年，他在《〈自选集〉自序》中回忆道："我那时对于'文学革命'，其实并没有怎样的热情。见过辛亥革命，见过二次革命，见过袁世凯称帝，张勋复辟，看来看去，就看得怀疑起来，于是失望、颓唐得很了。"②

他对于那些走马灯般轮转的政客、权阀，从心底感到厌烦；对于这些人所把玩的中国政治，以及所谓的革命，也已从怀疑转为万般的失望，以至于心境为之陷入颓唐，这也是鲁迅在《呐喊·自序》中一再写及"寂寞的悲哀"的缘由所在。而对于被这些政客拉得团团转悠，怀着个人私欲跟着立宪、投票的庸众，更是十分鄙视。他在《文化偏至论》中揭示，所谓的国会选举、立宪，是权谋、巨奸所为；而这些所谓识时务的俊彦，实为庸众，其中多数是愚昧的"盲子"，被妄图"冀鲸鲵"的窃国巨奸所诱惑，所掌控。其实，这类庸众大多也都有私心，志行污下，"势利之念昌狂于中"，往往"借新文明之名，以大遂其私欲"。

当年的鲁迅是处于相对消沉的心境中，他对"众数"所引发的群体性的运动一直持有一种疑虑的态度。即使是我们今天视之为中国现代历史转折界点的轰轰烈烈的五四运动，他也不是予以积极的肯定。就在五四的当晚，孙伏园来到他的住处，大讲一通他们火烧赵家楼的情景，鲁迅听后却一点也激动不起来，因为他怕青年的幼稚、无知和热情被政客所利用，而成了政治的牺牲品。在他的日记

---

① 张东荪：《国本》，《新中华》1 卷 4 号，1916 年 1 月。

② 鲁迅：《〈自选集〉自序》，《鲁迅全集》第 4 卷，人民文学出版社 2005 年版，第 468 页。

中，对当天发生的学生运动只字未提。直到 1920 年 5 月 4 日，在五四运动一周年之际，他才在致宋崇义的信中写道："比年以来，国内不靖，影响及于学界，纷扰已经一年。世之守旧者，以为此事实为乱源，而维新者则又赞扬甚至。全国学生，或被称为祸萌，或被誉为志士，然由仆观之，则于中国实无何种影响，仅是一时之现象而已，谓之志士固过誉，谓之乱萌，亦甚冤也。"①

显然，鲁迅对五四运动是持一种可有可无、不必褒贬的中立式的判断，认为五四运动仅是历史进程中的"一时之现象"而已，很快就会随着时间的流逝而烟消云散，不会产生任何一种影响。处在这样消极、悲观精神状态中的鲁迅，还能做出他对阿 Q 是"怒其不争"，企盼阿 Q 起来革命、造反的推断吗？

如前述，阿 Q 是个越界的庸众，而他最大的越界行为莫过于"革命"了。鲁迅在《〈阿 Q 正传〉的成因》中谈到阿 Q 是否要做革命党的问题："据我的意思，中国倘不革命，阿 Q 便不做，既然革命，就会做的。我的阿 Q 的运命，也只能如此，人格也恐怕并不是两个。民国元年已经过去，无可追踪了，但此后倘再有改革，我相信还会有阿 Q 似的革命党出现。"

以往不少学者都对这段话做了正向理解，即为阿 Q 必然奋起革命的依据，从而论证了"鲁迅批判辛亥革命不彻底性"的命题。但很少人继续征引接下的部分："我也很愿意如人们所说，我只写出了现在以前的或一时期，但我还恐怕我所看见的并非现代的前身，而是其后，或者竟是二三十年之后。其实这也不算辱没了革命党，阿 Q 究竟已经用竹筷盘上他的辫子了；此后十五年，长虹'走到出版界'，不也就成为一个中国的'绥惠略夫'了么？"② 这后半段完全是讽刺、挖苦的反语。我们必须注意到，论及这类由革命大潮裹挟而

---

① 鲁迅：《致宋崇义》，《鲁迅全集》第 11 卷，人民文学出版社 2005 年版，第 382 页。

② 鲁迅：《〈阿 Q 正传〉的成因》，《鲁迅全集》第 3 卷，人民文学出版社 2005 年版，第 397—398 页。

起的所谓"革命党"，鲁迅特地加上一前缀——"阿Q似的"，也就是说"阿Q似的革命党"与真正的革命党是不同质的。其革命的成果仅是使阿Q"用竹筷盘上他的辫子"，只是像高长虹这类人摇身变成"工人的绥惠略夫"而已。这样荒唐、无聊的革命成果，与"阿Q似的革命党"是偕行毕至的，也"不算辱没了"它。这种反讽的意味，只要不陷于先验命题的误导，只要能客观地细细品味，不会感受不到的。

对于这种革命内涵在质地上的变异，鲁迅在《热风·五十九"圣武"》一文中已有揭示："我想，我们中国本不是发生新主义的地方，也没有容纳新主义的处所，即使偶然有些外来思想，也立刻变了颜色，而且许多论者反要以此自豪。"① 鲁迅对此类"变了颜色"的"阿Q似的革命党"早已持警惕、批判的态度。

那么，从文本出发，我们来看看关于"阿Q似的革命党"在其所谓的未庄革命中，想做或做了什么：

其一，满足权欲，滥杀无辜。革命风声传来，看到未庄鸟男女慌张的神情，阿Q充满快意，"似乎革命党便是自己，未庄人却都是他的俘虏了"。当他在幻想中统治了未庄之后，开始发号施令："第一个该死的是小D和赵太爷，还有秀才，还有假洋鬼子，……留几条么？王胡本来还可留，但也不要了。……"如果说杀赵太爷和假洋鬼子在情理上或革命的信条上还有点必然性，那么杀小D、王胡，完全是阿Q公报私仇了，因为他们的生存状况、政治地位和阿Q一模一样，都是贫雇农，按理应成为革命的力量，却将断送在阿Q的刀下。"留几条么？"从阿Q这一阴森森的口吻中，你不难想象到阿Q是如何地大开杀戒的。雨果《九三年》所描写的法国雅各宾派在革命暴力恐怖中，滥杀无辜、血溅尸横的情景，可能又要重演。在《文化偏至论》中，鲁迅对法国大革命所引发的暴力及其引生的"民

---

① 鲁迅：《热风·五十九"圣武"》，《鲁迅全集》第1卷，人民文学出版社2005年版，第371页。

主"，即而后称为"民粹主义"的萌端是有所警惕，并持有异议的。

其二，攫取钱物，发革命财。阿 Q 继续他的"革命"幻梦："东西，……直走进去打开箱子来：元宝，洋钱，洋纱衫，……秀才娘子的一张宁式床先搬到土谷祠，此外便摆了钱家的桌椅，——或者也就用赵家的罢。"鲁迅揭示的"阿 Q 似的革命"就是这种状态：掠夺抢劫，坐地分赃。这与上述鲁迅所批判的那些政客、议员，"借新文明之名，大遂其私欲"，在内质上并无两样。

其三，占有女人，放纵无度。阿 Q 美滋滋地想着："赵司晨的妹子真丑。邹七嫂的女儿过几年再说。假洋鬼子的老婆会和没有辫子的男人睡觉，吓，不是好东西！秀才的老婆是眼泡上有疤的。……吴妈长久不见了，不知道在那里，——可惜脚太大。"未庄稍有姿色的女人，都在阿 Q 心中一一过眼，甚至连少女也不放过，至于"老情人"吴妈，开始嫌弃了——脚太大。

其四，投靠不成，即生悖心。阿 Q 到尼姑庵革命迟了，想投靠假洋鬼子，得到的却是"不准革命"的拒斥。阿 Q "毒毒的点一点头，'不准我造反，只准你造反？妈妈的假洋鬼子，——好，你造反！造反是杀头的罪名呵，我总要告一状，看你抓进县里去杀头，——满门抄斩，——嚓！嚓！"① 欲望、要求不能得逞，随即萌生悖心，要告发原先想要投靠的人，让他满门抄斩。这说明阿 Q 对造反、革命的精神与意义，茫然无知，毫无定见；在行动上，朝秦暮楚，呆里撒奸，难怪鲁迅连用了两个"毒"字。

这就是"越界的阿 Q"，即愚庸式的"众数"所进行的中国革命，鲁迅以形象的笔法写出了这场革命的状况与结果，尽管是在阿 Q 的梦幻中进行的。这种"阿 Q 式的革命"，不正是我们前述的游民阶层（庸众、群氓）在社会动荡时的表现吗？像反智主义、仇富心理、政治盲动、反社会性及破坏性，不都在阿 Q 的身上一一地展示

---

① 其一至其四的引文，均见鲁迅：《阿 Q 正传》，《鲁迅全集》第 1 卷，人民文学出版社 2005 年版，第 512—552 页。

出来吗？对这种"阿Q式革命"的目的，鲁迅有过归纳："简单地说，便只是纯粹兽性方面的欲望的满足——威福，子女，玉帛，——罢了。然而在一切大小丈夫，却要算最高理想（？）了。我怕现在的人，还被这理想支配着。"① 权力、金钱、女人及荫福后代，这些"纯粹兽性"，即动物性的欲望的满足，则是"阿Q似的革命党"们的革命目的。鲁迅揭示，即使是现在，那些貌似革命的人在其灵魂隐秘之处，仍将此作为自己的"最高理想"。

1925年3月18日，鲁迅在《致许广平信》中指出："中国大约太老了，社会上事无大小，都恶劣不堪，像一只黑色的染缸，无论加什么新东西去，都变成漆黑。可是除了再想法子来改革之外，也再没有别的路。"② 他深刻地洞悉中国的历史，"看得中国内情太清楚"，透视了它的黑暗与丑恶，领略到它那吞噬一切生机、污染一切新生，可怕的、犹如今天所说的"黑洞"般的力量。正是这一沉重的历史重负，使鲁迅陷入消沉、悲观之中。也正是在这封信中，鲁迅接下写道："我的作品，太黑暗了，因为我常觉得惟'黑暗与虚无'乃是'实有'，却偏要向这些作绝望的抗战，所以很多着偏激的声音。"③

前路是"黑暗与虚无"，是《过客》中的"坟"，但为了反抗绝望，他明知无望，却"不可为而为之"地偏要投入战斗，"生命是我自己的东西，所以我不妨大步走去，向着我自以为可以走去的路；即使前面是深渊，荆棘，狭谷，火坑，都由我自己负责"④。那么，

---

① 鲁迅：《热风·五十九"圣武"》，《鲁迅全集》第1卷，人民文学出版社2005年版，第372页。

② 鲁迅：《致许广平》，《鲁迅全集》第11卷，人民文学出版社2005年版，第20页。

③ 鲁迅：《致许广平》，《鲁迅全集》第11卷，人民文学出版社2005年版，第21页。

④ 鲁迅：《北京通信》，《鲁迅全集》第3卷，人民文学出版社2005年版，第54页。

鲁迅所"抗战"的对象是谁呢？其中之一，正是那些以权力、金钱、女人及荫福后代为目的、为理想的"阿Q似的革命党"，正是这批由中国游民文化土壤所滋生、被中国这一黑色染缸所污染的"阿Q似的革命党"。

因此，20年代初期，鲁迅盼望的是从根本上摆脱物欲、兽欲，在精神上彻底觉醒的先驱者，而决非阿Q似的人物。所以，他对阿Q不可能是"怒其不争"，而恰恰相反，是"惧怕其争"，惧怕"阿Q似的革命党"起来争夺权力与地盘！因为他们不可能成为推进中国发展的健康的力量，带给中国人民的反而是一场又一场的灾难。而这也就是小说中阿Q以悲剧为结局的根本原因。

四、从绝望到希望

庸众意识不可信服，庸众数量不可盲从，从庸众中"越界"出来的人物也是不可认同的。如上述，权力、金钱、美女，是中国"阿Q似的革命党"的"革命"目的。可以想象，如若以他们为首的革命成功之后，中国社会将成什么状态？显然，又一轮的屠杀和掠夺将重新开始，又一次的灾难将降临我们民族的头上。所以，鲁迅当时对政局的更替，对中国社会的发展，所产生的怀疑、失望、颓唐，"寂寞的悲哀"，"绝望之为虚妄，正与希望相同"的心境，是完全可以理解的。因为这样的"革命"，绝不是鲁迅所企盼的；这样的"革命党"，也绝不是鲁迅所寄以希望的。

因此，1925年2月，鲁迅才会在《忽然想到》中断然地写下如此沉痛的话："我觉得仿佛久没有所谓中华民国。我觉得革命以前，我是做奴隶；革命以后不多久，就受了奴隶的骗，变成他们的奴隶了。我觉得有许多民国国民而是民国的敌人。我觉得有许多民国国民很像住在德法等国里的犹太人，他们的意中别有一个国度。我觉得许多烈士的血都被人们踏灭了，然而又不是故意的。我觉得什么都要从新做过。"①

这场革命仿佛是一场幻梦，一场虚空。到了 1925 年，中国人民建立一个新兴的民主共和国的理想破灭了，自由、平等、博爱的观念被军阀们践踏在地，孙中山先生所倡导的民族主义、民权主义、民生主义遥不可及，仍然是封建主义、专制主义横行肆虐，我们反倒成了"奴隶的奴隶"。烈士的鲜血白流了，烈士的理想被人踏灭了。这是鲁迅在历经了困惑、失望、寂寞之后，所作出的清醒的判断和毅然的抉择。

同在 1925 年，鲁迅在 3 月 31 日给许广平的信中也谈道：革命到最后，仍是"奴才主持家政"，我们竟成了"奴隶的奴隶"。这里"奴才"的含义，既有由原先清廷官吏、袁世凯手下，摇身一变而来的民国官员，更多的是仍以"权力、金钱、女人及荫福后代"作为"革命理想"的新的各级统治者，即包括那些"阿 Q 似的革命党"人，后者也是旧思想、旧时代的奴才。用俗话说来，这场革命就是"换汤不换药"，名曰"共和"，其内里仍是"专制"。对此，鲁迅作了个精妙的比喻："涂饰的新漆剥落已尽，于是旧相又显出来。"革命涂饰上的油漆剥落，陈旧腐朽的内质也就原形毕现了。

这一对中国革命的看法，一直延续到鲁迅逝世之前。当时，斯诺与病中的鲁迅进行过一次对话，他记述下来："'民国以前，人民是奴隶'，鲁迅是这样说的。'而民国以后，我们则成了前奴隶的奴隶了。''你们已经进行了第二次革命或者说国民革命了，难道你觉得现在仍然有过去那么多的阿 Q 吗？'我问鲁迅。鲁迅大笑道：'更糟了，他们现在还在管理国家哩。'"② 也就是说，在鲁迅的心目中，

① 鲁迅：《忽然想到》，《鲁迅全集》第 3 卷，人民文学出版社 2005 年版，第 16—17 页。

② ［美］埃德加·斯诺：《斯诺文集》第 1 卷，宋文等译，新华出版社 1984 年版，第 158 页。

直到 30 年代，居然仍是那些"阿 Q 似的革命党"在"管理国家"，左右着中国的命运与前途。"我们则成了前奴隶的奴隶了"，"惟'黑暗与虚无'乃是'实有'"，鲁迅"绝望"之深，由此可见。

对于那些越界的庸众，或是未越界的庸众，鲁迅是深深地失望了。他只能用另一参照系来唤醒世人："看看别国，抗拒这'来了'的便是有主义的人民。他们因为所信的主义，牺牲了别的一切，用骨肉碰钝了锋刃，血液浇灭了烟焰。在刀光火色衰微中，看出一种薄明的天色，便是新世纪的曙光。曙光在头上，不抬起头，便永远只能看见物质的闪光。"①

"最要紧的是改革国民性"，鲁迅只能寄希望于国人彻底的醒悟上，成为"有主义的人民"。他希冀国人能"睁了眼看"别国，在那些志士英烈的感召下，真正摆脱了物质、兽欲的困囿，真正做到能为自己所信仰的主义而牺牲一切，甚至献出生命都在所不惜，这时，新世纪的曙光才会来临。

"路漫漫其修远兮，吾将上下而求索。"1926 年 9 月 4 日，鲁迅到了厦门大学。在厦门大学短短 4 个多月期间，他的思想中出现了新的萌端，最重要的是在精英与愚庸对立这一社会问题的判断上，开始逐渐挣脱了尼采哲学的束缚。如前所述，写阿 Q 时的鲁迅受到尼采"任个人而排众数"观念的影响，所以对阿 Q 及与其处于同一层面的"愚庸"们是"惧怕其争"的，有着鲜明的反游民文化、反民粹主义的倾向。但是，到了 1926 年 11 月 27 日，在厦门集美学校的讲演中，他开始"任众数而排个人"了。这场演讲原无题目，后人把它编为《聪明人不能做事 世界是属于傻子的》。这里"傻子"一词的内涵，不仅是指精英、革命先驱者，还包括民众，是工人、农民这些劳苦大众，即鲁迅过去所批判的"庸众"了。鲁迅把尼采哲学中的社会学分类作了调整，甚至颠倒过来了。

---

① 鲁迅：《热风·五十九"圣武"》，《鲁迅全集》第 1 卷，人民文学出版社 2005 年版，第 373 页。

直至 30 年代初，鲁迅才在代表"中国的脊梁"的人们中找到了自己希望之所托："我们自古以来，就有埋头苦干的人，有拼命硬干的人，有为民请命的人，有舍身求法的人，……虽是等于为帝王将相作家谱的所谓'正史'，也往往掩不住他们的光耀，这就是中国的脊梁。这一类的人们，就是现在也何尝少呢？他们有确信，不自欺；他们在前仆后继的战斗，不过一面总在被摧残，被抹杀，消灭于黑暗中，不能为大家所知道罢了。说中国人失掉自信力，用以指一部分人则可，倘若加于全体，那简直是诬蔑。"①

鲁迅把希望寄托于为中国民众争取解放的人的身上，包括共产党人的身上。因为鲁迅从跟他有过密切接触的共产党人，如瞿秋白、冯雪峰、陈赓等人身上，确实感受到他一向所推崇的"精英"的素质与品格。但是鲁迅所看到的可能会更多一点，概念更宽泛一点，他是放眼于整个中国历史的进程，来赞颂中国脊梁式的人物，也就是那些埋头苦干、为民请命、舍身求法的人。所以，他所用的词的内涵、意义应该更加宽阔一些。

但如前所引，鲁迅曾忧虑地指出："我还恐怕我所看见的并非现代的前身，而是其后，或者竟是二三十年之后。"这里，隐含着鲁迅对自己作品所具有的历史穿透力的自信。由此回想起当年太阳社的钱杏邨们的评判：鲁迅"他的思想是走到清末就停滞了；因此，他的创作即能代表时代，他只能代表庚子暴动的前后一直到清末"，"阿 Q 的时代是早已死去了！阿 Q 时代是死得已经很遥远了！我们如果没有忘却时代，我们早就应该把阿 Q 埋葬起来！"② 这些指责，是否显得过于浅薄呢？而今天，"告别鲁迅"的声浪，又是一次次地袭来，中学语文课本不是删除了多篇鲁迅文章吗？这一些，都让我们看到刻意的偏见与世俗的无知是在怎样地淡化、曲解鲁迅的精神，

---

① 鲁迅：《中国人失掉自信力了吗》，《鲁迅全集》第 6 卷，人民文学出版社 2005 年版，第 122 页。

② 钱杏邨：《死去了的阿 Q 时代》，《文学运动史料选》第 2 册，上海教育出版社 1979 年版，第 49、57 页。

从而削弱、遮盖了鲁迅作品所内含的批判性的历史穿透力。这是我们民族的悲哀！

实际上，鲁迅已把《阿Q正传》的内涵与蕴意，从空间向时间延伸、拓展。他所刻画的由越界庸众构成的"阿Q似的革命党"的这场"革命"，并不是已逝去的历史，或许仅是一种萌端、一曲前奏，在中国现代史上还会一幕幕地重演。鲁迅的忧虑不是没有道理的，其后的中国历史已有了充分的证明。当然其结果正如马克思所说："黑格尔在某个地方说过，一切伟大的世界历史事变和人物，可以说都出现两次。他忘记补充一点，第一次是作为悲剧出现，第二次是作为笑剧出现。"[①] 不管是悲剧式的阿Q，还是喜剧式的阿Q，都构成我们人类的这部历史，在历史上留下了他的踪影，留下他所启示的意义。

钱理群说过："阿Q和一切不朽的文学典型一样，是说不尽的。不同时代、不同民族、不同层次的读者从不同角度、侧面去接近它，有着自己的发现与发挥，从而构成一部阿Q接受史，这个历史过程没有、也不会终结。"[②] 本文愿能成为这个没有终结过程的一块小石。

（原载《文艺研究》2009 年第 8 期）

---

① 马克思：《路易·波拿巴的雾月十八》，《马克思恩格斯选集》第 1 卷，人民出版社 1972 年版，第 603 页。

② 钱理群、温儒敏、吴福辉著：《中国现代文学三十年（修订本）》，北京大学出版社 1998 年版，第 47 页。

卢梭美学视点中的沈从文

沈从文曾谈道，"浪漫文学解放人的全部心灵"①，而且还自诩为 20 世纪的"最后一个浪漫派"②。但学界在对其研究中，这一侧向略嫌不足。随着时间的推移与研究的进展，沈从文的浪漫主义美学思想及其在作品中的表现，愈来愈引起重视，得到研究者越来越多的认同。但对研究的现状，笔者或有一种隔靴搔痒的不满足感，或有一种由 20 世纪后期批评术语滥用而生的不着边际感。这种不贴切、不到位的"隔"，很大的原因来自沈从文的一句话："没有读过卢梭的书"。沈从文本人的断言，一下就堵塞了这一研究路径展开的可能性。在反复思索、斟酌之余，笔者还是认为，若要把沈从文研究推向深入，他和卢梭美学的关联是绝对绕不开、避不过的。本文拟以卢梭美学为视点，在相互比对与观念溯源中，来考察沈从文的美学思想。

---

① 沈从文：《废邮存底·给某教授》，《沈从文文集》第 11 卷，花城出版社 1984 年版，第 311 页。

② 沈从文：《水云——我怎么创造故事，故事怎么创造我》，《沈从文批评文集》，珠海出版社 1998 年版，第 309 页。

一、沈从文与卢梭关联的佐证

1. 对历史现代性反思的浪漫主义

1980 年，中国历史展开了新的篇章，沈从文也随之复出。但当时国内现代文学研究界在论及沈从文时，一般都把他归为"乡土文学"一类。这种归类是必要的，但沈从文作品的意义与价值在客观上却远远超出了这一阈限。不错，他对湘西的乡情民俗、人事物象，有着他人无法取代的独到体验，有着精致到几乎完美的印象主义的叙写。但他并不只停留在对乡土依恋、乡土情思的表现上，若从美学视野来看，他更重视的是以天然纯朴的乡土人情之美，即以源自卢梭的"自然人性"，作为现实人生与文明体制的参照谱系，作为理想中美与善的载体，从而逆向批判了现代文明，或曰由启蒙理性主导的社会变革所带来的种种弊端与罪恶，即对历史现代性所带来的一系列负面效应，如战争杀戮、意识形态对立、生态破坏、人性物化、私欲膨胀、诗情丧失、神性沦落等，予以反思、质疑与抗衡。这是沈从文不同于一般"乡土文学"作品的所特有的价值与意义，也正是他的作品能率先走向世界，取得国际性审美认同的原因。

浪漫主义思想史家马丁·亨克尔曾经这样论述过："浪漫派那一代人实在无法忍受不断加剧的整个世界对神的亵渎，无法忍受越来越多的机械式的说明，无法忍受生活的诗的丧失。……所以，我们可以把浪漫主义概括为'现代性（modernity）的第一次自我批判'。"① 重建对神的信仰，寻回诗性的生活，以此抗衡工业文明与工具理性，如若以此反思"现代性"的视点来论析沈从文创作的美学

---

① 转引自刘小枫：《诗化哲学》，山东文艺出版社 1986 年版，第 6 页。

思想，应该说是相当贴切的。① 而站在美学浪漫主义的立场上，对历史现代化进程第一次作出鲜明的、深刻的批判，一般都认可是卢梭。所以，罗素曾把卢梭推崇为"浪漫主义运动之父"。

但问题是沈从文曾明确地回答过他没有受过卢梭的影响。杨联芬曾转述过："凌宇曾经问过沈从文，是否接受过卢梭的影响，沈从文肯定地回答'没有'，他甚至没有读过卢梭的书。"笔者在长沙一次学术会议后参观凤凰沈从文故居时，也曾当面问过凌宇，他的回答是一样的。这是历史的真实，还是沈从文的刻意回避，现已不得而知。

2. 现存史料之佐证

但从现存的史料来看，说沈从文从未接触卢梭，这是不符合事实的。在《论郭沫若》一文中，沈从文写道："可是《反正前后》暗示我们的是作者要作革命家，所以卢骚（即卢梭）的自白那类以心相见的坦白文字，便不高兴动手了。"② 能指出卢梭文章的风格是"以心相见"的"自白"，能以卢梭作为参照系来评论郭沫若，他能说自己未读过卢梭的书吗？

1930 年 1 月 18 日，沈从文在给朋友王际真的信中也清清楚楚地写着："看卢骚的《忏悔录》，看不出好处。"③ 明明读过卢梭的书，到了晚年却又否定之，这到底是为什么呢？

令人惊讶的是，沈从文对与卢梭比肩并立的尼采却相当熟悉，在创作与文论中不时提及。小说《知识》："他想起尼采聊以自慰。离家乡越近时，他的'超人'的感觉也越浓厚。"④ 尼采的观念渗入

---

① 注：国内学界较早从现代性视角论析沈从文的有：旷新年《京派：历史与想象》（《现代文学与现代性》，上海远东出版社 1998 年版）；俞兆平《中国现代文学中浪漫主义的历史反思》（《文学评论》1999 年第 4 期）；冯奇《现代性语境中的中国浪漫主义文艺运动》（《文学评论》2001 年第 4 期）；杨联芬《沈从文的"反现代性"——沈从文研究》（《中国现代文学研究丛刊》2003 年第 2 期）等。

② 沈从文：《论郭沫若》，《沈从文批评文集》，珠海出版社 1998 年版，第 178 页。

③ 《沈从文全集》第 18 卷，北岳文艺出版社 2009 年版，第 42 页。

④ 《沈从文全集》第 8 卷，北岳文艺出版社 2002 年版，第 320 页。

了小说主人公精神内里。《谈保守》一文也引证道："尼采说：'证明一事是不够的，应该将人们向之引诱下去，或启迪上来。因此，一个知识分子应该学着将他的智慧说出来，不碍其好像愚蠢。'"① 既能熟读尼采，而对同样声名显赫的卢梭却无所接触，对于曾是北京大学旁听生的沈从文来说，似乎与常理不符。因为在当时中国思想界，卢梭声名的传播超过尼采。刘小枫在《"卢梭注疏集"出版说明》中甚至这样评价他："卢梭在近代中国的影响力，据说只有马克思可与之相比"。对于卢梭、尼采这一思想双剑所闪射出的光芒，沈从文仅熟知后者，而对前者却茫然无知，你说可能吗？

在对沈从文作品的评论中，不少研究者都已注意到他和卢梭的关联。李健吾在当年就看出沈从文和卢梭在美学精神上的关联：《边城》，是颗晶莹的明珠，当我们看完思索的时候，"涌上我心头的，是浪漫主义一个名词，或者说准确些，卢骚这些浪漫主义者的形象。……天才之所以成为天才，不在两两相同，而在各自禀赋的殊异。然而，这止不住一种共同或者近似的气息流贯在若干人的作品中间"②。李健吾明确地在《边城》与卢梭之间画上了浪漫主义这条连接线。值得注意的是，对于李健吾的这一判断，沈从文在回应中并未作出否定性的表态。

美国沈从文研究专家金介甫也认为："沈从文读书范围异常广泛。例如，他对西方浪漫主义很入迷，虽然他指名提到的只有卢梭的《忏悔录》。"③ 他还举例道："作者写《边城》还没有写出像卢梭理想的'自然形态'。"从金介甫与李健吾等的研究中，也可看出，这些评论家不约而同地把卢梭和沈从文及其代表作《边城》联系起来，这绝非偶然。其内在的逻辑脉理应该值得我们去细细地捕捉、辨析。

---

① 《沈从文文集》第 11 卷，花城出版社 1983 年版，第 242 页。
② 《李健吾批评文集》，珠海出版社 1998 年版，第 65—66 页。
③ ［美］金介甫：《沈从文传》，符家钦译，时事出版社 1991 年版，第 79 页。

　　若把沈从文的一些论著与卢梭的予以对照，你还会发现其两者之间居然有着惊人的相似之处。譬如沈从文爱水，他曾说过："我所写的故事，却多数是水边的故事。"在青岛，他对着大海默然长坐："时间长、次数多，天与树与海的形色气味，便静静的溶解到了我绝对单独的灵魂里。……我一定要放弃任何抵抗愿望，一直向下沉。不管它是带着咸味的海水，还是带着苦味的人生，我要沉到底为止。这才像是生活，是生命。我需要的就是绝对的皈依，从皈依中见到神。"①

　　卢梭也爱水："我一向是热爱水的，一见到水就沉入那滋味无穷的遐想，虽然时常没有明确的目标。天气晴朗的时候，我一起床总是忘不了跑到平台上去呼吸早晨那清新而又有益健康的空气，极目眺望美丽的湖对岸的天际，湖岸和沿湖的山岭构成了一片赏心悦目的景色。我觉得对神的崇敬，没有比这种由静观神的业绩而激起的无言的赞美更恰当的了，这种赞美不是具体的行动所能表达出来的。"② 从对自然山水默对、静观式的爱恋，慢慢进入到宗教迷狂式的对自然"神"的皈依与崇拜，你能说他们之间没有一定的关联吗？

　　如若细细地默读、品味，你可以感受到沈从文与卢梭之间，不仅审美旨趣相同，甚至连文字风格（指译文）也几乎接近。梁实秋在《忆沈从文》中曾作过这样评价："他的作品有四十几种，可谓多产，文笔略带欧化语气，大约是受了阅读翻译文学作品的影响。"③从沈从文的行文中，可发觉他的文风和阅读西方文学翻译作品之间有着内在的关联，这也从另一侧向说明沈从文有极大的可能接触到卢梭的作品，受到卢梭文风的影响，尽管也有可能是间接的。

　　3. 新的研究视角的展开

　　在我们的研究中，如若因沈从文自身的一句话，就硬性地裁断

　　① 沈从文：《水云——我怎么创造故事，故事怎么创造我》，《沈从文批评文集》，珠海出版社1998年版，第282页。

　　② ［法］卢梭：《忏悔录》第2部，人民文学出版社1983年版，第791页。

　　③ 梁实秋：《梁实秋怀人丛录》，中国广播电视出版社1991年版，第212页。

沈从文由直接阅读或间接了解得到卢梭美学思想及文风的熏陶,似乎是过于武断了。或许晚年沈从文是出自某种原因,例如记忆上遗忘,或者是由于珍惜自己作品的原创性、独特性,而不愿承认受他人的启示或影响。这在文坛上也不乏先例,像俄国作家阿尔志跋绥夫就曾经抱怨说,人们认为他受到尼采的影响纯粹是误解,理由是他未读过尼采的书。但这恰恰从另一个侧向说明,尼采思想影响之广泛、之深刻,甚至成为一种"集体无意识"在文化思想界流行开来。在当年中国思想文化界,卢梭的影响也应作如是观。但不管怎么说,从现有的资料与作品来分析、论定,沈从文与卢梭之间确乎存在着美学思想倾向上密切的关联;即使退一大步来说,他也可能像阿尔志跋绥夫一样,是一种时空隔离的在一种共同性的哲学与美学氛围中的"神交"。

卢梭,罗素称之为"浪漫主义运动之父",并予以这样的评判:"是从人的情感来推断人类范围以外的事实这派思想体系的创始者"。① 如果说,笛卡尔哲学的信条是"我思故我在",卢梭则是"我感故我在"了。对卢梭浪漫主义特质,韦勒克有一精要的概括:"卢梭鞭挞文明,赞扬个性、想象和幻想,洞见到人与自然的联系"②,其中关键的是"鞭挞文明"所具有的现代性批判的新质。因为卢梭思想中最重要的是他对文明的解构:"卢梭之出现,使人们意识到,历史进步是由文明的正值增长与文明的负值效应两条对抗线交织而成。前一条线导向人类乐观的建设性行为,后一条线导向人类悲观的批判性行为甚或是破坏性行为。"③ 这一解构与批判,即对现代性的反思,亦称"审美现代性",它集中展现在卢梭的成名作《论科学

---

① [英]罗素:《西方哲学史》下册,马元德译,商务印书馆 1976 年版,第 225 页。

② [美]雷纳·韦勒克:《近代文学批评史》第 1 卷,杨岂深、杨自伍译,上海译文出版社 1997 年版,第 87 页。

③ 朱学勤:《道德理想国的覆灭——从卢梭到罗伯斯庇尔》,上海三联书店 1994 年版,第 275 页。

与艺术》之中。以科学、艺术为代表的人类文明一向是人类的骄傲、人类理性的标志，在卢梭笔下成为新的"原罪"，成为被否定的异化现象，遭到了激烈的指控。人类文明建构的乐观性、进取性的信念，遭遇到第一次强有力的阻击，文明的正值增长中所内含的负值效应，被卢梭以一种矫枉过正的语言公开地暴露出来，人类第一次看清了自身两难的境地。

18 世纪后半叶以来，为历史现代性所推崇的工业文明在经济领域创造了奇迹，科技革命和管理革命带来了物质的丰裕、社会的进步，人类的生活条件和物质享受得到极大的提高。但是，人类文明的正值增长所内含的自否定因素也日益呈现出来："物欲"无限度地急剧膨胀，技术思维的单向、片面的隘化，人与自然的日渐疏离，商品交换逻辑渗透至生活及人的意识的深层，人类精神的"神性"和生存的"诗性"沦落、丧失……这些异化的现象引发了卢梭的忧虑及抗衡。他的批判正是作为反思现代性的批判力量而出现，这才是卢梭为代表的美学的浪漫主义的特定内质。

以下，拟以卢梭美学为视点，从自然神性的景仰、自然人性的赞美、自然人性与现代文明的冲突、自然人性与异化的都市人格等方面，对沈从文浪漫美学思想展开具体的论析。

二、自然神性的景仰

1. "自然宗教"的神

沈从文从内心里亲近自然，尊重自然，用一种世所罕见的审美敏感去捕捉自然，表现自然，甚至对自然升华到一种虔诚的宗教情绪，领悟到自然那庄严、超越的神性。而他所致力的文学创作，也正是为着这庄严的"神"。

这是其散文集《湘西》中的一段文字："遇晴明天气，白日西落，天上薄云由银红转成灰紫。停泊崖下的小渔船，烧湿柴煮饭，炊烟受湿，平贴水面，如平摊一块白幕。绿头水凫三只五只，排阵掠水飞去，消失在微茫烟波里。一切光景静美而略带忧郁。随意割切一段勾勒纸上，就可成一绝好宋人画本。满眼是诗，一种纯粹的诗。生命另一形式的表现，即人与自然契合，彼此不分的表现，在这里可以和感官接触。一个人若沉得住气，在这种情境里，会觉得自己即或不能将全人格融化，至少乐于暂时忘了一切浮世的营扰。"①他的文字下流出淡淡的水墨、静静的诗意，随即进入一个人与自然化融、人与自然合一的超然境界。沈从文受到中国道家美学影响，这在他的作品中是存在的，此处用文字描绘出的"宋人画本"，就透出与道交融的禅意。夏志清称沈从文是："中国现代文学中最伟大的印象主义者。他能不着痕迹，轻轻的几笔就把一个景色的神髓，或者是人类微妙的感情脉络勾画出来。"②

以往学界多把沈从文这类描写与感受，归之为受西方"泛神论"的影响，因为沈从文自己也曾提到"泛神情感"。但这一"泛神情感"似乎不能全等于"泛神论"，因为沈从文在追索他心中的"神"时，一再强调自身的"思"与"悟"。泛神论是属于把神融化在自然界中的哲学观点，但斯宾诺莎把自然与神等同起来，"神即自然，自然即神"，神、上帝是自然的别名，两者是同一的。其接受者，或曰崇信者一般是不假思索地把"自然"与"神"完全一体化，如早期郭沫若的诗作即是。

但沈从文对自然万物的神性，在感应中却一再强调理解与感悟："失去了'我'后却认识了'神'，以及神的庄严。墙壁上一方黄色阳光，庭院里一点花草，蓝天中一粒星子，人人都有机会见到的事

---

① 沈从文：《泸溪·浦市·箱子岩》，《沈从文散文选》，人民文学出版社1982年版，第254—255页。

② 夏志清：《中国现代小说史》，刘铭铭等译，复旦大学出版社2005年版，第147页。

事物物，多用平常感情去接近它。对于我，却因为和'偶然'某一时的生命同时嵌入我记忆中印象中，它们的光辉和色泽，就都若有了神性，成为一种神迹了。不仅这些与'偶然'间一时浸入我生命中的东西，含有一种神性，即对于一切自然景物，到我单独默会它们本身的存在和宇宙微妙关系时，也无一不感觉到生命的庄严。一种由生物的美与爱有所启示，在沉静中生长的宗教情绪，无可归纳，我因之一部分生命，竟完全消失在对于一切自然的皈依中。"①

显然，这里的观念与泛神论不大相同，阳光、花草、星星这些自然物，本身并不具有神性；而一般人用平常感情去接近它们，也不可能产生神性。但是它们及其光辉、色泽等，对于沈从文来说，却会显露出"神性"，甚至变为"神迹"。这是为什么呢？沈从文解答说：这取决于它们是否和某一生命一起，"偶然"进入他的记忆与印象之中，取决于他与它们的"单独默会"，领悟到它们的存在及与宇宙的关系，只有这样才会生长出宗教情绪，涌生出对自然神的崇拜之情。笔者认为，这种观念更接近于卢梭的"自然宗教"（理神论）。

在欧洲，"自然宗教"与"启示宗教"相对峙。"启示宗教"主张基督教教义来自上帝的启示；而"自然宗教"认为，以神的启示和神迹为基础的教义是违反理性的，是自然宗教的堕落。他们指出，在基督教产生之前，人类原始时期也存在宗教，这种宗教是"以理性为基础而自然产生的。通过理性对自然现象的认识，即可领悟神的存在和本性"②。所以又称"理神论"。这里的理性，主要是指主体对客体自然的直觉性领悟，如卢梭所推崇的"综合感觉"（第六感）。当时，卢梭所接受的是这一"自然宗教"，信奉的是这种"自然神"论。对此，若加仔细辨析，我们将会发现，沈从文所接近的也应是

---

① 沈从文：《水云——我怎么创造故事，故事怎么创造我》，《沈从文批评文集》，珠海出版社 1998 年版，第 303 页。

② 《简明社会科学词典》编辑委员会编：《简明社会科学词典》第 2 版，上海辞书出版社 1984 年版，第 381 页。

"自然宗教""理神论"，而非所谓的"泛神论"。

卢梭把这种神，称为"能动的和有思想的实体"，也称之为"上帝"。此一"上帝"不但有着至高无上的力量，而且无处不在，但又是无法认知的，人们眼视不见、手摸不到，只能靠"信仰""思索"来趋近他。卢梭曾怀着无比崇敬的心情诉说："万物之主啊，我之所以能够存在，是因为你存在；我这样不断地对你思索，为的是使我明白我的根本。"① 可以看出，沈从文所敬仰的"神"和卢梭"自然神"极为相似，其宗旨都是："通过理性对自然现象的认识，即可领悟神的存在和本性。"只有创造主体在理性层面上对自然万物的接纳、"默对"、"思索"，只有通过直觉性的"领悟"，自然的"神性"才会对他敞明、显现。神在这里是一种本源性的存在，神因人世间主体对它的思索、领悟而敞明，而人世间创造主体的生命价值意义也取决于对神思索、领悟的深浅。

"神曾命令你作什么样的人？/你现在在人类中占着什么样的位置？/对此你应当有所领悟。"卢梭曾引此诗作为《论人类不平等的起源和基础》一书"序言"的结语。循此，你才有可能真正地理解沈从文墓志铭的内涵："照我思索，能理解'我'；照我思索，可理解'人'"。一位以敏锐的感觉、虔诚的情感，来描写自然而以此著称的作家，一位"中国现代文学中最伟大的印象主义者"，何以会一再地强调"思索"呢？这一谜底，似乎只有从"自然宗教"通过直觉性领悟而使自然神性敞明，并在对"神"的虔诚遵从中，才能得到解答。

2. 在自然中敞明的神

沈从文认为，神之存在不仅取决于主体对它的理解与领悟，而且还在于特定的环境与情感。他写道：在哲学观念上，"神"对于人生是有它的意义。但它已成为历史，已给城市文明弄得下流、愚昧，成为虚伪的象征，遮饰人类的丑恶。不过，在一些僻远的乡间，在

---

① ［法］卢梭：《爱弥儿》下卷，李平沤译，商务印书馆1982年版，第410页。

祭神的仪式上，神才依然如故地存在。"它的庄严和美丽，是需要某种条件的，这条件就是人生情感的素朴，观念的单纯，以及环境的牧歌性。神仰赖这种条件方能产生，方能增加人生的美丽。缺少了这些条件，神就灭亡。"像在祭神的舞蹈戏剧中，"声音颜色光影的交错，织就一片云锦，神就存在于全体。在那光景中我俨然见到了你们那个神"①。神的出现，神的敞明，是有前提的，现代文明、都市文化已经扼杀了神，使它完全异化了。因为在种种功利欲求中，神已沦落为一种达到目的的手段；在日渐盛行的科技理性中，神已成了人类精神迷误的象征。沈从文深深地感悟到，只有在大自然中，在虔诚情感所包容的氛围中，在洋溢着牧歌情调的环境里，神才能到来，才能敞明。

神存在于自然，神敞明于自然。因此，亲近自然，回归自然，成了浪漫主义思潮的要质。卢梭在工作之余，一有机会就奔向大自然。在那儿，大自然展开一幅永远清新的华丽的图景。神，在大自然的纯正与圣洁之中，敞明了，显灵了。但浪漫主义者"回归自然"的倾向，也正是它为世人所诟病之处。当年，卢梭的好友、启蒙主义思想家伏尔泰看了卢梭的著作后，认为这是"反人类的新书"，是在倡导人们回到原始时代，回到四脚爬行、茹毛饮血的蛮荒岁月，从而与卢梭失和而分手。同样，在中国对沈从文也有着类似的误读，在论及他的一些作品的背景时，不是总有人把它批判为虚幻、飘渺，把人们引回到桃花源式的乌托邦境界吗？

在这一问题上，康德对卢梭的一个判断一直未能引起国内学界重视。康德指出："完全没有理由把卢梭对那些胆敢放弃自然状态的人类的申斥，看作一种对返回森林之原始状态的赞许。他的著作……其实并没有提出人们应该返回自然状态去，而只认为人们应该从他们目前所达到的水准去回顾它。"② 这里，康德改了一个字，

---

① 沈从文：《凤子》，《沈从文全集》第 7 卷，北岳文艺出版社 2002 年版，第 163—164 页。

② 康德：《人类学》第 107 节，转引自［德］卡西尔：《卢梭·康德·歌德》，刘东译，生活·读书·新知三联书店 2002 年版，第 12 页。

卢梭不是"返回"自然状态，而是"回顾"。一字之别，揭示出卢梭学说的现代性意义：卢梭是要人们"回顾"自然状态，而不是让人们疏远文明，返回蛮荒。它"不是怀旧的哀歌，而是未来的预言"。卢梭是以"自然状态"作为参照维度，来衡量、反思、批判人类社会"目前所达到的水准"及其所产生的负面弊端。现今，文明带来的社会的异化、人性的堕落，与人类处于自然状态时期的本真、朴实对比，相去何其远也。这才是卢梭所代表的美学浪漫主义"回归自然"的真正内涵。

同样，对于沈从文来说，他对自然形态的亲近、赞美、顾恋、"回归"，也只有从康德所指出的"回顾"的意义上去解读，才能真切地领悟到其内在的含义。夏志清很早就看出这一点："沈从文并不是一个一切惟原始是尚的人，更不是一个感情用事，好迷恋过去，盲目拒绝新潮流的作家。虽然他有些作品是可以称为'牧歌'型的，但综观其小说文体，不但写到社会各方面，而且对当时形势的认识，也非常深入透彻。"① 这一评价是相当到位的。

这种康德意义上的"回顾"一词，决定了沈从文创作的建构与批判的两翼，一是以记忆中的湘西天然古朴的文化风情及道德伦理，构建纯正的美的人性模式，以此抗衡异化了的都市人性，如《边城》一类作品；一是以"回顾"中的自然人性为标尺，来衡量、反思、批判文明社会种种异化的堕落的人事物态，如《八骏图》一类作品。不管是建构还是批判，其最终的指向都是为着他心目中庄严的"神"："在'神'之解体的时代，重新给神作一种赞颂。在充满古典庄严与雅致的诗歌失去光辉和意义时，来谨谨慎慎写最后一首抒情诗。"②

---

① 夏志清：《中国现代小说史》，刘铭铭等译，复旦大学出版社 2005 年版，第 134 页。

② 沈从文：《水云——我怎么创造故事，故事怎么创造我》，《沈从文批评文集》，珠海出版社 1998 年版，第 309 页。

三、自然人性的赞美

1. 重情厚义的湘西儿女

　　沈从文赞美自然，以对"神性"的悟觉，精细地描摹出湘西那青山绿水的画卷，传递出湘西那纯朴而又神秘的风情。山水是美的，但更美的是由这秀丽山水孕育出来的湘西儿女。他谈及自己的创作宗旨："我要表现的本是一种'人生的形式'，一种'优美、健康、自然，而又不悖乎人性的人生形式'。"即是要表现一种纯正的"自然人性"。表现的同时也就是建构："我只想造希腊小庙。选山地作基础，用坚硬石头堆砌它。精致、结实、匀称，形体虽小而不纤巧，是我理想的建筑。这神庙供奉的是'人性'。"[①] 他期望着自己的作品能像希腊小庙一样，建筑得结实、坚固，又有着美的匀称、精致，这是他在创作上想要达到的形式目的。

　　神秘的湘西，秀丽的沅水，青少年时期的体验与记忆，成了他而后文学创作取之不竭的生活源泉、用之不尽的素材宝库。随着沅水这一流动画卷的展开，一个个水灵生动的人物在沈从文笔下诞生。请看《边城》中的翠翠："翠翠在风日里长养着，把皮肤变得黑黑的，触目为青山绿水，一对眸子清明如水晶。"这是青山秀水滋养出来的女性生命的原生态之美。请看《龙朱》中的龙朱："族长儿子龙朱年十七岁，是美男子中的美男子。这个人美丽强壮像狮子，温和谦驯如小羊。是人中模型。是权威。是力。是光。"这是在神性基础上塑造出的男性生命的理想范型。

---

　　① 沈从文：《"从文小说习作选"代序》，《沈从文批评文集》，珠海出版社1998年版，第244、242页。

即使是处在社会最底层的民众，如水手、兵勇、纤夫，甚至是土匪、妓女、巫婆，沈从文也都从他们身上看到一种天然生成的生存的信义，看到人性的本真、善良："这些关于一个女人身体上的交易，由于民情的淳朴，身当其事的不觉得如何下流可耻，旁观者也就从不用读书人的观念，加以指摘与轻视。这些人既重义轻利，又能守信自约，即便是娼妓，也常常较之讲道德知羞耻的城市中绅士还更可信任。"① 这是一种未受鄙俗的商业气息所濡染，在相对封闭区域内保存下来的自然的纯朴的信义，它构成了沈从文笔下湘西儿女的人性基调。沈从文为这种自然人性的美而感动，他甚至在水手与妓女的应答中，感悟到生命与生活的庄严与圣洁："河岸吊脚楼上妇人在晓气迷蒙中锐声的喊人，正如同音乐中的笙管一样，超越众声而上。河面杂声的综合，交织了庄严与流动，一切真是一个圣境。"②

20世纪初的湘西，是中国社会一个十分奇特的地区。它，古老而僻远，蛮荒而浑厚。现代文明的触丝刚刚延及，却尚未深入、扩展开来；现代社会赖以构成的商品交换逻辑，还未左右当地的民风。这就形成20世纪中国最后的纯朴、本真的自然人性，与开始异化的现代的"社会人性"之间的处于萌端时期的交锋。正如沈从文自己对小说《边城》的解说："一切充满了善，然而到处是不凑巧。既然是不凑巧，因之素朴的善难免产生悲剧。"③ 两种人性力量在朦朦胧胧的状态中初次碰撞，充满了偶然性，即沈从文所说的"不凑巧"，从而引发了悲剧的萌端。这是极具有典型意义的美学命题。是沈从文选择了这一命题，还是这一命题选择了沈从文，或许这一切是来自天意的自然安排。

---

① 沈从文：《边城》，《沈从文小说选》，湖南文艺出版社1981年版，第243页。
② 沈从文：《一个多情水手与一个多情妇人》，《沈从文散文选》，人民文学出版社1982年版，第153页。
③ 沈从文：《水云——我怎么创造故事，故事怎么创造我》，《沈从文批评文集》，珠海出版社1998年版，第295页。

　　儒家的伦理纲常，在另一民族的文化伦理跟前仅是异质的东西，起不了作用，构不成束缚；世俗的金钱名利，更难为重义轻利的湘西民众所接受，现代人生存的枷锁一时还套不到他们的颈上。但历史的行进不可能止步，其二者之间仍隐隐约约地产生无法避免的摩擦与撞击。《边城》是沈从文刻意雕琢的一颗"晶莹的明珠"，是诗意的生存界域，是理想的乌托邦，却无法阻止金钱、商品意识的渗入，并产生诱惑，制造了多处"不凑巧"，构成对爱情与信义的潜在的威胁。在美、善的建构和颂扬的同时，悲剧的暗影却渐渐地浮起。

　　在《边城》中，那一座象征金钱与权势的"碾坊"，不时在叙述过程中闪现，就像在翠翠与二佬的爱之蓝空上飘来了一抹乌云，就像在柔美的抒情长调中夹杂着不和谐的噪音，连毫无心机的翠翠也隐约地感受到它的威胁："翠翠心想：'碾坊陪嫁，希奇事咧。'……小小心腔中充满了一种说不分明的东西。是烦恼吧，不是！是忧愁吧，不是！是快乐吧，不，有什么事情使这个女孩子快乐呢？是生气了吧，——是的，她当真仿佛觉得自己是在生一个人的气，又像是在生自己的气。"① 但是，事态的发展是，二佬断然拒绝了中寨人用碾坊作陪嫁妆奁的诱惑，不要碾坊，只要渡船，想接替老船夫的那只破渡船。在爱情与金钱、信义与财富的跟前，湘西儿女选择的是前者。虽然二佬遭遇到一系列的"不凑巧"：如因哥哥的死亡而内疚、因受到碾坊的逼迫而烦躁、因翠翠的不明事由而苦恼，暂时选择了赌气出行……但为了爱情，我认为他一定会回到翠翠的身边。尽管沈从文在小说的最后是这样写道："到了冬天，那个圮坍了的白塔，又重新修好了。那个在月下唱歌，使翠翠在睡梦里为歌声把灵魂轻轻浮起的年青人，还不曾回到茶峒来。这个人也许永远不回来了，也许明天回来！"作者只是为着为这首柔美的爱的抒情诗留下一个余音袅袅、令人回味的结尾，在小说的字里行间，对爱情、信义的肯定的分量，还是远远超过了疑虑与不安。

---

① 沈从文：《边城》，《沈从文小说选》，湖南文艺出版社 1981 年版，第 282 页。

对于《边城》，不少评论者都论及其悲剧观念，但《边城》与其说是一部悲剧，不如说是人类大悲剧的预兆、大悲剧的前奏，来得更加恰当些。在小说本身中，沈从文尚未丧失对自然人性美的信念，他只是敏锐地感觉到"现代"的威胁，现代文明的魔影的步步进逼。如果连二佬、翠翠这样纯净、本真的自然之子，都挡不住"现代"这一魔影的话，那湘西儿女及人这一族类所保留的自然、纯朴的美，将要彻底沦落，丧失殆尽。正如沈从文把自己定位为"20 世纪的最后一个浪漫派"一样，二佬与翠翠的爱情也是在湘西这块土地上演出的最后的一出浪漫的纯情剧。这"最后"二字，正是沈从文所预感到的人类大悲剧的核心所在。

2. 顺应天命的自然人性

纯真的爱是自然人性的一个侧面，而顺应天命的生存态度则是自然人性的另一侧向的表现。我们对《从文自传》中的"死亡抽签"那一场景都会有着深刻的印象，当地革命起义失败了，清廷衙门谎报"苗人造反"，大开杀戒，捕捉了大量的无辜的苗民，砍头示众，但因捉的人太多，只好杀一放二。那么，到底是谁该杀，谁该放呢？官府居然采用抽签这一荒唐的方式来决定："把犯人牵到天王庙大殿前院坪里，在神前掷竹筊，一仰一覆的顺筊，开释，双仰的阳筊，开释，双覆的阴筊，杀头。生死取决于一掷，应死的自己向左走去，该活的自己向右走去。一个人在一分赌博上既占去便宜四分之三，因此应死的谁也不说话，就低下头走去。"[①] 在死亡来临之际，应死的没有哭天抢地的哀号，没有据理申辩的抗争，而是默默地走向生命终结的边缘。甚至有的还会感到这种抽签的合理性，因为在这种赌博中存在着四分之三的生机，既然你都失去，那只能是天意的安排。在他们的心目中，生老病死，存亡轮回，是自然运行的规律，自然淘汰的法则，他们理应无条件地信奉之、听任之。

---

① 沈从文：《辛亥革命的一课》，《沈从文散文选》，人民文学出版社 1982 年版，第 25 页。

这种面对死亡的镇定与达观的自然人性，在沈从文的笔下不时地出现。小说《夜》，写的是"我"和四个士兵出差，夜宿荒僻的山间孤屋，为着消磨长夜，每人说一故事。孤屋的主人，一位能读《庄子》的山间隐者，默默地听着他们讲述，还拿出风干的栗子招待客人。直至天近破晓，我才发现他那昨天傍晚就已死去的妻子静静地躺在内房的床上，"这时才明白这一家发生了这样大事，老年人却一点不声张的陪着我们谈了一夜闲话，为了老年人的冷静我有点害怕了"。当我叫醒同伴们时，"听到一个锄头在屋左边空地上掘土的声音，无力的，迟顿的，一下、两下、用铁锹咬着湿的地面"。这是"我"亲身经历、体验过的乡间人事，一个在文明社会看来不可思议的故事，但这就是湘西山民面对死亡、感悟生命时的从容、冷静、顺应的心态。

当然，对于一位熟读《庄子》的老者，他不可能不知悉《至乐》篇中"庄子鼓盆"的典故，他虽无鼓盆而歌，但他明了生死仍自然的变化，无须为之而悲伤。"安时而处顺，哀乐不能入也"，人得生为适时，死去乃是顺应。生则适时而安，死则顺应而去，无所谓哀与乐。庄子的"死生一如"，道家的生死存亡归之一体的观念，和沈从文来自卢梭的自然人性观在此两相融合了。

"自然人性"是卢梭理论体系的核心内涵，他把人分为两种："自然的人"和"人为的人"。他在《忏悔录》中写道："我勇敢地描写了原始时代的历史。我扫尽人们所说的种种谎言，放胆把他们的自然本性赤裸裸地揭露出来，把时代的推移和歪曲人的本性的诸事物的进展都原原本本地叙述出来；然后，我拿人为的人和自然的人对比，向他们指出，人的苦难的真正根源就在于人的所谓进化。"①他把"自然的人"予以理想化，认为"自然的人"是最好的，是完善的，是人类的"黄金时代"；而"人为的人"则是人类进化所造成

---

① ［法］卢梭:《忏悔录》第 2 部，黎星、范希衡译，人民文学出版社 1982年版，第 480 页。

的恶果。

　　"自然的人"在卢梭的笔下是这样的："仅只喜爱安宁和自由；他只愿自由自在地过着闲散的生活，即使斯多葛派的恬静也比不上他对身外一切事物的那样淡漠。"① 这里的淡漠主要是指不产生"物欲"的非功利性的恬淡，而非对自然万物的冷漠。但"人为的人"就不同了，他们逢迎曲求、以充当奴隶为荣；"自然的人"是为自己的自由而活，而"人为的人"是为他人的规范而活。因此，"自然的人"的生存形态才是值得肯定的，因为他合乎人的天然本性。不管沈从文读过卢梭的书没有，他对自然人性的赞美是与卢梭完全一致的。当然，沈从文不可能生活在纯粹的原态的自然环境中，像《边城》中商品因素的介入等，时时出现在他的作品中。他看到了这一切，但他还是以一个"乡下人"的执拗，把自然与"自然人性"作为判断的最高尺度。当然，除了卢梭之处，他的创作观念中还渗入了中国道家的哲学观念，因为对于一位大师来说，"转益多师"是正常的，而且是必要的。

四、自然人性与现代文明的冲突

1. 注入新的生命之血

　　20 世纪 30 年代初，正当人们为沈从文作品奇异的风格神韵所惊愕，为他的作品旨向所茫然之际，苏雪林一针见血地揭示："他的作品却不是毫无理想的。……这理想是什么？我看就是想借文字的力量，把野蛮人的血液注射到老态龙钟、颓废腐败的中华民族身体里

---

　　① ［法］卢梭：《论人类不平等的起源和基础》，李常山译，商务印书馆 1962年版，第 147 页。

去，使他兴奋起来、年青起来，好在廿世纪舞台上与别个民族争生存权利。"① 如若一定要从沈从文的作品中寻觅出它的"功利性"的话，苏雪林这一判断倒是相当吻合。这点在当时非常难得，似乎只有苏雪林算是真正读懂了沈从文。因为沈从文就谈道："这个民族如今就正似乎由于过去种种文化所拘束，故弄得那么懦弱无力的。这个民族种种的恶德，如自大、骄矜，以及懒惰、私心、浅见、无能，就似乎莫不因为保有了过去文化遗产过多所致。"② 他无法忍受民族的堕落、人性的沦亡，他的体内腾跃着一种激情，"我正感觉楚人血液给我一种命定的悲剧性。生命中储下的决堤溃防潜力太大太猛"③，这就是上文论及的沈从文批判性的一翼。但他的这一批判性的"功利追求"，远远超出了当时所盛行的阶级性、政治性之类，他着眼的是整个中华民族的衰亡与兴起。

苏雪林把中国文化的累积比喻成石灰质的沉淀与钙化，十分形象而尖刻。同样的，沈从文也看到了中国文化的僵死停滞的一面："'生命流转，人性不易'，佛释逃避，老庄否定，儒者憨愚而自信，独想承之以肩，引为己任，虽若勇气十足，而对人生，惟繁文牍礼，早早地就变成爬虫类中负甲极重的恐龙，僵死在自己完备组织上。"④

但汉民族的衰老并不等于中国所有民族的沦落，苏雪林敏锐地看到："沈从文虽然也是这老大民族中间的一分子，但他属于生活力较强的湖南民族，又生长湘西地方，比我们多带一分蛮野气质。他很想将这分蛮野气质当做火炬，引燃整个民族青春之焰。"⑤ 以文字

---

① 苏雪林：《沈从文论》，邵华强编：《沈从文研究资料》上集，花城出版社1991年版，第48页。

② 沈从文：《〈凤子〉题记》，《沈从文批评文集》，珠海出版社1998年版，第235页。

③ 沈从文：《长庚》，《沈从文选集》第5卷，四川人民出版社1983年版，第92页。

④ 沈从文：《〈看虹摘星录〉后记》，《沈从文批评文集》，珠海出版社1998年版，第257页。

⑤ 苏雪林：《沈从文论》，邵华强编：《沈从文研究资料》上集，花城出版社1991年版，第48—49页。

的力量，把新的生命之血注入衰老的机体；以蛮野气质为火炬，引燃民族青春之焰，这就是沈从文的创作动机与作品的功能、意义之所在。在苏雪林的判断跟前，种种的善意的误读或无意的曲解，甚至恶意的陷害，都显得那么浅薄、轻飘，或是无聊、邪恶。

2. 以壮烈而圣洁之爱抗衡物欲

在人性的描写中，男女之间的情爱形态是最能表现出其自然生命力度的。《媚金，豹子与那羊》记的是一个动人的传说，白苗中最美的姑娘媚金与山北的小伙子豹子在对歌中爱上了，约定晚上到宝石洞相会。当地民间有一风俗，初夜时男的要向新妇献上一只小羊——"献给那给我血的神"。豹子为着给自己心爱的姑娘和心灵中尊贵的神，献上最美的羊，整整一夜，奔走多处，才找到一只毛色纯净、合意的小羊，但当他赶到山洞时，天已快亮了。那时，媚金以为豹子失信、爱情不贞，而拔刀自杀；晚到的豹子见此情状，把刀从爱人身上拔出，刺向自己胸膛，双双殉情。

没有其他因素的掺入，仅仅只是时间上的误差，却造成一场旷古未见的悲剧。在他们的心目中，爱是无比圣洁的，容不得一丝一毫的玷污；爱是无比高贵的，来不得一点一滴的亵渎，甚至连偶然的时间耽误也是不能允许的，否则，你只能用热血来洗涤，只能用生命来偿还。这是何等壮烈的爱的情怀！若以此和歌德《少年维特之烦恼》，或者与西方浪漫主义文学开篇之作——卢梭的《新爱洛绮丝》相比，也不见得有何逊色。

那么，作者的写作意图呢？沈从文并没有回避："时代过去了。好的风俗如好的女人一样，都要渐渐老去的。""地方的好习惯早消减了，民族的热情也下降了，所有女人也慢慢的像大城市里女人，把爱情移到牛羊金银虚名虚事上来了，'爱情'的地位显然是已经堕落，美的歌声与美的身体同样被其他物质战胜成为无用的东西了。"①

---

① 沈从文：《媚金，豹子与那羊》，《沈从文小说选》，湖南文艺出版社 1981年版，第 50 页。

他痛感生命的弱化，生存的异化，在物质主义的诱惑下，像媚金、豹子一样的坚贞、圣洁，而又充溢生命激情的情爱，只能随着时代的变迁而逐渐衰弱，终至堕落，眼睁睁地看着它流逝而去。

"无可奈何花落去"的悲剧感伤是存在的，但作者的创作的意图也是明显的，写出这一凄美而壮烈的故事，目的就在于反衬出今天的堕落与异化，让年轻一代看到世间居然还有着这种不可思议的情爱存在，从而唤醒他们心灵深处纯洁与真挚的爱与美。正如夏志清所论定的："他创作的目标是与叶芝相仿的：他们都强调，在唯物主义文化的笼罩下，人类得跟神和自然保持着一种协调和谐的关系。只有这样才可以使我们保全做人的原始血性和骄傲，不流于贪婪与奸诈。"①

3. 对异化的社会体制的质疑

正如卢梭的核心思想，自然形态的人是善的、美的，而发展起来人类社会与文明制度却与自然的人相敌对，从而造成一场场悲剧性的冲突。沈从文的不少作品表现的都是这一命题，最典型的莫过于《七个野人与最后一个迎春节》了。

小说写的约是发生在清末时期湘西北溪村的故事，该村在那时尚属化外之地，未设封建社会体制下的行政衙门，人们过着怡然自得的平静而自由的生活。特别是到每年的迎春节，人们"肆无忌惮的行乐一天"，大家聚到一起开怀畅饮，用烧酒醉倒。但是，这伊甸园式的生活被打破了，北溪设置了衙门与税局，人们必须按照官府的法令与规则生活，一切集社都禁止了，更令人无法接受的是，连迎春节醉酒的习俗也勒令禁止。

不过，北溪村有七个猎人拒绝了这一社会政治体制内的生活，他们一同搬到山洞中去了，"照当时规矩，住山洞的可以作为野人论，不纳粮税，不派公款，不为地保管辖"。他们活得正直守分，自

---

① 夏志清：《中国现代小说史》，刘铭铭等译，复旦大学出版社2005年版，第134页。

由自在。一年一度的迎春节又到了，北溪村人们"对那旧俗怀恋，觉得有设法荒唐一次必要的，人人都想起了山洞中的野人"。于是有近两百个的年轻人跑到山洞聚会、畅饮烧酒，忘形地笑闹跳掷，在狂欢中度过"最后一个迎春节"。因为到了第三天拂晓，官府就派了七十名持枪带刀的军人，把七个"野人"全部杀死，并砍头示众，其罪为土匪啸聚、阴谋造反，酿造了一场血淋淋的悲剧。

沈从文讲述这个故事的用意何在呢？显然，他像卢梭一样，是对人类的社会体制和文明规则提出质疑，是对国家政权滥用暴力的控诉。卢梭最早揭示了人类不平等的起源：随着私有财产的出现，国家一类的共同体或机构就产生了。国家这类政治组织产生的合法性，来自公民与所选出首领之间的一种契约，国家必须通过"公意"所达成的法律，来保护共同体中每一个成员的权利与自由。那么，沈从文笔下的北溪村与官府的关系是怎样呢？一则，他们没有契约性。村民"都不愿意见到穿号衣的人来到寨子里称王称霸。都明白此后族中男子将堕落成奴隶，女子也会逼迫成娼妓"。二则，官府传来的只是堕落与腐败。很快地，人口买卖行市、官立鸦片馆这些社会毒瘤就滋生起来了。三则，官府背弃了法律，成为民众的对立面。理应是保护民众生存自由与安乐的共同体机构，却成了镇压民众、制造血淋淋惨案的刽子手，而起因却源自迎春节醉酒这样一件小小的民俗风情的禁止与怀念的事件上。

七个血性男儿的"野人"挺身而出了，他们正像卢梭所描述的那样："当我看到成千成万的赤裸裸的野蛮人，鄙视欧洲人的淫逸生活，只为保存他们的独立自主而甘冒饥饿、炮火、刀剑和死亡的危险的时候，我感到讨论'自由'的问题，并不是奴隶们的事情。"[1]同样的，沈从文也意识到国家、法律与公民相对立这一社会异化问题的严重性。当年的沈从文对于社会问题的思考，以及他的政治倾

---

① ［法］卢梭：《论人类不平等的起源和基础》，李常山译，商务印书馆1997年版，第133页。

向等，不都在这篇小说中呈露了吗？那些责难沈从文作品"使人感到什么东西都仅仅得到一个模糊的轮廓，好像雾中的花、云中的月"①，是不是该驻笔沉思一下，究竟是沈从文思想境界不高，还是批评家自身思想尚未达到他的高度呢？中国现代文学界的不少批评家，首先要做的事，是要调整自己枪上的准星，否则批评的结果往往只能是"脱靶"。

4. 卢梭教育思想的图说及矛盾

现代文明及其政治体制的力量貌似强大，但它也不可能钳制一切，并非无往而不胜。特别是处于成长阶段的自由个体，在其生存形态的选择、价值取向的定位上，外力的干预或强迫性的制约往往就显得无奈与失落。小说《虎雏》及散文《虎雏再遇记》，写的就是现代文明在一次与自然人性冲突中喜剧性的败北。

故事的情节内容，沈从文在《虎雏再遇记》中有过简明的复述："四年前我在上海时，曾经做过一次荒唐的打算，想把一个年龄只十四岁，生长在边陬僻壤小豹子一般的乡下孩子，用最文明的方法试来造就他。虽事在当日，就经那小子的上司预言，以为我一切设计将等于白费。所有美好的设想，到头必不免一切落空。我却仍然不可动摇的按照计划作去。我把那小子放在身边，勒迫他读书，打量改造他的身体改造他的心，希望他在我教育下将来成个知识界伟人。谁知不到一个月，就出了意外事情，那理想中的伟人，在上海滩生事打坏了一个人，从此便失踪了。"至于这位处处得人喜爱、数名教授联手培养的"实验品"——虎雏，究竟是无意失手惹祸，还是故意生事来逃脱文明对他的"造就"，就不得而知了。四年后，"我"回湘西老家，在辰州还是他前来迎候。此时的他，已是驻军特务连的高手了，长得高大俊美，灵活而敏捷，有精神，有野性，只十八岁，就"放翻了六个敌人"，就在送"我"回乡的路途中，还不动声

---

① 田仲济：《沈从文的创作》，邵华强编：《沈从文研究资料》上集，花城出版社1991年版，第214页。

色地收拾了一个蛮横无理的军人。

这故事简直就是卢梭教育思想的形象图说。卢梭的哲学与美学的出发点是"自然的人"与"人为的人"的对立,其教育思想更是以人的自然成长、人与自然的和谐为前提而展开。他主张对儿童的教育重要是要顺应他的自由天性,让他师法自然而健康地成长。在其著名的教育学专著《爱弥儿》开篇,卢梭就这样写道:"出自造物主之手的东西,都是好的,而一到了人的手里,就全变坏了。……他不愿意事物天然的那个样子,甚至对人也是如此,必须把人像练马场的马那样加以训练;必须把人像花园中的树木那样,照他喜爱的样子弄得歪歪扭扭。"沈从文也默默认可了虎雏对自我发展道路的选择,基本上是"顺之",纵虎崽归山,放小龙入水,让他在湘西熟悉而独特环境中自然地长大。或许他会历尽困苦,尝遍艰辛,但他是在独立的意志、自由的环境中成长起来的,他的生命具有自身独立的价值与意义。沈从文讲述完这个故事,最终结论也是:"一切水得归到海里,小豹子也只宜于深山大泽方能发展他的生命。"虎雏这一喜剧性的结局,宣告了现代文明在原始性灵跟前的失败。

五、自然人性与异化的都市人格

1. 走进城市的困惑

从农村向城市发展,这是人类现代化进程的重要一环。但对于怀有独立的价值标准的思想者来说,城市的经济、文化氛围却可能成为一种异质性的存在,引发其深刻的反思与追索。卢梭和沈从文皆是如此。

这是青年卢梭走进巴黎后写给友人的信:"我怀着秘密的恐怖走进世界这辽阔的沙漠中来。那混乱在我看来只是一种可怕的孤独,有如沉闷的静寂的王国。我受压迫的灵魂想在那里发泄，却到处都受到挤压。"① 可怕的孤独、辽阔的沙漠、沉闷的静寂、受压迫的灵魂、无法对话与沟通，这一切就是青年卢梭进入城市之后的第一感觉。

同样的感觉，同样的感慨，也出现在进入城市之后沈从文的笔下："我发现在城市中活下来的我，生命俨然只淘剩一个空壳。……生命已被'时间'、'人事'剥蚀快尽了。天空中鸟也不再在这原野上飞过投个影子。生存俨然只是烦琐继续烦琐，什么都无意义。"② 他和卢梭一样，都感到城市是一片荒凉的沙漠或原野，充塞着令人恐怖的孤独感，这种环境和他们的自由本性是如此地格格不入，生命只能在烦琐与无聊中逐渐剥蚀，走向消亡。

那么，这种对立的感觉何以产生呢？沈从文在《水云》有段自述很能说明问题："我是个乡下人，走到任何一处照例都带了一把尺，一把秤，和普遍社会总不合。一切来到我命运中的事事物物，我有我自己的尺寸和分量，来证实生命的价值和意义。我用不着你们名叫'社会'为制定的那个东西，我讨厌一般标准，尤其是什么思想家为扭曲压扁人性而定下的乡愿标准。"③ 也就是说，沈从文所持的"乡下人"的价值标准与所谓的文明社会的一般标准不同，从而产生不同的社会性判断。现在的问题是，沈从文的"尺"和"秤"的内涵到底是什么？笔者认为，核心要义就是"自然人性"，它坚持的是与城市的商品交换逻辑相反的重义轻利，是与文明体制所设立的种种禁律对立的自由生存与自由发展。

在沈从文的这把尺、这杆秤的衡量下，都市是这样一幅画图：

---

① ［法］卢梭：《上流社会》，李瑜青主编：《卢梭哲理美文集》，伊信译，安徽文艺出版社 1997 年版，第 304 页。

② 沈从文：《烛虚》，《沈从文选集》第 5 卷，四川人民出版社 1983 年版，第 77—78 页。

③ 沈从文：《水云——我怎么创造故事，故事怎么创造我》，《沈从文批评文集》，珠海出版社 1998 年，第 282—283 页。

"只见陌生人林林总总，在为一切事而忙。商店和银行，饭馆和理发馆，到处有人进出。人与人关系变得复杂到不可思议，然而又异常单纯的一律受钞票所控制。到处有人在得失上爱憎，在得失上笑骂，在得失上作种种表示。……一切人事在我眼前都变成了漫画，既虚伪，又俗气，而且反复继续下去，不知到何时为止。"① 在城市，金钱无所不能，商品交换逻辑渗透到社会所有的领域，这对于沈从文来说，是根本无法适应的，他的生命因此几成空壳，连生存的价值与意义都几乎失去。

从代表自然的农村，走进城市，产生困惑，乃至涌生对立与抗衡的情绪，这对卢梭与沈从文来说倒不是一件什么坏事。两种观念、两种意识的对比、冲突与撞击，势必迸发出思想的火花，真正的思想者会从这火花的闪耀中，或是更坚定地据守原有的信条，或是予以调整、补充，或是转而选择新的准则，但不管是哪一种，都会促使思想往新的层面上升或转化。卡西勒就认为从乡野进入巴黎是卢梭思想新的起点："卢梭抵达巴黎的时候已年近三十，在这一刻，他才开始有独立的精神发展。在这里，他的思想自觉第一次被真正唤醒。从那一刻起，孩提与青少年时代在他身后远去，笼罩在一片朦胧之中。对卢梭来说，它们只是回忆与思慕的对象——是的，这种思慕直到卢梭暮时仍在他心头萦绕不去，而且依然如此有力。"② 这里，只要把卢梭的名字换成沈从文，巴黎换成北平，卡西勒所评述的几乎没有一个字不符合于沈从文。何以会如此贴切呢？除了再一次证明沈从文和卢梭思想血缘关联之外，像是很难再找到其他答案。

进入城市的沈从文慢慢地找到了自信，找到价值评断的标准："你这个对政治无信仰对生命极关心的乡下人，来到城市中'用人教育我'，所得经验已经差不多了。你比十年前稳定得多也进步得多

---

① 沈从文：《水云——我怎么创造故事，故事怎么创造我》，《沈从文批评文集》，珠海出版社 1998 年，第 290 页。

② ［德］恩斯特·卡西勒：《卢梭问题》，王春华译，译林出版社 2009 年版，第 36 页。

了。正好准备你的事业，即用一支笔来好好地保留最后一个浪漫派
在二十世纪生命取予的形式。"① 人性异化与堕落的城市使他成熟了，
反向的生命体验让他更坚定地回顾自然，赞美自然的人性。

瑞士的故乡、湘西的故乡，孩提与青少年时代的梦想与体验，
由此构成无穷无尽的回忆与思慕，卢梭和沈从文直到晚年仍对这些
念念不忘。正如卡西勒对卢梭所做的分析："在那儿，而且只有在那
儿，他所拥有的生活还是一个真正的实体，一个没有被打破的整体。
世界的要求与自我的要求之间的破裂还没有产生；感情与想象的力
量在现实之中还未有固定而严苛的界线。"② 只有从瑞士、湘西那片
未被现代性进程所异变的土地上，只有从儿时的梦与生活的体验所
交织成浑然一体的本真形态的回忆中，卢梭和沈从文才找到了历史
反思的原点，才找到了进行反现代性批判的参照系，才找到理论建
构与小说创作的源泉。

2. 异化的都市人格

在人类思想史上，卢梭首次尖锐地指出：自然人性的堕落，来
自人类社会的产生；自然风俗的败坏，源自科学和艺术的进步。在
自然人性的异化方面，卢梭揭示出了文化艺术及语言文字所起的负
面作用："今天更精微的研究与更细腻的趣味已经把取悦的艺术归结
成为一套原则了。我们的风尚里流行着一种邪恶而虚伪的一致性"。
在悖逆自己的自然人性的过程中，在邪恶而虚伪的风尚蔓延中，"再
也没有诚恳的友谊，再也没有真诚的尊敬，再也没有深厚的信心了！
怀疑、猜忌、恐惧、冷酷、戒备、仇恨与背叛永远会隐藏在礼仪那
种虚伪一致的面幕下边，隐藏在被我们夸耀为我们时代文明的依据
的那种文雅的背后"③。卢梭的用语是够尖刻恶毒的了，但是，我们

---

① 沈从文：《水云——我怎么创造故事，故事怎么创造我》，《沈从文批评文
集》，珠海出版社1998年，第308—309页。

② ［德］恩斯特·卡西勒：《卢梭问题》，王春华译，译林出版社2009年版，
第36页。

③ 卢梭：《论科学与艺术》，李瑜青主编：《卢梭哲理美文集》，何兆武译，安
徽文艺出版社1997年版，第162—163页。

如若能平心静气地读下去，就不能不承认这是个残酷的现实。

与卢梭几乎完全同调，沈从文对科学文化、对人类知识积累的负面影响，也提出尖锐的质疑："不过知识积累，产生各样书本，包含各种观念，求生存图进步的贪心，因知识越多，问题也就越多。"[①]人类知识的积累促进了以物质财富为标志的社会文明的进步，其正向的意义不可否认；但不能因此而忽略了它对自然人性的侵蚀与毁坏，这就是反思现代性的批判矛头所指，及其价值意义所在。沈从文在《长庚》中揭示："政治、哲学、文学、美术，背面都给一个'市侩'人生观在推行。""属于精神堕落处，正由于工具（按：指以文字为载体的政治、哲学、文学等）误用，在受过高等教育的公务员中，就不知不觉培养成一种阉宦似的阴性人格，以阿谀作政术，相互竞争。"[②] 沈从文70年前的批判性话语，在今天仍不失其强烈的针砭功能，这也就是今天重读沈从文的意义所在。

作为一位作家，沈从文对于这些虚伪、庸俗、猜忌、奸诈等的精神堕落现象及官场中"阉宦似的阴性人格"，予以形象的刻画。其中，最著名的一篇，是写了一群阉鸡式的教授，犹如弗洛伊德版的新"儒林外史"的《八骏图》。

小说写了八位教授，他们的日常生活形态是这样的：教授甲，家眷未带身边，枕旁放一部《疑雨集》，一部《五百家香艳诗》，蚊帐里挂着一幅半裸体的香烟美女广告，窗台上放保肾丸药瓶。教授乙，也不带家眷。在海滩上看到穿新式浴衣青年女了，回头观望，掩饰地说："上海女子全像不怕冷。"教授丙，道德学教授。他认同柏拉图式"精神恋爱"，其同事 X 先生与爱人同居，却没男女关系，就像一只公鸡，在母鸡身边，却作出一种无动于衷的阉鸡样子。但丙教授却在希腊爱神照片前负手看了又看，好像想从那大理石雕像上凹下凸处寻觅些什么，又忽然问到班上一个身材苗条圆熟的女学

---

① 《沈从文文集》第 11 卷，花城出版社 1984 年版，第 271 页。
② 《沈从文文集》第 11 卷，花城出版社 1984 年版，第 291 页。

生。教授丁，泛爱主义者，他喜欢许多女人，却不和任何一个女人结婚。他想要让所爱的女人先去嫁给一个明明白白一切皆不如他的人，使她消磨尽美丽的生命，然后才去告诉她，她失去了的，在我心上还好好的存在，把爱情当成一场戏来演。教授戊，行为主义者。他认为女人并无情趣，你不必吟诵什么莎士比亚诗句，强行索吻，她就认命了，你就成了。教授庚，经济学者，谈恋爱散步时只静静地沉默地走来走去。但看女人的眼光却"有点危险"，"既代表贞洁，同时也就充满了情欲"。教授辛，历史学者，"简直是个疯子"。而叙述者达士教授：自认为是个身心健康的，能医治上述那些病人的医生。在放假准备回乡与未婚妻团聚时，收到一封挑逗性的简信："学校快结束了，舍得离开海吗？"但他"不怕什么魔鬼诱惑"。后到海滨浴场散步，又看到那女孩在湿沙上写的："这个世界也有人不了解海，不知爱海。也有人了解海，不敢爱海。"边上画有美丽的眼睛，他动心了，留了下来，用"海"来治疗他突发的"病"。自认为能抵御魔鬼的正人君子，终于也下"海"了。

　　沈从文写作《八骏图》的用意，他自己讲得很清楚："只是在组织一个梦境。至于用来表现'人'在各种限制下所见出的性心理错综情感"，性心理的分析为其旨向，因而要从弗洛伊德精神分析说的视角切入，从"力比多"原欲被压抑而扭曲地发泄的原理，来理解悲剧性缘由。在《〈八骏图〉题记》中，沈从文明晰地指出：这群阉鸡般的教授虽富于学识，虽在五四时期的社会思想批判中，或是文学创作中，高呼过"恋爱自由"的口号，但他们实际上并未真正自由地爱过，并未真正地享受过人生，甚至连最原始的性的欲望也被现代所谓的文明所压抑、窒息，以致才有了上述的那些猥琐、变态、虚伪的言行举止，这群人的生存才是真正的人生悲剧。因此，"活在中国作一个人并不容易，尤其是活在读书人圈儿里，大多数人都十分懒惰、拘谨、小气，又全都是营养不良，睡眠不足，生殖力不足。这种人数目既多，自然而然会产生一个观念，就是不大追问一件事情的是非好坏，'自己不作算聪明，别人作来却嘲笑'的观念。这种观念普遍存在，适用到一切人事上，同时还适用到文学上。这种观念反映社会与民族的堕落。憎恶这种近于被阉割过的寺宦观念，应当是每个有血性的青年人的感觉。"①

沈从文憎恶的是读书人那种拘谨、小气、懒散，他认为这种病态，从生理深层上说，是"生殖力不足"；从人性气质上看，是缺乏阳刚的气质；从社会品格上讲，是阉宦式的猥琐、阴暗。阉宦式的都市人格与强健的自然人性，在沈从文的心目中时时形成鲜明的强烈的对照："这种'城里人'，仿佛细腻，其实庸俗；仿佛和平，其实阴险；仿佛清高，其实鬼祟。这世界若不变个样子，自然是他们的世界。"而他所推崇的是这样一种类型的人："我崇拜朝气，欢喜自由，赞美胆量大的，精力强的。一个人行为或精神上有朝气，不在小利小害上打算计较，不拘拘于物质攫取与人世毁誉；他能硬起脊梁，笔直地走他要走的道路"。② 这后者，就是卢梭所肯定的"自然人性"。还是苏雪林的判断到位，沈从文所做的一切，就是要把自然人性的鲜活的健康的血液注入这日渐衰朽的民族机体，重铸我们的民族性，使人格坚毅而刚烈、人性完美而纯正。

因此，卢梭与卢梭的美学思想，是我们在研究沈从文时，无法回避的参照体系，无法忽略的美学背景。

（原载《学术月刊》2011 年第 1—2 期）

---

① 沈从文：《〈八骏图〉题记》，《沈从文批评文集》，珠海出版社 1998 年版，第 240 页。

② 沈从文：《〈萧乾小说集〉题记》，《沈从文批评文集》，珠海出版社 1998年，第 186 页。

现代性视野中台湾《创世纪》诗人之诗学观

　　叶维廉在《历史整体性与中国现代文学研究之省思》一文中论及："历史意识和文化美学形式是不可分割的，所以我们在研究单一的现象时，必须将它放入其所生成并与别的因素密切互峙互玩的历史全景中去透视。"① 这就是说，对文学艺术本体的审美研究，不能把它从所处的历史环境中抽离出来，而必须在二者的对峙相持、互动共容之中来进行考察、论析。这种批评意识，既重视作品内在自足的美学结构的阐释，也注意到作品各层面的历史衍化缘由与过程的追溯，是一种由经验证明的相对合理的批评观。

　　若以这种批评观来参照以往大陆诗歌理论界对台湾《创世纪》诗刊的研究，特别是对其前行代诗人现代主义创作时期的研究，显然在"历史全景中去透视"这一维度上还不够到位。因为他们对历史的追溯，更侧重于对台湾"现代主义"诗潮发展过程的回顾与叙述上，而对于引发这一思潮产生、兴起的宏观的历史背景及其哲学、美学的学理缘由，在论述上都比较简略，即对这一问题展开深入细化的研究，显得不够。因此，把对《创世纪》前行代诗人的诗学观

---

　　① 叶维廉：《中国诗学》，生活·读书·新知三联书店 1992 年版，第 190 页。

研究，纳入"现代性"这一宏大的历史全景中进行考察，是推进其深化的必要的路径之一。

现代性是人们对近两三百年来现代现象的认识、审视、反思，是对现代化进程的理论概括和价值判断，即关于社会进步、理性价值的追求与反思。它有着特定的内质与时间阈限，其内质界定源自其特定的现代结构："如此'现代结构'指以启蒙运动为思想标志，以法国大革命和俄国十月革命为政治标志，以工业化及自由市场或计划市场为经济标志的社会生存品质和样式。"① 因此，虽然在《创世纪》诸君的文论中尚未出现"现代性"这一词汇，但作为一种诗歌流派，它的产生、发展过程已客观地纳入上述特定的"历史全境"之中，这就确立了从现代性视野中审视《创世纪》前行代诗人在现代主义创作时期诗学观的合理性，它将促使我们从新的视角来进行透视，从而做出新的阐释与判断。

一、以诗性抗衡物性

西方自文艺复兴以来，对自然科学的研究有了迅速的发展，取得了巨大的成就。这体现在启蒙主义运动所构建的一系列神话上：一是人的理性神话，康德说："鼓起勇气，运用你本人的理性。"人挣脱了神学与宗教权威的束缚，确立了理性至上的地位，理性成了人的科学认知乃至价值判断的唯一可信赖的基点；二是科技神话，由数学、物理学等所推导出的科学经典法则不仅能认识全新的宇宙，还可以解释人的精神界的问题，跨越了价值论的界域，由此形成盛

---

① 刘小枫：《现代性社会理论绪论——现代性与现代中国》，上海三联书店1998年，第64页。

行至今的科学主义思潮；三是进步神话，在人类发展的进程上，坚信人类社会沿着进步的途径线性地向前、向上发展，对人类社会的前程抱着美好的乐观主义信念。这也就是我们称之为启蒙现代性的内涵要义。

但随着历史的前行，启蒙现代性所内含的自否定因素逐渐暴露出来。最严重的问题是它打倒了宗教的神的上帝，却又把人的理性尊奉为新的上帝。当它用数字、概念来分封万物、切割自然、规范个体，当它用量化的交换原则来支配社会运作与个人行为，当它用人类中心主义的实用功利观念来驾驭、主宰自然万物，这时候，自然与社会异化了，人"物化"了。即在自然的人化过程中，"自然非自然化"了；在人的人化过程中，"人非人化"了。当启蒙现代性的负面效应日渐呈露出来时，另一种抗衡的力量便诞生了。这就是包括《创世纪》诗派在内的、世界范围内的现代主义文学艺术思潮的兴起。

丹尼尔·贝尔是持这一理论趋向的最重要的理论家之一，他敏锐地感应到资本主义文化的反叛性与抗衡性。在《资本主义文化矛盾》中，他把社会分为三大领域，在技术—经济领域，工业化社会为了获取收益，尽量把工作分解成按成本核算的最小单位，其轴心结构本身是一个官僚合作体系，由此"其中的个人也必然被当作'物'，而不是人来对待，成为最大限度谋求利润的工具。一句话，个人已消失在他的功能之中"。在政治领域，政治机构日益加紧对经济与社会的干涉、渗透，官僚体制与平等的政治原则之间的紧张关系构成当今社会冲突的格局。但在文化领域，由于作家、艺术家的创造及作品是"自我表现和自我满足。它是反体制的，独立无羁的，以个人兴趣为衡量尺度。在这里，个人的感觉、情绪和判断压倒了质量与价值的客观标准，决定着文艺作品的贵贱"①。因此，只有在

---

① ［美］丹尼尔·贝尔：《资本主义文化矛盾》，赵一凡等译，生活·读书·新知三联书店 1989 年版，第 26 页。

文学艺术等的审美创造中，人才不是"物"，才具有个体存在的价值。这是一种文化民主化的倾向，它会促使每个人去实现自己的潜力，实现个人价值，同时也造成人的个体、自我与技术经济、官僚政治的冲撞。因此，丹尼尔·贝尔"把现代主义看成是瓦解资产阶级世界观的专门工具"①。

只有在这样的"历史全景中去透视"，我们才有可能真正理解洛夫在"《石室之死亡》自序"——亦可称之为《创世纪》现代主义创作原则的宣言——首段话的内涵："揽镜自照，我们所见到的不是现代人的影像，而是现代人残酷的命运，写诗即是对付这残酷命运的一种报复手段。"② 在中国诗学史上，洛夫这段话有着石破天惊的震撼力，诗不再是晓风落日前风情万种的咏吟，不再是安邦立业时长剑出鞘的声响，而成了"对付这残酷命运的一种报复手段"。这与传统的中国诗学观念大相径庭，标志着诗人美学立场巨大的转换。这一转换若局限于诗歌流派之间的更替取代的论析，显然是无法做出准确的解答。只有立足于对时代、社会更动的考察，联系到人类进入资本主义这一异化的社会的特有阶段时，才能寻觅到其间的因果关系。

请读读诗人痖弦在其代表作《深渊》一诗中所描绘出的社会现状："在有毒的月光中，在血的三角洲，/所有的灵魂蛇立起来，扑向一个垂在十字架上的/憔悴的额头。"上帝蒙难了，他的子民的灵魂叛变了，蛇的毒信，血的腥味，染毒的寒光，到处是地狱一般恐怖的氛围。在这一社会境遇中，人完全"物化"了，麻木了，沉沦了，因为他只是"谋求利润的工具"而已，他没有尊严，没有感情，没有是非善恶的正常判断，成了一具仅为活着而活着的行尸走肉：

---

① ［美］丹尼尔·贝尔：《资本主义文化矛盾》，赵一凡等译，生活·读书·新知三联书店 1989 年版，第 31 页。

② 洛夫：《诗魔之歌——洛夫诗作分类精选》，花城出版社 1990 年版，第122 页。

"哈里路亚！我仍活着。/工作，散步，向坏人致敬，微笑和不朽。/
为生存而生存，为看云而看云，/厚着脸皮占地球的一部分……"叶
珊在《〈深渊〉后记》曾回顾道："痖弦的诗甚至成为一种风尚、一
种传说；抄袭模仿的人蜂拥而起，把创造的诗人逼得走投无路。"①
痖弦成功，不仅在于其诗艺的精湛，更重要的是痖弦在台湾刚进入
工业化的时期，能最先触摸到时代的脉搏，感受到人类历史行程中
巨大的悲剧性。对此，痖弦有过自我告白：他要在诗中"说出生存
期间的一切，世界终极学，爱与死，追求与幻灭，生命的全部悸动，
焦虑，空洞和悲哀"②。若没有这一诗学宗旨，再高明的诗艺技巧也
无法奏效。

揭示人类"物化"的状态，透视人类的悲剧命运，不是沉沦，
不是自溺，而是要警醒世人，抗衡异变。如洛夫所说的那样：裸呈
整个生命，从被伤害的内部，发出凄厉而昂扬的呼声。在生与死，
爱与恨，获得与失落之间的游疑不安中迸出来的孤绝的呐喊。这种
以自我表现、自我满足为特质的现代主义诗作，它反抗体制、反抗
异化，重塑个体自由，以诗的创造来肯定个体的价值及生存的意义。
正是在这一倾向上，它成了一种抗衡的力量，乃至"报复"的手段。
按丹尼尔·贝尔的看法，这一文化倾向、文化情绪、文化运动，持
续已久，甚至在马克思主义之前就开始不断地攻击资本主义社会了。
所以，欧文·豪认为，要为现代主义下定义，必须用否定性的术语。
把它当作一个"包蕴一切的否定词"。他写道："现代主义存在于对
流行方式的反叛之中，它是对正统秩序的永不减退的愤怒攻击。"③

《创世纪》诗人们敏锐地感应到这一文学思潮的历史动向，他们
不仅从诗作中发出自我生命的呼喊，而且在理论著述中，也用理性

---

① 痖弦：《痖弦诗集》，台湾洪范书店 1988 年版，第 239、247、316 页。

② 痖弦：《中国新诗研究》，台湾洪范书店 1987 年版，第 49 页。

③ 参阅［美］丹尼尔·贝尔：《资本主义文化矛盾》，赵一凡等译，生活·读书·新知三联书店 1989 年版，第 92 页。

的语言传达了他们形而上的理解。《创世纪》群体中最成功的理论家叶维廉这样写道："人的自我控制真世界的形义的做法，也影响到历史社会。这个垄断自然的原则被转移到人的关系上，即人垄断人。人依着'用'的原则去取物、去了解物；现在人依着'用'的原则去取人、去了解人。在这种人人、物我的关系里，物因此失去其独立自主的原性；人因此失去他为人的真质。工业革命以后，更是无以复加。工业革命的结果是把'货物交换价值的原则'主宰一切的人际关系。"① 这就是人类把主体理性奉为新的上帝之后引发的另一形态的悲剧。理性膨胀的后果是人类中心主义的泛滥，它对自然采取的手段是垄断与掠夺，即上述的"自然的非自然化"；当它把对自然的垄断移至对人的垄断时，人的本真被遮蔽了，人从"灵"降为"物"，人之间的关系也为物—商品交换逻辑所左右，这就是"人的非人化"了。叶维廉清醒地把握了这一历史动向，他的理论思考势必影响到《创世纪》群体的创作与批评。

洛夫则更明晰地把"现代人迷惘失落的原因"列为三点：一是达尔文的物种原始观暴露了人的原性，人的尊严、信仰幻灭了；二是弗洛伊德精神分析说揭示了潜意识领域，被理性视为万恶之源的自然本能被人正视了，而原有建立在理性基点上的道德价值却被动摇了；三是科学的发达与科学法则的规范，"人成了集体组织与机械的奴仆，使生命降至科学的物质化与机械化，因而导致精神的全部崩溃"。洛夫还指出，在两次世界大战之后，在核弹蘑菇云阴影的笼罩下，反叛性的存在主义哲学产生了，这一切使"整个现代文学艺术也无不在其影响下产生质的变异"②。正因为《创世纪》的诗人们有着这样的理论自觉，才使他们这一群体在继纪弦、覃子豪之后，掀起了更加壮观的更具生命力的现代主义诗潮。

① 叶维廉:《比较诗学》，台湾东大图书公司1983年版，第118—119页。
② 洛夫:《诗魔之歌——洛夫诗作分类精选》，花城出版社1990年版，第122页。

对人的物性的批判是一种否定，否定之否定即为肯定，即对人的诗性生存的寻求。叶维廉在后期曾回顾当年的心境："如何去了解当前中国的感受、命运和生活的激变与忧虑、孤绝、乡愁、希望、精神和肉体的放逐、梦幻、恐惧和游疑，同样地，我们也转向内心求索，找出一个新的'存在理由'，试图通过创造来建立一个价值统一的世界（那怕是美学的世界）来弥补那渺无实质的破裂中的中国空间与文化。"① 虽然这一生存的忧虑、困惑，还夹杂着离开大陆母体（包含文化母体）"南渡台湾"这一政治因素，但他们想通过文学艺术的创造来建立一个美学世界，以取得精神上的平衡与抚慰的意图却是十分明确的，尽管这一美的世界是建立在内心深处，建立在精神之中。

而洛夫以下的这段话，似乎可以作为《创世纪》诸君创作宗旨的归纳："诗人在本质上大多是一个理想主义者，他们并不企求进入柏拉图的理想世界，但仍希望通过现代美学重新回归到人与自然的一元关系，虽不一定能达到'究天人之际，通古今之变'，至少能使精神获得安顿，使人的希望在现实中被扼杀却能在艺术中获得超越，从混乱中建立一个新的秩序，从机械文明中重新寻获人的尊严。"② 启蒙主义运动所建立的主体与客体的二元对立，人类中心主义对自然的宰割与掠夺，工具理性对感性个体的"物化"，这一切将在诗与艺术所建立起来的幻美的世界中逐步消解。"回归人与自然的一元关系"，也就是对"诗意的栖居"的寻觅。天地人神四重性的融合，使人们不再凌驾于自然之上，不再对大地与天空肆意掠夺，而是等待神性，承接神性，用神性升华物性。或许这只是一种乌托邦之美，但它却像一道光的利剑穿透迷惘的雾障，使《创世纪》群体的诗人们为之奋起，力图以诗性所召唤的神性来抗衡物性，来战胜物性。

① 叶维廉：《中国诗学》，生活·读书·新知三联书店1992年版，第280页。
② 洛夫：《诗的探险》，台湾黎明文化事业公司1979年版，第42页。

二、以超越提升生存

《在现代性的五副面孔》中,卡林内斯库十分清晰地勾勒出现代性内部的分裂与对立:"在 19 世纪前半期的某个时刻,在作为西方文明史的一个阶段的现代性同作为美学概念的现代性之间发生了无法弥合的分裂。"也就是说,现代性在发展初期,其内部就发生了分裂,存在着历史现代性(亦称"启蒙现代性""资产阶级庸俗现代性")和美学概念现代性(亦称"审美现代性""文化现代性")的对峙。卡林内斯库指出,各种形式的反资产阶级政治激进主义都经历了一个美学化的过程,因此:"那些以极端审美主义为特征的运动,如松散的'为艺术而艺术'团体,或后来的颓废主义与象征主义,当它们被看作反对正在扩散的中产阶级现代性及其庸俗世界观、功利主义成见、中庸随俗性格与低劣趣味的激烈论战行动时,能够得到最好的理解。"① 存在主义这一哲学观念,或曰政治激进主义也经历了存在主义美学化的进程。

洛夫当时的诗论,十分重视存在主义哲学思潮,多把它和超现实主义文艺思潮相提并论。他认为,今日中国现代诗的发展,大致有两个倾向,一是"涉世文学",即作者须对人类真实存在具有追寻的热情;一是对纯粹性文学之追求。"前者与存在主义思想有根本上的渊源,后者则是超现实主义必然产生的归向。"尽管这二者在文学审美倾向上有较大的差距,但它们之间在"以人为中心"这一基点上却是一致的,只是超现实主义更接近超人哲学而已。所以,在洛

---

① [美]马泰·卡林内斯库:《现代性的五副面孔》,顾爱彬、李瑞华译,商务印书馆 2002 年版,第 48、51 页。

夫的心目中，自我的入世精神与诗美的超越性、纯粹性是可以统一的。而在哲学观念上，"存在主义文学在本质上是反理性，反逻辑，反客观性，而超现实主义则是从潜意识出发，背离一切传统的规律与法则"①，反理性与潜意识属于同一哲学脉流，所以其二者在诗美的创造中也是可以融合一体的。这就是，以诗美创造的纯粹性、超越性，来引领自我的生存困境。正如丹尼尔·贝尔所说的："真正富有意义的文化应当超越现实，因为只有在反复遭遇人生基本问题的过程中，文化才能针对这些问题，通过一个象征系统，来提供有关人生意义变化却又统一的解答。"②

　　存在主义学说有一特质，即从限定中观察事物。雅斯贝斯设立了"限界状况"这一概念，如虚无是对存在的限定，死亡、苦恼等则是对作为此在的个人的限定。由于艺术是人所创造的，所以存在主义美学、存在主义艺术论多"是从死中考察艺术的，所以和许多以前的所谓感性学的美学不同，它除去探索趣味问题以外，还在探索真理；和以往不同，它与其说注重作品的批评，毋宁说注重超越的解释；与其说注重欣赏，莫若说注重创造；与其说注重法则不如说注重自由。"③ 真理、超越、创造、自由，这些才是存在主义美学所注重的，亦即当年《创世纪》诸君的诗学倾向。

　　张默曾经呼唤过超越时间的诗作，他这二首诗有可能突破雅斯贝斯的"限界状况"。一是《死亡，再会》："老太阳照样从云彩的边缘扑过来/时间冷冷而无声/我们赤裸裸地/坐在婴儿的摇篮里/坐在死亡的列车上/我们赤裸裸地/坐在地平线的尽处/我们赤裸裸地/缓缓地/静静地/猛力推开这座原始的荒原"。人赤裸裸地、无由地、无助地被抛入了世界，抛入这比原始还要原始的"荒原"。迎接新生婴

---

　　① 洛夫：《诗魔之歌——洛夫诗作分类精选》，花城出版社 1990 年版，第 123 页。

　　② ［美］丹尼尔·贝尔：《资本主义文化矛盾》，赵一凡等译，生活·读书·新知三联书店 1989 年版，第 24 页。

　　③ ［日］今道友信：《存在主义美学》，崔相录、王生平译，辽宁人民出版社 1987 年版，第 72 页。

儿的是什么呢？没有温情，没有乳汁，只有那老太阳毫无感情的淡漠的目光，只有那冷寂的时光无声地永恒地流逝；而令人震惊的是，这一新生婴儿的摇篮是置放在列车上，其终点站的域名为"死亡"！死亡，把我们从永恒的时间存在中隔断，人面对的是必有一死的时间限定，即和无限的、永恒的宇宙时空相比的那种有限的时间性。新生，面对的就是死亡；死亡，限定了新生。存在主义哲学、美学就是这样揭开了个人、此在所面对的残酷的生存真相。

张默另一首诗相当奇特，题曰《我是一只没有体积的杯子》："站在时间的水平面上/隐隐浮着一层寒光的/你走近，它扑下/你远离，它升起/我是一只没有体积的杯子"。这是一只什么样的"杯子"呢？如果不从存在主义的"限界状况"概念出发，你可能永远无法做出切近原作的阐释。如上述，对存在的限定是虚无，而虚无亦由存在而生发。你去寻找直接的存在，它"扑下"，隐身了；你远离它，以形上的目光去探寻存在，它又从个别存在者中隐约"升起"。这也是诗第二段中"似乎可以瞧见，暴露在阳光下的/事事物物，除了一只没有脚的/硕大无匹的杯子之外，竟然一无所有"，所蕴含的感悟。显现着的"事事物物"这些存在者，"似乎可以瞧见"，像是可以"一把抓住某些流动的液体"，但它从根本上来看，又是"一无所有"，是无，是虚无。虚无——存在——存在者——此在，在诗中由一系列意象得以暗示，敞开，传递出张默对存在主义哲学的诗性感悟。

那么，由此看来，张默他们不是极端的悲观主义者吗？不，按存在主义者的观念，当人从一般的非精神性的存在者，上升到具有精神的存在者时，他将获得一种解放的力量。因为他看到了、理解了个体生存的时间限定性。那么，他就必须做出选择，如何来超越这有限的生存？这时，艺术成为他最佳的选择。存在主义认为，感觉接触事物与精神接触事物是不同的，前者是滞留，后者是超越。精神是被存在本身召唤的，而世间只有人才具有向存在发问的可能性。这样，人就通过艺术召唤存在，通过存在召唤精神，"艺术是给精神提供脱自（extasis）的修养、锻炼机会的场所。如果存在本身是向自我召唤精神的东西，并且，这样使精神可能从肉体中获得完全解脱的话，那么它就可以畅行无阻地使精神向所有精神展示某种练习的途径。这就是艺术存在的根据"①。所以，作为此在的我，诗人在艺术中得到了精神超越："我欣悦，世界是如此波涛汹涌/幸好，我是一只没有体积的杯子。"没有体积的，也就是没有实体的，"无"就是"有"，没有体积的、也就最大体积的"虚无"，它作为"原限定"限定了最根本的"存在"。当然，也许诗人当时尚未能达到这样的哲学自觉，但诗人之所以为诗人，就是他可以超越理性的限定而充分享受精神的自由。

对于非精神性的存在者来说，死是一种消失；而对于有精神性的存在者来说，死有着不死的可能性，因为死是精神从肉体中的解脱，是向存在本身的升华。洛夫那一时期的诗作：《踏青》《陨星》《微云》，直至《石室之死亡》等，均有着这一存在主义的深沉的哲学意向。如《踏青》："注满一杯酒，举盏向微笑的晴空祝福/翱翔的雏燕在春风里画着一个个生命的圆/时间的驿车已辘辘远去，让死亡的死亡/听！深山在向你发出严肃的召唤"，雏燕在画着生命的圆，对着时间的限定，死亡的命定，它自由地翱翔着，因为它听到了、悟解了存在本身的"严肃的召唤"。又如《陨星》："仅闪烁过瞬息的光华/但在时间的长流中你已永恒/亦如爱者的贞操，智慧的诗篇/任凭宇宙多变，你我永属同源"，存在者的瞬息的闪现，并不等于它的消失，因为它曾"划亮眩眼的光辉"，"游过时空的河流"，"像远古的英雄"，"慷慨的死亡"，精神的超越使它在瞬息中得到永恒，因为它向着存在本体升华。因此，洛夫对死亡有过这样充满诗意的解说："死为人类追求一切所获得的最终也是必然的结果，其最高意义不是悲哀，而是完成，犹如果子之圆熟。"② "果子之圆熟"，即是作为此

---

① ［日］今道友信：《存在主义美学》，崔相录、王生平译，辽宁人民出版社1987年版，第76页。

② 洛夫：《诗魔之歌——洛夫诗作分类精选》，花城出版社1990年版，第137页。

在的人对存在本身追问的解悟与回归。（至于宏大如史诗般构建的《石室之死亡》，此处暂不细论）

三、以语言敞明存在

启蒙现代性遭致审美现代性批判的缘由之一，就在于它从理性权威出发，用数字、概念来分封万物、切割自然、规范个体。作为概念载体的语言成了理性统治世界、主宰万物的强有力的工具。这是近代形而上二元论哲学的主体至上主义的常规思维方式。在《创世纪》群体中，对作为工具论、手段论的语言观持警觉态度，并予以强有力的理论批判的，叶维廉是最突出的一位。

在《言无言：道家知识论》第二节"真名假名"中，叶维廉精要地论析了自柏拉图到亚里士多德，再到康德，直至黑格尔等西方传统的认知程序与方式的弊端。他指出，柏拉图否定变动不居的现象界，而只肯定派撒哥拉斯式的数理、几何思维的哲学家所冥思的理念世界；康德以先验法则去调理、组织感觉时空形态等，都促使逻辑推理方法在西方认识论中成为主导形式。像但丁《神曲》中由地狱通过炼狱达至天堂的进程，便与柏拉图由感觉层面通过数理思维升向理念本体的哲学观念有关。此种观物运思的态度，使西方语言法则陷于呆板的、分析性的、以逻辑推演和时空限定去规范对象的形态中。这种语言思维逻辑的分析法，往往破坏、割裂了诗的美学意境，把诗境中的真实事物减缩、改变、限制，把事物原有的自由，原有的多重时空关系的自由剥夺了，诗意、诗境之美反而受损。[1]

---

① 参阅叶维廉：《中国诗学》，生活·读书·新知三联书店 1992 年版，第41—44 页。

　　叶维廉对此批判道："语言在柏拉图、亚里士多德以来，原已走上了抽象取义的路上（物象与语言离异的开始中），现在则更被减缩为一种纯然是工具的东西，专为一种意识形态去服务：即物与人除'用'无他（看一棵树只见'木材'而不见树之为树，看人则只考虑他的'生产潜能'，不考虑其本能的其他质素。是人的'物质化'和'异化'）。语言的作用不是什么逗兴天机，而只是为提供实用性的知识而存在。"① 也就是说，语言被作为意识形态的工具来使用，语言被概念化的理性束缚在外物之上，它属于"概念化的建构性言说"。这样，它所得到的往往是一种假象，使人与真实世界隔离开来。对于真实世界，对于天机，它成了一种限制、减缩，乃至歪曲的东西。这类"言说"将活生生的语言言说概念化、静态化、限定化，其实质是语言对真实世界、对存在的一种遮蔽。这样，语言陷入危机之中。

　　既然语言对真实世界来说是一种遮蔽，但语言又是沟通人与存在之间的唯一媒介，这就产生了悖论。如何突破这一两难的困境呢？叶维廉找到中国道家，找到了海德格尔，他"发现海德格尔和道家主义者说着同一的语言"②。在台湾诗人与诗论家中，他最早从语言的工具论转向了语言本体论。

　　海德格尔主张："存在在思想中形成语言。语言是存在的家，人以语言之家为家。思想的人们与创作的人们是这个家的看家人。"③语言是存在的家园，而非指义的手段。存在唯有在语言中显现，在人对于存在的言说中敞明，而"诗性言说"正是使原真世界、使存在因之而敞明的最重要途径。叶维廉引述海德格尔在《贺德龄与诗

---

　　① 叶维廉：《语言与真实世界》，《古代文学理论研究》第 8 辑，上海古籍出版社 1983 年版，第 62—63 页。

　　② 叶维廉：《语言与真实世界》，《古代文学理论研究》第 8 辑，上海古籍出版社 1983 年版，第 67 页。

　　③ ［德］海德格尔：《诗·语言·思》，彭富春译，文化艺术出版社 1991 年版，译者前言第 4 页。

的本质》一文中的观点："诗人拥有最危险但也是最珍贵的语言。最危险，是因为他把原真事物疏离；最珍贵，如能脱离概念的假象，它可以把原真的事物重现。"① 这就是说，语言是一把双刃剑，它对于真实世界，或是割裂、疏离、遮蔽，或是闪射"去蔽"之光。后者的光与力来自语言的特殊形态——"诗性言说"，它打破语法常规的语词组构，它反分析性、演绎性、推论性的运思方式，它体现的原始诗性的感受，它产生音乐的多义与朦胧，以及对"指义前"世界的趋近等，形成一种新的感性形式，使被遮蔽的存在、被疏离的真实世界敞明而透亮。

同时，叶维廉发现：中国"道家的宇宙观，一开始便否定了用人为的概念和结构形式来表宇宙现象全部演化生成的过程；道家认为，一切刻意的方法去归纳和类分宇宙现象、去组织它或用某种意念的模式或公式去说明它的秩序、甚至用抽象的系统去决定它秩序应有的样式，必然会产生某种程度的限制、减缩、甚至歪曲。人们往往以偏（一切人为的概念必然是片面的）概（简化）全的抽象思维系统硬套在演化中的宇宙现象本身，结果和万物的具体性和它们原貌的直抒直感性隔离"②。因而，道家对语言文字的观念在本质上就是一种"诗性的言说"。

"诗性的言说"对于存在者，即对宇宙万物不是概念式的抽象的指义行为。概念式指义行为之弊在于它往往把原生态对象所具有的鲜活的、微妙的、细腻的感性质素过滤、蒸发掉，同时也限定了对象存在的多向、自由的空间关系。因而趋近、恢复指义前的原来的、真实的世界，按叶维廉所说的，即一种超乎人的接触、超乎概念、超乎语言的世界，便成了语言的特殊形态——"诗性言说"的任务。海德格尔指出，诗人总是常被抛入"前符号阶段"而先行领会到"什么"，因此其"诗性言说"的去蔽力量就在于它永远是非重复性

---

① 叶维廉：《比较诗学》，台湾东大图书公司 1983 年版，第 127—128 页。
② 叶维廉：《饮之太和》，台湾时报出版公司 1980 年版，第 236 页。

的第一次言说，对存在的第一次命名，因此，它使一切视而不见的目光惊异、陌生，而后再一次视而有见。在这个意义上，诗人永远是纯粹的孩子，他直接与存在照面。①

同样，中国道家的美学旨趣也是要以未受概念歪曲的直观方式去接受、感应、呈示真实的宇宙现象，它对语言的要求是，在命名时不要把质样俱真的事物改观异态，而是使它们能够即席原样地显现。它导引中国古典诗词在物象表现方面，保持原生形态的真质，物象与物象的关系呈并列演出形态。叶维廉例证说，像"鸡声茅店月"就以诗语趋近了"指义前"的真实世界："如果你从远处平地看，月可以在茅屋的旁边；如果你从高山看下去，月可以在茅屋下方；如果从山谷看上去，月可以在茅屋屋顶上……但在我们进入景物定位观看之前，这些'上'、'下'、'旁边'的空间关系是不存在的。"② 这样，在"指义"与"不指义"的中间地带，造成一种类似"指义前"物象自现，即存在敞明的状态，形成美的自由空间。

叶维廉这一敞明存在的"诗性言说"的语言观，或隐或明地融入了《创世纪》群体的诗歌创作旨趣之中，尤其鲜明地展现在洛夫的诗作中。洛夫《时间之伤》一诗，写的是与无情流逝的时光相抗衡而又无奈的一种感伤情怀。诗中佳句迭出，其首节："月光的肌肉何其苍白/而我时间的皮肤逐渐变黑/在风中/一层层脱落"，抽象的"时间"与具象的"皮肤"奇特的并置，月光之"白"与皮肤之"黑"的强烈对比，都形成巨大的诗情张力；又如，"猛抬头/夕阳美如远方之死"，一句便塑造出何等壮烈而凄美的境界。这里，只集中谈该诗的第三小节："又有人说啦/头发只有两种颜色/非黑即白/而青了又黄了的墓草呢？"从拉家常般"有人说啦"引入，淡淡地写了两个意象，黑与白的头发，青与黄的墓草。其语言极为素朴，几乎

---

① 参阅余虹：《思与诗的对话——海德格尔诗学引论》，中国社会科学出版社1991年版，第174页。

② 叶维廉：《中国诗学》，生活·读书·新知三联书店1992年版，第17页。

清淡如水，但内中却积蓄着巨大的诗的能量。头发的黑与白，是青春与衰老外在的表征；当然，这里也有诗人对逝去的青春无奈的感慨，因为白发代替黑发是不可抗拒的自然演变规律；我们似乎还可听到诗人挚友或亲人宽慰的劝说，没什么吧，不就是黑发变成了白发。但诗的最后一句却云兴波诡，诗人发问："而青了又黄了的墓草呢？"对于生者，还有黑白、青黄的颜色感觉；而对于死者，那逝去的亲人、战友呢（这首诗疑似退伍时而作），他们连颜色都毫无感应了。"离离原上草，一岁一枯荣"，青黄交替，枯荣更变，于逝者来说，又有何意义呢？死是生的限定，生是死的起点，那么，在人的生命行程中，何必滞留于黑发与白发的纠结？人生有什么放不开的呢？

之所以选定这一节毫不起眼的诗为例证，就是要说明什么是"诗性言说"。它不是什么形上的概念涵括，也不是什么华丽的辞藻修饰，它是自然天成的，它让物象自然地兴发，依着物象的各自的内在机枢、内在生命明彻地显现，并使物象之间形成一种共存并发的审美空间张力。而且，在全诗的语境氛围中，它通过独特的语词组构，形成了非重复性的第一次言说，第一次对存在的命名。由此，它达到了叶维廉所一再主张的"物我通明"境界："在这种物我通明里，自然不分封，不作抽象思维定位定义的隐藏，不强加是非，不浮辩，不华辩；在这种通明里，作为反映观、感思维形迹的语言，很轻易地可以避过限指、限义、定位、定时的元素，不把'自我'所发明所决定的意义结构与系统硬硬投射入素朴的万物里，就是说，不使万物只为'自我反映'服役。语言文字应该用来点兴、逗发万物自真世界形现演化的气韵气象。"①

类似的"诗性言说"在洛夫的诗作中比比皆是："我为你/运来一整条河的水/流自/我积雪初融的眼睛"（《河畔墓园》）；"我确是

---

① 叶维廉：《语言与真实世界》，《古代文学理论研究》第 8 辑，上海古籍出版社 1983 年版，第 56 页。

那株被锯断的苦梨/在年轮上，你仍可听清楚风声、蝉声"（《石室之死亡·一首》）；"山色突然逼近，重重撞击久闭的眼睛/我便闻到时间的腐味"（《石室之死亡·十二首》）；"是一个，常试图从盲童的眼眶中/挣扎而出的太阳"（《石室之死亡·十六首》）；"血/从血中哗然站起——/今年，他才十九岁"（《手术台上的男子》）；"一把酒壶/坐在那里/酿造一个悲凉的下午"（《壶之歌》）；"共伞的日子/我们的笑声就未曾湿过"（《共伞》）……在这里，"语言文字仿佛是一种指标，一种符号，指向具体、无言独化的真世界"①。本文既以叶维廉之语为起，还是以他的话为结吧。

（原载《厦门大学学报》2009 年第 1 期）

---

① 叶维廉：《语言与真实世界》，《古代文学理论研究》第 8 辑，上海古籍出版社 1983 年版，第 56 页。

学 术 简 表

一、专　著

闻一多美学思想论稿	上海文艺出版社 1988 年版
诗美解悟	海峡文艺出版社 1991 年版
中国解放区文学史·诗歌卷	海峡文艺出版社 1994 年版
批评的纵横	鹭江出版社 1996 年版
写实与浪漫——科学主义视野中的"五四"文学思潮	
	上海三联书店 2001 年版
现代性与五四文学思潮	厦门大学出版社 2002 年版
文学概论（合著）	人民文学出版社 2002 年版
中国现代三大文学思潮新论	人民文学出版社 2006 年版
浪漫主义在中国的四种范式	广西师范大学出版社 2011 年版
中国现代作家论科学与人文	广西师范大学出版社 2013 年版

二、主要论文

回顾与探索	《福建文学》1980 年第 2 期
诗，向着人的内心世界挺进	《福建文学》1981 年第 3 期
挺秀的新竹——评黄文忠的诗	《福建文学》1981 年第 3 期
"我"在抒情诗中的地位	《诗探索》1981 年第 4 期
诗人的相对感	《诗探索》1982 年第 2 期

艺术的变形说	《美育》1982 年第 3 期
创作主体的感受	《艺谭》1982 年第 3 期

明月溶情，雨花写意——刘溪杰诗作艺术特色的评析

《福建文学》1982 年第 11 期

闻一多的诗歌创作论初探	《文学评论》1983 年第 2 期
《死水》与化丑为美的艺术表现方法	《江汉论坛》1983 年第 2 期
闻一多论新诗的绘画美	《厦门大学学报》1984 年第 1 期
《闻一多评传》读后	《文学评论》1984 年第 4 期
闻一多新诗发展论	《文学评论丛刊》第 26 辑
闻一多前中期美学思想	《文艺论丛》第 22 辑
审美意象论析	《上海文学》1986 年第 9 期
海与人	《福建文学》1986 年第 8 期
诗歌语言的组合张力	《当代文坛》1986 年第 5 期
论趋向纯粹美的诗	《当代文艺探索》1986 年第 6 期
历史的反思	《诗刊·未名诗人》1986 年第 6 期
当代诗歌语言的审美内质	《福建论坛》1986 年第 6 期
抒情诗的主体定性	《文学评论》1987 年第 3 期
象征论析	《上海文学》1987 年第 7 期
化丑为美的艺术途径	《当代文艺探索》1987 年第 4 期
诗歌流派的观察视角	《福建文学》1987 年第 11 期

闻一多的审美教育论

季振准编：《闻一多研究四十年》，清华大学出版社 1988 年版

马克思论文艺的认识与价值功能并存	《福建论坛》1988 年第 3 期
岛国诗情	《海峡》1988 年第 6 期
审美直觉的存在价值	《贵州社会科学》1988 年第 10 期
论意象诗	《当代文坛》1989 年第 4 期

《文学概论》的四重断裂与调整重构

《漳州师院学报》1988 年第 12 卷第 1 期

诗坛的一种新的价值选择与审美取向	《福建论坛》1989 年第 3 期

诗的内部言语　　　　　　　　　　　《诗刊·未名诗人》1989 年第 8 期

瞬间的敞明——郭风审美观的一个侧面

　　　　　　　　　　　　　　　　　《当代作家评论》1989 年第 6 期

诗的凝聚力　　　　　　　　　　　　《贵州社会科学》1990 年第 2 期

中国当代意象诗的开拓者——评蔡其矫诗作的一个侧向

　　　　　　　　　　　　　　　　　《福建文学》1990 年第 2 期

纯诗的内涵界定和诗的价值取向　　　《福建论坛》1990 年第 2 期

审美直觉的内质探索　　　　　　　　《文论月刊》1990 年第 4 期

论诗的抽象　　　　　　　　　　　　《当代文坛》1990 年第 4 期

审美直觉的存在形态　　　　　　　　《厦门大学学报》1990 年第 4 期

开拓与建构——读许怀中《中国现代小说理论批评的变迁》

　　　　　　　　　　　　　　　　　《福建论坛》1990 年第 6 期

东方古典美学原则在诗学中的确立

　　余嘉华、熊朝隽主编：《闻一多研究文集》，云南教育出版社 1990 年版

过程美学的实践　　　　　　　　　　台湾《创世纪》1991 年冬季卷

河出伏流　奇花初胎　　　　　　　　台湾《联合文学》1991 年第 6 期

嚼出生活的苦汁——评杜星的诗　　　《福建文学》1991 年第 8 期

梦在中国文化之中　　　　　　　　　台湾《联合文学》1992 年第 1 期

鼓浪激起的浪花　　　　　　　　　　《福建文学》1992 年第 12 期

形小质重的艺术珍品　　　　　　　　《台港文学选刊》1992 年第 7 期

罗门《麦坚利堡》论析　　　　　　　《名作欣赏》1992 年第 3 期

路漫漫，上下而求索　　　　　　　　《福建文学》1993 年第 4 期

笃定的脚步　永恒的追求　　　　　　《福建文学》1993 年第 5 期

台湾 80 年代诗学理论　　　　　　　《台港文学选刊》1993 年第 5—6 期

五四文学主张与康德美学　　　　　　《贵州社会科学》1993 年第 6 期

台湾诗学中知性概念界说　　　　　　《厦门大学学报》1994 年第 2 期

漫说环境艺术雕塑　　　　　　　　　《福建艺术》1994 年第 1 期

淡泊平常心　　　　　　　　　　　　《福建文学》1994 年第 5 期

人文环境与知识分子（合写）　　　　《上海文学》1994 年第 5 期

满眼生机转化钧　天工人巧日争新　　　　《福建艺术》1995 年第 5 期
维多利亚海湾上的三翼船　　　　《台港文学选刊》1995 年第 8 期
哲思与诗语　　　　香港《现代中文文学评论》1995 年第 12 期
素淡见真情　　　　　　　　《福建文学》1996 年第 12 期
谈朵思的三首诗　　　　　　台湾《创世纪》1996 年春季卷
马克思的实践观点有别于康德的实践理性

　　　　　　　　　　　　　　《文学评论》1997 年第 3 期

二元构合中的诗心与诗艺——记香港新诗的特质

　　　　　　　　　　　　　　《文学评论》1997 年第 4 期

一道深潜的美学思维轨迹——从《律诗底研究》到《诗的格律》

　　　　　　　　　　　　《厦门大学学报》1997 年第 3 期

台湾诗学中意象概念的追寻　　　　《台湾研究集刊》1997 年第 4 期
超越与整合　　　　　　　《中国社会科学》1998 年第 4 期
为何丧失了对话与沟通的可能？（新诗发展问题讨论之我见）

　　　　　　　　　　　　　　《文艺报》1998 年 2 月 17 日

灵魂的漂泊与叹息　　　　　　《小说评论》1998 年第 4 期
魅力、困惑与深层解读
　　　——艺术生产与物质生产发展的不平衡关系再探索

　　　　　　　　　　　　《厦门大学学报》1998 年第 3 期

新诗失却了审美标准　　　　　　《诗刊》1998 年第 4 期
意象的探索　　　　　　《台湾诗学季刊》1998 年夏季号
中国现代文学中浪漫主义的历史反思　　《文学评论》1999 年第 4 期
"科玄论争"与浪漫主义的中国化　　《文艺报》1999 年 4 月 8 日
成仿吾的"客观"与创造社的"自我"　《文艺报》1999 年 7 月 6 日
科学主义与文学的写实主义　　　《文艺报》1999 年 8 月 19 日
历史在生命中的回响　　　　《文艺报》1999 年 10 月 7 日
科学主义与郭沫若的文学选择　　《厦门大学学报》1999 年第 3 期
马克思主义美学讲授的几个要点　《厦门大学学报·增刊》1999 年
重写文学史的困境与突围　　　　《南方文坛》2000 年第 4 期
创造社与马克思主义美学　　　《厦门大学学报》2000 年第 4 期

思辨逻辑与史实语境　　　　　　　　　《文学评论》2001 年第 2 期

创造社与康德美学　　　　　　　　《厦门大学学报》2001 年第 4 期

以生命叩击历史　　　　　　　　　　《文艺报》2001 年 6 月 30 日

文学研究中思维逻辑的误区　　　　　　《文学评论》2002 年第 2 期

美学推进与哲学语境的转换　　　　　　《学术月刊》2002 年第 9 期

规范学术的要则　　　　　　　　　　　《学术界》2002 年第 3 期

科学主义思潮中的学衡派　　　　　　《吉首大学学报》2002 年第 2 期

文学：面对现实的思考　　　　　　　　《东南学术》2002 年第 1 期

科学主义与现代文学理论研究的拓展　　《文艺报》2003 年 1 月 4 日

新人文主义与中国格律诗派的缘起　　　　《文史哲》2003 年第 3 期

科学与人文：鲁迅早期的价值取向　《厦门大学学报》2003 年第 2 期

"现代性"与中国现代文学的研究视野

　　　——兼与袁国兴先生商榷　　　　《文艺争鸣》2003 年第 3 期

论艺术的抽象　　　　　　　　《海南师范学院学报》2003 年第 4 期

鲁迅与梁实秋论战的另一起因　　　　　　《粤海风》2003 年第 5 期

美学的浪漫主义和政治学的浪漫主义　　《学术月刊》2004 年第 4 期

再论现代性与中国现代文学研究　　　《南京大学学报》2004 年第 3 期

科学主义与茅盾早期文学选择　　　　《厦门大学学报》2004 年第 4 期

中国现代文学中古典主义思潮的历史定位

　　　　　　　　　　　　　　　　　《文艺研究》2004 年第 6 期

新人文主义与闻一多的《诗的格律》

　　　　　　　　　　　　　　　《江南大学学报》2005 年第 1 期

徐志摩论科学与人文　　　　　　　　　《福建论坛》2005 年第 4 期

徐志摩后期美学思想中的古典主义倾向

　　　　　　　　　　　　　　　《厦门大学学报》2005 年第 5 期

梁实秋的古典主义文学理论　　　　　《厦门大学学报》2006 年第 4 期

科学认知与人文理解交错中的中国文学写实主义

　　　　　　　　　　　　　　　　　《学术月刊》2006 年第 4 期

《新青年》中科学主义与中国现代文学思潮

　　　　　　　　　　　　　　　《吉首大学学报》2006 年第 2 期

论鲁迅早期的浪漫主义美学观念　　　《厦门大学学报》2007 年第 3 期

现代性视野中的马克思主义美学　　　《天津社会科学》2008 年第 2 期

"文学生态"的概念提出与内涵界定　　　《南方文坛》2008 年第 3 期

命题预设与史实语境　　　　　　　　《学术月刊》2008 年第 6 期

林语堂与梁实秋美学观念之辨异　　　《福建论坛》2008 年第 3 期

博士论文的抄袭现象应该引起重视　　　《学术界》2008 年第 4 期

现代性视野中《创世纪》诗人之诗学观

　　　　　　　　　　　　　　　《厦门大学学报》2009 年第 1 期

越界的庸众与阿 Q 的悲剧　　　　　《文艺研究》2009 年第 8 期

论林庚的诗化语言的策略　　　　　　《东南学术》2009 年第 6 期

钱锺书论黑格尔

　　　　　谢泳编：《钱锺书和他的时代》，上海辞书出版社 2009 年版

论林语堂浪漫美学思想　　　　　　《天津社会科学》2010 年第 1 期

文化守成主义与闻一多中期美学思想倾向

　　　　　　　　　　　　　　　　《江汉论坛》2010 年第 3 期

国学思潮是现代性推进的合力之一　　《东南学术》2010 年第 2 期

古典主义思潮的排斥与中国现代文学史的欠缺

　　　　　　　　　　　　　　　　《文艺争鸣》2010 年第 13 期

论沈从文的生命沉思与抽象追求　　《厦门大学学报》2010 年第 6 期

浪漫主义在中国的四种范式　　　　《天津社会科学》2010 年第 6 期

卢梭美学视点中的沈从文（上、下）《学术月刊》2011 年第 1—2 期

民族主义视点中的闻一多　　　　　　《福建论坛》2012 年第 7 期

无产阶级左翼文学理论体系的雏形

　　　　　——高尔基 1909 年《俄国文学史》索微

　　　　　　　　　　　　　　　《天津社会科学》2013 年第 6 期

科学主义在中国的百年命运　　　　《探索与争鸣》2014 年第 11 期

严复对科学的引进与中国文化现代转型　《福建论坛》2015 年第 2 期

强化史实为证　回归历史语境——俞兆平先生谈为学之道

　　　　　　　　　　　　　　　　《学术评论》2015 年第 4 期

跋

　　书名虽曰"南华文存"，内容却无多少与道、佛相关，仅因我现居于厦门南普陀寺一侧南华路之南华苑，收于本书的主要文章多在此处完成，故以居处命名而已。话虽如此，但与佛寺相望，暮鼓听不分明，晨钟却不时闻之，加上已到"从心所欲不逾矩"的年段，对人间世事的态度，已如佛嘱，通透不少；至于庄之"南华"，仰瞻已久，心神向之，在研究卢梭、沈从文时亦有所悟。因此，以"南华"为名，抑或带有冀盼今后的人生与学术能沾染点佛意道风吧。

　　正如本书副题，为"学术论文精选"，即把能代表自己科研水平的、比较理想的文章收集在一起，有点自我检阅的意味，亦呈示予同行，以期赐教。当然，何以选之，总有隐于其后的缘由，略加述之。

　　书分三辑。第一辑为"美学文学理论研究"。如序所言，在文论界，我自戏为"三栖类"人物，但文学理论研究仍是"主业"，还担任过多年的中文系文艺理论教研室主任，理论为先，故列于前矣。《象征论析》1987年发于《上海文学》，当年周介人先生主持该刊，所发的论文与上海文艺出版社的"文艺探索书系"有引领国内文论界风气之称，蔡翔兄处理文稿，与另一篇《审美意象论析》收到没多久即刊用。《论艺术的抽象》一文，"出身"虽不太高贵，却在国内绘画理论界长期走红，在"中国美术家网"的"文艺理论"栏目作为重点文章推出多年，保留至今，这是我始料未及的。其后三篇为我对三大文学思潮研究的文章，1999 年我在《文学评论》上发《中国现代文学中浪漫主义的历史反思》一文，是国内较早从现代性视角重新审视、界定浪漫主义概念内涵的论文，而后在该刊及《文学评论丛刊》上卷起一场论战，收于此书的《美学的浪漫主义与政治学的浪漫主义》即论战深化之文，为《新华文摘》所全文转摘。《科学认知与人文理解交错中的中国文学写实主义》一文，刊登时文后即附有陈思和教授为《学术月刊》审阅此稿的评语，其义自见。《中国现代文学中古典主义思潮的历史定位》在《文艺研究》发表后，被人抄袭，我已发文揭之，这从另一向度也说明该文的影响。本辑最后一篇为《现代性视野中的马克思主义美学》，我在序言中曾谈到孙绍振师对我的影响，此生研读马恩著作亦受其引导，他瞧不起一些在台上扯谈马克思主义的伪者，我也想用此文展现我的马克思主义素养，因从"现代性"的角度来考察马克思主义美学的，在国内尚不多见，称其为此论题最前沿之作，亦无不可。

第二辑为"闽籍文人评鉴"。因本书为"闽籍学者文丛"之一，所以我评论闽籍人士的论文理应多选，故单列成辑。从严复、林语堂，到林庚、郭风、蔡其矫，直至孙绍振，选了六篇。除了严复是从文化学、社会学角度来考察之外，其余均是从美学与文学角度出发。记得《瞬间的敞明》一文发表后，郭风先生凝视着我说："我的散文真有你写得那么深刻?"那音容笑貌，犹在目前，痛哉! 20 世纪 70 年代初，我和孙绍振师曾一起拜望过蔡其矫先生，他想引渡我到诗国，曾寄《戴望舒诗选》叫我写阅读体会，可能本人诗性愚钝，未能入他法眼，但也算有段因缘，《中国当代意象诗的开拓者》一文可算是门外弟子的答谢。《孙绍振诗学体系的哲学底蕴》揭穿了孙师的"老底"，他在邮件中回复："你把我的头绪理得这般系统，比我自己还明晰，睿智深邃，不但是知己而且有益友之感也。"哄得我一愣一愣的。

　　第三辑为"中国现当代文学论析"。近十来年，我的学术研究重心移至中国现代文学理论与思潮上来，但理论总要指向实践，所以对作家、作品的论析亦有涉及。在鲁迅研究中，《阿Q正传》是绕不过去的一座峰峦。收入本书的《〈阿Q正传〉新论》一文，首次在国内外学界中提出：鲁迅对于阿Q不是"怒其不争"，而是"惧怕其争"，他对于以权力、金钱、女人为革命目的的"阿Q似的革命党"，对于革命中的游民文化意识与民粹主义倾向，是持批判、否定态度的。此论点为"《阿Q正传》研究"九十年来所未见的，属于原创，故为《新华文摘》全文转载。沈从文在"新时期"复出后，曾亲口否定接触过卢梭的著作，但现存的史料及著作的内里却留下卢梭对他影响的深深的痕迹，《卢梭美学视点中的沈从文》即从这一学界未曾关注的视角切入，得出卢梭美学思想是研究沈从文时，无法回避的参照体系，无法忽略的美学背景的这一结论。身在福建，免不了介入港台文学研究，1997年评香港诗坛的《二元构合中的诗心与诗艺》一文，还发在《文学评论》第4期的首篇；关于台湾文学，现选用评台湾《创世纪》诗刊一文为代表。本辑的前两篇，虽不是具体的作家、作品研究，但属于对中国现当代文学全局性、宏观性的考察与探索。"现代性""唯理主义""经验主义"这些理论概念的内涵及其实践运用，具有战略性的意义，切不可轻慢之。

　　跋不可过长，否则令人生厌。我常跟学生谈及，不食他人嚼过的馍，注重论说的原创性，若无新意，则不可轻易动笔，这是我学术研究的前提。原态史实的实证与历史语境的纳入，是我进入学术研究的两大原则，因此，我的学术风格倾向于以经验主义的实证为前提、以归纳概括为逻辑原则的文学研究方法。

　　感谢本丛书的策划、编辑、出版的同道者们，是你们的热情的支持和辛勤的劳作，为我提供了一次回顾自身学术历程的机会。

　　谨此，是为跋。

俞兆平

2016年1月写于鹭岛南普陀寺旁南华苑